अथ श्रीमहाभारत कथा

अथ श्रीमहाभारत कथा

शुभांगी भडभडे

ISO 9001:2015 GVE ज्ञान विज्ञान एजूकेयर

प्रकाशक • **ज्ञान विज्ञान एजूकेयर**
3639, प्रथम तल
नेताजी सुभाष मार्ग, दरियागंज
नई दिल्ली–110002

संस्करण • प्रथम, 2022

ATH SHRIMAHABHARAT KATHA
novel by Smt. Shubhangi Bhadbhade
Published by **GYAN VIGYAN EDUCARE**
3639 Netaji Subhash Marg, Darya Ganj, New Delhi-110002
ISBN 978-93-92574-04-7

दो शब्द

धर्मक्षेत्रे कुरुक्षेत्रे समवेता युयुत्सवः।
मामकाः पाण्डवाश्चैव किमकुर्वत संजय।।

'भगवद्गीता' का पठन मैं बचपन से स्कूल पाठांतर स्पर्धा में करती आई हूँ। आगे भी पढ़ती रही। श्रीकृष्ण का अप्रतिम फोटो भी मेरी किताबों में रहता था। न जाने क्यों मुझे इन सबका आकर्षण था। महाभारत के सभी पात्र तथा घटनाएँ अनेक लेखक-कवियों के लिए 'कथावस्तु' के रूप में हर युग में रही हैं। अनेक पुस्तकें श्रीकृष्ण की जीवनी पर तथा 'भगवद्गीता' के भाष्य के रूप में थीं। परंतु जब-जब मैं पहला अध्याय पढ़ना आरंभ करती तो मुझे लगता कि क्षेत्र यानी परमपवित्र स्थान! इस पवित्र स्थान पर युद्ध कैसे हो सकता है? कुरुवंश के कुछ राजा का यह परमपवित्र तपस्या-केंद्र! फिर यहाँ युद्ध क्यों? अनेक पुस्तकों से भी अर्थ निकल नहीं पाया और जब मैं कुरुक्षेत्र गई तो इसका अर्थ समझ में आया।

परंतु श्रीकृष्ण जैसे लोकप्रतिष्ठित, लोकनेता, रणनीति धुरंधर, महान् तत्त्ववेत्ता, दार्शनिक, वैज्ञानिक और रसिक रूपों का आकर्षण बढ़ता ही गया और मैंने 'अथ श्रीमहाभारत कथा' लिखने का प्रयास किया। एक ओर, गांधारी महारानी के रूप में तो दूसरी ओर श्रीकृष्ण राजनीतिज्ञ। इन दोनों में जब कभी भेंट हुई होगी, तो कैसी रही होगी? यह प्रश्न मेरे मन में था। फलस्वरूप यह उपन्यास है।

'महाभारत' का संक्षेप इस उपन्यास में होने पर भी मुख्य केंद्र हैं—श्रीकृष्ण, गांधारी। जीवन के मध्याह्न काल में जब श्रीकृष्ण पहली बार राजमाता कुंती से मिलने हस्तिनापुर आए, तब सर्वप्रथम गांधारी से मिले। इस उपन्यास में उनकी चार बार भेंट हुई है। परंतु लगता है कि एक प्रज्ञावती का अस्पर्श मोह श्रीकृष्ण को है तथा एक लोकविलक्षण कर्तृत्व के धनी श्रीकृष्ण का आकर्षण गांधारी को है। दोनों की परस्पर कटुता और आकर्षण भी इस उपन्यास में है। वैसे अनेक प्रश्नों के उत्तर

इस दार्शनिक उपन्यास में पाठकों को मिलेंगे ही। उपन्यास तो मैंने लिखा, परंतु धर्मक्षेत्र युद्धक्षेत्र कैसे?

इसका उत्तर मुझे नहीं मिला। मन का प्रश्न मन में ही था। 1994 में मेरा नाटक 'इदं न मम' के मंचन के दौरान भारत-भ्रमण करते हुए पंजाब में आमंत्रित किया गया था। वहाँ हमें कुरुक्षेत्र के विवेकानंद स्कूल व कॉलेज में भी आमंत्रित किया गया था। अत: हमारी नाटक मंडली कुरुक्षेत्र गई, वहाँ मेरे प्रश्न का उत्तर मिल गया, जो मराठी भाषा में लिखे इस उपन्यास 'पूर्णविराम' में है।

इसमें 'राधा' भी है। अनेक लेखक-कवियों ने इसका वर्णन मधुरा भक्ति के रूप में किया है। परंतु मेरे उपन्यास में राधा है तो बचपन की एक सखी और श्रीकृष्ण से प्रीति करनेवाली कन्या है। श्रीकृष्ण सोलह वर्ष के थे, तब मथुरा गए, पर वहाँ से लौटकर आए ही नहीं। परंतु राधा उनके मन की अधूरी कहानी थी। अन्य लेखकों ने राधा की मृत्यु नहीं दिखाई, परंतु मेरे उपन्यास में वह है।

'महाभारत' के दशम स्कंध में आराधना करनेवाली किसी स्त्री का वर्णन है। 'राध्' धातु से 'आराधना' और 'आराधना' शब्द से 'राधा' शब्द की निर्मिति है। 'राधा' कोई भी गोपी हो, परंतु इस उपन्यास में श्रीकृष्ण के मन में नित्य प्रेरक शक्ति राधा रही है और उसकी मृत्यु श्रीकृष्ण के प्रत्यक्ष भेंट होने पर हुई है। कुरुक्षेत्र में जाने से पूर्व वे गंगा-यमुना स्नान के लिए कुंभ पर्व पर जाते हैं, तब उनकी भेंट है।

भीष्माचार्य, दुर्योधन, शकुनि, धृतराष्ट्र, कर्ण आदि पात्र इस उपन्यास में अपनी-अपनी भूमिका के साथ आए हैं। वैसे ही राजमाता कुंती, महारानी गांधारी, वृषाली, द्रौपदी, सुकन्या अपनी-अपनी भूमिका लेकर उपन्यास में हैं।

आज तक मात्र 10 नाटक मैंने हिंदी में लिखे हैं, 76 प्रकाशित पुस्तकों में से लगता था कि एक उपन्यास तो मैं हिंदी में लिखूँ, तो मैंने मराठी भाषा में लिखा 'पूर्णविराम' ही हिंदी में अनुवादित किया, जो अब 'अथ श्रीमहाभारत कथा' के नाम से आपके हाथों में है। यह उपन्यास अनेक कारणों से मुझे प्रिय है। इस उपन्यास की भाषा प्रवाहशील और सुंदर है। मराठी में 'सुंदर' शब्द के लिए मैं 'लावण्यमयी' शब्द का प्रयोग करती हूँ। लावण्य शब्द का अर्थ अनुपम सुंदर! इस उपन्यास में मुख्य भूमिका में दो हैं—श्रीकृष्ण और गांधारी। दोनों का चिंतन और श्रीकृष्ण का विश्व के लिए चिंतन आया है। वे वाक्य भी अति सुंदर प्रगट हुए हैं।

इसका एक दृष्टांत देती हूँ। जब युद्ध में संपूर्ण अठारह अक्षौहिणी सेना मारी गई। उसके उपरांत श्रीकृष्ण गांधारी से द्वारका जाने की अनुज्ञा माँगने आए तो क्रोधित गांधारी ने पूछा—

"हो गया युद्धविराम, दिया न 'पूर्णविराम'!" तब श्रीकृष्ण कहते हैं, "पूर्णविराम कभी नहीं होता। एक वाक्य का अंत यानी दूसरे वाक्य का आरंभ होता है। एक परिच्छेद का अंत यानी दूसरे परिच्छेद का प्रगल्भ आरंभ होता है। सूर्यास्त के उपरांत सूर्योदय होता है। नित्य नई सृष्टि का निर्माण होता है। 'पूर्णविराम' कभी नहीं होता। जीर्ण वस्त्र त्याग कर शरीर नया वस्त्र धारण करता है। 'पूर्णविराम' नहीं होता।"

इस तरह से अनेक वाक्य इस उपन्यास में हैं।

मराठी लिखने के कारण इस उपन्यास में कई शब्दों का प्रयोग मराठी में हो सकता है। परंतु पाठक सुविज्ञ होते हैं, वे समझ सकते हैं। इसका मुझे पूर्ण विश्वास है।

2001 में प्रभात प्रकाशन ने मेरा 'पारसमणि' उपन्यास हिंदी में अनुवादित करके प्रकाशित किया था। तब से लेकर आज तक मेरा और उनका स्नेह एवं ऋणानुबंध है। अब तक मेरे 10 से अधिक उपन्यास हिंदी में प्रकाशित हुए हैं।

—शुभांगी भडभडे

दीपावली 2021

नागपुर

मो. 09373121437

उत्तर रात्रि का पहला प्रहर था। गांधारी प्रगाढ़ निद्रा में निमग्न थी कि उसे राजमंदिर में आरती, शंखनाद तथा 'सामवेद' के गीत की ध्वनि सुनाई दी तो उसे लगा कि स्वप्न में वह यह सब अनुभव कर रही है।

"मदालसा···मदालसा···" उसने मदालसा को पुकारा।

"देवी गांधारी, आप यहाँ? मैंने आपको राजमंदिर में नहीं देखा तो यहाँ आ गई!"

"क्या समय है?"

"देवी गांधारी, आज सारी रात हस्तिनापुरवासी सोए ही नहीं। आनंद और उल्लास से आज गीत गाते-गाते राजमार्ग को सम्मार्जित करते हुए उन्होंने उस राजमार्ग को फूलों से श्रृंगारित किया है। सुगंधित पुष्पों की मालिका राजमार्ग पर है।"

"आप चलिए, राजप्रासाद की सौंध पर आप अवश्य अनुभव करेंगी। लेकिन महारानी, आपको लतिका ने जगाया नहीं? सँवारा नहीं? मैंने उसे बताया था। मैं युवराज दुर्योधन तथा युवराज्ञी दुशाला की सहायता के लिए आपके सोने के बाद गई थी।"

मदालसा बोलती जा रही थी, वर्णन करती जा रही थी और गांधारी स्वयं मगन थी। आज श्रीकृष्ण महाराज आनेवाले थे। यह उसे विदित था। मध्यरात्रि तक वह भी विविध रूपों में उनका रूप कैसा होगा, इसपर विचार करते-करते वह निद्रावश हो गई थी।

"मदालसा, हमें सँवार देना, श्रृंगार कर देना!"

"देवी गांधारी, वे तो दिन के पहले नहीं, दूसरे प्रहर में आनेवाले हैं।"

"तो भी, हमारा श्रृंगार कर देना···"

"कल राजसभा में जब श्रीकृष्ण महाराज के आने का संदेश प्राप्त हुआ था तो उनको देखने के लिए रुकी थी। आपने उसका अनुभव किया ही है। श्रीकृष्ण महाराज आज ही आनेवाले हैं, यह संदेश लेकर दूत आया तो रात्रि में ही चारों ओर

यह बात फैल गई और रात को प्रसन्नता से कोई सो न सका!"

"तब हम कहाँ थे?"

"संभवतः आप राजमंदिर में कथा सुन रही होंगी। कुंती देवी को भी मैंने आपके साथ देखा था।"

"इतनी श्रद्धा, इतनी भक्ति, इतना उत्साह और उन्हें देखने की प्रबल इच्छा देखकर हम भी प्रसन्न हैं। मदालसा, तुम हमारा शृंगार कर दो।"

जैसे ही मदालसा के बाहर जाने की पद-ध्वनि सुनी तो गांधारी भी विचार करने लगी, 'हस्तिनापुर के लोगों में केवल उसकी कीर्ति श्रवण करके भक्ति है तो हमें भी उन्हें देखने की इच्छा है। सौ पुत्रों को हमने कभी नहीं देखा, निसर्ग की सुंदरता नहीं देखी, न ही पति का मुख देखा। आँखों पर पट्टिका बाँध ली थी, परंतु आज उसे छोड़ने की असीम इच्छा हो रही है।"

कल की राजसभा की घटना का उसे स्मरण हो आया, जब पांडुपुत्र अपने लिए भूमि माँगने आए थे। उन्होंने पहले तो आधा राज्य माँगा था और वह बात अनुचित नहीं थी, यह सभी राजसभा के मंत्री, कौरव, पितामह भीष्म, शकुनि, कर्ण, विदुर, धृतराष्ट्र तथा मंत्रीगण मानते थे। तब दुर्योधन क्रोधित होकर बोला, "हमारे वनवासी बंधु, तुम मृगया तथा कंद-मूल-फल का आस्वाद लेनेवाले आप लोग क्या जानोगे कि नगरी क्या होती है, साम्राज्य क्या होता है और उस साम्राज्य का अधिकार क्या होता है? आप सभी वनवासी हो, यहाँ आपका कोई स्थान नहीं है। कार्यकुशलता से हस्तिनापुर का साम्राज्य विस्तार किया है। आप वनवास ही सँभालो।"

भीम वैसे ही क्रोधित था, यह सब सुनकर उसने कहा, "युवराज दुर्योधन, हम भी इसी राज्य के आधे के अधिकारी हैं। यदि आप वनवासी पांडवों की मृगया देखना चाहोगे तो यहाँ कोई नहीं रहेगा।"

संयत स्वर में युधिष्ठिर ने कहा, "हमें जीतना नहीं है, हमें युद्ध नहीं करना है। हमें राज्य नहीं तो थोड़ी भूमि दीजिए, जिसे हम 'अपनी भूमि' का सम्मान देंगे। युद्ध करके हम भूमि नहीं लेंगे, परंतु आप सब हमें हमारी थोड़ी सी भूमि प्रदान करें।"

महाराज धृतराष्ट्र राजसिंहासन पर हाथ में राजदंड लेकर मौन बैठे थे। पितामह भीष्म भी मौन थे, जैसे कि दुर्योधन के प्रति उनकी सद्‍भावना या राजकर्तव्य हो।

युधिष्ठिर ने पूछा भी, "आप मौन क्यों हो, महाराज? हम भी तो कुरुवंश के हैं। हम सब बंधु हैं। वनवासी हुए तो क्या हुआ, अभी तो हम आपकी राजसभा में आए तो क्या हमारा सुनना पसंद नहीं करेंगे?

राजसभा में महारानी गांधारी, माता कुंती, राजमाता सत्यवती तथा अन्य राजस्त्रियाँ थीं। गांधारी सोचती रही, 'महाराज मौन क्यों हैं? युधिष्ठिर को कुछ कहते, कुछ भूमि देते तो उचित होता। लेकिन यहाँ तो केवल दुर्योधन की ध्वनि सुनाई देती है। भीम की आवाज अयोग्य नहीं थी। युधिष्ठिर की वाणी इतनी विनम्र क्यों थी? उनकी भी महाराज क्यों नहीं सुनते?"

अंत में राजदंड सेवक के हाथ में देते हुए उन्होंने कहा, "पांडु पुत्रो, आप भी कुरुवंश के वंशज हो, लेकिन इसका निर्णय हम कर देंगे।" महारानी समझ नहीं पा रही थीं कि 'वे थोड़ी भूमि माँग रहे हैं, थोड़े में ही संतुष्ट हैं, फिर क्यों नहीं पितामह अपनी सम्मति देते, महाराज क्यों नहीं बोलते?'

वह भी कुछ नहीं बोली थी, क्यों? विवशता या स्वातंत्र्यहीनता? या तो अपमान होने का भय या पितामह का मौन! या तो कर्तव्यहीनता? दुर्योधन ने कहा भी, "तात, अभी आप निर्णय करें तो अच्छा होगा'!" परंतु महाराज धृतराष्ट्र ने वही वाक्य दोहराया।

और मध्याह्न में संदेश आया कि श्रीकृष्ण महाराज आ रहे हैं कल मध्याह्न में, वह भी राजसभा में। उसे वह ठीक नहीं लगा। पांडवों का वह आत्मीय और माता कुंती के भाई का पुत्र था। पारिवारिक विवाद में उसे नहीं पड़ना चाहिए। परंतु वह मौन ही रही।

वह अपने कक्ष में आई। श्याम के रंग आकाश में बिखरे थे। सूर्यदेव क्षितिज के उस पार जाने के लिए निकले थे। प्रौढ़-प्रगल्भ मध्याह्नी कार्य करनेवाले सूर्यदेव अब जैसे निवृत्त हो रहे थे। गांधारी पश्चिम की ओर देख तो रही थी, लेकिन आँखों पर पट्टिका थी।

"माता···!" दुर्योधन का स्वर सुनाई दिया।

"उदास हो, पुत्र?"

"माता, यदि तात ने आज निर्णय दिया होता तो अब तो···महाराज श्रीकृष्ण भी आ रहे हैं।"

वह मौन रही। दुर्योधन ने कहा, "अभी हमारी प्रतिष्ठा, वैभव तथा साम्राज्य-विस्तार दिखाकर उन्हें वैसे पराजित···करना चाहिए। वैसे मैंने आदेश भी दिए हैं।" वह मौन रही। क्या बोलती वह? उसको सुनने वाला कौन था?

"समझ में नहीं आ रहा है, वह क्यों आ रहा है।" उसकी वाणी में बदलाव आया था।

महारानी गांधारी अब सारी बातें समझ पा रही थीं। उनका शृंगार पूरा हो गया था। अभी तो केवल सूर्यदेव ने क्षितिज पर प्रवेश ही किया था। महाराज धृतराष्ट्र उसके कक्ष में आए थे। वे भी गांधारी का रूप-स्वरूप, सौंदर्य तथा लावण्य कहाँ देख पा रहे थे? उन्होंने पूछा—

"महारानी, आज श्रीकृष्ण महाराज आनेवाले हैं, हमें प्रतीक्षा है उनकी।"

"इतनी अधीरता से प्रतीक्षा?" और उसके मन में आया, 'कल के विवाद एवं उसका निर्णय वे दे नहीं सके थे। श्रीकृष्ण महाराज के आने से जैसे वे निश्चिंत हो गए थे।'

"वैसे हमें भी उन्हें देखना है।" और महाराज धृतराष्ट्र हँस पड़े। और वहाँ से चलते-चलते कहा, "महाराज श्रीकृष्ण चमत्कारी पुरुष हैं। क्या पता, कहाँ से आएँगे, कहाँ जाएँगे।

"वे चमत्कारी नहीं, लोकसंघटक, कुशल राजनीतिज्ञ तथा समाज में अत्यधिक लोकप्रिय नेता हैं।"

उन्होंने कुछ भी सुना नहीं, वे चले गए थे। उनके जाने के पश्चात् मदालसा आई थी। "महारानी, आप सौंध में चलिए, पूरी हस्तिनापुर नगरी, राजद्वार, राजमार्ग के दोनों तरफ श्रीकृष्ण महाराज को देखने को आतुर नगरवासी, इसका वर्णन मैं करूँगी।"

वह सौंध में आई। राजप्रासाद के छत पर कोकिल ध्वनि सुनाई दी। 'शुभ संकेत है', वह मन-ही-मन बोली। सूर्य की पहली किरण भी नहीं आई तो उसके पूर्व ही राजमार्ग सुभोभित हो गया था। मंगल-वाद्य की ध्वनि दूर से सुनाई दे रही थी।

इतना अपार उत्साह, इतना स्नेह अपने ही नगरजनों का, वह भी महाराज श्रीकृष्ण के प्रति! हस्तिनापुर नगरी का राजद्वार और राजमहल को सुशोभित करने को कहा गया था, यहाँ तो नगरी ही नववधू जैसी सज-धजकर उनके आने की प्रतीक्षा में है। वह आश्चर्यचकित हो गई।

गांधारी मन-ही-मन महाराज श्रीकृष्ण का मार्ग तय कर रही थी। नगर-सीमा का प्रवेशद्वार, फिर नगर का राजद्वार और मार्ग के दोतरफा क्रय-विक्रय केंद्र आर्यावर्त के अनेक नगरों से, प्रदेश से लोग यहाँ आते हैं।

अनेक प्रकार के क्रय-विक्रय केंद्र हैं, सबसे अधिक यहाँ आनेवाले मोहित होते हैं, सुगंधी इत्र के लिए। राजमार्ग जैसे सुगंध लेकर आश्वस्त हो गया है। महाराज श्रीकृष्ण रसिक भी हैं। उनकी आठ पत्नियाँ हैं तो वे अनेक इत्र देखकर अवश्य मोहित होंगे, वहाँ ठहरेंगे भी।

वहाँ से निकलने के बाद श्रीकृष्ण महाराज हस्तिनापुर नगरी के मुख्य द्वार से राजमहल परिसर में प्रवेश करेंगे! और वहाँ से वे सब देखते ही रह जाएँगे। उपवन, स्फटिकों से सजा हुआ मार्ग, वहाँ के जलस्रोत, वहाँ की अनेक रसिक मन को प्रिय, शिल्पाकृतियाँ। चौंसठ योगिनियों का एक मंदिर, वहाँ से निकलनेवाला मार्ग राजप्रासाद तक ही आता है। राजप्रासाद की कितनी सुंदर संगमरमर से बना हुआ और राजप्रासाद के द्वार पर उनकी आरती उतारने के लिए सुवासिनी एवं मंगल-वाद्य से उनका स्वागत।

परंतु यह सब हम देख नहीं पाएँगे। क्या हम निमिष-मात्र पट्टिका खोलें तो··· कहते हैं, साँवले रंग के, प्रसन्नचित्त, मोहित करनेवाले श्रीकृष्ण महाराज अत्यधिक अस्त्र-शस्त्र, वेद-विद्या प्रवीण भी हैं, वही तेज तथा क्षात्र-तेज उनके मुखमंडल की शोभा बढ़ाता है। वह उदास हो गई। आज तक विवाह के पश्चात् उसने किसी को भी नहीं देखा था और मन आज कह रहा है, 'पट्टिका खोल दे!'

'सोमेश्वर शास्त्री द्वारा अपनी कल्पना से बनाई हुई यह सुंदर हस्तिनापुर नगरी और महाराज श्रीकृष्ण को सचमुच देख लूँ?'

मदालसा महारानी गांधारी की ओर देख रही थी। उसका मन भी कदाचित् पढ़ रही थी। गंधार देश की यह युवराज्ञी अनुपम लावण्यवती, बुद्धिमती तथा अस्त्रविद्या में पारंगत थी। स्वतंत्र विचार का अस्तित्व और अस्मिता रखनेवाली थी। वही तेज उसके मुखमंडल पर था। आज के विशेष श्रृंगार से वह अधिक सुंदर लग रही थी। उनके सघन केशों की विशेष रचना, अनेक रत्नमाला, हरित वस्त्र पर अधिक सुंदर लग रही थी। कमर की मेखला, हाथ में बाजूबंद, पाँव में स्वर्ण अलंकार! राजमंदिर की राजलक्ष्मी साक्षात् प्रकट हो गई थी।

"देवी गांधारी, आप इतनी सुंदर लग रही हो कि···" उसने आधा-अधूरा वाक्य छोड़ दिया। उसे कहना था, "आप दर्पण में एक बार स्वयं को तो देखें! शत पुत्रों की माता होकर भी आप अनुभवसिद्ध, प्रगल्भ और कीर्तन-प्रवचनों को सुनने से अधिक परिपक्व हो गई हैं। महारानी, इस जीवन के मध्यकाल में ही स्त्री अधिक सुंदर दिखती है।"

"महारानी, बहुमूल्य रत्नमालाओं से अधिक तेज आपके मुखमंडल पर है। आपको देखकर श्रीकृष्ण महाराज एक क्षण सोचेंगे कि हम स्वर्ग में हैं या धरती पर?"

"सखी मदालसा, तुम हमारे साथ गंधार से यहाँ तक आई, कितने वर्ष व्यतीत

हो गए। तुम यहाँ मेरी सखी बनकर रही हो और वही सुंदरता का वाक्य नित्य दोहराती रही हो। दर्पण में हमें देख नहीं सकते, परंतु तेरी आँखें हमारी दर्पण की ही नहीं, बल्कि विश्व का वर्णन करती हैं, जो हम मन में देख पाते हैं।"

मदालसा उस दालान से बाहर गई तो वह दर्पण के सामने खड़ी रही और मन में अपनी ही प्रतिमा देखती रही। गांधारी के मन में आया, 'हमारी जैसी शत पुत्रों की माता की ओर महाराज श्रीकृष्ण क्यों देखेंगे? और देखेंगे भी तो महारानी के रूप में हमें वंदन करने के लिए। उनके संदर्भ में तो जनमानस में अनेक कहानियाँ हैं। उनकी बाँसुरी, राधा का स्नेह, मथुरा के, गोकुल के, वृंदावन के उनके सगे-संबंधी सभी के बारे में इतना अधिक आर्यावर्त में विस्तारित हो गया है। श्रीकृष्ण महाराज अब केवल द्वारकाधीश होकर लोकमानस पर राज करनेवाले सम्राट् हैं।"

वह कहाँ-से-कहाँ पहुँच गई थी। अचानक उसका उत्तरीय नीचे गिर गया। वह उत्तरीय वह धरती से उठाने ही वाली थी कि तब तक वह उत्तरीय उसके सिर पर डाला गया।

"मदालसा··· मदालसा··· मदालसा!" कोई प्रतिसाद नहीं। वह चकित! वातावरण जैसे मौन था। कुछ समय पश्चात् मदालसा ने कक्ष में प्रवेश किया तो गांधारी ने पूछा—

"हमारा उत्तरीय किसने हमारे सिर पर डाला?"

"आभास···केवल आभास महारानी, इस दालान में तो कोई भी नहीं और आपका उत्तरीय अभी भी धरती पर पड़ा है।"

"सत्य का आभास हुआ हमें! सत्य···सत्य था ही नहीं, परंतु इतना उत्कट सत्य··· ? कौन हो सकता है असत्य को सत्य करनेवाला?"

"महारानी, आभास ही है, सत्य नहीं। कदाचित् आप श्रीकृष्ण महाराज के आने के संदर्भ में अधिक ही सोच रही हो। आप अपने हाथ से अनुभव कीजिए, आपका उत्तरीय नहीं है।"

"वह तो नहीं है। आभास भी इतने सत्य होते हैं?"

कार्तिक मास का आरंभ था। शीत लहरों का आगमन हो रहा था। वह सौंध पर आई। मध्याह्न अभी होनेवाला था कि दूर से जय ध्वनि सुनाई पड़ी। "श्रीकृष्ण महाराज की जय!" यह ध्वनि राजप्रासाद के अंदर तक आ गई। तो महाराज धृतराष्ट्र, भीष्माचार्य, शकुनि, कर्ण, द्रोणाचार्य और कौरव श्रीकृष्ण महाराज के आने का संकेत पाकर राजप्रासाद के पास खड़े हो गए।

ध्वनि-प्रतिध्वनि, मंगल-वाद्य, उद्घोषणा, इन सबकी ध्वनि परिसर से घूमकर राजप्रासाद के सौंध में खड़ी गांधारी को सुनाई दे रही थी। सभी ओर प्रसन्नता छलक रही थी और उसकी आँखों के सामने था केवल अँधेरा। सब नीचे संघटित हैं। यहाँ हम केवल अकेले हैं। सात शुभ्र अश्वों के स्वर्णरथ पर बैठे महाराज श्रीकृष्ण खड़े होकर सब नगरजनों का स्वागत स्वीकार रहे हैं। उनपर फूलों की वृष्टि हो रही है। मदालसा भी हमें छोड़कर चली गई है। हम अकेले हैं। गांधारी उदास हो गई।

वह राजप्रासाद का सोपान उतरकर नीचे आई, लेकिन इतना अधिक उत्साह था कि उसकी ओर किसी का ध्यान नहीं गया। जिस मधुर हास्य ने और मधुर स्वर ने सबको मोहित किया, वह श्रीकृष्ण महाराज को देख नहीं पा रही थी, अतः वह अत्यधिक निराश होकर मन-ही-मन बोली, 'श्रीकृष्ण, हम तुम्हें देखने के लिए अधीर-उत्सुक हैं, फिर भी हम स्वयं से वचनबद्ध हैं।'

अब उनका स्वर्णरथ राजप्रासाद के परिसर में आया तो अवश्य, लेकिन उसने अपना रथ विदुर के घर की ओर मोड़ने के लिए सारथी से कहा तो सबको निराशा हुई। दुर्योधन ने क्रोध में कहा—

"यह तो घोर अवहेलना, अपमान तथा अन्याय है। महाराज धृतराष्ट्र, भीष्म पितामह को मिलना इनका कर्तव्य था, पर वे गए कहाँ, उस दासीपुत्र विदुर की कुटी में; यही उनकी कूटनीति है, जिसे हम समझते हैं।"

सभी अपने-अपने दालान में गए। महाराज धृतराष्ट्र ने गांधारी से कहा—

"वैसे तो श्रीकृष्ण ने ठीक ही किया है। राजमाता कुंती उनके पिता की बहन है और वह ज्येष्ठ भी है। लोग पहले अपनों से मिलते हैं। हम ही यह सोच न सके। और भी एक राजनीति इसके पीछे मुझे दिखाई दे रही है। जनमानस का आदर करनेवाले सर्वप्रथम जनसामान्य का आदर करते हैं।" महाराज धृतराष्ट्र अपना ही समाधान कर रहे थे।

"आपने सत्य ही कहा, राजनीति उसके रक्त में ही है। वह उसकी अपनी वृत्ति है। युद्ध बुद्धि से, बल से तथा लोकमत से जीते जाते हैं और मतों का आदर करना उसका स्वभाव बन गया है।"

"हम ऐसा कहना नहीं चाहते थे, फिर भी उसका करना योग्य था, यह हमें कहना था। राजप्रासाद छोड़कर कुटी में प्रवेश करना इतना भी सहज नहीं होता। स्नेह, कर्तव्य और ज्येष्ठों के प्रति आदर, यह भावना भी इस जाने के पीछे के कारण हैं।"

गांधारी मौन थी। मन-ही-मन उसे लगा कि श्रीकृष्ण महाराज यहाँ आते तो हम उनका वर्णन मदालसा से सुनते! पता नहीं मन क्यों अधीर है उनसे मिलने के लिए। वह मन-ही-मन निराश हो गई। बाकी राजप्रासाद में उनके लिए क्रोध उमड़ पड़ा था तो गांधारी के मन में उन्हें देखने की प्रबल इच्छा!

□

महाराज श्रीकृष्ण का रथ विदुर के घर के मार्ग पर चल पड़ा था। श्रीकृष्ण को स्मरण हुआ, कितने वर्ष बीत गए, जब कुंती का विवाह महाराज पांडु से हुआ था, तब श्रीकृष्ण ने उन्हें देखा था। तब श्रीकृष्ण की बाल्यावस्था थी। माता यशोदा के साथ वे उन्हें पहली बार ही देख रहे थे। कितनी सुंदर थी वह! आज अनेक वर्षों के पश्चात् वे नगर में आए हैं। पांडु महाराज का निधन हो गया तो माद्री सती हो गई, तब कुंती ने पाँचों पुत्रों को सँभाला। जब वे शिक्षा-योग्य बने तो हस्तिनापुर आए, तभी राज्य का आधा भाग उन्होंने माँगा था। और कौरवों ने 'नहीं' का हठ पकड़ा तो यह वार्त्ता हस्तिनापुर के आसपास होने के कारण श्रीकृष्ण महाराज को पता चला, तब वे दौड़कर आए थे।

उनके मन में था कि प्रथम दर्शन राजामाता कुंती का, विदुर का तथा पाँच पांडवों का हो! और उनके मन में एक उत्सुकता थी। हस्तिनापुर के विशाल साम्राज्य की महारानी गांधारी, जो अनुपम लावण्यवती, बुद्धिमती, अस्त्र-शस्त्र संचालन करनेवाली कर्तृत्व संपन्न गांधारी, जिन्होंने विवाह के पश्चात् अपना अस्तित्व ही खो दिया है। वे मौन रहना पसंद करती हैं। ये सौंदर्य से परिपूर्ण विश्व देखना तक नहीं चाहतीं, शत पुत्रों में से एक का भी उन्होंने मुख-दर्शन नहीं किया! वे ऐसे कैसे रह सकती हैं?

जब कभी किसी के मुख से गांधारी के संदर्भ में बात निकलती तो वे सोचने ही लगते, उन्हें इस प्रश्न का वैयक्तिक उत्तर चाहिए था। परंतु संपर्क किस आधार पर करें? जीवन का मध्याह्न हो रहा था। वे उनसे कभी भी नहीं मिले थे। अब वह भेंट होगी, जीवन के मध्यकाल में अनेक प्रश्नों के उत्तर मिलेंगे। अब वह भी तो जीवन के मध्यकाल की सीमा पर खड़ी होगी, श्रीकृष्ण महाराज मन-ही-मन विचार कर रहे थे।

यदि विदुर महाराज के घर ही जाना था तो राजसभा में प्रथम आने का संदेश क्यों भेजा? लगा था कि राजमाता कुंती वहाँ होंगी, लेकिन मार्ग में ही पता चला था कि राजमाता कुंती ने इस कुरुवंश में सम्राज्ञी बनकर ही प्रवेश किया था। यही वह

हस्तिनापुर नगरी थी, जिसका लौकिक और प्रतिष्ठा आर्यावर्त में है। राजमाता कुंती पिता वसुदेव की छोटी भगिनी और पांडुपुत्र जैसा सम्राट् की पत्नी, उनके ही आग्रह से श्रीकृष्ण इस नगरी में आए थे।

महाराज पांडुपुत्र गौरवर्ण, सुशील, शांत, संयमी थे तथा उन्हें सर्वशक्तिमान योद्धा होने का गौरव भी प्राप्त था। केवल युद्ध-ही-युद्ध करके उन्होंने साम्राज्य विस्तार किया। उन्हें राज्य-उपभोग एवं विलासी-जीवन इतना उचित नहीं लगता था। युद्ध और मात्र युद्ध करना ही उनका धर्म बन गया था। पांडुपुत्र महाराज के अंध बंधु धृतराष्ट्र और पितामह भीष्म के होने से वे राजव्यवस्था उनपर सौंपकर युद्ध ही कर रहे थे।

अंत में महाराज धृतराष्ट्र सम्राट् हो गए।

"शूरसेन, रथ को राजप्रासाद की ओर ले चलो!" विचारों से परे होकर उन्होंने कहा।

"आपने महाराज विदुर के घर जाने को कहा था, और चूँकि दोनों मार्ग अलग-अलग हैं तो···।"

"राजप्रासाद की ओर!"

शूरसेन रथ को राजप्रासाद की ओर ले जाने लगा तो, उनके मन में जो महारानी, राजरानी, शत पुत्रों की माता को देखने की इच्छा थी, वह प्रबल हो गई। उन्होंने केवल सुना ही था, पर आज देखने का अवसर मिला था।

रथ क्रय-विक्रय केंद्र से दूर राजप्रासाद के परिसर में पहुँचा। महाराज श्रीकृष्ण को लगा कि महाराज और महारानी, दोनों के दर्शन होंगे। लेकिन उन्हें अपेक्षित गांधारी नेत्रों पर पट्टिका बाँधे राजप्रासाद की दूसरी मंजिल पर सौंध में खड़ी थी। उनके मन में गांधारी की जो प्रतिमा थी, उससे शतपट वह लावण्यवती तथा कमनीय थी। नहीं देखते हुए भी वह देख रही है, ऐसा आभास करके श्रीकृष्ण का मुखमंडल प्रसन्नता से खिल गया।

रथ राजप्रासाद से होकर विदुर महाराज के गृह तक जाने लगा तो अपार भीड़ उनके पीछे-पीछे गई। वहाँ विदुर महाराज, राजमाता कुंती तथा पांडव उपस्थित थे। रथ से उतरकर श्रीकृष्ण ने कहा—

"हस्तिनापुर नगरवासी, आप सबको मेरा सस्नेह प्रणाम! आपके स्नेह को हमने अनुभव किया और हम प्रभावित हो गए हैं। इतना स्नेह और सम्मान हमें बहुत ही कम जगहों पर मिला! आपका धन्यवाद!"

भीड़ के चले जाने के बाद वे अपनी बुआ से मिले, महाराज विदुर से मिले और पांडवों का परिचय हुआ। श्रीकृष्ण और पांडवों को ऐसा लगा कि उनका स्नेह आज का नहीं, युगों का है। दोपहर तक कितनी ही बातें हुईं। श्रीकृष्ण संयत होकर बोले—

"राजमाता कुंती, आप पिताश्री की भगिनी अवश्य हो, परंतु हम आपको राजमाता के रूप में देख रहे हैं। सब घटनाएँ विदित हो गईं। महाराज पांडुपुत्र का विजनवास और महाराज धृतराष्ट्र का राजपाट एवं साम्राज्य देखकर हम आश्चर्यचकित हैं। यह सब पांडवों और कौरवों का है। तो मैं कल राजसभा में जाकर शिष्टाचारवश कहूँगा। परंतु आप कहते हैं कि अंध धृतराष्ट्र आणि अति स्वार्थी व कपटी शकुनि इनके ही आदेशसे चलते हैं। फिर भी हम प्रयास अवश्य करते हैं और कल रात को निर्णय लेते हैं।

सब आश्वस्त हो गए थे।

मध्याह्न धीरे-धीरे क्षितिज की ओर बढ़ रहा था और संध्या के चरण धीरे-धीरे मध्याह्न की ओर जा रहे थे। कार्तिक मास चल रहा था।

राजमाता कुंती तथा विदुर महाराज ने उनके कक्ष में प्रवेश किया तो मंचक पर लेटे हुए श्रीकृष्ण ने कहा, "आप? अच्छा ही हुआ, जो आप आए। आपकी चरणवंदना करना हम भूल ही गए थे। आप ज्येष्ठ हैं, आशीर्वाद दीजिए।"

"हम ज्येष्ठ आयु से हैं, लेकिन कर्मयोगी, ज्ञानयोगी आप हो श्रीकृष्ण!"

"वह कैसे देवी?"

"युद्ध करना आप जैसे क्षत्रियों का धर्म है, और सबको अपनी राय देना यह कार्य बुद्धि का है। और योगी शब्द का प्रयोग इसलिए कि आप सबकुछ पाकर भी सबसे दूर हो।

"देवी, यह आपने अनुचित सोचा है। हम रसिक हैं। हम क्षत्रिय धर्मरक्षक हैं। हम ज्ञान बाँटना पसंद करते हैं। आपको पता नहीं देवी! गोकुल-वृंदावन की सभी कुमारिका हम पर मोहित थीं। आज भी हैं। हमें अरसिक न समझें!"

"विदुर महाराज, आप संयत, सुस्वभावी और निवृत्त लगते हो, योगी तो आप हैं। स्वार्थ के सरोवर में रहकर भी नि:स्वार्थ होकर इस कुटी में रहते हो।"

"राजमाता, आप निश्चिंत रहिए, आकाश में नित्य काले मेघ नहीं होते। स्वर्ण रेखा निसर्गत: दिखाई देती है।"

राजसभा में दूसरे दिन श्रीकृष्ण महाराज प्रविष्ट हुए। उनके आने के पहले ही सब उपस्थित थे। उनके आते ही दुर्योधन, भीष्माचार्य तथा द्रोणाचार्य उनके स्वागत के

लिए खड़े हुए। पांडव, राजमाता कुंती, महारानी गांधारी तथा अन्य मंत्री उपस्थित थे।

श्रीकृष्ण विशेष आसन पर विराजमान हो गए। महाराज धृतराष्ट्र ने उनका स्वागत करते हुए अत्यंत स्नेहार्द्र स्वर में कहा—

"द्वारका नरेश श्रीकृष्ण, आपके यहाँ आने से यह राजसभा पहली बार अत्यधिक गौरव का अनुभव करती है।" श्रीकृष्ण के मुख पर प्रसन्नता थी।

महारानी गांधारी ने मदालसा से धीरे से पूछा—

"मदालसा, श्रीकृष्ण कैसे हैं?"

"स्वस्थ, शांत और अनुपम सुंदर उनके हास्य ने पहले ही सबको जीता है। आपने तो उनके आने के बाद जय-जयकार सुनी ही थी। सत्य कहूँ तो लगता है कि उनको देखने के लिए रोम-रोम को आँखें होनी चाहिए।

उनके भव्य ललाट पर कर्तृत्व गाथा, मस्तकरेषा विभूषित करनेवाला केसरगंध, विशाल नेत्र, उन नेत्रों में सद्भाव, सात्त्विकता, सज्जनों के प्रति स्नेह और राजनीति के प्रति रुचि, चंद्रप्रभा जैसे अधरों पर, उत्फुल्ल कमलिनी जैसे उनके कहने को आतुर अधर···गांधारी मन-ही-मन उन्हें देख रही थी।

श्रीकृष्ण खड़े हो गए, उन्होंने कहा, "हस्तिनापुर के सम्राट्, कुरुवंशीय धृतराष्ट्र, आचार्य कृपाचार्य, द्रोणाचार्य तथा पितामह भीष्माचार्य, कुरुवंशों के वंशज धृतराष्ट्र महाराज के शत पुत्र तथा राज-स्त्रियाँ···" बोलते-बोलते उनकी दृष्टि महारानी गांधारी, राजमाता कुंती तथा अन्य स्त्रियों की ओर गई। वे गांधारी को देखकर चकित हो गए। उनके नेत्रोंवाली 'पट्टिका' उन्हें अच्छी नहीं लगी। आगे उन्होंने कहा—

"वैसे तो हमें आना ही था। अनेक वर्षों के बाद, कदाचित् राजमाता कुंती के विवाह के बाद ही उन्हें आज ही देख रहे हैं और पांडव हमारे पाँच बंधु, उन्हें पहली बार ही देख रहे हैं।

"दूसरी बात थी, मध्य प्रदेश से होकर हम उत्तर प्रदेश की ओर जा ही रहे थे तो आपसे मिलने की इच्छा हुई। सत्य कह रहे हैं।

"और तीसरी बात, हम आनेवाले ही थे और युधिष्ठिर का संदेश एवं संपूर्ण घटनाक्रम पता चला तो भी आना ही था। कुरु साम्राज्य का उज्ज्वल इतिहास, विराट् साम्राज्य और वैभव देखने का मोह भी हमें था और···"

बोलते-बोलते एक युवक पर उनका ध्यान गया और निमिष भर के लिए उनकी दृष्टि वहाँ टिकी रही। गौरवर्ण का सुबाहु, सुदृढ़ और उत्तरीय के पीछे कवच जैसा आवरण था तथा तेजप्रभा से आलोकित कर्ण-कुंडल! कौन हो सकता है यह

युवक ? कोई शत पुत्रों में से कौरव ? परंतु मुख का भाव देखकर लगा, जैसे यह कोई अपना-सा है। और उसने अपना वाक्य पूर्ण किया।

"आपने तो युवकों को भी अपनी राजसभा में स्थान दिया है। महाराज धृतराष्ट्र, तभी तो आप साम्राज्याधिपति हो। युवकों का हाथ पकड़कर चलनेवाला, नहीं तो युवकों को साथ लेकर चलनेवाला वर्तमान नायक होता है। हम आपके शासन-यंत्रणा से प्रसन्न हैं। हस्तिनापुर आते-आते हमें सर्वत्र यही अनुभव हुआ है। यहाँ स्त्रियों का भी सम्मान है। धन्य है महाराज आपकी⋯।"

श्रीकृष्ण जब राजसभा की ओर निकले तो राजमाता कुंती ने कहा, "देखो, श्रीकृष्ण यह वाद-विवाद दो भाइयों के बीच का है। तुम कुछ भी न कहो। और यदि कुछ विषय निकलेगा तो संयम से बात करो।" श्रीकृष्ण हँस पड़े थे। शत अपराध करने पर ही शिशुपाल को मारा था।

राजसभा स्तब्ध थी। मध्याह्न अभी श्याम की ओर धीरे-धीरे चल रहा था। तब युधिष्ठिर ने कहा, "धृतराष्ट्र महाराज, आप न्याय कीजिए। हम पाँच बंधु शतशृंग पर्वत से यहाँ आए हैं, हमें राज्य का अधिकार नहीं चाहिए, परंतु पिताश्री ने साम्राज्य विस्तार किया, संपूर्ण राज्य महाराज को प्रदान कर वे वनवासी हो गए। अब हमें भी अपनी भूमि दीजिए, वह हमारा अधिकार है।"

युवक कर्ण मन-ही-मन कह रहा था, 'कितने ही दिन बीत गए हैं, विवाद समाप्त ही नहीं होता। राधामाता ने कहा था कि कुछ भी हो, तुम्हें युवराज दुर्योधन ने अंगदेश का राजा अवश्य घोषित किया है, फिर भी यह उनका अपना प्रश्न है, तुम उसमें न पड़ो। कौरवों ने उन्हें आधा राज्य नहीं, तो वे जो माँग रहे हैं वह भूमि तो देनी ही चाहिए। वह उनका अधिकार है।' अंगराज कर्ण को भी माता का कहना उचित लग रहा था।

"आप कुछ भी क्यों नहीं कहते, महाराज धृतराष्ट्र ? आप हमारे पिताजी के बंधु हैं, फिर भी⋯" भीम ने कहा। उसकी आवाज राजसभा के कोने-कोने से टकराई।

कल रात को देर तक महाराज धृतराष्ट्र, दुर्योधन और शकुनि मामा के साथ परामर्श चल रहा था। गांधारी को एक ही वाक्य सुनाई दिया, उसके ही भाई शकुनि ने कहा था—

"महाराज, दुर्योधन आपका सामर्थ्य है, आपके नेत्र तथा आपका स्थान अबाधित रखनेवाला पुत्र है। और पांडुपुत्र महाराज को राजपाट छोड़ने को तो नहीं कहा था! वे छोड़कर भागे तो आपका अपराध नहीं है, और भूमि देने का तो प्रश्न

ही नहीं है। आपने ही संपूर्ण विस्तार किया, विकसित किया है।" दुर्योधन के मन में भी यही था।

"इतने वर्ष बीत गए, पर उन्हें शासन तथा हमारा कुछ भी विचार तक नहीं आया? और अब आए हैं, यह अति अयोग्य है।" दुर्योधन ने कहा।

"देखिए महाराज, वे विजनवासी थे, तब भी आप वन में उनका पूरा ध्यान रखते ही थे, आपका जो कर्तव्य था, आपने निभाया भी है।

"सत्य है शकुनि, हमने उनके पास अंशतः भेजा है। धन-धान्य उन्होंने भेजा तो हमने दास-दासी भेजे, हमें भी सोचना चाहिए। हमें किसी के साथ अन्याय नहीं करना चाहिए।"

"और हमें न्याय आपको देना ही नहीं है, पिताश्री!" दुर्योधन क्रोधित होकर दालान से बाहर गया।

शकुनि ने संयत स्वर में कहा, "आप निश्चिंत मन से सो जाओ, युवराज और महाराज, आप अपने सुयोग्य शत पुत्रों का विचार कीजिए। प्रश्न पाँच पांडव, पांचाली तथा राजमाता का है। उन्हें कुछ भूमि प्रदान करें, ऐसी भूमि, जहाँ घोर अँधेरा हो, क्योंकि भीम जैसा शक्तिशाली उस वन को नष्ट करेगा। अर्जुन तथा उसके भाई वहाँ खेती करेंगे। आप उन्हें खांडववन सहर्ष दीजिए। देना भी पूरा होगा और उनके शब्द—'थोड़ी भूमि' भी उन्हें मिल जाएगी।

और आज राजसभा में महाराज धृतराष्ट्र ने कहा, "हम तो आधा राज्य पांडवों को देनेवाले थे। परंतु वे ही अल्पसंतुष्ट हैं, अब उन्हें राज्य-प्रशासन आने में विलंब लगेगा। हम मानते हैं कि पाँचों पांडव बुद्धिमान व शक्तिशाली हैं और श्रीकृष्ण महाराज जैसे लोकमानस के सम्राट् भी हैं। तो आज हम पांडवों को खांडववन का भू-भाग देते हैं।"

"धन्य हैं हम, धन्य हैं आपके वचन; हमें अपनी भूमि तो प्राप्त हुई! हमें प्रसन्नता है, महाराज!" युधिष्ठिर ने कहा।

श्रीकृष्ण हँस रहे थे—अंध धृतराष्ट्र के पीछे चल रही राजनीति पर।

"यह है सम्राट् का न्याय? खांडववन, जहाँ सूरज का प्रकाश तक नहीं पहुँचता, वहाँ अनार्य तथा राक्षसों का निवास है। महाराज धृतराष्ट्र, आपने विचारपूर्वक न्यायदान किया है।"

महाराज धृतराष्ट्र ने पूछा—

"महाराज श्रीकृष्ण, आपके बंधु अब प्रसन्न हैं न?"

"अवश्य प्रसन्न हैं। भूमि विशाल हो या लघु, वह तो अपने कर्तृत्व से सिद्ध होती है। भूमि माता है, वह विशाल हो या लघु, धनिक हो या निर्धन, वह अपनी होती है। आपका न्याय उचित है, आपने पाँच पांडवों को अपना कर्तृव्य सिद्ध करने का अवसर दिया है।"

राज सभा समाप्त हो गई। पांडव और पांचाली प्रसन्न थे।

संध्याछाया धीरे-धीरे राजप्रासाद के प्रांगण में उतर रही थी। गांधारी पट्टिका आँखों पर होने पर भी नित्य नेम से कशीदा निकाल रही थी। प्रासाद के प्रांगण में आम्रतरु पर नूपुर-ध्वनि जैसी ध्वनि धीरे-धीरे होकर बढ़ती गई। विहंग अपने-अपने कोटरों में आ रहे थे, राजप्रासाद की स्त्रियाँ नदी की ओर जा रही थीं और गोधन राजप्रासाद की ओर आ रहा था। गोधूलि से वातावरण धूसर था।

महारानी गांधारी, पद-ध्वनि से किसी के चलने की गति सहज ही समझ लेती थी। अभी-अभी उसे लगा कि दालान में किसी ने प्रवेश किया है। उनकी पग-ध्वनि से लगता है, यह अपरिचित ध्वनि है। कौन हो सकता है?

"देवी गांधारी,"'अचानक महाराज धृतराष्ट्र की आवाज आई तो उसे लगा कि सुनाई दी अपरिचित पगध्वनि, और आए महाराज! आभास होगा।

"सत्य कहूँ तो इस समय तुम कसीदा निकाल रही होगी। कभी मृत्तिकाघट पर रंगों से सजाती हो, कभी रंगावली बनाती हो; समझ में नहीं आता राज-स्त्रियाँ हँसती होंगी तो''' !"

"एक तो हमने अब सब विचार ही त्याग दिए हैं। एक काल जैसे बीत गया है। लोग कहते कि गंधार नरेश की सुकन्या युवराज्ञी गांधारी सभी कलाओं में निष्णात थी। अब सब किस काम का? यह प्रश्न आता है। आँखों से अंधे अवश्य हैं, परंतु मन में तो सबकुछ दिखाई देता है, वह भी सुस्पष्ट!"

"हो सकता है कि हमने तो कभी कुछ देखा ही नहीं तो अनुभव नहीं होता। आज हमने राजसभा में योग्य काम किया न? और महाराज श्रीकृष्ण ने हमारे वचन को मान लिया है।"

"यह विषय आपका था। आपने विचार करके ही तो न्याय दिया होगा! हस्तिनापुर नगरी का विस्तीर्ण साम्राज्य जिसने निर्माण किया, उनके पाँच पुत्रों को खांडववन की भूमि प्रदान की, यह अच्छा ही हो गया।"

महाराज धृतराष्ट्र संभ्रमित हो गए, महारानी गांधारी किसका पक्ष ले रही हैं। आज नहीं, कभी भी उनके मन की बात कोई भी समझ नहीं पाया था। केवल

मदालसा थी, जिसने देखा था, स्वयं को अपने आप में ही कोश बनाकर रहनेवाली सखी की कभी मुक्त हँसी!

"श्रीकृष्ण के आने से हमें प्रसन्नता का अनुभव हुआ। आपको भी तो हुआ होगा न महारानी?"

"अवश्य हुआ। पाँच पांडवों का भाई है, इसलिए नहीं कि द्वारकाधीश हैं, वे युद्ध करते हैं और ज्येष्ठ बंधु बलराम राजशासन करते हैं। आज उसके विपरीत देखकर उन्हें कैसा लगा, यही विचार आया।"

महाराज धृतराष्ट्र ने कहा, "अपने-अपने विचार हैं, हम अभी राजमंदिर में जा रहे हैं। सायं आरती का समय हो रहा है।

वैसे संध्या अब धरती पर छा गई थी। उसे अपने आप पर ही हँसी आई। कसीदा तो निकाल रही थी, वह भी संध्या-छाया में ही, क्या प्रकाश, क्या अँधेरा, दोनों अँधेरे में ही विलीन हैं।

"आजतक का आपका स्वभाव देखकर लगता है महाराज कि आपने उचित धर्म ही निभाया है। दो व्यक्तियों से विचार-विमर्श के बाद आप अपना विचार प्रगट अवश्य करते हैं, उसमें आपके अपने विचार न होने के कारण आप संभ्रमित रहते हैं। हमने योग्य किया कि अयोग्य? उससे तो अच्छा है महाराज कि आप बीती घटना को भूल जाएँ और वर्तमान का आनंद लें।"

"आप ठीक कह रही हैं, अब हम मंदिर जाते हैं। इतना अवश्य है कि हम सबको अपनी बातें भगवान् को सौंप देनी चाहिए।" वे प्रसन्नता से दालान के बाहर आए और मंदिर की ओर चल पड़े। सेवक उनके पीछे-पीछे चल रहे थे।

उनके जाने के पश्चात् मदालसा ने उनका शृंगार कर दिया। रजनीगंधा की एक माला सघन केशों में लगाई और इत्र भी रजनीगंधा का ही था। महावस्त्र में उसे सुशोभित, सालंकृत देखकर मदालसा की आँखों में पानी भर आता था।

साज-शृंगार करके वे मंचक पर बैठनेवाली ही थी कि "अभिवादन, महारानी गांधारी!" मधुर शब्दों में किसी ने कहा। ब्रह्मवाणी की ध्वनि हवा की लहरों पर आई तो वह मन-ही-मन प्रसन्न हो गई। आभास तो नहीं? कस्तूरीगंध और वह मधुर वाणी सत्य ही है। परंतु कोई यहाँ आता तो सेवक आकर सूचित करता, यह आभास ही है।

"महारानी गांधारी, हम सच में यहाँ आए हैं, आभास नहीं है। अब हमें बैठने के लिए नहीं कहोगी?"

"आप? महाराज श्रीकृष्ण!"

"आपने ठीक कहा है। कदाचित् कल द्वारका प्रस्थान करेंगे तो लगा कि एक बार आपसे भेंट कर लूँ। वैसे तो आपकी, यानी आपके सौंदर्य की कीर्ति हमने कब से सुनी है। आपके संदर्भ में लोग बहुत कुछ कहते हैं।"

"आप निश्चिंत होकर बैठिए।" उसने सुवर्णासन की ओर संकेत किया।

"और हमारे संदर्भ में लोग क्या कहते होंगे, इसकी हमें आवश्यकता नहीं, आप क्या कहते हैं?" श्रीकृष्ण खिलखिलाकर हँसने लगे।

"देवी, उत्फुल्ल कमलिनी से क्या कहा जाए, तुम बड़ी सुंदर हो। नक्षत्रों को क्या कहा जाए, तुम तेजस्वी हो। प्रत्यक्ष ब्रह्मदेव को क्या कहा जाए, आप बुद्धिमान हो। आपकी तुलना किसी से कैसे की जाएगी। देवी, इन सबका मेल किया जाए तो आप हो जाती हैं।"

"आपने हमें, कैसे स्मरण किया, महाराज?"

"आप हमें श्रीकृष्ण कहें, आपके मुख से यह अच्छा लगेगा। और हम अचानक आएँ तो आपके लिए⋯"

"प्रसन्नता ही है। वैसे हम कहाँ देख पाते हैं! दिन कटते रहते हैं, क्योंकि वे किसी के लिए रुकते नहीं हैं। आपके आने से प्रसन्नता का अनुभव हुआ।"

"अनेक वर्षों से यहाँ आने का विचार था ही, कदाचित् आपका विवाह हुआ, तब से हम यहाँ आने का सोच ही रहे थे। यहाँ आने पर आपका वैभव, सौंदर्यपूर्ण विकसित नगरी का रूप, सबकुछ देखकर आप दोनों का प्रशासन कितना रसिकता से बना है, यह देखने को मिला। वैसे महाराज भी स्वागत करने में शिष्टाचार तथा स्नेह से परिपूर्ण लगे।" वैसे श्रीकृष्ण को यह बोलना नहीं था, प्रश्न था अकस्मात् क्या बोलें? शत पुत्रों की माता होकर वह इतनी अधिक लावण्यवती थी कि श्रीकृष्ण भी ब्रह्मदेव की कलाकारी पर चकित रह गए।

सत्य तो यह था कि अनेक वर्षों से गांधारी को देखने के लिए मन अधीर था और आज, जबकि वे सामने बैठी हैं तो शब्द ही मौन हो गए थे।

"देवी, हमारे आने से आपको⋯"

"नहीं-नहीं, ऐसा कुछ भी नहीं। ऐसे संभ्रमित क्यों हो रहे हैं?"

"क्योंकि आप हमारे आने पर मौन हो गई थीं। और आप विदुषी हैं, शास्त्रार्थ कर लेती हैं। धर्मग्रंथों का विपुल ज्ञान हैं तो ज्ञान-मंदिर में जाकर उन्हें समझाती हैं आप रणविद्या, अस्त्र-शस्त्र का प्रयोग करना जानती हैं। आप जीवन को अत्यधिक

समीप से देखती हो, तो···"

"तो क्या श्रीकृष्ण? और हम कहाँ जानते हैं कि जीवन क्या होता है?"

"देवी, जीवन का आपने जितना अनुभव किया, उसे परखा, उस संदर्भ में विचार किया, जीवन कैसे जिया जाता है, इसकी कल्पना भी आपके सिवा कौन कर सकता है? सागर की गहनता, आकाश का विस्तार, चंद्रमा-नक्षत्रों का नयन रम्य, सौंदर्य खिलते फूल, अप्रतिम निसर्ग, सब आपकी आँखों में बँधी पट्टिका के पीछे है, आपके मन में है।"

"आप वाक्चतुर हो, श्रीकृष्ण! हम आपके संदर्भ में क्या कहें? आपके आने से प्रसन्नता की लहर सर्वत्र फैल गई है। एक प्रश्न था, श्रीकृष्ण! क्या आप चमत्कार करते हो?"

"देवी, कभी-कभी लोग अति भक्ति या श्रद्धा से उस व्यक्ति पर चमत्कार थोप देते हैं। वस्तुत: सिद्धि से प्राप्त किया मार्ग चमत्कार की ओर जाता है। मंत्रसिद्धि, यानी मंत्र के द्वारा प्राप्त सिद्धि। मंत्र, यानी कि विश्व के लिए एक सद्‍विचार; वह विचार बार-बार दोहराने से मंत्र हो जाते हैं।"

"वह तो हम भी मानते हैं, परंतु कालियामर्दन, माता यशोदा के लिए विश्वरूप दर्शन, पूतना जैसी अनेक राक्षसियों का नि:पात, कंस वध, ये घटनाएँ सर्वसामान्य व्यक्ति नहीं कर सकता, यह अद्‍भुत है।

"श्रीकृष्ण, यह दिव्यत्व का, देवत्व का या तो दैवी वरदान का प्रभाव है? या तो जन्मत: सहजसिद्धि का आविष्कार है?"

"इतने प्रश्न आपके मन में आए, आप प्रज्ञावती स्त्री हो। कदाचित् ही किसी ने इतने प्रश्न पूछे होंगे। देवत्व, दिव्यत्व, दैवी चमत्कार इसके पीछे क्या हो सकता है, देवी?"

"तपस्या तथा सूक्ष्म अवलोकन, शास्त्राभ्यास या तो विज्ञान भी, जो ज्ञान से परे होता है। अद्‍भुत घटना का साक्षीदार विज्ञान होता है।

"देवी, प्रत्येक मनुष्य के जीवन में कितने ही ज्ञात-अज्ञात दालान होते हैं। विश्व के संदर्भ में यदि विचार करें तो अवकाश में चंद्र, सूर्य, नक्षत्रों का होना एक चमत्कार है। जहाँ-जहाँ देखिए, चमत्कार ही है। जाने दीजिए। इतना अवश्य है कि पूर्व घटनाएँ कैसे हुईं, इस संदर्भ में लोग हमें चमत्कार आता है, ऐसा कहते हैं।"

"आपको यह चमत्कारवाला आवरण प्रिय है?"

"कैसे होगा देवी, किसी भी बुद्धि से चलनेवाले व्यक्ति को प्रिय नहीं हो

सकता। समाज की अपनी एक रीति है, नीति है, शास्त्र है। सत्य तो यह है कि हमारे पराक्रम देखें, राजनीति, रणनीति देखें, हमसे कोई शास्त्रार्थ करें, परंतु नहीं; जैसे कि हम अवतारस्वरूप हैं। एक बार अवतार मान लिया तो संघर्ष, व्यथा, वेदना, पराक्रम आदि इस बारे में कोई सोचता ही नहीं, जैसे कि साक्षात् ईश्वर हैं।"

"हमें इतना नहीं बोलना चाहिए था, परंतु हम सहजता से बोलते चले गए, क्षमस्व देवी!"

"आपका अंतर्मन हमने जाना, हमें आपकी सहजता अच्छी लगी, बहुत ही अच्छी, जैसे मन की व्यथा आज वेदना बनकर प्रगट हुई।

कुछ देर तक दोनों मौन थे। नि:स्तब्ध शांतता को भंग करनेवाला कोई नहीं था। दोनों ही अपने-अपने व्यतीत जीवन के संदर्भ में विचारमग्न थे। अचानक श्रीकृष्ण ने पूछा, "देवी, एक व्यक्तिगत प्रश्न पूछना चाहता हूँ, क्या आप उत्तर और वह भी सत्य उत्तर देंगी?"

"अवश्य श्रीकृष्ण! अवश्य! आज तक किसी ने यह प्रश्न पूछा तक नहीं था।"

गांधारी की आँखें भर आईं।

"राग, विराग, अनुराग, इन तीन क्रियाओं से अपनी अभिव्यक्ति साकार होती है। इन अभिव्यक्तियों में मन की संवेदना सहज ही प्रगट होती है। श्रीकृष्ण, आप अवश्य पूछिए; कदाचित् हमारा मन हलका हो जाएगा। बीती घटनाओं को सँभालते-सँभालते हमारा मन हमें ही बोझ लगने लग गया है।"

श्रीकृष्ण मन-ही-मन सोच रहे थे, 'जीवन में प्रथम ही मिले हैं तो अपने मन का प्रश्न···उन्हें वेदना तो नहीं देगा?' श्रीकृष्ण मौन थे। सायंकालीन आकाश में एक-एक चाँदनी प्रवेश कर रही थी। और चाँदनी का पदन्यास देखकर सहसा उनके मन में आया कि कितने वर्षों से ऐसे शांत होकर कभी आकाश की ओर देखा तक नहीं, जीवन में इतनी व्यस्तता कि स्वयं के संदर्भ में विचार तक नहीं किया। लोग कहते हैं, "द्वारका नरेश हैं, उन्हें क्या कमी हो सकती है?"

"श्रीकृष्ण, आप प्रश्न पूछते-पूछते स्वयं में खो गए हो! जीवन के पन्ने उलटते रहते हैं। कितनी इच्छाएँ मन में अधूरी रह जाती हैं। लगता है, रात में जलविहार करूँ, विविध रंगों का क्षितिज देखूँ, अपने ही फूल-पौधे, पुत्र-पुत्री देखूँ··· परंतु···"

"सत्य कहूँ तो देवी, हम एक प्रश्न पूछने ही आए थे! क्या आप कुछ भी देखना नहीं चाहतीं? क्या आपने अपनी जीवनदृष्टि स्वयं तक ही मर्यादित की है?

आपने नेत्रों पर 'पट्टिका' क्यों बाँध रखी है। आप सत्य ही कहेंगी, ऐसी आशा करता हूँ।"

गांधारी के लिए प्रश्न अनपेक्षित था। वह सावधान होकर बोली, "कई प्रश्न ऐसे होते हैं, जिनके उत्तर ढूँढ़ने पर भी नहीं मिलते। आप राजश्रेष्ठ हैं, एक लोकप्रिय नेता हैं तथा सखा-सहचर, मित्र हैं आप, तो हम भी आपसे एक प्रश्न पूछें तो..."

"हम अवश्य उत्तर देंगे।"

"श्रीकृष्ण, हमारी पट्टिका हमारे सामने अंधकार उपस्थित करती है, इस कारण हम दु:खी या व्यथित होंगे, यह जानकर आप हमें मिलने आए हैं और यह प्रश्न पूछा है? आप ऐसी कितनी स्त्रियों की व्यथा-वेदना पूछने जाते हो? आपने इतने विवाह क्यों किए? राजपुरुष को समाज ने दी हुई मान्यता के कारण या उनकी वेदना आपसे देखी नहीं गई, या आपसे प्रीति होने के कारण?"

श्रीकृष्ण खिलखिलाकर हँस पड़े।

"प्रश्न को प्रतिप्रश्न पूछकर आपने तो हमें ही जाल में फँसाया है। देवी, सच में आप वाक्चतुर हैं। देवी, आज नहीं, पर इस प्रश्न का उत्तर हम अवश्य देंगे, जब हम पुनः मिलेंगे।"

"और उत्तर न भी मिले, तो भी आज की संध्या सुरमयी हो गई। जीवन की यह सांध्यवेला हम अवश्य याद रखेंगे महाराज..."

"देवी, हम पांडवों के भाई हैं, बहुवचन का प्रयोग न करें?"

अब वह हँस पड़ी।

"अब हम चलते हैं, आपका प्रश्न स्मरण है, उत्तर अवश्य मिलेगा।"

"अरे, रुकिए तो, आपका स्वागत भी नहीं हुआ, जल तक के लिए नहीं पूछा। आपके आने से हमें शिष्टाचार का स्मरण भी नहीं रहा।"

"नहीं-नहीं, कृपा करके आप तनिक रुक जाइए।" उसने मदालसा, सुमति, सत्यवती को बुलाया। आरती का थाल एवं पुष्पमाला लेकर वे आईं।

"मदालसा, उनकी आरती उतारो, उनको वैजयंतीमाला के साथ पुष्पमाला पहनाओ, उनके चंदन गंध पर कुमकुम तिलक लगाओ, उनको भेंट करने के लिए महावस्त्र हमारे पास लाओ। पूजा होने के बाद दासियाँ चली गईं।

गांधारी ने पितांबर उनके हाथ में दिया और उत्तरीय उनके कंधे पर रखा। किंचित् स्पर्शमात्र से गांधारी के देह में सौदामिनी का प्रवाह शुरू हो गया। वह दो कदम पीछे आई।

"श्रीकृष्ण, जीवन में कभी-कभार ऐसे व्यक्ति आते हैं, जिन्हें हम मन के सप्तपाताल में, चंदन कुप्पी में रखते हैं। आज आँखों के अँधेरे में रेशमी वस्त्र पर कसीदा निकाला है, वह आपको देती हूँ।" श्रीकृष्ण ने वह वस्त्र लिया, उस पर लिखा था 'श्री'। उनका मन भर आया। 'पुनरपि समय आने पर मिलेंगे।' मन में उन्होंने कहा, 'प्रश्नों के उत्तर देने के लिए हमें आना ही है।'

श्रीकृष्ण प्रसन्नता लेकर आए और देकर चले गए। महारानी गांधारी सुवर्णआसन के पास देर तक खड़ी थी। उसे स्मरण आया।

□

"गांधारी··· गंधवती··· कहाँ हो तुम?"

शिवतेजा उसे पुकार रही थी, परंतु गांधारी दिखाई नहीं दे रही थी। सखियाँ थक चुकी थीं। संध्याकाल होनेवाला था। अब उन्हें भय लगने लगा था। आते समय गांधारी ने वन में से नया मार्ग खोज लिया था, वह मार्ग अब दिखाई नहीं दे रहा था।

शिवतेजा अब क्रोधित हो गई थी। नित्य की घटना हो गई थी। कितना समझाती हूँ, पर सुनती ही नहीं। अंत में उसने फिर से आवाज दी और गंधवती के नूपुरों की ध्वनि सुनाई पड़ी। गंधवती अनेक रंगों के फूल अपने उत्तरीय में लाई थी।

"गंधवती, तुम्हें हम कब से पुकार रहे थे! ऐसे एकाग्र हो जाती हो कि···अब भी वही, हम आपसे कुछ कह रहे हैं!" गांधारी ने उसकी ओर देखा।

"इतने फूलों का क्या करोगी? सच में तुम गंध से मोहित हो, निसर्ग और फूलों से, चंद्र, तारिकाओं से, वायु तथा जल-लहरियों से कितना अधिक स्नेह रखती है, जैसे वे सभी उसके अपने हों।" शिवतेजा उसके बारे में सोच रही थी। शिवतेजा ने उसका हाथ पकड़ लिया था। गंधवती क्षितिज की ओर देख रही थी। रंग-बिरंगे आकाश में संध्यारानी का सुवर्णप्रासाद चमचमा रहा था। आकाश का रंग लेकर जलवंती सरिता भी मोहित हो गई थी। अचानक गांधारी ने पूछा—

"शिवतेजा, आप हमारी ज्येष्ठ भगिनी हो, हम कुछ माँगें तो···"

"तो क्या गंधवती! ऐसी कौन सी वस्तु है, जिसे हम नहीं दे सकते?"

"हमें कटिवस्त्र चाहिए। उसे आकाश के केसरिया रंग तथा स्वर्ण किनारे वाला और नीले आकाश जैसा उत्तरीय चाहिए।"

"अभी अपने पाँव उठाकर चल! अँधेरा छा गया है। माता सुमति राह देख रही होंगी। कहीं हम इस वन में भटक न जाएँ।" सभी सखियाँ भयभीत हो गईं, तब गांधारी ने कहा कि हमने अपना उत्तरीय फाड़कर वृक्ष को बाँधा है, जिससे हमें

राजप्रासाद का मार्ग पता चले।

शिवतेजा को गांधारी का यह बचपन और राजमाता सुमति का दिया हुआ बडप्पन, इसमें वह अटक गई थी। न वह खेल पाती, न विवाह की बातें ही कर पातीं। इसका क्रोध वह गंधवती पर निकालती।

वह दौड़कर राजमाता सुमति के पास आकर बैठी और कहा, "हमारी ज्येष्ठ भगिनी धीरे-धीरे आ रही है।"

"सुज्ञ व समझदार है शिवतेजा; और आप? आप बड़ी नासमझ, और…" गांधारी ने कुछ सुना ही नहीं। "गांधारी मदालसा के साथ तैयार होकर मंदिर आना।" महारानी चलने लगीं तो उसने पूछा—

"माते, हम नित्य विष्णुदेव की आरती उतारते हैं, तो ये विष्णुदेव रहते कहाँ हैं?"

"वे दूरस्थ आकाश के पीछे रहते हैं।"

"इसलिए वे दिखते नहीं, है न? लेकिन सब कहते हैं कि वही सबकी सहायता करते हैं, तो वे कभी-न-कभी आकाश की सीढ़ियाँ उतरकर आते ही होंगे! आपको कुछ चाहिए गांधारी?"

"हमें कुछ भी नहीं चाहिए। मन में आया कि हम तो राजकन्या हैं, और हमारे पिताश्री सुबल महाराज हमारे लिए कुछ भी लाकर दे सकते हैं। परंतु माता, हम आज वन से गुजर रहे थे तो हमने वनवासी लोग देखे, तो लगा कि आकाश से विष्णुदेव उन्हें कैसे देख पाएँगे?"

"उन्हें अपना स्मरण रहता है! वे सबके साथ होकर भी दिखाई नहीं देते। कुछ धनिक, कुछ निर्धन होते हैं, वह भी केवल नियति की इच्छा से!"

"यह नियति कौन है? क्या यह ईश्वर से बड़ी है?"

"हम बताते हैं।" महाराज सुबल ने अब दालान में प्रवेश किया था। नियति अदृश्य है। वह अपने मस्तक पर अपने भविष्य की रेखाएँ खींचती है। अज्ञात अक्षरों में लिखती है। जब समय बीत जाता है तो ध्यान में आता है…चलिए, इस बात को छोड़कर नया विचार करते हैं। आज सुबह हमें एक स्वप्न आया था, उसमें एक राजकुमार शुभ्र-धवल अश्व पर आया और तुम्हें उठाकर ले गया। हम देखते ही रह गए।

"हम विवाह नहीं करेंगे।"

"क्यों? ऐसा कभी होता है क्या? आज नहीं तो कल यह घटना होनेवाली ही है।"

"हम विवाह नहीं करेंगे। हम आश्रमवासी, यानी योगिनी बनना चाहते हैं।"

"ऐसा क्यों?"

"हमारे कुछ प्रश्न हैं,''' प्रौढ़-प्रगल्भ व्यक्ति को यह वाक्य दस वर्ष की कन्या गंधवती बोल रही थी। राजपुरोहित ने जब उसकी कुंडली देखी थी तो कहा था कि बुद्धिमती तो है ही, साथ ही अप्रतिम लावण्यवती यह कन्या विराट् साम्राज्य की महारानी होगी।" महाराज सुबल को स्मरण हुआ था।

"हम विष्णुदेव से पूछनेवाले हैं, आकाश में इतने रंग बिखेरने का उनका सामर्थ्य है तो उन्होंने वनों में, उपवनों में, फूल-पत्तियों में अनेक रंग निर्माण किए, प्रत्येक मनुष्य के जीवनरंग बनाए।"

"सबकुछ सामर्थ्य होने पर उनका ध्यान भी निर्धन आदिवासियों की ओर नहीं गया। हमें अच्छा नहीं लगा। ईश्वर है तो सर्वत्र समानता अपेक्षित है न, तात?"

"हम उन्हें धन देते हैं, फिर भी सुकुमारी, यह सबके कर्मों के अलग-अलग फल हैं।

"कर्म क्या होता है?"

"अपने किए काम। अच्छा शास्त्राभ्यास किया तो उत्तीर्ण, नहीं तो'''सभी जगह कर्म से ही गुण-अवगुण, निर्धनता और अन्य घटनाएँ होती हैं।"

"आपने सत्कर्म किया था न, पिताश्री, जिसके कारण आप साम्राज्य के स्वामी हो?"

"सत्य कहूँ, सुकन्या गंधवती, यह राजसिंहासन परंपरा से चलता आ रहा है, जो पिताजी के बाद हमें मिला और हमारे बाद शकुनि को प्राप्त होगा।"

गांधारी के मन में आया कि कोई सत्कर्म न करने पर भी पिताश्री को इतना राज्य क्यों प्राप्त हो गया? राजमंदिर में नित्य फूलों की माला अर्पण करनेवाला और एक मुट्ठी चावल चढ़ानेवाला वह दरिद्र ब्राह्मण'''क्या उसने दुष्कर्म किया होगा?"

"हमारी प्रिय गंधवती, तुम उमलती कलिका के समान हो। नए विचार तुम्हारे मन में खिल रहे हैं। सभी प्रश्नों के उत्तर समय आने पर मिल जाते हैं।"

"पिताश्री, हम भी राजसिंहासन पर बैठकर न्याय करना चाहते हैं।"

"अवश्य'''अवश्य, परंतु तुम्हें बड़ा होना पड़ेगा।"

"क्यों, हमारी उम्र का कोई राजधर्म नहीं निभा सकता क्या?"

महारानी सुमति हँस रही थी और महाराज सुबल बार-बार निरुत्तर हो रहे थे। उसके अनेक प्रश्न थे—वायुलहरी कहाँ से आती है? सागर में इतना जल कहाँ

से आता है? नदियाँ अविरल क्यों बहती हैं। मेघों में इतना जल कहाँ से आता है?

वह वनविहार करने गई तो फूलों से बात करती थी। महाराज सुबल के मन में आया, 'निसर्ग यह कोई पुरुष होता तो उसके साथ इसका विवाह अवश्य कर देते। अपने पुत्रों को फूलों से सजाएगी।'

महाराज-महारानी दालान के बाहर गए और शिवतेजा आ गई। "युवराज्ञी शिवतेजा, महाराज सुबल आपका विवाह करना चाहते हैं।"

"ठीक है, गांधारी! हम भी उत्सुक हैं विवाह के लिए।"

"हमें पता नहीं था कि विवाह के लिए आप इतनी अधीर हो! हम तो विवाह ही नहीं करना चाहते। लेकिन तुम्हें देखकर ऐसा लगता है कि विवाह ही जीवन की सबसे सुंदर घटना है।"

"अवश्य गांधारी, विवाह हमारे लिए भी मंगलदायी है।"

"माता-पिता को छोड़कर आने का दुःख नहीं है?"

"छोड़ कहाँ रही हूँ, उनके साथ नया परिवार जोड़ रही हूँ। वहाँ श्वसुर-गृह में जाकर अपना एक स्थान ग्रहण करना चाहती हूँ। सृष्टि का उदय देखना चाहती हूँ। प्रत्येक स्त्री का सपना होता है—ससुराल। गंधवती, तुम अन्य कन्याओं जैसी नहीं हो, फिर भी विवाह तो तुम्हें करना ही पड़ेगा। हाँ, इतना अवश्य कर सकती हो कि महारानी होकर राज्यशासन पति के साथ कर सकती हो। आप शास्त्रार्थ कर सकती हो, आप कुछ भी कर सकती हो। आप प्रज्ञावती हो। इस छोटी आयु में ही आपने शास्त्रों का अध्ययन पूरा किया है। आपका भविष्य और अधिक उज्ज्वल है। हम अनुगामिनी पति की तो आप सहगामिनी। सही अर्थ में पति का बायाँ हाथ।"

गांधारी वहाँ थी ही नहीं। शिवतेजा स्वयं हँस पड़ी।

"कितनी सुंदर, कितनी मोहमयी होती हैं विवाह के बाद की घड़ियाँ। नया जन्म जैसे ही होता है। सबकुछ नया-नया।" शिवतेजा स्वयं प्रसन्नता से खिल उठी थी। फिर भी उसे स्मरण रहेगी गांधारी के लिए बनाई हुई अनेक रंगों की पुष्पमालाएँ, यहीं रह जाएगा बचपन, यहीं रहेगा सबकुछ, हम तो केवल यादें लेकर जाएँगे।"

वह मन-ही-मन सोच रही थी, अपना यह छोटा सा गंधार प्रदेश, गंधमयी! किसने इसका नाम गंधार रखा? वह संगीत का प्रेमी, रसगंध का भी प्रेमी रहा होगा। जंबूद्वीप में हेमवनवर्ष के दक्षिण में, भारतवर्ष के उत्तर भाग में, पूर्व-पश्चिम हिमालय की मालिकाओं में, उत्तुंग पर्वत श्रेणी में, वायव्य दिशा में पर्वत के ढलान पर फैला हुआ निसर्ग सौंदर्य से ओतप्रोत गंधार देश! माता सुमति कहती हैं,

"शिवतेजा, तुम्हारा रंग-रूप-रस-गंध इस गंधार का है। और गंधवती का रूप, रंग, नेत्र—सबकुछ प्रकृति की देन है। गौरवर्ण की गंधवती तो श्यामल वर्ण की सघन केशोंवाली शिवतेजा।"

गंधार कितना सुंदर प्रदेश है। यहाँ अनेक ऋषि-मुनि वनस्पति खोजने आते हैं, संशोधन करते हैं। इन तापसियों का दर्शन विवाह के पश्चात् कभी-कभी होगा। यहाँ के क्रय-विक्रय केंद्र! समृद्ध लोकजीवन!

"यह सब बुझे छोड़कर जाना पड़ेगा। और यहाँ के शिवभक्त, नगरजनों को छोड़ना पड़ेगा।"

और दूसरे ही दिन सौवीर देश के युवराज अपने पिताश्री के साथ शिवतेजा को देखने आए थे। गांधारी आश्चर्य करती रही, कल तक गंधार छोड़कर जाने की कल्पना से कितनी अधिक व्यथित थी, पर आज वह प्रसन्नता से खिल रही है।

सायंकाल में गांधारी हेमलता उपवन में शिवतेजा के लिए पुष्पमाला बना रही थी कि, वह अस्वस्थ हो गई। क्या हमें भी एक दिन यह लावण्यमयी प्रदेश छोड़कर, माता-पिता को त्यागकर जाना पड़ेगा?" वह मन-ही-मन रोने लगी। सायंकाल और अधिक गहरी हो गई थी।

□

"गांधारी, समाज को सुसंस्कृत, शिष्टाचार से परिपूर्ण करने के लिए जो अलिखित आचारसंहिता होती है, उसे हम 'समाजधर्म' कहते हैं। और शाश्वत मूल्यों की अलिखित आचारसंहिता संस्कृति होती है। हर व्यक्ति को मानवधर्म का पालन करना चाहिए।"

"धर्म में इतने भेद आचार्य?"

"धर्म में भेद नहीं है, धर्म में छेद नहीं है। अनुभूतिसंपन्न कुछ रीति-नियम, कालातीत सत्य उतरने पर परंपरा के रूप में हम मानते रहते हैं। सत्य, यानी धर्म, और सत्य, यानी सूर्य जैसा प्रकाशमान!

"रीति-नियम किसे कहेंगे, आचार्य?"

"सत्य स्थिति का आकलन और सद्विचारों का मिलन, यह धर्म, यह धर्म दृश्य वस्तु नहीं है। प्रकृति का सौंदर्य, जहाँ वह दिखाई देता है, परंतु निर्माता अदृश्य है, उसी प्रकार आचारसंहिता परंपरागत नित्य नूतन रहती है। उसे हम 'रीति-नियम' कहते हैं। प्रत्येक व्यक्ति कर्तव्यपूर्ति करें, सदाचरण करें, सद्विचारों पर श्रद्धा रखें, यही धर्म है।"

"फिर राजधर्म क्या है ?"

"हे गांधारी, सभी विद्यार्थियों के प्रश्न समाप्त होने के बाद हम तुम्हें राजधर्म के संदर्भ में विस्तार से बाताएँगे।"

शतश्रृंग ऋषि अब उठकर वृक्ष के नीचे बैठे हुए अनेक विद्यार्थियों के सामने आकर बैठ गए। गांधारी भी सबके पीछे बैठ गई। चार ग्रीष्म पलट गए थे, उसे आश्रम में आने तक! शतश्रृंग ऋषि उसे देख रहे थे। वह अनेक प्रश्न लेकर बैठी थी। उन्हें स्मरण आया—जब वह पाँच वर्ष की बालिका थी। आते ही उसने सबसे मैत्री कर ली थी। वृक्ष-लताओं से भेंट कर ली थी।

उन्होंने देखा तो लगा, जैसे कि यह अनेक तेजशलाकाओं का रसायन है।

कुछ समय पूर्व ही रश्मिरथी अपने स्वर्णरथ से आँगन में उतरा था। वही तेजशलाकाओं के पदचिह्नों पर से आई थी गांधारी, और उन्होंने अनायास ही उसका स्वागत करते हुए कहा था—

"आओ रश्मिकन्ये, हम तुम्हारा स्वागत करते हैं। यहाँ सभी वर्ग एवं वर्ण के विद्यार्थी हैं। अब तुम राजकन्या न होकर सिर्फ एक विद्यार्थी रहोगी।"

वे बोल रहे थे और उसे देख रहे थे। स्वर्णकांति, नीलमणी नेत्र, कर्णफूलों की प्रभा कपोलों पर और अधरों पर माणिक्य रत्न की कांति।

"गंधवती गांधारी, आओ!" महाराज सुबल अपनी कन्या को शतश्रृंगी ऋषि के आश्रम में छोड़ने आए थे।

"ऋषिवर, हम आपकी प्रतिष्ठा जानते हैं। आप हमारी कन्या निश्चित ही सुसंस्कारित करोगे, परंतु वह अनेक प्रश्न पूछती है, तो…"

"राजश्रेष्ठ, आपकी कन्या चिकित्सक है, बुद्धिमती है। मानव और निसर्ग, इन दोनों के प्रति उसके मन में जानने की इच्छा है। जब इच्छाएँ होती हैं, तभी तो वह विद्यार्थी सबसे प्रवीण होता है। आप निश्चिंत रहें।"

तब से अब तक पाँच वर्ष होने को आए थे और उसके प्रश्न अपनी आयु के साथ-साथ बढ़ते गए। गांधारी को आश्रम मुक्त एवं सुंदर लगा। नदी, पर्वत, हरित सृष्टि, वन, उपवन, वायु, निरभ्र आकाश तथा ऋतुओं का आना-जाना, उसे प्रत्येक क्षण प्रिय था।

एक दिन कल्याणी माता ने कहा, "अब तुम बड़ी हो गई हो, विवाह-योग्य हो गई हो।"

"हम इसी आश्रम में रहेंगे।"

"ऐसा नहीं होता, कन्या गांधारी, और तुम तो युवराज्ञी हो। तुम्हारी माता सुमति प्रतीक्षा करती होंगी।"

"फिर आप यहाँ कैसे रहती हो गुरुमाता?"

"मेरा भी विवाह हो गया था, पर मैं ससुराल गई ही नहीं। उस अनदेखे पति की मृत्यु हो गई। तब शतश्रृंगी ऋषि मेरे पिताजी के पास आए थे और उन्होंने मुझे माँग लिया। मुझसे शास्त्राभ्यास करवाया, फिर आश्रम-व्यवस्था धीरे-धीरे मेरा कार्य बन गया।

"माता कल्याणी, जब हम महारानी होंगे तो ऐसी बाल-विधवाओं का पुन: विवाह कराने का आदेश देंगे, जिससे वह अपना जीवन व्यतीत कर सकेंगी। यहाँ भी आप पति के साथ रह सकती थीं। परंतु…"

"हाँ, परंतु अब क्या गांधारी, ऐसा भी होता है या हुआ है?"

"आगे ऐसा नहीं होगा, जब हम महारानी के पद पर प्रतिष्ठित होंगे।"

वह आश्रम से लौटी तो शिवतेजा के विवाह की बात पक्की हो गई थी। गांधारी विवाह के संदर्भ में विचार करने लगी तो उसे लगा कि हमारा विवाह होगा तो माता-पिता को कर्तव्यपूर्ति का आनंद होगा। हम महारानी होकर समाज की अनेक समस्याओं को दूर कर सकते हैं। हम अनेक परियोजना विकसित कर सकते हैं। उसे आचार्य से पूछना था कि "प्रत्येक स्त्री को विवाह क्यों करना पड़ता है?"

सत्य ही है कि आचार्य ने अपनी अनुभूतियाँ विद्यार्थी को दीं। नई विचारधारा दी। अपने विचार को संयत करने को सिखाया। सत्-असत्, धर्म-अधर्म, राजनीति, परिवार-नीति, समाज-नीति आदि अनेक शास्त्रों का अभ्यास करवाया। 'वेद', 'उपनिषद्', 'रामायण', 'महाभारत'—इन सबका ज्ञान दिया। शतश्रृंगी ऋषि का वचन स्मरण आया, वे कहते थे—

"गंधवती, समाज-कल्याण के लिए आवश्यक होती है—मन में दया, क्षमा और कर्म के महत्त्व का। विवाह हम क्यों करें? इस प्रश्न को लेकर यदि विवाह करोगी तो जीवन में प्रसन्न नहीं रहोगी; परंतु विवाह के पश्चात् यदि राजधर्म का पालन करो तो परिवार, समाज और राष्ट्र सुखी होगा।"

"यह राजधर्म क्या है?" उसने पूछा भी था। वह सोच में पड़ गई थी। उसके मन में आया, 'शिवतेजा का पति कितना सुंदर, विनम्र, शिष्टाचारी और सबका सम्मान करनेवाला है। हमारा पति ऐसा ही होगा, किसी राजपरिवार से होगा।' कभी-कभी उसके मन में आता कि यदि मन में जो निराकार पति है, वह प्रत्यक्ष आए तो…

वह सोचती, 'मन कितना परिवर्तनशील है। कल तक विवाह के बारे में सोच रही थी कि क्या विवाह करना अनिवार्य है? और अब, पति कैसा होगा? वह विचार कर रही थी। उसका मन ही चंचल था। सरिता में जैसी लहरें, वैसे उसके मन में विचारों के आवर्त!'

अभी वह आश्रम में ही थी। महाराज सुबल उसे लेने के लिए आनेवाले थे। वह आश्रम में प्रसन्न थी। गुरु-शिष्यों में मुक्त संवाद होता था तो अनेक प्रश्नों का उत्तर पाकर उसका मन खिल उठता था।

एक दिन मधुरिका वृक्षों को सींचते-सींचते उसकी कुटी के पास आई तो रामदास संभ्रमित हुआ। यदि वह कुछ कहे तो···क्योंकि कुछ दिनों से ऐसा लगता था कि उसे अनेक प्रश्न पूछने हैं। रामदास को भय था कि कभी भावावेश में वे सत्य न कह दे। मधुरिका सुंदर थी, ऋषिकन्या थी। वह सुगृहिणी जैसे सबसे स्नेह से बोलती थी।

मधुरिका कुटी के समीप आई। रामदास को अब पर्याय नहीं था। परंतु रामदास ने समय का भान रखते हुए कहा—

"मधुरिका, ज्ञान में विनम्रता होती है तो वह अधिक शोभा देती है न?"

"अवश्य! परंतु अब इस बात का क्या प्रयोजन?"

"मेरे जीवन का प्रयोजन केवल और केवल ज्ञान अर्जित करना है। ज्ञान के घोर अंधकार में मार्ग दिखाई नहीं पड़ता और हम ऐसे गिर जाते हैं कि···"

"मधुरिका, शतश्रृंगी ऋषि के पुत्र याज्ञवल्क्य और उसका अहंकार मैं कभी नहीं भुला सकता।"

"क्यों असंबद्ध बोल रहे हो, रामदास?" वह समझ गई थी। वह आगे बोली, "हाँ-हाँ, रामदास, जब याज्ञवल्क्य वैशंपायन ऋषि के आश्रम में पहुँचे तो यह देखकर वैशंपायन प्रसन्न हो गए। उन्होंने कहा कि वत्स, तुम्हारी अलौकिक प्रज्ञा हमारे आश्रम का गौरव है। आज हम कृतार्थ हो गए। संपूर्ण और धन्य हो गए।"

वैशंपायन ऋषि ने अपना संपूर्ण और समृद्ध ज्ञान याज्ञवल्क्य को दिया था। फिर भी उसे लगता था कि और भी ज्ञान चाहिए। चारों वेद, उपनिषद् सबका अध्ययन हो गया है। सृष्टि में इतना कुछ है कि इन ऋषियों ने उतना अर्जित ही नहीं किया है। वैशंपायन ऋषि के आश्रम से वह शाकल्य ऋषि के आश्रम में आया। अंत में वह इतना अधिक अहंकारी हो गया कि जैसे जगत् का संपूर्ण ज्ञान उसे ही है। वैशंपायन ऋषि ने नम्र होकर उससे कहा, "वत्स, जितना ज्ञान हमारे पास था, वह हमने दिया

है। अपने ज्ञान का अहंकार न करो, उसे लोकजीवन में प्रसारित करो।"

वैशंपायन ऋषि का विनम्र वचन सुनकर उसने कहा, "प्रज्ञा और स्मरणशक्ति मैंने अपने कर्म से प्राप्त की है। आपने दहा सहस्र ऋचाओं की 'यजुर्वेद संहिता' लिखी है, तो वह आप अपने पास रखिए। मैं उसके शब्द का भी प्रयोग नहीं करूँगा।" यह सुनकर उसके पिता देवराज ऋषि को बहुत अधिक दुःख हुआ।

अंत में 'ऋग्वेद', 'अथर्ववेद', 'सामवेद', 'यजुर्वेद' के पश्चात् याज्ञवल्क्य ने पाँचवें वेद 'याज्ञवल्क्य यजुर्वेद' की रचना की।

उनकी कथा समाप्त हो गई तो गांधारी त्वरित बोली, "याज्ञवल्क्य को इतना अहंकार नहीं करना चाहिए था। स्वयंतेज, स्वयंप्रभा जनकल्याणार्थ यदि उन्होंने प्रसारित की होती तो वे और कुछ कर पाते।"

"सत्य कहा है, गंधवती! गार्गी, मैत्रेयी, सरस्वती आदि ऐसी अनेक स्त्रियाँ हैं, जिन्हें 'विदुषी' कहा गया है। स्त्री का धर्म यह भी होता है, गांधारी कि वह पिता के बताए अनुसार विद्या ग्रहण करके, सुगृहिणी हो और पति का उचित मार्गक्रमण करते हुए पतिव्रता हो जाए तथा आदर्श माता भी सिद्ध हो। स्त्री का जीवन कठिन है, विशाल और विस्तारित है।

"आज सहस्र विद्यार्थी इस आश्रम में विद्यार्जन कर रहे हैं। माता कल्याणी, माता कात्यायनी, माता सुमित्रा—सभी स्नेहभाव से आपकी सेवा कर रही हैं। वह कार्य अप्रत्यक्ष है, परंतु बड़ा कार्य है उनका।

"स्त्री का हृदय विशाल है, तभी तो इसमें इतने सारे गुण समाए होते हैं। वह धरती जैसी क्षमाशील है। गांधारी, तुम केवल शिष्या नहीं हो, तुम्हें कल महारानी बनकर उचित-अनुचित भी सोचना पड़ेगा। अविचार या त्वरित निर्णय लेने का विचार कभी-कभी जीवन का अर्थ ही बदल देता है। तुम प्रज्ञावती हो, संयमी हो, प्रकृति का लावण्यरूप हो, सभी कुछ तुम्हें मिला है। लेकिन विचार अपने-अपने होते हैं। त्वरित निर्णय लाभदायक नहीं हो सकता। निमिषमात्र विषय का सब ओर से अध्ययन करके निर्णय लेना कभी भी, कहीं भी उचित होगा।"

याज्ञवल्क्य ऋषि का विवाह मैत्रेयी के साथ हुआ था। वह बुद्धिमती, कर्तव्यदक्ष पंडिता थी। शास्त्रार्थ में अपराजिता थी। कात्यायनी के साथ उनका विवाह हो गया था, उन्होंने मैत्रेयी के साथ भी विवाह किया। दोनों आपस में स्नेहभाव से रहती थीं। याज्ञवल्क्य जब तपस्या के लिए निकले तो आठ सहस्र विद्यार्थी उनके गुरुकुल में थे। तब मैत्रेयी ने कहा, "आप निश्चिंत होकर जाइए। हम दोनों आपका कार्य पूर्ण

करेंगे। यह गुरुकुल विख्यात होगा। आपने वटवृक्ष बढ़ाया है। हम उसकी छाया में सहस्त्रों-सहस्त्र पशु-पक्षी और मानव को छाया देते रहेंगे।"

"गंधवती, ऐसी स्त्रियाँ हैं, जो युगानुयुगे चलती रहती हैं, कालातीत सिद्ध होती हैं।"

गांधारी मन-ही-मन में समझ गई। कभी उसने पूछा था कि राजधर्म, स्त्रीधर्म क्या होता है, उसका उत्तर आज मिल गया था।

एक दिन, जब उसने महाराज सुबल के साथ इस आश्रम को छोड़ा तो उसके मन में विचार आया, 'सबकुछ मिलेगा, परंतु आश्रम में बिताए हुए स्वर्ण क्षण कभी नहीं मिलेंगे।' उसने उस तपोभूमि का वंदन किया; कदाचित् वह यहाँ फिर कभी नहीं आ सकती। इस विचार से उसकी आँखें भर आईं।

□

वह गंधार नगरी के पास पहुँची तो महाद्वार पर ही शिवतेजा, उसके पति, भाई शकुनि, माता सुमति आदि उपस्थित थे। उसका स्वागत करने के लिए राजमार्ग श्रृंगारित किया गया था। मंगल-ध्वनि वातावरण में थी। बारह वर्ष की उपवर कन्या पधार रही थी। उसे देखकर माता सुमति स्तंभित हो गई थी और मन में कह रही थी, 'हमारी जैसी एक माता अपनी विलोभनीय पुत्री के दर्शन पाकर मोहित हो रही है तो इसे कोई राजकुमार देखेगा तो अविलंब अपनाएगा। माता सुमति ने उसे हृदय से लगाया और कहा, "गंधवती, तुम बहुत ही सुंदर और तेजस्वी लग रही हो। शत तारिकाओं का तेज समेट लाई हो। अब ये आश्रम के वस्त्र बदलकर राजवेश पहन लो।"

शकुनि ने उसका स्वागत करते हुए कहा, "आप आइए, गंधवती देवी! गंधार आपका स्वागत करता है। अब राजप्रासाद में दीपोत्सव करने की आवश्यकता नहीं है, पिताश्री, क्योंकि आपकी कन्या ज्ञानप्रकाश से परिपूर्ण है, अत: राजप्रासाद प्रकाश से भर जाएगा। अब यहाँ वेदों की ऋचाएँ सुनाई देंगी। राजप्रासाद की किरण शलाका लेकर यहाँ हमारी भगिनी शास्त्रों का भाष्य लिखेगी या ग्रंथ की रचना करेगी।"

गंधवती ने शकुनि को देखा—उपहास से भरा हुआ उसका मुख और लँगड़ाते हुए उसके पाँव, आश्रम से खाली हाथ लौटा वह अपने मित्रों के साथ हँसी-व्यंग्य में अपना समय व्यतीत करता। राजनीति तथा कुटिल नीति उसका स्वभाव था। कारणवश वह बोलता नहीं था, सहज ही वे शब्द उसके मुख से स्वभाव-प्रकृति के अनुसार निकल पड़ते थे।

स्वर्णरथ से प्रासाद की ओर जाते समय माता सुमति ने कहा, "गंधवती, आज

तक अनेक नेत्र हमने देखे हैं, परंतु नीलकांति और तेजस्वी तुम्हारे नेत्रों जैसे नेत्र हमने कभी देखे नहीं, नितांत सुंदर हैं।"

"कैसे हैं हमारे नेत्र? सबसे अलग हैं?"

"स्वर्ण रश्मि की तेजस्विता बता सकोगी? याज्ञवल्क्य की दिव्य प्रतिभा आप दिखा सकोगी? चंद्रप्रभा की शीतलता का सौंदर्य बता सकोगी? जितना भी सुंदर, अनुपम है, वह पूरा आपके नेत्रों में है।"

प्रासाद में आने पर उसे स्मरण हुआ तो एक दिन उसने अपने नेत्र दर्पण में देखे थे। और फिर वह चकित ही रह गई। उसके नेत्रों में नीलाकाश समाया हुआ था। वह अलग ही थी, जैसे स्वर्ग से पृथ्वी पर आई हुई कोई अप्सरा। पता नहीं, कब उसमें परिवर्तन आया कि आश्रम एक स्मरणगाथा रह गया था। वह युवराज्ञी थी और अब विवाह-योग्य हो गई थी। आश्रम का ज्ञानार्जन होने के पश्चात् गृहस्थाश्रम ही था। सभी कन्याएँ आश्रम भी नहीं जाती थीं। बाल्यकाल में उनका विवाह हो जाता था। परंतु महाराज सुबल ने अपनी दोनों कन्याओं को आश्रम के गुरुकुल में भेजा था।

□

महारानी सुमति अब आते-जाते उसे उपदेश देते हुए कहतीं, "जानकी ने जनकपुत्री होने पर भी चौदह वर्ष का वनवास सहा है।"

"आप सत्य कहती हो, माता, जानकी चौदह वर्ष वनवास में थी, परंतु वह श्रीराम के साथ थी। उर्मिला और लक्ष्मण चौदह वर्ष मन से भी वनवास में थे। जानकी श्रीराम की अनुगामिनी थी, ऐसा आप कहती हो!

"माता, स्त्री अनुगामिनी क्यों? उसे सहगामिनी क्यों नहीं कहा जाता? सखी, सहचरी होने पर भी वह अनुगामिनी क्यों? श्रीराम के काल में तथा आज वर्तमान में भी बहुपत्नीत्व की रीति है। क्या उसे ही सब सहना चाहिए? जानकी सदाचारी, सात्त्विक और संयमी राजकन्या-महारानी थी, फिर भी उसे इतनी व्यथा-वेदना श्रीराम ने क्यों दी? यह तो घोर अन्याय है। गौतम ऋषि की पत्नी अहल्या का कौन सा अपराध था? अनेक ऋषि-पत्नियों का क्या अपराध था कि जैसे पति ने कहा, वही पूर्व दिशा मानी? हम ऐसे पति का सम्मान क्यों करें?"

विचार करते-करते गांधारी स्वयं हँस पड़ी—हमें देखने तो श्वेत अश्व पर विराजमान कोई राजकुमार आएगा। हमें ऐसे उठाएगा और अश्व पर बिठाएगा कि हमें पता तक नहीं चलेगा। और हलके से कान में कहेगा, "देवी गंधवती, आप उत्तम चित्रकर्ती हैं, हम आपके सामने जीवन के सभी रंग लेकर आए हैं, हमारा भी

एक चित्र अपने हृदय पर अंकित कीजिए। अपने साथ हम आकाशरंग लाए हैं।"

वह चित्र बदलकर दूसरा चित्र उसके सामने आता है तो उसमें अत्यंत तेजस्वी, ज्ञान-शास्त्र में पारंगत, शुचिता से परिपूर्ण कोई ऋषिकुमार दिखाई देता है। वह कहता है, "आओ सुकन्ये, हम दोनों मिलकर एक आश्रम-निर्माण करेंगे तथा समाजहित, राष्ट्रहित का विचार करेंगे। यह शास्त्रनिर्मिती का कालखंड है, हम निर्मिति करेंगे।"

वह चित्र बदलकर फिर से वही राजकुमारवाला चित्र आता और वह उसी में खो जाती है। वर्तमान में वह स्वयं में ही मगन थी।

मन में अचानक पश्चिम से कोई राजकुमार आता और उसे अपने स्वर्णरथ में बिठाता। उसके स्पर्शमात्र से वह रोमांचित हो उठती तो वह कहता, "प्रियतमा, कितने ही युगों का अपना परिचय, क्या तुम भूल गई हो? हे सुकेशी, गंधवती, हम आज तुम्हें वायुमार्ग से ले जाएँगे। हमारा रथ अंतरिक्ष में विचरण करेगा तो हम नक्षत्रमाला बनाकर आपके सघन केशों की शोभा बढ़ाएँगे।"

उसका सुवर्णरथ वायु की गति से बढ़ने लगा तो वह भयभीत होकर उससे लिपट गई। उसने उसे बाएँ हाथ से समेटकर अश्वरज्जु पकड़ लिये।

"हे तन्वंगी, सुकुमारी गंधवती, हमने प्रत्येक युग में एक-एक परिपूर्ण विद्या आत्मसात् की है—मंत्रविद्या, तंत्रविद्या, योगविद्या, शल्य-चिकित्सा, शस्त्रविद्या, अस्त्रविद्या और कामशास्त्र भी—

"हे लावण्यलतिके, हमने अक्षविद्या भी आत्मसात् कर ली है।"

"नहीं···नहीं···" कहकर वह रथ से कूद पड़ी। अचानक वह स्वप्न से बाहर आई।

महाराज सुबल और महारानी सुमति शिवतेजा के सौवीर देश में किसी त्योहार पर आमंत्रित होने से गई थी। वह अस्वस्थ थी। कोई आए, उसे पुकारे, उसके निकट आकर स्पर्श करे और देहलता पर रोमांच पुष्प खिल उठे, ऐसा उसे लगता था।

वह राजसभा के पीछेवाले भव्य दालन के पास से जा रही थी कि हास्य ध्वनि सुनाई दी। वह पीछे मुड़नेवाली थी कि शकुनि ने उसे देख लिया।

"स्वागत है, गांधारी देवी···" शकुनि अपने मित्रों के साथ द्यूत खेल रहा था।

"तुम्हें आते देखकर हमारे मित्र उठकर चले गए।"

"इतना दुःख है अपना दाँव पूरा न होने का?"

"हाँ, क्योंकि हम दाँव कभी हारते ही नहीं! हर दाँव हम ही जीतते हैं।"

"आपका दाँव जीतना इतना भयप्रद होता है कि तुम्हारे मित्रों का जीवन उद्ध्वस्त कर देता है। बंधु शकुनि, किसी भी व्यसन और उसमें जय, यह समाज के हित में होगा तो आदर्श, नहीं तो विद्या तक होता है। और कुबुद्धि से किया हुआ कार्य विनाश की ओर ले जाता है।"

"आप हमसे कनिष्ठा हो। आपसे उपदेश लेना हमारा काम नहीं है। और हमें उपदेश देने का तुम्हें अधिकार भी नहीं है।"

"इस बीच अधिकार शब्द कैसे आया, बंधु शकुनि। आप बड़े अवश्य हो, लेकिन अक्षपट लेते समय खेल…खेल…नहीं होता, वह विजय की, एक जिद होती है, इसलिए आप कभी-कभी गलत खेलते हो, हमने देखा है, यह योग्य नहीं है। आप युवराज हो, अत: अपने ही लोगों को बार-बार पराजित करना ठीक नहीं है।"

"आप स्वयं को अधिक ही समझ रही हो, कदाचित् स्वयं को ज्ञानवती-सरस्वती।"

"बंधु, ज्ञान तो उसके अर्जन से ही प्राप्त होता है।"

"हमने भी ज्ञान-साधना करने का प्रयास किया, हमने भी अश्वारूढ़ होने का प्रयास किया, पर हमारा एक वक्र चरण हमें ऐसा कुछ करने नहीं देता और सत्य कहूँ तो इसमें हमें कभी रुचि ही नहीं थी। अक्षविद्या में हमें कोई पराजित नहीं कर सकता।"

"विनाश की ओर जानेवाला मार्ग घातक ही सिद्ध होता है। क्रीड़ा तक सीमित रहे तो वह मनोरंजन करता है। अक्षविद्या ऐसी ही है। अक्षविद्या में प्रावीण्य, इसका अर्थ केवल विनाश ही है। वह पुरुषार्थ नहीं है, बंधु शकुनि।"

"हमें ज्ञान देने का प्रयास मत कीजिए।" शकुनि कक्ष के बाहर निकल गया।

वह व्यथित हो गई। अपने मित्रों के साथ अक्षपट पर द्यूत खेलना, मदिरा की ओर चरण बढ़ाना, यह उसका परिपाठ था। महाराज सुबल अगतिक, असहाय हो गए थे। हाँ, कोई कूटनीति या राजनीति का संबंध आता तो शकुनि का मार्ग सही होता था। गंधार का अनेक देशों के मध्य होने के कारण उसे सबसे समझौता करना पड़ता था। शकुनि की इच्छा थी कि इन देशों को जीतकर साम्राज्य विस्तार हो। एक दिन महाराज सुबल ने कहा था, "पुत्र शकुनि, अक्षविद्या से भी राष्ट्र का विनाश किया जा सकता है। परंतु हमें हमारा राष्ट्र इतना ही काफी है। जब हमारा समय समाप्त होगा, तब बढ़ाना अपना साम्राज्य।" उन्हें भी अक्षविद्या से घृणा थी। परंतु राजनीति में वह समझदार था।

एक दिन गंधवती ने महाराज सुबल से कहा था, "आप शकुनि को कुछ कहते क्यों नहीं?"

"पुत्री गंधवती, कहना तो हम बहुत कुछ चाहते हैं, परंतु वही राजशासक होगा; तब तक सज्ञान हो सकता है। हमारा भी एक ही पुत्र है, यदि वह जाएगा तो हमारा आधार ही चला जाएगा। हम मानते हैं कि अक्षविद्या योग्य नहीं है, परंतु वह राजाओं की क्रीड़ा है, उसे हम टाल नहीं सकते। यदि कोई राजा हमें द्यूत खेलने के लिए आमंत्रित करते हैं तो हम नकारते नहीं, क्योंकि वह राजा की प्रतिष्ठा या सम्मान है।"

और सत्य तो यह है कि वह महारानी सुमति का अत्यधिक प्रिय पुत्र है। अत्यधिक प्यार के कारण ही वह मनचाहा करने लगा है। महाराज सुबल की अगतिकता तथा बंधु शकुनि का उद्दाम वर्तन वह देख रही थी।

वह मदालसा के साथ अपने कक्ष में आ गई तो फिर से विचार आया कि यदि शकुनि जैसा कोई राजकुमार हमारे पिताजी के पास प्रस्ताव लेकर आए तो?

'नहीं-नहीं, हम''उसे हम कभी नहीं स्वीकारेंगे। हम अनुगामिनी नहीं, सहगामिनी होकर पति को सहकार्य करना चाहते हैं।'

रात भर अनेक विचार उसके मन में विचार थे, परंतु प्रात:काल होने पर उसका मन यह विचार त्याग चुका था और अत्यधिक प्रसन्न था। उसने देखा कि पूर्व क्षितिज पर ऊषा सुंदरी ने अपने स्वर्णप्रासाद के द्वारपट खोल दिए थे और सम्मार्जित आकाश में विविध रंगों की रंगावली बनाई, तब जाकर अरुण के रथ पर सवार होकर रविराज पधारे थे। आज उन्हें त्वरित जाना था, पहले ही समय निकल गया था। ऊषा सुंदरी ने कुछ क्षणों को अपने नीलमणि दालान में रुकवा लिया।

"स्वामी, आपके आने का संदेशा मिल गया था तो हमने कपाट खोलकर इतने विविध रंगों के वस्त्र निकाले और अब हमने केसरिया वस्त्र धारण किया है, आप कुछ क्षण रुकिए तो!"

रविराज प्रसन्न हो, हँसकर बोले—

"देवी, नित्य नियम से सर्वप्रथम आपके ही प्रासाद में आकर रुकता हूँ, तो भी इतनी अधीरता कि रंगीन महावस्त्र आकाश में मेघों पर ही डाल दिए। वायु के कंधों पर बैठे मेघ उसे क्षितिज के पार ये महावस्त्र ले जाएँगे। यह आपकी नित्य की स्थिति है। महावस्त्रों से रंगीन आकाश, मोहित करनेवाली आपकी लावण्यमयी प्रतिमा को धरती के जलाशयों ने अपने मन में अंकित किया है।"

ऊषा सुंदरी की अधीरता, रविराज की अग्रेसर होने की इच्छा, विहंगों का

मधुर गान, वायु की सरसराती रोमांचित लहरें, शांत जलाशय, कितनी सुंदरता इस वातावरण में है।

दोपहर गांधारी ने चित्रफलक पर प्रियकर रविराज और लावण्यमयी ऊषा का मंगल-विवाह चित्रफलक पर अंकित किया तो मदालसा ने कहा—

"गंधवती देवी, आपने तो अपने ही मन की बात चित्रित की है।"

"हाँ देवी, यही तो चाहती है", सखी मीनाक्षी ने कहा। आगे उसने कहा, "सखी मदालसा, हम सृष्टि के अनेक रंग-रूप देखते हैं, लेकिन अपना मन उसी में नहीं देखते; कवि, चित्रकार ही उसे मानवी रूपों में देखता है।"

"यही बिंब-प्रतिबिंब कल्पना है, मदालसा। ऐसे अनेक प्रतिबिंब हमारे मन में भी बनते हैं; लेकिन हम उसे प्रकट नहीं करते। कल ही सखी कलिका ने हमसे पूछा था कि भगवान् के संकीर्तन में एक शब्द आता है 'ब्रह्मतत्त्व', इसका अर्थ क्या है, तो उसे यह शब्द भारी लगा, अगम्य लगा।"

"और हमें भी···" मीनाक्षी और मदालसा ने एक साथ कहा।

"क्या है, मदालसा कि हमने कभी ब्रह्मा, विष्णु, महेश को देखा नहीं है; उनके गुण-अवगुण देखे नहीं हैं। परंतु इन निराकार व्यक्तियों को हमने ही श्रद्धाभाव से साकार किया है। वृक्ष का प्रतिबिंब पानी में दिखता है। वह वृक्ष दिखता नहीं, पर होता है, तभी तो वह प्रतिबिंबित होता है। उसी तरह ब्रह्मतत्त्व हमें दिखता नहीं, प्रतिबिंबित होता है।"

अनेक दृष्टांत देकर वह समझा रही थी और द्वार पर खड़े महाराज सुबल ध्यान से सुन रहे थे। वे आगे नहीं आए, वैसे ही सुनकर चले गए।

इस कन्या का वर ढूँढ़ना कठिन कार्य है, यह विचार उनके मन में आया।

"मदालसा, कब से एक प्रश्न मेरे मन में है कि तुम्हारा विवाह कब होगा?"

"गंधवती, तुम मेरी सखी हो। बहुवचन से तुम्हें बुलाती हूँ, फिर भी तुम मेरी अंतरंग सखी हो। मैं अनाथ थी, माता सुमति ने मुझे सनाथ किया। मुझे और कुछ भी नहीं चाहिए, क्या पता तुम्हें मेरी सबसे अधिक आवश्यकता हो!"

"क्या तुम भविष्य जानती हो?" गंधवती खिलखिलाकर हँस पड़ी।

"मीनाक्षी, तेरा क्या···?"

"सखी गंधवती, आपका विवाह हो जाने पर अवश्य करूँगी।"

दोनों सखियों के जाने के पश्चात् गांधारी के मन में आया, 'मदालसा ने कहा कि वह क्या अनायास नियति ने कहा होगा? भाग्यरेखा तो हम पढ़ नहीं पाते! सत्य

ही है, भविष्य उज्ज्वल है। कहते हैं कि भविष्य की रेखाएँ हम अपने कर्मों से लिखते हैं, क्या यह सत्य है ?'

'हमारा भविष्य किसी ऋषि के साथ जुड़ सकता है या किसी राजकुमार के साथ भी। सावित्री ने जैसे विवाह किया, वैसे वह अति सामान्य भी हो सकता है!

'कौन होगा वह ? हमसे पिताश्री पूछेंगे ही और हम उनकी परीक्षा तो नहीं लेंगे, परंतु कुछ बात तो अवश्य करेंगे, जिसमें उनके स्वभाव का दर्शन होगा!

'बात असत्य हो सकती है, परंतु आँखें सत्य ही कहती हैं। हाँ, हम उस होनेवाले पति की आँखों में सत्यता देखेंगे।'

इस विचार से उसका अस्वस्थ मन स्वस्थ हो गया। कितने भी कृष्णमेघ क्यों न आएँ, हम विद्युल्लता बनेंगे। फिर हमपर कोई मेघमंडल कभी साम्राज्य नहीं करेगा।

अब रात में वह स्वस्थ निद्रा में खो गई थी।

□

वर्षा ऋतु का आरंभ हुआ था। आकाश कृष्णमेघों से भरा हुआ था। पर्वत के नीचे बसा हुआ देश गंधार अब वर्षा ऋतु से भयभीत था। अनेक सशस्त्र सैनिकों ने यदि आक्रमण किया तो उसे रोकना छोटे राष्ट्र के लिए कठिनतर होता है। वैसे ही वर्षा ऋतु सबसे सुंदर ऋतु होने पर भी यह महाराज सुबल को भयप्रद लगती थी!

ये पर्वत शिखर से प्रवाहित जलधाराएँ सुंदर दिखती हैं, परंतु ये गंधार में सरोवर तथा जलाशय का रूप ले लेती हैं तो महाराज सुबल अस्वस्थ हो जाते हैं। कितनी जलधाराएँ इस मास में प्रवाहित हो गईं कि···गंधवती भी अस्वस्थ थी; सूर्यदर्शन ही नहीं हुआ था। दिन भर रिमझिम वर्षा होती तो रात में घनघोर; इसके मध्य में सूर्य भी नजर नहीं आता था।

महाराज सुबल और महारानी सुमति शिवतेजा के ससुराल से आने पर अस्वस्थ लग रहे थे। एक दिन गांधारी ने पूछा—

"तात, हम देख रहे हैं, आप स्वस्थ नहीं हैं। शिवतेजा ठीक तो है न ?"

"हाँ, वह स्वस्थ है।"

"फिर राज्य में अशांति है! सीमा-प्रदेश में अशांति है! सीमा से जुड़े राष्ट्र युद्ध चाहते हैं! हमारा देश सभी ओर से मध्य में होने के कारण आप नित्य अस्वस्थ रहते हैं। वैसे ही राष्ट्र साम्राज्य-विस्तार नहीं कर सकता, इस कारण भी आप अस्वस्थ हो जाते हैं। आपको सदा ही सीमावर्ती राज्यों से विनम्र होना पड़ता है, इसलिए भी आप अस्वस्थ रहते हैं।"

"आप सत्य ही कह रही हो, पुत्री! चारों ओर से देशों के मध्य घिरे होने के कारण हम सबसे विनम्रता से रहते हैं। हमारा क्षत्रियत्व पराजित हो जाता है। राष्ट्र सशक्त अवश्य है, आत्मनिर्भर अवश्य है, परंतु इसका विस्तार असंभव-सा है। यदि हमारे राष्ट्र पर कोई विपत्ति आती है तो उर्वरित राष्ट्र दयाभाव से हमारी सहायता करते हैं। इससे हमें प्रसन्नता नहीं होती।"

"और आप शकुनि के संदर्भ में भी चिंतित हैं न?"

"कैसे बताएँ, हमारे मन में क्या है?"

"आपके कहने से आप स्वस्थ हो सकते हैं।" सुदृढ़ देहयष्टि के, गौरवर्णीय महाराज सुबल असहाय-से लग रहे थे। गवाक्ष से दूर देखते हुए उन्होंने कहा, "गंधवती···गांधारी···हम अस्वस्थ अवश्य हैं; वह आप अधिक सुंदर, सर्वगुण संपन्न तथा सर्वशास्त्र में पारंगत हो, इसलिए। सत्त्वशील, सुशील, विनम्र, विचारशील होने के कारण, तुम्हारी बहुमुखी प्रतिभा के कारण; सत्य का आग्रह, असत्य का अनावरण क्रोध, धर्म के प्रति अत्यधिक निष्ठा, संस्कार और संस्कृति का कठोरता से पालन, ये सर्वगुण विशेष रूप से हमें अस्वस्थ कर रहे हैं।

"आपका विवाह, यह एक समस्या हो चुकी है। सर्वसामान्य किसी राजकुमार से आपका विवाह योग्य नहीं होगा। पुरुष और स्त्री दोनों समान तो अवश्य ही होने चाहिए। और ऐसा वर मिलना कठिनतर है।

"परंतु गंधवती, पुत्री, हम आपका जीवन समृद्ध देखना चाहते हैं, इसलिए वर ढूँढ़ने में समय लग रहा है।"

वह मौन हो गई। महाराज सुबल ने उसके स्कंधों पर हाथ रखकर कहा, "कन्ये, सब नियति ही करेगी। वह अवश्य अच्छा ही करेगी।" वे उसके कक्ष से बाहर चले गए।

वर्षाधारा उमड़-उमड़कर आ रही थी। दिन के मध्याह्न में अँधेरा-सा था। उसका मन निराश हो गया। 'अपना विवाह भी एक समस्या हो सकती है, उसने इसकी कल्पना तक नहीं की थी। उसका मन नेत्रों से बह रहा था। कभी विचार ही नहीं आया कि ऐसा भी हो सकता है। आश्रम में शतशृंगी ऋषि कहते थे—सुकन्ये गंधवती, तुम साम्राज्य की महारानी होगी, तब राष्ट्र के दीन-दलितों को न्याय दोगी, राज्य-प्रशासन में पति को सहयोग दोगी। क्या उनके शब्द विफल होंगे? क्या मन से दिया हुआ आशीर्वाद असत्य होगा?'

दो वर्ष बाद वर्षा ऋतु आई थी, परंतु उसके स्वप्नों का राजकुमार प्रतीक्षा करने

के बाद भी नहीं आया था। गांधारी मौन हो गई थी। अपने ही विवाह की समस्या इतनी जटिल हो सकती है, यह कभी सोचा भी नहीं था। बाहर पर्जन्यधाराएँ धुआँधार बरस रही थीं और मन में उतने ही प्रश्न उठ रहे थे।

'क्या शतशृंगी ऋषि का वचन असत्य होगा? आकाशस्थ ग्रह-तारों के साथ हस्तरेखाओं का संबंध सत्य है? क्या हमारी हस्तरेखाएँ सत्य हैं? यदि विवाह समस्या ही बन जाएगी तो अवश्य इसी वर्ष हम स्वयं निर्णय लेंगे। हम आश्रम की निर्मिति करेंगे तथा वहाँ आनेवाले विद्यार्थी और उनकी निष्पाप हँसी देखकर हमारा जीवन व्यतीत होगा। हमने आश्रम में ऐसा ही निर्णय लिया था। परंतु राजप्रासाद में आने पर विविध रंगों से भरा क्षितिज हमारे मन को मोहित कर गया। हमारा मन किसी राजकुमार की प्रतीक्षा कर रहा है। उसके आने की कल्पना से ही तन-मन स्पर्श फूलों से भर जाता है। देह में अनामिक प्रसन्नता की लहर रोमांच लाती है।

वह अनामिक राजकुमार आता है तो उसे देखकर हम उसी को देखते रह जाते हैं। उसे समीप आते देख हम लज्जा से भर जाते हैं। वह शूर है, युद्ध-निपुण है, सुदृढ़ और सुंदर है। वह और भी समीप आता है और उसकी मृदुतर देह रोमांचित हो जाती है। उसका स्पर्श स्कंध पर होता है। और वह धीरे से कहता है, "प्रिय··· प्रियतमा···गंधवती···"

तो हम ऐसे विवाह को 'हाँ' नहीं कहेंगे? अवश्य ही कहेंगे!

और नित्य के संवाद-प्रतिसंवाद उसके मन में थे। अंत में निर्णय लेकर ही वह महाराज सुबल और महारानी सुमति के कक्ष में आई, वे दोनों शकुनि के संदर्भ में बात कर रहे थे।

"तात, हमने एक निर्णय लिया है?"

"कब इतनी बड़ी हो गई कि निर्णय करने लगी?" महारानी ने हँसते हुए कहा।

"तात, आप केवल तीन मास तक वर का संशोधन करें। यदि तीन मास तक कोई हमारे लिए नहीं आया तो हम विवाह नहीं करेंगे। यह हमारी प्रतिज्ञा है।"

"ऐसी भी क्या समस्या है, पुत्री? कभी अविलंब योग आता है तो कभी विलंब से! नियति की इच्छानुसार होता है। हमें तुम्हारे भविष्य की, विवाह की चिंता अवश्य है, क्योंकि अनुरूप वर मिले, इसका अर्थ यह नहीं कि राष्ट्र पर कोई आपदा आई है। तुम्हारे विवाह की समस्या यह है कि तुम्हारी जैसी फूलवती को मैं किसके हाथों सौंपकर निश्चिंत हो जाऊँ। तुम्हारी योग्यता के समान तो कोई आना चाहिए? पति का श्रेष्ठ कुल-गोत्र होना चाहिए; बस इतना ही।"

"तीन मास में ही इसका निर्णय निश्चित है, पिताश्री।"

और वैसे प्रतीक्षा नहीं करनी पड़ी। वर्षा ऋतु प्रस्थान ही करनेवाली थी कि सूचना मिली, कुरुवंश के ज्येष्ठ पुरुष स्वयं भीष्माचार्य गांधारी को देखने गंधार आने वाले हैं। इस सूचना से राजप्रासाद में प्रसन्नता की लहरें-ही-लहरें दौड़ गईं। नगरी आनंद से भर गई। गांधारी की सखियों में ऊर्जा की लहर दौड़ने लगी। मदालसा ने कहा—

"सखी गंधवती, मैं एकांत में आपको इस नाम से नहीं पुकारती, तो तुम अपमान तो नहीं समझती न?"

"नहीं, मदालसा! कोई तो अपना होता है, आप पर भाव मिट जाता है और किसी को भी न बताई हुई बातें हम अपनी सखी को बताते हैं। हमारा विवाह हो जाएगा तो···"

"मैं अपनी सखी के साथ ही जाऊँगी, यह मेरा वचन है। इस वचन का भंग न मुझसे होगा, न ही तुमसे।"

"मान लिया!" गांधारी ने कहा तो दोनों हँस पड़ीं। "हमें याद है, मदालसा! जब हम आश्रम में थे तो कोई ऋषिकुमार हस्तिनापुर से आया था। हस्तिनापुर नगरी का पांडु राजा, भीष्माचार्य, कुंती के इनका वर्णन किया और साम्राज्य-विस्तार का इतना अधिक वर्णन किया था, लगा आर्यावर्त में केवल इनका ही साम्राज्य है।"

"हाँ, आपने ठीक सुना है, आर्यावर्त में इतना बड़ा साम्राज्य किसी का नहीं है। राजा पांडु ने युद्ध करके यह साम्राज्य-विस्तार किया है। गंगा, यमुना के साथ-साथ सरस्वती, कालकवन, विंध्य का उत्तरी भाग, हिमालय का दक्षिण भाग अपना कर लिया है। अवंति, मगध, सुराष्ट्र, दक्षिण पथ, उपावृत्त, सिंधु, सौवीर ये सभी राज्य कुरुवंश के अधीन और मांडलिक भी हैं।"

"परंतु हमारा राष्ट्र इतना छोटा होने पर भी हमारा नाम उन तक कैसे गया?"

"हो सकता है, गंधवती कि किसी ऋषिकुमार ने तुम्हारा नाम वहाँ तक पहुँचाया होगा! यह तो स्वर्ण योग है।"

शकुनि आज बड़ी ही मृदुता से बोल रहा था और कितनी ही बातें कर रहा था। आज तक व्यंग्यात्मक बोलनेवाला वह अकस्मात् परिवर्तित हो गया था। गांधारी मन-ही-मन हँस पड़ी। नियति ने महाद्वार खोल दिया है। भीष्माचार्य जैसे गुणग्राही, सुसंस्कृत विद्वान् हमें अपने बंधु के लिए स्वीकार अवश्य करेंगे।

"इस बंधु का नाम धृतराष्ट्र था। कैसा होगा यह साम्राज्य का अधिकारी? सुंदर

नहीं होगा, शास्त्राभ्यासी नहीं होगा तो भी हम उसे अवश्य स्वीकार करेंगे। कहते हैं कि राज्य-प्रशासन वही करते हैं और साम्राज्य-विस्तार पांडु करते हैं। आपका रिश्ता तो राज्य-शासन करनेवाले धृतराष्ट्र के लिए आया है।"

"भीष्माचार्य क्या करते हैं?"

"उनकी एक कथा है—गांधारी! उनका नाम देवव्रत है। वे हस्तिनापुर कुरुवंश के राजा शांतनु और गंगा के पुत्र हैं। शांतनु धीवरकन्या सत्यवती पर मोहित हो गए। सत्यवती ने कहा कि शांतनु महाराज, मैं आपके साथ विवाह अवश्य करूँगी, परंतु मेरा पुत्र ही राज्य का अधिकारी होगा।

"अपने पिता के लिए देवव्रत ने कठोर, यानी भीष्म प्रतिज्ञा ली कि वह कभी भी राज्य नहीं करेगा और राज्य-शासन में कोई निर्णायक मत भी नहीं देगा। तो वे अविवाहित, ब्रह्मचारी ही रहे।

"विचित्रवीर्य, यह शांतनु और सत्यवती का पुत्र ही राज्य-शासन करने लगा। चित्रांगद था छोटा भाई। भीष्म, यानी देवव्रत का सापत्न बंधु! भीष्माचार्य की सहमति से विचित्रवीर्य का शासन चलता था।

"विचित्रवीर्य के तीन पुत्र—पांडु, धृतराष्ट्र और दासीपुत्र विदुर। और भी सुना है, अंबिका एवं विचित्रवीर्य का पुत्र है धृतराष्ट्र! अब कोई आशंका?"

"नहीं-नहीं, कोई आशंका नहीं।"

"गंधवती, तुम यहाँ से दूर हस्तिनापुर की सम्राज्ञी होगी। हम तो यहीं छोटे राष्ट्र में पिता के साथ रहेंगे। आप लावण्यवती हो, विद्वान् हो, अस्त्र-शस्त्र संचालन करती हो, हम वैसे ही रह गए हैं।"

शकुनि की आँखों में आँसू आ गए, कंठ भर आया। वह कक्ष से बाहर गया। गांधारी को आज लगा, उसने सत्य ही कहा है। यदि मैं वहाँ की महारानी हो जाऊँगी तो जब तक पिताश्री राज्य-शासन करते हैं, तब तक उन्हें हस्तिनापुर ले जाऊँगी। उसने जैसे प्रण लिया।

पंद्रह दिन बाद नगर की सीमा पर सूचना आई, कल सूर्योदय होने के बाद मध्याह्न तक वे कभी भी नगर में प्रवेश करेंगे। गंधार छोटा, स्वतंत्र व मध्यवर्ती राष्ट्र था। नगरी उत्साहित हो गई। राजपथ श्रृंगारित हुए, राजप्रासाद का भी श्रृंगार हुआ। और प्रतीक्षा थी केवल उनके आने की। गांधारी के मन में एक ही विचार प्रबल था कि कितना दूर हस्तिनापुर, आर्यावर्त से, तो भी विशाल साम्राज्य के ज्येष्ठ व्यक्ति इतने छोटे गंधार में आ रहे हैं! क्या हम इतनी अलौकिक अप्सरा व बुद्धिमान हैं?

क्या आर्यावर्त में हमारे जैसी कोई नहीं? ऐसा तो नहीं कि और भी कोई कारण है? उसने अपने मन को रोक लिया। शकुनि तथा महाराज सुबल अत्यधिक प्रसन्न थे, क्योंकि सीमावर्ती राष्ट्रों में अब उनका स्थान हस्तिनापुर के रिश्ते के साथ प्रतिष्ठित होगा। यही उनकी पूर्व की कामना थी, जो अब पूर्ण होने जा रही थी। वे सर्वाधिक अधीर तथा प्रसन्न थे। शकुनि तो और भी प्रसन्न था। गांधारी भी प्रसन्न थी। उसका स्वयं का वचन भी उसे याद था—'किसी भी स्थिति में पिताश्री का आनंद नष्ट नहीं करेंगे और शकुनि को हस्तिनापुर ले जाएँगे।' भीष्माचार्य इतनी दूर आ रहे हैं तो सूक्ष्म-से-सूक्ष्म जानकारी तो उन्होंने ली ही होगी! वे अनुभूति से पूर्ण हैं। वे ऐसा-वैसा नहीं तो कुछ मन में संकल्प करके ही आए होंगे!

और वह क्षण आया, जब भीष्माचार्य का स्वर्णरथ राजप्रासाद के पास पहुँचा। उनका स्वागत मंगल-ध्वनि से हुआ। उनकी आरती उतारी गई। पुष्प मालाएँ तथा इत्र से उनका स्वागत किया गया।

राजप्रासाद के भव्य दालान में सभी आसनस्थ हुए। महारानी सुमति, शकुनि और परिवार के अन्य सदस्य भीष्माचार्य को देखकर स्तंभित हो गए। सुदृढ़ देहयष्टि, राजवैभव की विलक्षण तेजस्विता, प्रकांड पांडित्य का, दृढ़प्रतिज्ञ होने का, दर्शन तथा वाणी की स्पष्टता और दृढ़ता देखकर लगा जैसे, कोई लौहपुरुष, प्रत्यक्ष सूर्यदेव या तो प्रत्यक्ष इंद्रदेव यहाँ आए हैं। शकुनि तो ऐसा विनम्र हुआ कि उसकी वाणी ही मौन हो गई।

मदालसा, कल्याणी, मदनिका आदि सखियाँ शृंगारित-सालंकृत गांधारी को दालान में लाईं तो भीष्माचार्य चकित रह गए। इसके संदर्भ में बहुत कुछ सुना था, इसके पांडित्य तथा सौंदर्य के संदर्भ में भी सुना था। परंतु उन्होंने देखी थी प्रतिमा-प्रतिबिंब और अब वे प्रत्यक्ष देख रहे थे। इस अप्रतिम, अनुपम सजीव चित्र का चित्रकार मात्र अदृश्य है। उनके मन में आया।

"आसन ग्रहण कीजिए, गांधारी देवी!" ससम्मान भीष्माचार्य ने कहा।

"यदि आप कोई प्रश्न पूछना चाहते हैं तो…"

"प्रश्न तो विधाता से पूछने होंगे कि इस अनुपम कलाकृति में किन रसायनों का प्रयोग किया है। फिर भी एक प्रश्न, जो हमारा अपना है, उस संदर्भ में पूछना चाहते हैं, वेदों की ऋचाएँ-संस्कृति-परंपराएँ आपके, समाज के या राष्ट्रहित में हैं?"

"पुरुषों से अधिक स्त्रियाँ परंपरा निभाती हैं, तभी तो संस्कृति पीढ़ी-दर-पीढ़ी चलती रहती है।

"यदि हम वही परंपरा हर पीढ़ी में चलाते जाएँगे तो नई विचारधाराओं का निर्माण कैसे होगा, देवी? परंपरा वही होने से समाज सरोवर के समान स्थिर होगा। नए विचार लेकर कोई सरिता या निर्झर प्रवाहित नहीं होगा। तो आप क्या कहोगी, हर युग में वही विचार लेकर जाओगी?"

पहली बार ही अवनत गांधारी ने भीष्माचार्य की ओर देखा और विनम्रता से, सुस्पष्ट वाणी में कहा—

"श्रेष्ठ, समाज परिवर्तनशील होता है, होना ही चाहिए, नई-नई विचारधाराएँ प्रवाहित होनी चाहिए; परंतु अनुभूति से, निसर्ग तथा मानव के परस्पर संबंध से बनी संस्कृति या शाश्वत मूल्यों का ह्रास, यानी समाज-विघटन है। एकसंघता को पुरस्कृत करनेवाली अलिखित आचारसंहिता, यह शाश्वत मूल्यों पर आधारित है, लोकहितवादी है। प्रत्येक युग में चित्र की चौखट बदलती रहनी चाहिए, परंतु मुख्य चित्र ही बदल जाए तो चौखट का अर्थ ही क्या होगा?

"और श्रेष्ठ, स्त्री विगत पीढ़ी का अवलोकन करती है, वर्तमान में कार्य करती है और भविष्य की योजनाएँ बनाती है। परंपरा-पालन और नूतन विचारों का ग्रहण वह साथ करती है।"

भीष्माचार्य उसकी स्पष्ट वाणी सुनकर प्रभावित हो गए। उन्होंने फिर पूछा, "नूतन का अंगीकार करते-करते संस्कृति बदलती जाएगी, क्योंकि वर्तमान काल भूतकाल होता है, तब? नया युग वर्तमान संस्कृति को सत्य समझ गया तो?"

गांधारी हँस पड़ी तो उसकी मोतियों की लड़ी, जैसे दंतपंक्ति दिखाई दी। "नूतन ग्रहण करने से पुरातन नष्ट होगा, यह धारणा आपने कैसे कर ली, मान्यवर? गंगा का उगम आज भी है। आगे भी सैकड़ों जलप्रवाह में वह विभाजित होगी, शाखा-उपशाखाओं के नए-नए नाम होंगे, परंतु गंगा, गंगोतरी, शिवशंकर, भगीरथ-कथा वैसी ही रहेगी।

"अनेक विभाजित शाखाओं में गंगा तो होगी ही। वटवृक्ष फैलता है, अनेक शाखाओं से धरती में जाकर फिर से नए वृक्ष में संवर्धित होता है; मिटता नहीं है। संस्कृति के शाश्वत मूल्य इसी तरह 'यावद्चंद्र दिवाकरौ' शाश्वत ही होंगे, क्योंकि मानवों के सुखों की कल्पना उसमें निहित है। तब मान्यवर, संस्कृति लोप परकीय संस्कृति का आक्रमण भी हो जाए, परंतु नहीं बदलेगी।"

वह विनम्रता से, आदर के साथ बोल रही थी।

"यदि कल आपके हाथ में हस्तिनापुर साम्राज्य की बागडोर आ गई तो…"

"हम जैसे हैं, वैसे ही रहेंगे, आदर्श नारी बनकर! आज कन्या हूँ, कल पत्नी बनकर!"

"तो आप पतिव्रता धर्म निभाओगी?"

"क्या हमारे पति पत्नीव्रत धर्म निभाएँगे?"

"अवश्य!" भीष्माचार्य ने कह तो दिया। पर दूसरे क्षण मन में विचार आया, 'हम इसे क्या कहेंगे, तुम्हारा पति जन्मत: अंध है? नहीं! हम असत्य भी नहीं कहेंगे, सत्य भी नहीं कहेंगे। इसलिए तो इतनी दूरी पर आर्यावर्त पार करके आए हैं।' उन्होंने मन के विचार निकालकर उससे कहा, "आपके नीलकांति नेत्र अत्यंत सुंदर हैं। इन सुंदर नेत्रों में आपके सुंदर मन की प्रतिमा और प्रतिभा है। कदाचित् आप नीलाकाश देखती होंगी या निसर्ग के प्रति आपका आकर्षण होगा?"

वह फिर से हँस पड़ी। भीष्माचार्य के प्रति उसके मन में आदरयुक्त श्रद्धाभाव जाग उठा। 'वे स्वीकार करेंगे या नहीं, पता नहीं, परंतु एक दृढ़प्रतिज्ञ राजपुरुष देखने का सौभाग्य तो मिला।' वह प्रसन्न थी। 'वे कुछ सोचकर ही इतनी दूर आए होंगे!'

"कलावती, गुणवती, सौंदर्यवती जैसे आपको 'नेत्रवती' भी कहना चाहिए।"

"आपसे विनती करती हूँ कि आप कुरुवंश के ज्येष्ठ पुरुष हो, आदरणीय हो, अत: आप हमें केवल गंधवती या गांधारी कहें, बहुवचन का प्रयोग न करें। आप ज्ञानवृद्ध, वयोवृद्ध, अनुभवसिद्ध ऋषि हैं, हम आपकी कन्या हैं। आप आशीर्वाद दीजिए।"

गांधारी उनके चरणों पर झुक गई। उसको उठाते हुए उन्होंने कहा, "उठो राजलक्ष्मी, आप हमारे साम्राज्य की स्वामिनी हो। आप हमारे हस्तिनापुर के राजप्रासाद की अनुपम राजलक्ष्मी हो। आपके अस्तित्व से, वीणा स्वर जैसी मधुर वाणी से राजप्रासाद झंकृत हो। हमारे आशीर्वाद आपके साथ हैं। आप स्वामिनी हो, महारानी हो, आपको एकवचनी संबोधन हमें शोभा नहीं देता।"

भीष्माचार्य का मन भर आया। 'जीवन में कुछ घटनाएँ सुखद तो कुछ दु:खद, मन को कोसनेवाली होती हैं। अंबा, अंबिका और अंबालिका की वह घटना तो राजहित के लिए, विचित्रवीर्य के लिए, और आज भी हम करने जा रहे हैं धृतराष्ट्र के लिए। यह सही नहीं है और तब भी सही नहीं था। अपराध हम करते जा रहे हैं, क्योंकि हम राष्ट्र को एक असामान्य महारानी देना चाहते हैं। हमारा हेतु अच्छा ही है। हम अपराधी ही सही, परंतु किसी का, यानी अपने कुरुवंश का तो भला ही होगा।'

आगे गांधारी अपने कक्ष में गई। उसे आश्चर्य हो रहा था कि माता भी उठकर चली गईं। भीष्माचार्य, शकुनि और महाराज सुबल दीर्घकाल तक धीरे-धीरे बोल रहे थे।

'क्या बोल रहे हैं इतना?' उसके मन में प्रश्न था।

□

"मदालसा···" गांधारी ने उसे पुकारा तो वह हाथ में रत्नजड़ित मेखला लेकर आई।

"देखा, गंधवती···नहीं, अब से गांधारी देवी···"

"एकांत में सखी···गंधवती! मदालसा, तुम्हारी सखी हैं हम।"

"गंधवती, इस मेखला में जितने रत्न जड़े हैं, उतने कदाचित् गंधार देश के राजकोष में भी नहीं होंगे! पाँव की उँगलियों से लेकर मस्तक तक कितने ही रत्नजड़ित अलंकार हैं। आओ, दर्पण के सामने बैठो, हम तुम्हारा श्रृंगार कर देते हैं। विवाह की वेला अब समीप आई है। मंगल-वाद्यों की ध्वनि सुनाई दे रही है। हस्तिनापुर की मंडली सामने वाले प्रासाद से नीचे आएगी।"

हाथ में मेखला लेकर गांधारी ने कहा, "मदालसा, इतने रत्न न हमारे राजकोष में हैं, न ही नगर के सभी रत्न एकत्र करने पर भी मिलेंगे। इसलिए इस वैभव से महाराज सुबल और शकुनि इतने अधिक मोहित हो गए हैं कि हमारे भाग्य की बार-बार स्तुति कर रहे हैं। मदालसा, यह अलंकार बाह्य देह पर परिधान किए जाते हैं। कुरुवंश की राजस्नुषा होने के कारण उनकी प्रतिष्ठा रखनी है, इस कारण वे तो मिलने ही थे।"

"अब जरा उस उपवन में चलें।"

"इस समय? नहीं गांधारी, सभी वरपक्ष के ज्येष्ठ उपस्थित हैं; और बाहर जैसे छावनी-सी नजर आ रही है। अत: बाहर जाना उचित नहीं है।"

"हम भी समझते हैं, मदालसा! परंतु जिस वर के साथ हमारा विवाह संपन्न होनेवाला है, उसे हम एक बार देखना चाहते हैं। उपवन से एक गुप्त मार्ग उसी राजप्रासाद की अट्टालिका की ओर जाता है, बस कुछ ही समय लगेगा। तुम अपना उत्तरीय हमें दे दो, हम तुम्हारे साथ दासी बनकर जाएँगे।'

"आपके पिताश्री और ज्येष्ठ भीष्माचार्य ने यदि विशेष बातें करके निर्णय लिया है तो अयोग्य हो ही नहीं सकता। वे बार-बार मुझसे कहते हैं कि 'मदालसा, तेरी सखी को इतना वैभव-संपन्न पति मिल गया है कि हम ईश्वर के प्रति आभारी हैं।"

"सो तो हम मानते हैं, पर हम उन्हें केवल देखना चाहते हैं! क्या स्त्री होनेवाले पति को भी नहीं देख सकती? उनको तो हमारे संदर्भ में सूक्ष्म-से-सूक्ष्म जानकारी है। उन्होंने हमारा चित्र भी देखा है। परंतु उनको तो हमने देखा तक नहीं। क्या यह परंपरा सही है?"

"बस··· बस··· राजकुमारी गंधवती, तुम्हें ले जाएँगे।"

वे दोनों गुप्त मार्ग से होकर राजप्रासाद की अट्टालिका में पहुँचे, जहाँ महाराज धृतराष्ट्र का निवास था। उनका भी श्रृंगार किया जा रहा था। उनके समीप उनके ही जैसा गौरवर्णीय सुदृढ़ युवक था। कदाचित् पांडु महाराज होंगे और सामने प्रत्यक्ष उपस्थित थे भीष्माचार्य।

धृतराष्ट्र ने पूछा, "आपने हमारे बारे में सत्य कहा है न?"

"हम कितनी बार कह चुके हैं, धृतराष्ट्र महाराज, हमने पूर्ण सत्य कहा है।"

"मदालसा, हमारे पति अद्वितीय सुंदर हैं न?" झरोखे से झाँकते हुए मदालसा से गांधारी ने पूछा।

"आप ही देख लीजिए, जिसके लिए आप आई हैं।"

"तुम तो बताओ···"

"नहीं, आप देख लीजिए, गांधारी देवी!" उसकी आँखें भर आई थीं। गांधारी ने स्वयं झरोखे से झाँका और झरोखे से पीठ लगाकर खड़ी हो गई। उसकी आँखों में क्या नहीं था? भरा हुआ आकाश, अनिवार क्रोध, अगतिकता, शकुनि और पिताश्री का असत्य वर्तन, अपनी ही कन्या को उन्होंने जन्मतः अंध धृतराष्ट्र को सौंप दिया था।

मदालसा के कंधे पकड़कर उसने पूछा, "क्या यह सत्य है, जो हम देख रहे हैं?"

"सत्य है सखी गंधवती, सत्य है। सत्य इतना भीषण होता है, नियति भी अक्षपट ऐसा खेलती है कि जीवन के पासे ही उलट जाएँ। अच्छा ही हुआ कि हम उन्हें यहाँ देखने आए।"

"तो क्या निर्णय लेंगी गंधवती? हम महाराज सुबल के पास जाएँगे।"

"नहीं··· नहीं, हम कदापि ऐसा नहीं करेंगे···"

"यह भी क्या बात हुई, सखी?"

"मदालसा, शकुनि और हमारे पिताश्री ने उनका चित्र तो देखा होगा? उन्हें किसी से महाराज धृतराष्ट्र के संदर्भ में अवश्य ही ज्ञात होगा। जब हम अपनी कन्या

किसी युवक को सौंपते हैं तो वह युवक कैसा है, यह तो माता-पिता देखते ही हैं। उसका चित्र अपनी कन्या को दिखाकर पूछते हैं, 'कैसा है यह राजकुमार?' हमें न तो चित्र दिखाया, न ही उनके संदर्भ में कुछ कहा, और कहा भी तो उनके साम्राज्य एवं वैभव के संदर्भ में, माता सत्यवती, माता कुंती, भीष्माचार्य तथा राजपुरोहित और महाराज विदुर के संदर्भ में; परंतु महाराज धृतराष्ट्र के संदर्भ में हमने सिर्फ यह कहते सुना कि वे राज्य-शासन करते हैं। युवा हैं, विनम्र हैं।

"मदालसा, वे विनम्र हैं भी या नहीं, यह तो पता नहीं, परंतु अगतिक, असहाय व अंध अवश्य हैं। और यह पूर्णतः शकुनि और पिताश्री को ज्ञात है, होगा ही।"

मदालसा मौन थी। दोनों अपने कक्ष की ओर जा रही थीं।

गांधारी मन में सोच रही थी—'पिता ने ही हमारा विवाह इनसे करने का निर्णय लिया है। यदि हम न करेंगे तो हमारी नगरी के प्रजाजन कहेंगे, 'जिस कन्या को हमने इतना आदर और स्नेह दिया, वह कन्या अपने पिता का अनादर कर रही है। अंध हुआ तो क्या, इतने विशाल साम्राज्य का अधिकारी है। सुदृढ़ व सुंदर है।'

'प्रजाजन कहेंगे और आगे चलकर यह बात इतनी प्रसारित होगी कि आगे चलकर विवाह ही नहीं होगा और यदि हम ब्रह्मचारिणी हो गए तो भी प्रजाजन बोलेंगे कि विवाह अहंकार के कारण हुआ नहीं तथा अब ब्रह्मचारिणी बन गई।'

अनेक विचार उसके मन में थे। फिर एक और नया विचार उसके मन में आया कि एक स्त्री के लिए उसका पति ही सर्वस्व होता है। वह पति ही बार-बार पूछ रहा था, 'हमारे संदर्भ में सबकुछ सत्य ही कहा न?' तो वह पति, जिसका इसमें कोई अपराध नहीं है।

"महाराज धृतराष्ट्र अपराधी नहीं हैं, मदालसा। भीष्माचार्य भी अपराधी नहीं हैं। उन्होंने प्रस्ताव रखा था, पर वह प्रस्ताव स्वीकार करना और न करना कदाचित् पिताश्री सुबल, माता सुमति तथा शकुनि के हाथ में था। अपराधी है हमारा अपना मातृगृह ही।"

मदालसा और गांधारी, दोनों कक्ष में आईं तो गांधारी ने कहा, "मदालसा हमारा पूर्ण श्रृंगार कर दे, किंचित् भी न्यूनता न हो।"

"गंधवती, गांधारी…" राजमाता सुमति उसके कक्ष में आई।

"माता, हम पूर्णतः सज्ज हैं। केवल कुरुवंश के प्रतीक सूर्यदेव का दर्शन करके आते हैं। आप चलिए।"

गांधारी सौंध में आई। सूर्यदेव को आकाश में भ्रमण करते एक प्रहर हो गया

था। उसने तेजस्वी सूर्यदेव का वंदन किया। सौंध से दिखनेवाले वृक्ष और हरियाली परिपूर्ण पर्वत मालिकाएँ, निर्झर, सरिता, राजप्रासाद के वन, उपवन, जलाशय, विविध रंग के फूल—सब अपने नेत्रों में समा लिये।

"मदालसा, अब चलना होगा। सबकुछ मन के अंदर रखकर हम यहाँ से कोसों दूर जाएँगे, क्या पता, फिर कब गंधार आएँगे?" अब उसके नेत्र भर आए और दूसरे ही क्षण उसने निश्चय किया और मदालसा का हाथ पकड़कर कहा, "मदालसा, चिंतित या दुःखी मत होना, स्त्री कहीं भी सुखी रहने का प्रयास करती है। इसमें अपराध है हमारा; हमारे स्त्री होने का। यदि किसी पुरुष श्रेष्ठ को न बताते हुए एकाध अंध स्त्री विवाह के लिए प्रस्तुत की जाए तो क्या वह मानेगा? कभी नहीं।

"सत्य तो यह है, मदालसा, शकुनि, महाराज सुबल—हमारे ही पिताश्री, इन्होंने अपना व्यवहार देखा। कन्या को अंध पति के सुपुर्द किया।"

मदालसा के अश्रु रुक ही नहीं रहे थे और गांधारी के नेत्रों में अश्रु ही नहीं थे। था वह निश्चय, प्रतिज्ञा, स्वयं से ही ली हुई सौगंध। उसने कहा, "महाराज सुबल, महारानी सुमति, बंधु शकुनि, सुनो···" वह स्वगत ही प्रगट बोल रही थी, स्वयंप्रतिज्ञ दृढ़ होने के लिए।

"पांडु महाराज, धर्मज्ञ भीष्माचार्य, आप भी सुनिए···स्त्री कभी भी अगतिक नहीं है। अबला भी नहीं है, वह वीर प्रसवा है। उसके पास उसकी अस्मिता है। हम अंधपति की, अंधपत्नी अवश्य होंगे। लोग हमें पतिव्रता कहेंगे। जिनको जो और जितना कहना है, उतना कहने दो। हम अगतिक नहीं हैं और महाराज धृतराष्ट्र अपराधी नहीं हैं, दोनों भावनाएँ हमें ज्ञात हैं।

"हमपर जो अन्याय हुआ है, उसका निषेध हम आँखों पर पट्टी बाँधकर करेंगे। हमें जो और जितना क्रोध आया है, उसका शासन हम जीवन भर लेते रहेंगे। हम इसके बाद कभी भी कुछ भी नहीं देखेंगे। स्त्री को कभी इस तरह दृढ़प्रतिज्ञ होना चाहिए।

"आगे चलकर यह प्रश्न समाज के मन में अवश्य होगा कि गांधारी ने इस मार्ग का अनुसरण क्यों किया तो वे अनेक दृष्टि से विचार करेंगे। हमने यह अंधकार-यात्रा क्यों आरंभ की, यह संशोधन का विषय होगा। सत्य तो यह है कि हमपर अन्याय हुआ है, हमें न्याय चाहिए। अनेक प्रश्न लोकमानस में होंगे, अनेक भावनाएँ होंगी, गांधारी समाज में फैलेगी। यहाँ वह पराजित है, लेकिन समाज-मन उसके संदर्भ में महान् पतिव्रता का रूप देगा।"

मदालसा पट्टिका लाओ, हमारे नेत्रों पर बाँध दो, आज अंत में केवल तुम्हें ही देख रही हूँ। हमारे बलिदान की साक्षी केवल तुम ही हो। नियति ने आघात करके संघर्ष-यात्रा आरंभ कर दी है। अब हमें रुकना नहीं है।"

"आनेवाला कल अवश्य कहेगा, अन्याय के प्रतिकारार्थ संघर्ष करनेवाली स्त्री गांधारी। सोचने के लिए विषय बनेंगे हम।"

"मैं ऐसा नहीं होने दूँगी, गंधवती।"

"दुःखी न हो, मदालसा, तुम भी सुख-दुःख में मेरे साथ होगी। यदि यह विवाह हम अमान्य करते हैं तो पिताश्री की शोकांनित होगी। शकुनि के स्वप्नों के प्रासाद ढह जाएँगे। माता को दुःख होगा और राजवंश को अपमानित करने का दोष हमें मिलेगा।

"मदालसा, सुनो हमारी बात, न्याय माँगनेवाला एक मार्ग आक्रोश, आवेग, अधीरता, क्रोध और प्रतिशोध की तरफ जाता है, तो दूसरा मार्ग शांत, संयत एवं दीर्घ प्रतीक्षा की ओर जानेवाला शांतिमार्ग है। हैं तो दोनों ही निषेध करनेवाले। कभी-न-कभी हमें न्याय अवश्य मिलेगा। चलो मदालसा, हम अपनी सारी सखियों के साथ जाएँगे; उनको बुला लो।"

मदालसा ने अपने अश्रु पोंछ लिये। अपने नेत्रों पर पट्टिका बाँधकर वह अपनी सखियों के साथ राजप्रासाद की सीढ़ियाँ उतरकर प्रांगण के भव्य मंडप में आईं।

उसने आते वक्त एक बार पट्टिका खोलकर सूर्यदेव को नमस्कार किया और कहा, "हे दिनकर, अपने जैसी तेजस्विता किंचित् मात्रा में हमें दीजिए। तुम्हारे तेज और कर्तव्य का भान रखकर ही हम भविष्य में चलते रहेंगे, यह हमारा अंतिम दर्शन होगा। फिर अंधकार लेकर हम अपना जीवन व्यतीत करेंगे।"

उसने राजमंदिर की भव्य संगमरमर की विष्णु प्रतिमा देखी तो उसने हाथ जोड़कर कहा, "हे शंख, चक्र, गदा, पद्मधारी विष्णुदेव! हमारा निर्णय सही है न?"

उसने एक कमलपुष्प गिरते देखा तो वह प्रसन्न हो गई। पट्टिका हाथ में लिये उसने सखियों के साथ विवाह-मंडप में प्रवेश किया। धृतराष्ट्र यज्ञवेदी के सामने उपस्थित थे। यज्ञवेदी के इस तरफ वह खड़ी हो गई तो नेत्रों पर रेशम की पट्टिका बाँधकर मदालसा उसके पीछे धरती की ओर देखते हुए आँसू पोंछ रही थी।

वह मन में विषण्ण होकर कह रही थी…

"तुम्हारी जैसी रसिक रमणी प्रातःकाल में दिनमणि और उषा के रंगप्रासाद में उनका मिलन चित्रांकित करती आ रही थी, निसर्ग-सृष्टि अनंत प्रतिमाएँ चित्रित

करती आ रही थी। वह रंगावली में विविध रंगों का प्रयोग करती थी, आज नेत्रों पर पट्टिका बाँधकर अंधार-यात्रा का आरंभ करने जा रही है।"

यज्ञवेदी को साक्षी मानकर मंत्र पढ़े जा रहे थे। अवगुंठनधारी गांधारी अब केवल सुन रही थी—जनसमुदाय का उत्साह। मंत्र पूर्ण हो गए, धृतराष्ट्र ने पुष्पमाला लेकर उसको पहनाने में पांडु की सहायता ली तो पहनाते समय अवगुंठन कंधे पर गिर पड़ा और प्रत्यक्ष सामने उपस्थित भीष्माचार्य अवाक् हो गए। लावण्यवती गांधारी ने नेत्रों पर पट्टिका बाँध रखी थी। उनके पीछे उपस्थित अनेक उपस्थितों ने देखा और अनायास ही उपस्थितों के मुख से निकल पड़ा—

"कुरुवंश की सम्राज्ञी, महान् पतिव्रता गांधारी देवी की विजय हो!"

उसने शकुनि और महाराज सुबल की ओर मुड़कर देखा···और वे बोल ही नहीं पाए। उन्हें इस जयध्वनि के अर्थ का आकलन हुआ था। गांधारी मन-ही-मन प्रसन्न थी।

□

श्रीकृष्ण शाम को आए और गए थे। संवाद भी हुआ था और कुछ प्रश्न भी पूछे गए थे तो गांधारी रात तक अपनी ही प्रवास यात्रा देख रही थी। श्रीकृष्ण ने पूछा था, "देवी गांधारी, आपने नेत्रों पर पट्टिका क्यों बाँधी?" और उत्तर में गांधारी ने कहा था, "कुछ प्रश्न ऐसे भी होते हैं, जिनका उत्तर समाज देता है। आप दीजिए हमारे प्रश्न-संशोधन से उत्तर?" तब गांधारी ने भी पूछा था, "श्रीकृष्ण, आपने इतने विवाह क्यों किए?" श्रीकृष्ण हँस पड़े थे और कहा था, "कुछ प्रश्न ऐसे भी होते हैं, देवी! जिसका उत्तर समाज देता है।" और दोनों प्रसन्न होकर हँसे थे।

कल की ही तो बात थी। उसके मन में नक्षत्रों से भरा आकाश था। उसने मन में कहा, 'हे लोकनायक श्रीकृष्ण! जन-जन के मन में आपकी ही प्रतिमा है। हम आपको बहुत मानते हैं, क्योंकि आपकी कीर्ति हमने सुनी थी। कल शाम प्रत्यक्ष ही देखा मन की आँखों से, अंतरंग में झाँककर। प्रसन्न, प्रतिभा-संपन्न, प्रौढ़ प्रगल्भ राजश्रेष्ठ की प्रतिमा आपके मेघश्याम रंग के साथ मन में उभर आई। तभी से मन में था, प्रतिस्पर्धी होकर आपसे मिलेंगे। चमत्कार, साक्षात्कार, अवतार इसपर हमारा विश्वास नहीं है। परंतु तुम्हारे सद्गुणमंडित अस्तित्व पर, अपार लोकप्रियता पर हमारा प्रगाढ़ विश्वास था। और कल शाम आपको सुना तो यह विश्वास दृढ़ हो गया। आपकी मधुर, चातुर्ययुक्त वाणी, आपका प्रसन्न होकर हँसना मन को विभोर कर गया।

'आप हमारे प्रश्न का उत्तर लेकर कभी-न-कभी अवश्य आओगे, तब मैं भी

आपके प्रश्न का उत्तर आपको अवश्य दूँगी।...हम अवश्य ही मिलेंगे।

गांधारी मन की बातों में उलझकर मंचक पर बैठी थी कि मदालसा ने आकर कहा, "देवी, कब से राजमंदिर की घंटियाँ बज रही हैं। आरती आरंभ होनेवाली है। आप किस सोच में खोई हुई थीं?"

"हम? हम अंतरंग के मंदिर में श्रीकृष्ण महाराज की आर्त संवाद सुन रहे थे।"

"सत्य है, देवी, एक बार वे मन-मंदिर में आ गए तो वहीं बस जाते हैं, जाने का विचार ही नहीं होता।"

"क्या तुम्हारी भी यही स्थिति है?"

"हाँ देवी, मेरी ही नहीं, सबकी, जिसने श्रीकृष्ण महाराज को देखा है।"

दोनों मंदिर की ओर चल पड़ी थीं।

□

उत्फुल्ल पद्मगंध लेकर वायुलहरी वातावरण में प्रवाहित हो रही थी। वृक्षों की शाखा-प्रशाखाओं पर निवास करनेवाले विहंग आकाश-मार्ग पर अग्रसर हो रहे थे। उनकी मधुर ध्वनि बीच-बीच में सुनाई दे रही थी। शांत जलराशि में अपना प्रतिबिंब देखकर प्रकृति स्वयं को सँवार रही थी। अरुण का रथ पूर्व की ओर अग्रसर हो रहा था। उसमें बैठे रविराज मन-ही-मन हँस रहे थे। संध्या की मिलने की आतुरता और प्रातःकाल होते ही ऊषा सुंदरी को मिलने की भी आतुरता, कैसी है यह नित्य की अधीर उत्सुकता? दवाबिंदु का अवगुंठन दूर करके वसुंधरा भी रविराज का मन पढ़ रही थी कि श्रीकृष्ण का स्वर्णरथ विदुर महाराज की कुटी से निकलकर राजप्रासाद की ओर चल पड़ा था। शुभ्रवर्ण के पाँच सुदृढ़ अश्व और सुवर्णरथ में बैठे मेघश्याम श्रीकृष्ण, विलोभनीय दृश्य था।

"महाराज, रथ को किस ओर ले जाना है?"

"कह तो दिया था, राजप्रासाद की ओर..." महाराज श्रीकृष्ण की यह बात सारथी शूरसेन समझ नहीं पा रहा था। यहाँ आए हुए उन्हें पाँच दिन ही हुए थे कि उसमें नित्य राजप्रासाद की ओर जाना, उसे दूर से देखकर लौटकर आना, श्रीकृष्ण की यह कृति उसकी समझ के परे थी। अनेक वसंत बीत गए थे, वह उनके साथ था। वह श्रीकृष्ण महाराज की नस-नस को जानता था। उनका निसर्ग के प्रति प्रेम, सौंदर्य के प्रति रसिकता, समाज के प्रति स्नेह, राजनीति में नीतिमत्ता, लोगों का बहुमत लेकर अपना मत देना आदि और भी कितने गुण थे। जीवन का समय उन्होंने कभी व्यर्थ नहीं गँवाया था।

उसने पीछे मुड़कर देखा तो श्रीकृष्ण विचारमग्न होकर रथ में बैठे थे, यह दृश्य सहसा उसने देखा नहीं था। वायु की गति से जानेवाले रथ में बैठे श्रीकृष्ण का आज निसर्ग सौंदर्य रूप नहीं दिख रहा था। उसके सामने अलौकिक प्रौढ़-प्रगल्भ, लावण्यवती गांधारी दिखाई दे रही थी। क्यों बाँधा होगा उसने नेत्रपटल? क्या उसने विवाह से ही पतिव्रता धर्म निभाना आरंभ कर दिया है? इतनी नित्य प्रसन्न सृष्टि वह देखना नहीं चाहती? ऐसा क्यों? वैसे तो कोई कारण ही समझ नहीं आता कि उस नेत्रपटल के पीछे उनके नेत्र में क्या होगा? स्नेहभाव, क्रोध या दुष्टभाव? आग्रह, अनुग्रह, अनुराग या फिर वीतराग?

गांधारी का विचार करते-करते उसे श्रीकृष्ण से पूछा हुआ प्रश्न भी स्मरण हुआ। उसने पूछा था कि आपने आठ विवाह किए, यह पुरुषार्थ का साक्ष है या रसिकता का दर्शन?

"गांधारी देवी, इसका उत्तर हम अवश्य देना चाहते हैं, क्योंकि जिस अनुभूति का उत्तर केवल मन में ही रह जाता है, वह उत्तर आपको देकर हम अपने जीवन का बोझ उतार देना चाहते हैं। और आपके द्वारा कही हुई चमत्कार की बात भी आपको कहेंगे। आपने पूछा था, गांधारी देवी कि श्रीकृष्ण महाराज, आप सामान्य से असामान्य तक पहुँच गए, धरती पर खड़े होकर आकाश छू लिया, दसों दिशाओं ने अपनी नाममुद्रा स्वयं अंकित कर ली है, फिर चमत्कार क्यों? क्या इन सबके पीछे चमत्कार ही कारण है?

"सत्य तो यह है, गांधारी देवी कि हमने चमत्कार किए ही नहीं। क्यों होते हैं चमत्कार? क्या वह व्यक्ति सोच-समझकर करता है? कभी नहीं।"

श्रीकृष्ण को स्मरण आया—नंद महाराज के गोकुल का गृह। गोकुल में सर्वाधिक धनवान वही थे। वैभव से परिपूर्ण गृह था वह। सर्वाधिक गोधन के कारण और प्रिय होने के कारण वे ही गोकुल के नायक थे। उसका अधिकार उन्हें गोकुलवासियों ने दिया था। जहाँ निसर्ग वरदान, वहाँ गोधन के लिए भ्रमंती। परंतु गोकुल में सबकुछ था, इसलिए सभी वहीं स्थायिक थे।

श्रीकृष्ण अनायास ही हँस पड़े।

"कान्हा, हमने यहाँ गणेशजी के लिए प्रसाद रखा है, तुलसी-पत्र ले आती हूँ।"

माता जैसे ही गई, बालकृष्ण के मन में विचार आया कि अभी तक पूजा नहीं हुई, यह कब करेगी, कब प्रसाद मिलेगा, इससे तो अच्छा है कि गणेशजी की अनुमति लेकर थोड़ा प्रसाद ग्रहण कर लेते हैं। श्रीकृष्ण ने गणेश भगवान् से कहा, "श्रीगणेश, आप लंबोदर हो, सर्वेसर्वा हो, सर्वव्यापक, सर्वसमावेशक हो और भक्तों

के प्रति आपको स्वयं से अधिक स्नेह है। यदि हमने थोड़ा प्रसाद आपसे पहले आपसे ही पूछकर ग्रहण किया तो आप क्षमाशील होकर हमें क्षमा करना।"

थोड़ा-थोड़ा करते-करते श्रीकृष्ण ने पूरा प्रसाद ही भक्षण कर लिया, फिर स्मरण हुआ कि अब माता को क्या उत्तर देंगे—

गणेशजी तो मौन ही रहेंगे, यदि उन्होंने ही खा लिये, ऐसा तो कह भी नहीं सकता, पर अपराध मानना भी तो कठिन है। श्रीकृष्ण विचार ही कर रहे थे कि माता यशोदा आ गई। वह जान गई, फिर भी उसने पूछा—

"प्रसाद के लिए साक्षी रखकर गई थी न मैं, फिर प्रसाद कहाँ है?"

"हमें तो पता नहीं, हम तो भूख के मारे प्रतीक्षा में सो गए।"

"अपराध करते समय साक्षी रखनेवाले को कुछ तो ध्यान रखना चाहिए था? तुम्हारे अधर पर जो प्रसाद लगा है?"

"हमने तो खाया ही नहीं, सत्य तो यह है कि गणेशजी ने हमें सोते हुए देखकर प्रसाद खाया होगा और जाते-जाते हमारे मुख पर लगाया होगा, ईश्वर थोड़े ही स्वयं पर दोष लेगा!"

"तो कान्हा, तुम तनिक अपना मुख तो खोलो, ताकि मैं भी जान सकूँ।"

श्रीकृष्ण ने मुख खोला तो उसमें ब्रह्मांड समाया हुआ था।

फिर उसने देखा, स्वयं गणेशजी प्रसाद खा रहे थे।

"सत्य कहा पुत्र", यशोदा माता ने उसे हृदय से लगा लिया और कहा, "सत्य है पुत्र, हम परमात्मा के अंश हैं, हमारे हृदय में वही बसता है। आज तुमने हमारी आँखें खोली हैं, पुत्र।

"आज मैंने देखा, असीम प्रकाश के दालान खुल गए हैं। एक दालान से दूसरे दालान तक चलते हुए अनेक तेजपूर्ण किरण शलाकाओं का प्रकाश है। और अंतिम दालन में केवल सिंहासन पर प्रकाश है, वह पूर्णतः अलग है। वह प्रकाश रत्नमणियों का नहीं, चंद्र, सूर्य का नहीं, बल्कि यही तो पूर्ण ब्रह्म का प्रकाश है। सिंहासन पर कोई नहीं है; है तो केवल विलक्षण प्रकाश। यही परब्रह्म··· निराकार, निर्गुण, प्रकाशमय, अज्ञात और असीम, चराचर व्यापक, सूक्ष्म, जड़, चेतन, सर्वसमावेशक, निःशब्द और शब्दरूप भी, नाद रूप और संवाद रूप भी! स्थिर और प्रखर गतिशील भी।"

माता यशोदा आनंदविभोर थीं, नेत्रों से आँसू बह रहे थे और श्रीकृष्ण के मुख पर हास्य था, विश्व की प्रसन्नता, संपूर्ण प्रसन्नता ने उसे घेर लिया था।

□

सायंकाल प्रभा आकाश में थी। नंद महाराज आज अपने पुत्रों के साथ वन में आए थे।

"कान्हा, हमारे पूर्वज आर्यावर्त आए तो सर्वप्रथम सप्तसिंधु के प्रदेश में। जैसे-जैसे वे स्थायिक हुए, वैसे-वैसे अधिकाधिक प्रदेश में विस्तारित हो गए। गंगा-यमुना जैसी नदियों के पास उन्होंने अपना निवास बनाया।"

नंद महाराज, श्रीकृष्ण और बलराम शिला पर खड़े होकर उपजाऊ भूमि का निरीक्षण कर रहे थे। विशाल हरित भूमि और विशाल गोधन देख रहे थे।

"तात, हम अनार्य हैं? आप हमें कहाँ से लाए हैं? लोग कहते हैं कि…"

"कान्हा, हमें इतना ज्ञात है कि तुम हमारे प्रिय पुत्र हो, तुम कौन हो, कहाँ से आए हो, हम आर्य हैं या अनार्य, क्षुद्र हैं या क्षत्रिय, इसके संदर्भ में हमें क्या करना है? आर्य होकर भी अनार्य जैसा व्यवहार करनेवाले लोग भी होते हैं।"

"परंतु हम गोपालक कैसे हुए?"

"कान्हा, तुम्हारे प्रश्न अधिक होते हैं। आर्यावर्त, यानी आर्य लोगों का निवासस्थान। गंगा-यमुना के पास के प्रदेश को 'शूरसेन' देश कहते थे। शूरसेन राज्य की राजधानी मथुरा नगरी थी। मधु नामक राक्षस ने इस नगरी का निर्माण किया। इसे मधुरा, मधुषिका, मधुसूदना भी कहते थे।"

"परंतु हम तो गोकुलवासी हैं।"

"इस प्रदेश और मथुरा में केवल यमुना नदी बहती है। मधु नामक राक्षस को लवण नामक पुत्र था, जो अति दुष्टकर्मा, क्रूर, विघ्नसंतोषी था। अयोध्यापति श्रीराम ने अपने कनिष्ठ बंधु शत्रुघ्न को लवण का पारिपत्य करने भेजा था। श्रीराम का यहाँ सूर्यवंशी शासन शुरू हो गया। यहाँ के सैनिकों के शूरवीर होने के कारण यह प्रदेश शूरसेन हो गया और उस काल में एवं आज भी गोधन विशाल होने के कारण गो-प्रतिपालकों का निवास या क्षेत्र गोकुल हो गया। गो-पालक और गोपालकों का कुल जहाँ बसता है, वह गोकुल।"

"तात, एक बात का सत्य उत्तर दोगे? मैं आपका पुत्र नहीं हूँ न?"

"हाँ, सत्य यही है कि अपने पुत्र से भी अधिक प्रिय तुम, पर हमारे पुत्र नहीं हो न।"

"आप उपहास तो नहीं कर रहे हो?"

"नहीं पुत्र, उपहास ईश्वर ने किया है।"

"मैं तुम्हारा ही कान्हा हूँ न?"

"हाँ पुत्र, तुम मुझे पुत्रवत् हो। उस दिन की बात है, आषाढ़ मास जैसा ही श्रावण मास कृष्णमेघों से भर आया था और तदनंतर वर्षा आरंभ हो गई। इतनी अधिक वर्षा थी कि यमुना ने मथुरा और गोकुल का आवागमन बंद किया था। मूसलाधार, घनघोर वर्षा थी। मध्यरात्रि का आभास तो शाम से ही हो रहा था और सचमुच मध्यरात्रि के उपरांत प्रवेशद्वार की घंटी बजने लगी, लगा कि किसी का घर बह गया या ढह गया होगा।

"भीगते-भीगते द्वार खोला तो नख-शिखांत भीगे हुए वसुदेव महाराज द्वार पर खड़े थे और इतनी वर्षा होने पर भी नवागत शिशु हँस रहा था, वह तुम थे कान्हा, तुम। वह अष्टमी, श्रावण मास और मध्यरात्रि का दूसरा प्रहर था, कान्हा, जब तुम हमारे घर पधारे। यह सत्य हम दोनों कभी कहनेवाले नहीं थे, क्योंकि हम स्वार्थी थे। हम तुम्हें खोना नहीं चाहते थे, इसलिए तुम्हें कभी बताया नहीं।"

"ऐसा क्यों हुआ तात?"

"तुम्हारी माता देवकी और उसका बंधु कंस, इनकी कथा हमने कई बार सुनाई, पुत्र! कंस मथुरा का सार्वभौम राजा था! देवकी के विवाह में सारथी होकर कंस अपनी भगिनी देवकी को उसके ससुराल ले जानेवाला ही था कि आकाशवाणी हुई—'कंस, तुम्हारी भगिनी देवकी का आठवाँ पुत्र तुम्हारा वध करेगा।'

"आकाशवाणी से कंपित कंस कुछ कहनेवाला ही था कि देवर्षि नारद ने वहीं प्रत्यक्ष आकर कहा तो नवविवाहिता वधू, उसकी ही भगिनी देवकी को उसने कारागृह में डाल दिया, उसके साथ ही वसुदेव को भी कारागृह में डाल दिया। कारागृह की आठ दिशाओं में प्रहरी रखे; और कौन सा पुत्र आठवाँ होगा, उलटी गिनती से प्रथम पुत्र भी आठवाँ हो सकता था, अतः क्या पता कौन सा पुत्र वध करेगा! इसलिए उसने देवकी के सात पुत्रों की हत्या की।

"अब आठवें पुत्र तुम थे कान्हा! उस अष्टमी को सर्वाधिक वर्षा का दिन था। सभी ओर दिन में भी अँधेरा था। यमुना सागर बन गई थी। तब उसी मध्यरात्रि में तुम्हारा जन्म हुआ और उस यमुना की उफान में वसुदेव तुम्हें हमारे घर लाए। वे हमारे जीवश्व कंठस्था मित्र थे। उसी समय यशोदा को कन्या हुई थी। हमने वसुदेव के हाथ में कन्या को दिया, क्योंकि तुम्हारे जगह पर कोई-न-कोई तो अपत्य आवश्यक था।"

"प्रहरी कहाँ थे?"

"प्रहरी थे, परंतु दिन में अखंड वर्षा, मथुरा में पानी-ही-पानी और अविरत, अखंड एवं गरजकर आनेवाली वर्षा में वे निद्रामग्न हो गए। निश्चिंत होकर और मेघों की गड़गड़ाहट में किसी को भी द्वार खोलने की ध्वनि सुनाई नहीं दी। पुत्र कान्हा, यही तो नियति की इच्छा थी।"

"फिर क्या हुआ?"

"कान्हा, हमारा दुर्दैव था। हमें लगा कंस आठवीं कन्या देखकर उसका वध नहीं करेगा, परंतु नियति की ही इच्छा थी। कंस को जैसे ही पता चला कि देवकी को कन्या हुई है तो उसने उसे मारने के लिए उठाया, पर वह उसके हाथ से निकल आकाश की ओर गई और उसकी वाणी सुनाई दी—'कंस, तुम मुझे मारने निकले थे, मैं स्वयं तुम्हारी नियति हूँ। गोकुल में तुम्हारी भगिनी देवकी-वसुदेव का आठवाँ पुत्र जीवित है।'

"वसुदेव महाराज की प्रथम पत्नी रेवती और उसका पुत्र बलराम हमारे घर में ही थे। अब तू आ गया था तो हमारा जीवन धन्य हो गया। परंतु कान्हा, यशोदा को तुम्हारे संदर्भ में ज्ञात नहीं है, क्योंकि कन्या होने के बाद वह मूर्च्छित हो गई थी और हमने ही कन्या को उसको बिना कहे उठाया था। जब यह यशोदा को ज्ञात होगा, वह स्थिति मैं सोच नहीं सकता। कभी-कभी इस विचार से भय लगता है।"

"तात, आप निश्चिंत रहिए, कान्हा नंद-यशोदा का ही रहेगा, उसी नाम से ही जाना जाएगा। आप दोनों ही मेरे माता-पिता हैं, वसुदेव महाराज तथा देवकी केवल मेरे जन्मदाता हैं। आप यशोदा माता को सत्य कहिए और यह भी कहिए कि कान्हा उसका ही पुत्र है और रहेगा।"

अभी तक मौन बलराम सुन रहा था, उसने कहा, "तात, आप ही हमारे माता-पिता हैं। नियति की यही इच्छा होगी। हम तुम्हें त्यागकर कहीं भी नहीं जाएँगे। तुम्हारे साथ ही हमारा नाम कालातीत रहेगा।"

नंद महाराज ने दोनों को अपने हृदय से लगाया।

रथ रुक गया था। शूरसेन ने विचारमग्न श्रीकृष्ण से कहा—

"महाराज, आप थोड़ा नीचे उतरिए, चक्र की आस ढीली हो गई है। श्रीकृष्ण रथ से उतरकर वृक्ष के नीचे खड़े रहे। उन्हें स्मरण हुआ, उन्होंने राजमाता कुंती से कहा था कि देवी, आप हमारे पिताश्री की भगिनी हो, आप हमारे संदर्भ में चमत्कार क्यों सोचती हो? लोगों द्वारा यह चमत्कार का आवरण डालकर हमारा कर्तृत्व, संघर्ष, परिश्रम इसी आवरण के नीचे ही रह गए हैं। आपने चमत्कार के संदर्भ में

पूछकर हमें वेदना दी है। आपको तो हमें समझना चाहिए था, हम स्वयं के संदर्भ में कैसे कह सकते हैं?"

"सभी लोग हमारे संदर्भ में प्रश्न ही क्यों निर्माण करते हैं? गांधारी देवी ने भी!"

"महाराज, रथचक्र ठीक हो गया है।"

श्रीकृष्ण रथ की ओर बढ़ रहे थे। वृक्ष की शाखाओं को छूकर सूर्य किरणों ने धरती पर नक्षी निकाली थी। श्रीकृष्ण के अनुपम नेत्रों में प्रकाश कमल खिला था। उत्तरीय स्कंध से गिर गया था। वैजयंतीमाला दिखाई पड़ी थी और विदुर महाराज ने निकलते समय तुलसीमाला उनके कंठ में पहनाई थी। श्रीकृष्ण हँस पड़े। हर व्यक्ति अपना-अपना स्नेह अलग-अलग रंगों से बनाता है।

उन्होंने देखा कि वह पारिजात वृक्ष था, जिसके नीचे वे खड़े थे। उन्होंने जाकर फूल लिये। सत्यभामा और रुक्मिणी का स्मरण हो गया। वे द्वारका से कितनी दूर हस्तिनापुर आए थे।

"शूरसेन, स्त्रियों का मन अगम्य होता है।"

श्रीकृष्ण महाराज किस संदर्भ में बोल रहे थे, उसे समझ नहीं आया। उसने मन में कहा, 'सत्य कहूँ तो महाराज, आप ही मेरे लिए अगम्य हो।'

श्रीकृष्ण का मन पुनरपि गोकुल में पहुँचा, परंतु रथ द्वारका की ओर दौड़ रहा था।

□

"हमारा चमत्कार, हमारा दैवी अवतार, हमसे हुआ दैवी साक्षात्कार! आसनस्थ होते-होते श्रीकृष्ण हँस पड़े। अपने सहज जीवन के जन-पद ऐसे गहन अर्थ क्यों लेते हैं, हम समझ नहीं पा रहे हैं। अपनी इच्छाशक्ति के बल पर सागर जैसी विशालकाय यमुना पार करके आनेवाले वसुदेव महाराज, क्या उन्होंने चमत्कार किया था?" राजमाता कुंती का प्रश्न उन्हें चुभ गया था। मन तो गोकुल में था।

"कान्हा, यहाँ से गोधन लेकर हम गोकुल छोड़कर जाएँगे।"

"क्यों? यहाँ तो सभी ओर सुंदरता है। कदंब की छाया है, यमुना का किनारा है। उपजाऊ भूमि है, क्या न्यूनता है इसमें?"

"कान्हा, यमुना नदी का जल विषमय हो गया है। यहाँ एक सर्पराज, अपने संपूर्ण परिवार के साथ आए हैं। गोप-गोपियों का बताया हुआ असत्य नहीं होगा, परंतु उसने सर्पराज को नहीं देखा था। वह आकर एक शिला पर बैठ गया। उसके मित्र भी उसके साथ थे।"

"इस कालसर्प का विनाश होना चाहिए, परंतु करेगा कौन?" पीछे से शब्द सुनाई पड़े तो सबने मुड़कर देखा।

"कान्हा, राधा हाथ में भोजन लिए खड़ी है। यशोदा माता का दिया हुआ भोजन वहीं भूल आए तुम!"

श्रीकृष्ण ने उसे संकेत किया, वह दूर जाकर खड़ी हो गई। श्रीकृष्ण उसके पास गए, "मान लिया तुम भोजन लाए, परंतु यहाँ हम भूखे नहीं रहते, हमारे मित्र हैं साथ में। और इस तरह कोई-न-कोई कारण ढूँढ़कर तुम्हें नहीं आना चाहिए।"

"तुम्हें देखे बिना अच्छा नहीं लगता। पहले गोकुल की सब महिलाएँ कहती थीं कि तुम माखनचोर हो, कान्हा, पर अब वह तुम्हारी प्रतीक्षा करती हैं। प्रत्येक गोपी के मन में बसे हो तुम। तुम श्रेष्ठ हो गए, ज्येष्ठ हो गए, कान्हा! तुम अपना बालरूप भूल तो नहीं गए?"

श्रीकृष्ण की मुक्त हँसी सभी ओर फैल गई।

"मैं छोटा अवश्य था, तब भी मुझे लगता था कि परिश्रम से निर्मित दूध, दही वहाँ मथुरा क्यों जाए, वह भी धन न लेते हुए? यह क्या रीत है?

"हम गोकुल छोड़कर वृंदावन आए, परंतु वही रीति चलती रही। यमुना नदी पार करके राजप्रासाद में दूध, दही जाता है। और जो बचता है, वह अपने परिवार के लिए रखती हैं गोपियाँ।"

"रहने दो, तुम्हारा प्रवचन सुनने नहीं आई, जा रही हूँ, अब तुमसे कभी नहीं मिलूँगी।"

"तुम्हें कुछ भी समझ आया है?"

"मैं अभी कुछ नहीं बोलूँगी। अब जाती हूँ, रुकने को तो कहोगे भी नहीं। मैं शाम को यमुना के कदंब वृक्ष से मिलने जा रही हूँ। तुम वहाँ मत आना, बता देती हूँ।"

श्रीकृष्ण मन-ही-मन हँस रहे थे। 'मत आना' कहके उसने आमंत्रित किया था। श्रीकृष्ण सांध्य वेला के पहले ही गोधन लेकर घर आए और माता यशोदा से सबकुछ बताते हुए कहा, "राधा कैसी कन्या है? शीघ्रकोपी और मोहिनी भी।"

शाम को राधा कालिंदी के तट पर खड़ी थी। सजल नेत्रों से देख रही झरझर बहनेवाली सरिता! क्यों हो रहा है ऐसा? क्यों मन इतना अस्वस्थ-सा है? क्यों कान्हा को मिलने के लिए इतना अधीर-आतुर है?

श्रीकृष्ण वहाँ उसे ही देख रहे थे। आगे जाकर, उसके कंधे पर हाथ रखकर

उन्होंने पूछा, "क्या हुआ राधिका ?" तो वह कुछ बोल नहीं पाई। समझ में नहीं आ रहा था।

"राधा··· क्यों जलद तुम्हारी आँखों से बरस रहे हैं ?"

"उस दिन गोकुल छोड़ते समय तुमने क्या कहा था ?"

"मैंने क्या कहा था ? स्मरण हुआ, मैंने कहा था कि जिस पुण्यभूमि में हमारे गोधन सुदृढ़ हो गए। हमारे मित्र तथा स्नेहीजनों ने हमें स्नेह दिया, उनके प्रति धन्यवाद ! और यमुना को कहा था कि हे लोकमाते, हे जीवनदायिनी, हे विस्तृत-विशाल हृदयी माते, धरती को सुफलाम् करनेवाली हे लोकमाता, तुम्हें शतवार वंदन ! वैसे तो हम गोकुल से दूर नहीं हैं, यहाँ भी हमारे साथ हैं, वृंदावन में थी और साथ ही रहोगी। यही कहा था न मैंने ?"

"और क्या कहा था ?"

"और कहा था कि प्रियजनों से दूर तो नहीं, परंतु नित्य मिलना कठिन है, इतना कहा था कि वृंदावन से गोकुल इतनी दूरी पर नहीं है। और जहाँ-जहाँ मैं जाऊँगा, मेरे साथ गोकुल भी जाएगा। यही कहा था न मैंने ?"

"तुम्हें कुछ स्मरण ही नहीं रहता, मैं ही यहाँ से···"

"आश्चर्य है, राधिके, ऐसी कौन सी बात हमने कही थी, जो तुम्हारे मन को व्यथित कर रही है ?"

"स्मरण क्या मुझे ही दिलाना पड़ेगा ?"

जिस मार्ग से वह आई थी, उसी मार्ग पर दौड़ती चली गई। श्रीकृष्ण स्तंभित, संभ्रमित खड़े थे। उसको ढूँढ़ते हुए वहाँ बलराम आए थे और श्रीकृष्ण को देखकर हँसने लगे।

"कान्हा, तू समझ नहीं पाया राधा को, अभी-अभी उसे जाते देखा।"

"क्या हुआ, समझ में नहीं आया ?"

"कान्हा, जिसको सबके मन की बात पता है, वहाँ राधा के मन की बात तुमने पढ़ी नहीं ? क्या नासमझ बन गए हो तुम ? चलो, अभी माता तुम्हें स्मरण कर रही हैं।"

श्रीकृष्ण अभी सोलह वर्ष के हुए थे। उनके जीवन में इतनी कम आयु में ही अनेक घटनाएँ हुई थीं। पूतना मौसी, अर्जुन वृक्ष में छिपे राक्षस, बार-बार कंस के द्वारा धमकाया जाना, उसे बार-बार मथुरा का आमंत्रण आना; केवल बचपन ही आनंद से भरपूर था। अब फिर से एक समस्या—कालिया सर्पराज की।

दूसरे ही दिन पता चला कि सर्पराज सपरिवार वृंदावन की यमुना में आए हैं और पाँच-छह गोमाता की मृत्यु हुई है। यमुना का बहता जल पीकर गोकुल में अनेक लोगों की मृत्यु हो गई है।

गोकुल से वृंदावन तक हरित भूमि अधिक थी तो वहाँ से अनेक परिवारों के साथ नंद महाराज यहाँ आए थे। राधा का परिवार गोकुल में ही था। वैसे दूर तो नहीं था गोकुल से वृंदावन, भेंट तो नित्य हो ही जाती थी। मन में विचार थे राधा के संदर्भ में कि क्यों वह रो पड़ी थी? क्या अपराध किया था मैंने? और प्रत्यक्ष था कालिया का आगमन। वृंदावन अभी गोकुल ही बन गया था, सभी लोग विषमय जल के कारण वृंदावन में आ रहे थे। सब चिंतित थे, केवल राधा प्रसन्न थी। यहाँ भी कदंब वृक्ष था और थे श्रीकृष्ण!

श्रीकृष्ण का मन बार-बार उसी कालिया सर्पराज का ही विचार कर रहा था। नंद महाराज व्यथित और असहाय थे कि कालिया के कारण वृंदावन से कहाँ जाएँ? माता यशोदा मन में कह रही थी, 'हे ईश्वर, मेरे दो प्रिय पुत्रों की रक्षा करना!' वृंदावनवासी भयभीत थे। अब क्या करेंगे इस बात को लेकर!

अंत में श्रीकृष्ण ने प्रतिज्ञा की थी, परंतु विशालकाय कालिया सर्पराज को मारना अत्यंत कठिन कर्म है, परंतु यदि मैं उसे मार सका तो! लेकिन इतने विशाल सर्पराज को मारना सहज नहीं था और उसका परिवार भी तो था। उन्होंने मन में जो प्रतिज्ञा ली थी, अभी उसे साकार करना था।

दूसरे ही दिन, प्रातःकाल अभी हुआ ही नहीं था कि श्रीकृष्ण शुचिर्भूत होकर आए। पीतांबरधारी श्रीकृष्ण उन्हें विष्णुदेव के प्रतिरूप दिखाई दे रहे थे। मुख पर वही हास्य और प्रसन्नता, वाणी में मधुरता।

"माता, वंदन करता हूँ।"

"सुबह-सुबह इस प्रभातवेला में किससे मिलने जाना है?"

"हैं कोई! आते ही कहूँगा कि माता, मुझे आशीर्वाद देना।"

"पुत्र, तुम्हारे शत्रु भी तो तुम्हारी सर्वाधिक लोकप्रियता के कारण हैं, बताकर जाते तो···राधा से मिलने तो इतनी सुबह तुम जानेवाले नहीं हो।"

"माता, तुम्हें भी···"

"हाँ··· राधा का तुम्हारे प्रति स्नेह नहीं है, वह है प्रीति, जो हमें दिखाई देती है।"

"माता, अभी मैं विलंब नहीं करना चाहता!"

श्रीकृष्ण ने जाते-जाते कहा, "माता, गोधन और मेरा भोजन भिजवा देना।"

यशोदा सोच में पड़ गई, 'कहाँ जा रहा है कान्हा? इतना शृंगार करके कौन सा सत्कर्म करने जा रहा है? बचपन से ही वह लोगों को जितना नटखट लगता था, उतना नहीं था। वह तो संयमी, प्रौढ़-प्रगल्भ विचार करनेवाला वृंदावन, गोकुल का हितचिंतक था। अब तो वह विवाह-योग्य हो गया है; वैसे राधा भी तो बहुत सुंदर है।'

नंद महाराज को आते देख, अपने विचार मन में रखकर वह सामने आई। नंद महाराज के साथ अनेक वृंदावनवासी थे। वह जानती थी कि आज भी कालिया सर्पराज के संदर्भ में बात होगी। वह अंदर जलपान की व्यवस्था करने गई।

कुछ ही समय बाद बलराम तथा अन्य मित्र गोधन लेकर यहाँ पहुँचेंगे, उससे पूर्व सर्पराज कालिया का विनाश करना होगा। उन्होंने सर्वप्रथम वनस्पति का रस देह पर लगाया। वह इतना अधिक विषयुक्त था कि उन्हें भी कष्ट हो रहा था। उस पर उन्होंने वटवृक्ष की रस्सी जैसी शाखाएँ बाँध लीं तथा वे वटवृक्ष के ऊपर चढ़ गए और जो शाखा नीचे यमुना तक पहुँच रही थी, उसे पकड़कर वे यमुना में उतरे। जैसे ही वे उतरे तो सर्पराज कालिया ने अपनी देह फैलाई और ऊपरी हिस्सा ऊँचा किया; विशालकाय सर्पराज का फन भी उतना ही चौड़ा था।

श्रीकृष्ण ने उस फन पर ही अपने पाँव रखे। श्रीकृष्ण को सभी वनस्पतियों का ज्ञान था। उसी तरह प्रत्येक पशु, जीव, जंतु आदि इनका भी ज्ञान था। अब श्रीकृष्ण ने रस्सी उसके कंठ में डाल दी और उसे बलपूर्वक खींच किनारे पर लाने लगे तो बलराम और उनके मित्र गोधन लेकर वहाँ पहुँचे। उन्होंने यह दृश्य देखा तो वे अवाक् हो गए। कोई मित्र नंद महाराज के घर गए तो कोई श्रीकृष्ण की सहायता के लिए आगे बढ़े।

वृंदावनवासी दौड़कर वहाँ पहुँचे तो श्रीकृष्ण का अतुलनीय साहस, धैर्य, बल और सर्पराज के साथ संघर्ष देखकर अचंभित हो गए। क्या करना है, समझ से परे था। यशोदा, रेवती और अन्य स्त्रियाँ विलाप कर रही थीं और श्रीकृष्ण ने कंठ में डाला हुआ फंदा और कस लिया। सर्पराज कालिया ने आखिरी साँस ली। कालिया का अध्याय ही समाप्त हो गया और बाकी उसका परिवार यमुना से बाहर निकलकर वन की ओर चला गया।

श्रीकृष्ण की जय-जयकार हुई। माता-पिता ने अनावर आनंद के अश्रु के साथ उन्हें हृदय से लगाया। वृंदावनवासी कितनी देर तक जयध्वनि करते रहे। उन्होंने देखा कि इस बीच राधा नहीं है। वह भीड़ से दूर वृक्ष के नीचे खड़ी थी। श्रीकृष्ण

सोच रहे थे। क्या विस्मरण हुआ? बलराम कहते थे कि उसे भूत-बाधा हो गई है।

परंतु वह रुष्ट हो जाती तो भी उसे मिलने की प्रतीक्षा होती थी। अभी तो लोग उपस्थित हैं, कैसे जाकर पूछें, तभी बलराम का ध्यान उधर गया तो उन्होंने कहा, "देखो, राधा खड़ी है, हम सब लौट जाते हैं। उससे मिलकर ही आना। बलराम के सभी के साथ दूर जाने के पश्चात् श्रीकृष्ण उसके पास गए। आनंदाश्रु तो उसके भी मुख पर थे।

"कान्हा, तुम्हारा अतुलनीय साहस कल लोगों को लगेगा की यह चमत्कार ही था। मुझे तुम पर गर्व है। मेरा कान्हा···" उसने वाक्य अधूरा ही छोड़ दिया। पर श्रीकृष्ण समझ गए।

"तो अश्रुपात क्यों? मुझपर इतना क्रोध भी क्यों?"

"तुम कुछ भी नहीं सोचते कान्हा! कुछ भी नहीं जानते, कुछ सोच ही नहीं सकते, इसलिए मुझे क्रोध आता है।"

"सखी, राधिका···"

"और मुझे कुछ नहीं चाहिए, बस इन्हीं शब्दों की प्रतीक्षा थी।" पुनरपि श्रीकृष्ण संभ्रमित हो गए।

उसी दिन की बात थी। श्रीकृष्ण गोधन लेकर घर की ओर जा रहे थे कि मार्ग में यमुना के तट पर राधा दिखाई पड़ी, वह भी अकेली। श्रीकृष्ण ने गोधन छोड़ दिया; नित्य घर की ओर जाने का गोधन का परिपाठ था। वे राधिका के पास आए।

"राधिका···आजकल मैं देख रहा हूँ कि तुम अकेली रहती हो, गुमसुम रहती हो। सत्य, क्या है मन में, कहो भी! मैं भी सुनने के लिए बेचैन हूँ।"

"कुछ बातें कही नहीं जातीं, उसे मन से समझ लेना चाहिए।"

"सत्य कहूँ तो मन संभ्रमित है, कल-परसों ही पिता नंद महाराज कह रहे थे कि शरद ऋतु की पूर्णिमा आती है तो शस्त्र-पूजन करते आए हैं। हमारे कुलवंश के गुरु विद्यानंद कह रहे थे। शस्त्र-पूजन शरद ऋतु में दशमी के दिन किया जाता है।

"वैसे बलराम और मैं क्षत्रिय हैं। हमें शस्त्र-पूजन करना है", मैंने कहा, तात, इसमें वर्णभेद नहीं होगा। आप, हम सब मिलकर जीत आए हैं। हम सभी एक साथ उत्सव ही मनाएँगे। और तात मान गए। क्षत्रिय युद्ध के लिए तलवार, भाला आदि इन शस्त्रों का प्रयोग करते हैं। कृषिधर हल की पूजा कर सकते हैं, हम अपने गोधन की पूजा करेंगे। तो मैंने ही वह कार्यभार सँभाला है।

"दूसरी बात है, कंस मामा के मथुरा से बलराम को बार-बार संदेश आ रहे हैं

कि तुम दोनों मथुरा आओ, हम तुम दोनों भाइयों से भेंट करना चाहते हैं। उनके मन में विचार आ रहे हैं कि क्या करें? आमंत्रण को स्वीकार करें? और भी कई अन्य विचार हैं—कल तक हम दोनों छोटे थे तो कोई कार्यभार नहीं था, अब आ पड़ा है। बलराम हल चलाकर कृषि कर रहे हैं।

"कहने का तात्पर्य यह है राधिका, कि हम तुम्हारे बारे में अनभिज्ञ हैं। हमें इतना ही ज्ञात हो पाया है कि तुम हमें बहुत अच्छी लगने लगी हो।"

"बस, इतना ही?"

"और कुछ मन में आया तो अवश्य बताऊँगा।" राधिका के लिए उनका इतना कहना भी उसके लिए बहुत कुछ था। वह मन में बोली, 'कान्हा, मेरी प्रीति आज नहीं तो कल तुम अवश्य समझ जाओगे। उस दिन की प्रतीक्षा करूँगी, जब तुम कहोगे कि राधिका, मैं तुमसे स्नेह और प्रीति भी करता हूँ।'

शाम गहरी होने लगी तो राधिका जाने लगी, श्रीकृष्ण ने अपने अधर पर अपनी प्रिय बाँसुरी रखी। बाँसुरी की मधुर ध्वनि से संपूर्ण आसमान निनादित हो गया। राधा वहीं-की-वहीं रुक गई और आने-जानेवाले गोप-गोपियाँ भी रुक गए। इतनी मधुर ध्वनि कि लोग स्वयं को भूलकर वहाँ आ गए। श्रीकृष्ण की आँखें बंद थीं। बाँसुरी की धुन जैसे ही समाप्त हुई, उन्होंने आँखें खोलीं तो देखा कि गोप-गोपियाँ उपस्थित थे। श्रीकृष्ण हँस पड़े तो दूसरे लोग भी हँस पड़े। वाणी में मधुरता, बाँसुरी के सुस्वर नाद-निनाद और कार्य इतना साहसी कि चमत्कार लगे। कैसा है यह कान्हा, जैसे विष्णुदेव स्वयं धरती पर उतर आए हों।

धीरे-धीरे लोग जा रहे थे। श्रीकृष्ण राधा के पास आए। "राधा, मैंने जब बाँसुरी हाथ में ली तो अकस्मात् कुछ संदर्भ स्मरण हो आए। एक दिन तुमने कहा था, 'मुझसे प्रिय तो तुम्हें बाँसुरी है! मैं तो बाँसुरी से ईर्ष्या करती हूँ, वह तुम्हारे अधर पर होती है और मैं तुम्हारे मन में भी नहीं हूँ।' राधा, मैं समझ गया हूँ—तुम्हारे एवं मेरे जीवन के संदर्भ और अर्थ; सत्य कह रहा हूँ न?

"आज मुझे साक्षात्कार हुआ है। हे स्नेहमयी सरिता, तुम इस बात की साक्षी हो। मेरे हृदय में अब ब्रह्मकमल एकेक पंखुड़ी की तरह खिल रहा है। हे चंद्रमा, हे कदंब वृक्ष, हे धरती, तुम सब साक्षी हो कि अब मुझे राधा की प्रीति का ज्ञान हो गया है।…

"आज मैं भाग्यशाली हूँ कि राधा जैसी प्रीति करनेवाली कन्या ने मुझे प्रीति योग्य समझा है।"

राधा के नेत्रों में श्रावण-भाद्रपद बरस रहे थे। प्रत्येक समय वह बोलती रही, क्रोधित होती रही, परंतु आज वह मौन थी।

"सच कहता हूँ राधा, मुझे आज ही इस बात का साक्षात्कार हुआ है। मैं धन्य हो गया हूँ।"

श्रीकृष्ण ने देखा कि वहाँ कोई न था। न लोग, न राधा, न हाथ में बाँसुरी! सबकुछ आभास! आभास भी इतना सत्य?

वे अपने घर की ओर चल पड़े।

"कहाँ गया था रे, कान्हा? हम कब से प्रतीक्षा कर रहे थे।"

"देखो कान्हा, आज एक घटना का संदर्भ देता हूँ। प्रत्येक समस्या का समाधान करनेवाला तू हमारा ईश्वर ही है।"

"तात, आप भी न···"

श्रीकृष्ण नंद महाराज के चरणों के पास धरती पर बैठे थे और बलराम नंद महाराज के आसन के पीछे। नंद महाराज कह रहे थे—श्रावण बीत गया तो भी आषाढ़ जैसी वर्षा हो रही है। लगातार तीन वर्ष से यही चल रहा है। यमुना बढ़ती जाती है और कृषि को लेकर कृषिधर चिंतित होते हैं। कभी-कभी अस्थायी घर बह जाते हैं। क्या करें, समझ नहीं आता। बीज धरती में ही रह जाते हैं।"

श्रीकृष्ण मौन थे। उनके मन में विचारचक्र शुरू हो गया था।

"क्या सोच रहे हो, कान्हा? किसके बारे में सोच रहे हो?"

"मैं सोच रहा हूँ कि यह इंद्रदेव का कोप कैसे समाप्त होगा! इधर हम उत्सव कर रहे हैं और वहाँ गाँव-गाँव भीग रहा है, संकट में है। यहाँ हम गोधन की पूजा कर रहे हैं, इसलिए विगत तीन वर्षों से इंद्रदेव का यह प्रकोप है। वर्षा आने पर उनका ही पूजन होता था। अब इंद्रदेव ने जैसे प्रतिशोध लेने की भावना ही प्रकट की है! क्या करें अब? बंधु बलराम, अब इसका उपाय मैं सोच रहा हूँ।"

दूसरे दिन ऐसा लगा कि वर्षा थम गई, श्रीकृष्ण ने वृंदावनवासियों से कहा—"आज मैंने तुम्हें आमंत्रित किया है। इंद्रदेव का प्रकोप हुआ है, हमें अब इसका प्रतिकार करना है, हमें हमारा ही रक्षण करना है। रोने से, चिंतित होने से कुछ लाभ होनेवाला नहीं है। आज वर्षा कम होगी तो हम गोवर्धन पर्वत की गुफा में निवास करेंगे। हमें कष्ट अवश्य होंगे, परंतु हम सब एक साथ रहेंगे। तो आपको अपना-अपना सामान लेकर गुफा में चलना है। हम धीरे-धीरे अंदर की ओर गुफा में बढ़ते जाएँगे। जब इंद्रदेव की वर्षा रुक जाएगी तो फिर हम आएँगे। अन्न-धान्य की चिंता

न करें, नंद महाराज सबके लिए पिता जैसे हैं।

"हम गोकुल में गोधन चराने ले जाते थे, और सबका भोजन एक-दूसरे को बाँटकर खाते थे। वैसे ही हम सब वृंदावनवासी वहाँ एकसाथ, जो है, जितना है, खाएँगे, कष्ट सहेंगे, परंतु हम गोधन की पूजा कभी नहीं छोड़ेंगे। पर्जन्य का आना सृष्टि का नियम है, वह नियम इंद्रदेव ने तोड़ा है। अधिकार का दुरुपयोग किया है। हम इस संदर्भ में उनके शरण में नहीं जाएँगे। आपका क्या कहना है?"

"कान्हा, हम सभी सहमत हैं। आपने उँगली उठाई गोवर्धन को ऊँचा उठाने के लिए और हम हाथ लगाएँगे, गुफा को बढ़ाएँगे। यह काम अंदर ही चलता रहेगा, चाहे वर्षा कितनी भी हो।" किसी ज्येष्ठ व्यक्ति ने कहा।

"कान्हा, प्रत्येक समस्या का उत्तर तुम्हारे पास कैसे होता है रे?" नंद महाराज की आँखों में आनंद के आँसू बह रहे थे। 'अपना पुत्र शांत, संयमी, विचारी, शूर, साहसी है, यह अद्‌भुत रत्न हमारी झोली में डाला गया है।' वे ईश्वर से मन में कह रहे थे और श्रीकृष्ण से कहा—

"पुत्र, तुमने सही कहा है, हमने भी वह गुफा देखी थी, वहाँ एक साधु महाराज आए थे, हम भी कभी-कभी जाते थे। बड़ी गुफा है वह, परंतु यह उपाय हमें सूझा ही नहीं, धन्य है तू!" उन्होंने श्रीकृष्ण को गले लगाया। लोगों ने श्रीकृष्ण की जय-जयकार की।

"सर्वप्रथम गुफा में प्रवेश करेंगे और इसका नेतृत्व कान्हा ही करेंगे।"

"नहीं तात, इस वृंदावन का ज्येष्ठ व्यक्ति और आप प्रवेश करके सबका स्वागत करेंगे, गोधन की व्यवस्था भी मैं, बंधु बलराम और हमारे मित्र जाकर करेंगे।"

वृंदावनवासियों के मन में प्रसन्नता की लहर दौड़ने लगी।

"महाराज, मध्याह्न हो रहा है, भोजन का समय हो रहा है। किसी वृक्ष के नीचे रथ लगा दूँ? अश्व भी प्रात:काल से दौड़ रहे हैं। उन्हें भी विश्राम के लिए छोड़ दूँ?"

"अवश्य!" श्रीकृष्ण सजग हो गए, आज गोकुल और वृंदावन मन में जाग उठा है, शूरसेन! चलो, हम एक साथ भोजन करेंगे।"

रथ वृक्ष के पास रुक गया। कुंती माता ने अपने हाथों से बनाया हुआ स्वादिष्ट भोजन शूरसेन पत्तों की थाली में परोस रहा था, दूर अश्व भी निवांत थे।

"महाराज, आज तक आपके स्वर्णरथ का सारथ्य करता रहा, परंतु आज आप जितने मौन रहे, वैसे कभी भी नहीं रहे!"

"सत्य कहूँ, शूरसेन, हमारे जीवन में नियति ने इतने अधिक और गहरे रंग भर दिए हैं कि जीवन का हर मोड़ हम भूल नहीं पाए। वह याद न आ जाए, इसलिए बोलते रहते हैं हम। आज भी गोकुल-वृंदावन की अनेक घटनाएँ स्मरण हो आईं।

"रथचक्र की गति से हमारी जीवन-गति अधिक तीव्र थी। जन्म हुआ मथुरा में और उसी रात हमारी यात्रा शुरू हो गई। हम वहाँ से गोकुल-वृंदावन आए, अपने माता-पिता को छोड़कर, हमारी सखी राधा को छोड़कर। राधा को, गोकुल को छोड़कर आए कितने ही वर्ष बीत गए, हम वहाँ गए भी नहीं। और राधा का, गोकुल का विस्मरण कभी हुआ ही नहीं तथा अधिक दृढ़तर मन को वहाँ खींचता रहा, परंतु हम जा न सके।"

शूरसेन मौन था। अधरों पर हास्य, प्रसन्नता होने पर भी उसके पीछे कितनी व्यथा थी। संघर्षमय जीवन-गति यानी श्रीकृष्ण महाराज! समाज में देवत्व और चमत्कार, इनसे भरा हुआ जीवन। लोगों ने उनकी भावनाओं को कभी जाना ही नहीं। सच यह है कि श्रीगणेश की लेखनी और व्यास ऋषि की प्रतिभा भी इसे समझ नहीं सकती। उसके मन में आया।

श्रीकृष्ण शूरसेन को बता रहे थे और उस घटना का स्मरण हो रहा था।

वृंदावन में रथ आया था। आजतक वृंदावन में किसी ने वहाँ रथ आते हुए नहीं देखा था। वृंदावनवासी रथ के पास चकित होकर उपस्थित थे।

"श्रीकृष्ण, मैं तुम्हारी मौसी का पुत्र अक्रूर! और कंस महाराज का राजदूत!"

श्रीकृष्ण के मुख पर हास्य था।

"आइए बंधुराज, आज हमें कैसे याद किया?" श्रीकृष्ण ने प्रथम ही स्वयं को बहुवचन से संबोधित करते हुए कहा।

"कंसराज कलाप्रेमी, क्रीड़ाप्रेमी, रसिकजनों के आश्रयदाता हैं। इस समय उन्होंने मल्लविद्या की स्पर्धा रखी है और बलराम तथा श्रीकृष्ण को वृंदावन से ससम्मान आमंत्रित किया है।"

"तात, यह आमंत्रण नहीं, आह्वान है! यह है श्रीकृष्ण का वध करने का, उसे ढूँढ़ने का एक षड्यंत्र! परंतु हम दोनों बंधु क्षत्रिय हैं। यदि किसी ने आह्वान किया है तो उसे स्वीकारना क्षत्रिय-वृत्ति है। हमें आमंत्रण सहेतुक हैं।"

"ऐसा नहीं है, श्रीकृष्ण, बलराम! कंस महाराज कला-क्रीड़ाप्रेमी और रसिक हैं।"

"युद्धप्रेमी, प्रतिशोधक तथा संशोधक भी हैं न, अक्रूर महाराज?" बलराम ने कहा।

श्रीकृष्ण मन में सोच रहे थे, 'भयमुक्त समाज का निर्माण करना राजा का धर्म होता है। कंस मामा ने न तो राजधर्म का पालन किया, न ही स्वधर्म और न आप्तधर्म का। आकाशवाणी सत्य होगी, इस भय से आशंकित कंस मामा ने भगिनी तथा वसुदेव को कारागृह में रखा और पाप-शृंखला का कारण बना। अपनी ही भगिनी के आठ पुत्रों को मारता रहा। अपने ही पिता को कारागृह में डालकर मथुरा का राजा हो गया। क्या किया इस मामा ने? समाज में भय है, मथुरा भयमुक्त नहीं है।'

फिर अक्रूर ने कहा, "नंद महाराज, आप भी सपरिवार आमंत्रित हैं।"

दूसरे दिन सिर्फ बलराम और श्रीकृष्ण रथ पर बैठने गए तो वृंदावनवासी, साश्रु नयनों से उन्हें जाने के लिए मना कर रहे थे। अंत में वे रथ के सामने धरती पर लेट गए। नंद महाराज ने कहा, "उन्हें जाने दीजिए। एक दिन एक पिता मध्यरात्रि में आकर यहाँ अपना पुत्र विश्वास के साथ छोड़कर चला जाता है। हमने भी उन दोनों बलराम और श्रीकृष्ण, जो हमारे पुत्र नहीं हैं, उन्हें पुत्रवत् सँभाला है। अब यहाँ उनके सोलह वर्ष हो गए हैं। अब उन्हें अपने माता-पिता से मिलने का अवसर आया है। क्षात्रवृत्ति प्रदर्शित करने का अवसर आया है और अपना सामर्थ्य दिखाने का भी अवसर आया है। उन्हें रोकिए मत! हँसकर, शुभेच्छा देकर जाने दीजिए।"

परंतु नंद महाराज के शब्द कोई भी सुन नहीं रहा था। यशोदा मन में रो रही थी और प्रसन्न मन से आरती उतार रही थी। जनसमुदाय में श्रीकृष्ण-बलराम के मित्र थे, गोप-गोपियाँ थीं। नहीं थी तो केवल राधा! नंद महाराज ने श्रीकृष्ण-बलराम को अपने हृदय से लगाया और कहा, "कान्हा, हम दोनों को पूर्ण सत्य पता है कि एक बार आप यहाँ से जाओगे तो पुनरपि नहीं आओगे, अपने माता-पिता के पास रहोगे। अब तुम्हें आकाश मिलेगा। हम तुम्हारी मंगलकामना करते हुए प्रत्येक क्षण तुम्हारा स्मरण सहज ही करते रहेंगे।

"हम अपत्यहीन थे। तुमसे ही हमें माता-पिता का सौभाग्य मिला, कान्हा! हम तुम्हें अपनी एक ही इच्छा बताना चाहते हैं—हमारे जीवन के अंत में आप अवश्य आना!"

"आप ऐसा क्यों सोच रहे हैं?"

"हम भविष्य देख रहे हैं, कान्हा! अब प्रस्थान करो, कान्हा-बलराम! अब सारा विश्व ही प्रतीक्षा कर रहा है। हमें पता है कि अक्रूर किस कारण से कान्हा और बलराम को ले जा रहे हैं। परंतु दोनों ही हमारा नाम ऊँचा करेंगे। हो सके तो उन्हें कभी मथुरा से गोकुल-वृंदावन अवश्य ले आना।"

यशोदा, रेवती के आँसू रुक ही नहीं रहे थे। यही अवस्था सबकी थी। श्रीकृष्ण ने देखा कि सभी वृंदावनवासी, गोकुलवासी थे, परंतु राधा नहीं थी। उन्हें पता था कि अनावर शोक में वह यमुना के किनारे कदंब वृक्ष के पास रोती होगी।

श्रीकृष्ण का रथ जैसे ही यमुना के किनारे पहुँचा, श्रीकृष्ण उतर गए।...वह शांत खड़ी थी। श्रीकृष्ण ने राधा को पुकारा तो वह शून्यवत् थी। श्रीकृष्ण ने पहली बार उसका हस्त स्पर्श किया तो वह चौंक पड़ी।

"राधा, मैत्री का कभी अंत नहीं होता। हम निश्चित लौट आएँगे तुम्हारे लिए। सत्य कहता हूँ, राधा, हम लौट आएँगे। विश्वास करो, राधा!"

राधा उनके चरणों पर झुक गई।

"राधा, तुम्हारा स्थान हृदय में है। वह अमिट है। कृष्ण राधा के बिना अपूर्ण है।" हमारे नाम से पहले आदर से तुम्हारा नाम प्रतिष्ठित होगा। हम अवश्य लौट आएँगे।

श्रीकृष्ण ने पहली बार उसे स्नेहभाव से हृदय से लगाया।

"देखो कान्हा, जब तक तुम नहीं आओगे, तब तक मैं इस कदंब के नीचे तुम्हारी पूजा करती रहूँगी, यहाँ से कहीं नहीं जाऊँगी, स्मरण रखना।"

"अवश्य राधा, हम आएँगे।"

श्रीकृष्ण रथ के पास लौटे तो रेत पर उनके चरणों की जो मुद्रा बन गई, वह मिट न जाए, इसलिए राधा ने उसे ढक लिया। दूसरे ही दिन उसने कुटी बनवा ली और उसमें निवास बनाया। लोग कहने लगे कि राधा की मति भ्रष्ट हो गई है।

बलराम-श्रीकृष्ण अक्रूर के साथ आगे बढ़ रहे थे। वे यमुनापार जा रहे थे। ऊँचा परकोटा दिखाई देने लगा। सात महाद्वार के पश्चात् राजप्रासाद का परिसर और बहुत ही भव्य प्रांगण पार करने के पश्चात् वे राजप्रासाद पहुँचे।

राजप्रासाद के मुख्य प्रांगण में मल्लविद्या की स्पर्धा, परीक्षा होनेवाली थी, जिसके लिए बलराम-श्रीकृष्ण आमंत्रित थे।

शूरसेन ने पूछा, "महाराज, रथ को किस ओर मोड़ना है?"

श्रीकृष्ण वर्तमान में आए और अपने भूतकाल पर हँस दिए।

"आपको इस वाक्य में हँसी क्यों आई, महाराज?"

"शूरसेन, हँसी आई हमारे ही भूतकाल पर! राधा हमसे बोल रही थी कि 'एक दिन की बात...', और तुमने वह वाक्य बीच में ही तोड़ दिया। कोई बात नहीं, उसने सहजता से एक अच्छी बात कही थी, 'गोवर्धन उठाना इसलिए आसान हुआ, कान्हा

कि उसमें सबके हाथ जुड़ गए। जब तुम समाज-मन को जीतोगे, तभी तो समाज संघटित होकर तुम्हारा साथ देगा। तुम्हें मैं चक्रवर्ती सम्राट् के रूप में देखना चाहती हूँ और समाजप्रिय लोकनेता के रूप में भी।'

"आज स्मरण हुआ कि जब से मथुरा गया, तब से अभी तक वृंदावन नहीं जा पाया।"

"महाराज, यहाँ हम थोड़ी देर विश्राम करेंगे।"

"हाँ···" श्रीकृष्ण ने कहा। हस्तिनापुर पीछे छूट गया था और द्वारका अभी बहुत दूर थी।

शूरसेन पानी लाने नदी की ओर गया और श्रीकृष्ण शिला पर मस्तक रखकर हरियाली पर सो गए। फिर से वृंदावन, अक्रूर, राधा दिखाई देने लगे। अक्रूर कह रहा था, "मैं महाराज कंस का एकनिष्ठ सेवक! आज्ञापालन ही मेरा कर्तव्य! मेरे सिवा उनका निकट विश्वासपूर्ण सेवक अन्य कोई नहीं है।"

"हमें आमंत्रित करने का विचार कंस महाराज के मन में कैसे आया, अक्रूरदेव?"

"हाँ, तो मैं यही बता रहा हूँ। मुझे कंस महाराज ने कहा कि अक्रूर, हमारी भगिनी देवकी का आठवाँ पुत्र गोकुल-वृंदावन में है, तब से हमने उसे खोजना शुरू किया।

"राक्षसी केशी को गोकुल भेजा तो ज्ञात हुआ कि श्रीकृष्ण ही आठवाँ पुत्र है। उसमें ही वह दैवीशक्ति है, इसलिए राक्षसी का अंत कर सके। पूतना का वध भी श्रीकृष्ण ने ही किया है। इस बार मल्लयुद्ध में ऐसे सर्वशक्तिमान मल्ल रखेंगे और उसपर ऐसे टूट पड़ेंगे कि लोग श्रीकृष्ण का सामर्थ्य देखते रह जाएँगे। और यह भी कहा कि नारद ऋषि के कहने के अनुसार, हमने देवकी के सात पुत्रों का वध किया था। अब हम उसे सम्मान के साथ आमंत्रित करेंगे।"

अक्रूर बोल रहा था निर्हेतुक, पर बलराम-श्रीकृष्ण कंस का षड्यंत्र समझ रहे थे और मन-ही-मन स्वयं को तैयार कर रहे थे।

"और एक दिन मध्यरात्रि में विशेष गुप्त-सभा का आयोजन किया था। कंक, सत्यक, दारुक, विपृथु, बभ्रु, कृतवर्मा, भुरिश्रवा आदि जैसे राजनीति में निपुण अधिकारी वहाँ मौजूद थे और मैं भी था। और···"

मथुरा का पहला प्रवेश-द्वार आया। बलराम ने धीरे से कहा, "कान्हा, सावधानी से प्रवेश करना होगा, अभी उन सबका लक्ष्य केवल तू ही है।"

मंदिरों के स्वर्ण कलश, भव्य-सुशोभित राजमार्ग, उपवन, राजपताका, अष्टकोणवाले स्तंभ और उसपर नृत्यंगना के चित्र, विविध रंगों की पुष्पमालाओं से श्रृंगारित सप्त द्वार...इतनी वैभवशाली मथुरा होगी, यह तो कभी दोनों ने सोचा ही नहीं था। रात को वे उद्धव के घर ठहर गए थे। सुबह वे दोनों सभामंडप के पास जाने लगे तो पीछे से 'कान्हा' करके पुकार सुनी तो दोनों ने पीछे मुड़कर देखा, अतीव आनंद के साथ नंद-यशोदा आ रहे थे।

"हाँ पुत्र, तुम्हारा यश देखने हमें आना ही था। विजयी भव!" दोनों की आँखें भर आईं। श्रीकृष्ण ने अपने माता-पिता को आलिंगन दिया।

पौरजनों से सभामंडप भरा हुआ था। उच्चासन पर गण्यमान्य राजा-महाराजा विराजमान थे और रत्नजड़ित सिंहासन पर बलदंड, सौंदर्यवान और वैभव-संपन्न कंस महाराज विराजमान थे।

इस भीड़ में अष्टावक्र और कुरूप कुब्जा आ गई तो लोगों ने कहा, "आओ विश्वसुंदरी आओ; आओ भूतल की अप्सरा, आओ!" सभी उसपर व्यंग्य कर रहे थे। श्रीकृष्ण उसके पास गए और कहा, "भगिनी कुब्जा, हमारे साथ चलो!" श्रीकृष्ण ने उसका हाथ पकड़कर उसे अपने साथ बिठाया तो सब शांत हो गए।

अब कंस महाराज सिंहासन से उठकर सामने आए और उन्होंने कहा, "गोकुल से आए हुए देवकीपुत्र श्रीकृष्ण को हमने ही ससम्मान आमंत्रित किया तो उनका स्वागत भी तो सम्मान से होना चाहिए। हम उनका स्वागत गजराज से करवाएँगे।"

वे बोल ही रहे थे कि बलदंड हाथी श्रीकृष्ण के सामने आया और अपने सूँड़ से श्रीकृष्ण को ऊपर उठाया। श्रीकृष्ण ने उसकी सूँड़ को वक्राकार किया और उसकी पीठ तक ले आए। अब श्रीकृष्ण हाथी की पीठ पर थे और ससम्मान बिना कुछ किए आगे बढ़े थे।

यह सब इतना अचानक हुआ कि पलक झपकते ही दृश्य बदल गया था। अब श्रीकृष्ण धीरे से नीचे उतर ही रहे थे कि मल्ल सामने आए और शुरू हुआ मल्लयुद्ध। चाणूर जैसे पर्वतप्राय विशाल, संपूर्ण पृथ्वी जिसके चलने से कंपित होती थी, वह चाणूर मल्ल अब श्रीकृष्ण के सामने आकर उनसे भिड़ गया। कुछ ही समय में दाँव-पेच से, शक्ति और युक्ति से श्रीकृष्ण ने ऐसा दाँव लगाया कि चाणूर मल्ल चित हो गया!

अब कंस महाराज भय से कंपित होने लगे। श्रीकृष्ण ने चाणूर मल्ल को इस तरह पराजित किया कि वह फिर से खड़ा ही न हो सका। कुवलयापीड़ नामक हाथी

को पहले ही मार गिराया था और चाणूर मल्ल को खड़ा होने लायक नहीं छोड़ा था।

श्रीकृष्ण मंडप में आए तो लोगों ने जयध्वनि की। और कुछ समय भी नहीं बीता कि श्रीकृष्ण पलक झपकते ही कंस के पास पहुँचे···भयकंपित कंसराज शरणयाचना भी न कर सके कि गरदन मरोड़कर श्रीकृष्ण ने कंस महाराज का वध कर दिया। लोगों ने इतनी अधिक जयध्वनि की कि वातावरण में वही गूँज रही थी। अत्याचारी का शासनकाल समाप्त हो गया। नारदमुनि की भविष्यवाणी सत्य हो गई। बलराम कंस और देवकी के पिता महाराज उग्रसेन, जिन्हें कंस महाराज ने बंदी बनाकर रखा था, उनको लाए और मथुरा के सिंहासन पर विराजमान किया।

ये घटनाएँ इतनी शीघ्र हो रही थीं कि लोग भौचक्के रह गए थे। निरंतर जयध्वनि कर रहे थे, आनंद का उत्सव मना रहे थे। महाराज उग्रसेन के आँखों में आनंदाश्रु थे। श्रीकृष्ण और बलराम शीघ्रगति से अपने माता-पिता देवकी एवं वसुदेव के पास कारागृह में गए। कितने वर्षों बाद उनके जीवन में स्वतंत्रता का आनंद और प्रकाश आया था। उनको लेकर वे दोनों सभामंडप में आए। लोगों की जयध्वनि अभी तक रुकी नहीं थी। तब सबको शांत करके उन्होंने कहा—

"मथुरा के नगरवासियो,

आज से आप मुक्त हो! हमारे माता-पिता मुक्त हैं। इस अवसर पर हम अपने दोनों माता-पिता का सम्मान करना चाहते हैं, परिचय करवाना चाहते हैं।

देवकी और वसुदेव महाराज···कंस महाराज की भगिनी तथा दामाद हैं। आपने इन्हें कभी देखा नहीं होगा, क्योंकि ये अनेक वर्षों से कारागृह में थे। कंस महाराज ने मेरे सात भाइयों की हत्या की। हम आठवाँ पुत्र थे। यदि वसुदेव महाराज, हमारे पिता हमें भारी वर्षा में यमुनापार गोकुल में नहीं ले जाते तो हम जीवित नहीं रहते। और हमें जीवित रखनेवाले, हमें जीवन देनेवाले, हमें संस्कार व अपार स्नेह देनेवाले नंद महाराज एवं यशोदा माता हमारे जीवन में कितना महत्त्वपूर्ण स्थान रखते हैं, इसका हम शब्दों में वर्णन नहीं कर सकते। वसुदेव महाराज की प्रथम पत्नी रेवती माता, उनका पुत्र बलराम हमारे ज्येष्ठ बंधु ही नहीं, बल्कि हमारे प्राण हैं।" श्रीकृष्ण आगे बोल न सके!

लोगों की आँखें भर आईं। उन्होंने फिर से 'श्रीकृष्ण देव की जय!' की आकाशभेदी ध्वनि की।

अभी वृक्ष के नीचे लेटे हुए श्रीकृष्ण के मन में विचार आया, 'हमने केवल पौरजनों को उनका अच्छा प्रशासक महाराज उग्रसेन दिया तो उन्हें लगा कि हमने

बड़ा त्याग कर दिया। देवकी माता को हमारा स्नेह दिखाई दिया, हमें विष्णुरूप में देख रही थीं।

'परंतु किसी ने हमारी प्रशंसा साहस करने के लिए नहीं की। सभी जगह हम देवता बन गए तो हमारा साहस, धैर्य, संयम, साधना, ज्ञान, अभ्यास आदि का विचार किसी ने नहीं किया। हम देव, देवदूत, अवतार हो गए, हमने कुवलयापीड़ उन्मत्त हाथी तथा चाणूर मल्ल को जिस युक्ति और बुद्धि से पराजित किया, उसका अभिनंदन किसी ने नहीं किया। देव हैं, देवदूत हैं, अवतार हैं, इसलिए हम चमत्कार करते हैं, यही धारणा बन गई।'

श्रीकृष्ण का मन विवशता से भर गया।

'और जिसने हमारे मन को समझा, वह हमारे जीवन की प्रेरणा बन गई—राधा। मथुरा आने पर हम फिर से गोकुल-वृंदावन नहीं जा पाए, जिसे हमारी प्रतीक्षा थी और हमें भी पता चला कि जिसे हम स्नेह करते थे, वह हमारी प्रीति थी। वह प्रीति मन में ही रह गई, उसे हम कभी बता नहीं पाए। हम मथुरा चले आए!'

माता देवकी ने कहा, "वत्स, अब ज्ञान संपादन करो। वैसे तो तुम विवाहयोग्य हो गए हो, परंतु ज्ञान बिना जीवन शून्य है। अब तुम जिस क्षत्रिय कुल से हो, उसका आचरण करो।" माता देवकी का वचन सत्य ही था, क्योंकि अब हमें गोधन वन में नहीं ले जाना था। महाराज वसुदेव, अर्थात् हमारे पिता राजा थे और हम राजकुमार, अत: हमें अस्त्र, शस्त्र, शास्त्र आदि का ज्ञान प्राप्त करना ही था। हमारा बचपन गोकुल में छूट गया, हमारी प्रीति गोकुल में रह गई, हमारे माता-पिता यशोदा और नंद महाराज तथा हमारे मित्र वहीं रह गए।

सच, हमने पाया ही क्या? श्रीकृष्ण उदास हो गए। शूरसेन पानी लेकर आया तो श्रीकृष्ण से पूछा, "महाराज, आप इतने चिंतित क्यों हैं?" श्रीकृष्ण हँस दिए। मन-ही-मन उन्होंने कहा, 'हम संदीपनी आश्रम में सबकुछ—शास्त्र, शस्त्र, अस्त्र, वेदांत का ज्ञान प्राप्त हुआ। पिता का राज्य शासन था ही।

परंतु हमें नहीं चाहिए पद और प्रतिष्ठा, हमें नहीं चाहिए राजसिंहासन, 'हमें नहीं चाहिए राजगौरव-राजकर्तव्य,, नहीं चाहिए था राजवैभव तब भी, नहीं चाहिए था और आज भी नहीं चाहिए युद्ध एवं राज विस्तार? हमें चाहिए था गोकुल-वृंदावन का निसर्ग, हमें चाहिए था अपना गोधन, गोप-गोपी, सीधा-सादा जीवन, मित्र और यशोदा माता एवं नंद महाराज! हमें चाहिए थी अपनी पहली प्रीति, हमें चाहिए थी राधा; परंतु कुछ नहीं मिला''हमें सम्राट् नहीं होना था, हमें आठ पत्नियों

से विवाह भी नहीं करना था, पर वही सबकुछ करना पड़ा।'

"शूरसेन, कभी-कभी न चाहते हुए भी ऐसे अनेक मार्गों पर चलना पड़ता है, जिसकी हम कभी कल्पना तक नहीं करते। आज सहज ही मन में गोकुल-वृंदावन का स्मरण हुआ तो हम उसमें खो गए। तुम हमारे सारथी ही नहीं, अंतस्थ मित्र हो। तुम हमारी प्रत्येक नस को पहचानते हो। अद्भुत, गूढ़ वलय, जिसे प्राप्त हुआ है, वह हम कभी-कभी ऐसे ही गतस्मृति में खो जाते हैं।"

श्रीकृष्ण फिर से रथ में बैठ गए, रथ का सारथ्य शूरसेन कर रहा था।

□

श्रीकृष्ण का रथ द्वारका के प्रवेशद्वार के पास आया तो मंगल-ध्वनि से राजप्रासाद में सूचित किया गया। सर्वप्रथम महाराज बलराम, तथा राजस्त्रियाँ बाहर आईं। श्रीकृष्ण की आठ पत्नियों ने पंचारती सजाई। कहीं से भी श्रीकृष्ण आते तो बलराम उठकर उन्हें रथ से हाथ देकर उतारते थे। आज भी वे बाहर आए। श्रीकृष्ण के आने तक उनकी प्रतीक्षा करते रहे। बलराम द्वारका नगरी के शासक थे। राज्य-विस्तार करने का कार्य श्रीकृष्ण कर रहे थे।

"बंधु, इस बार अधिक अवधि लगाई; कहाँ थे इतने महीने? संदेशवाहक आकर कहता कि महाराज सकुशल हैं, शीघ्र ही वे आनेवाले हैं। अब तक ऐसा नहीं हुआ। हमें चिंता लगी रही।" श्रीकृष्ण हँस दिए। आरती उतारी गई।

"बंधु, नित्य हँसी में तुम उत्तर देना टाल देते हो, कहाँ थे इतने दिन?"

सभी राजस्त्रियाँ उत्सुक थीं। श्रीकृष्ण आसन पर बैठे! रुक्मिणी ने उनके चरण धुलवाए और सभी उनके सामने बैठ गईं।

"हम आप लोगों को छोड़कर कहाँ जाते? कुंतीभोज राष्ट्र में और मथुरा जाने की बात आपको पता थी।"

"रुक्मिणी ने आपके लिए तो व्रत रखा था।"

"मथुरा तो गया नहीं। कुंतीभोज राष्ट्र के संदर्भ में, राजकीय संदर्भ में और मित्र राष्ट्र के संदर्भ में बातें सफल हुईं। मथुरा जानेवाला ही था कि हस्तिनापुर में महाराज वसुदेव की भगिनी, कुंती के अपने पाँच पांडवों के साथ आने की वार्त्ता कुंतीभोज राष्ट्र में मिली तो वहाँ से हम राजमाता कुंती से मिलने चले गए। और तब मार्ग में ही पता चला कि पाँच पांडवों द्वारा राज्य का आधा भाग माँगने पर उनके ही चचेरे भाई दुर्योधन ने कहा, "हम सूई की नोक के बराबर तक भूमि नहीं देंगे।" फिर पाँच गाँव माँगे तो भी नहीं कह दिया, तो खांडववन, यह वन्य प्रदेश उन्हें मिला था। और

उसपर उन्होंने इंद्रप्रस्थ नगरी का निर्माण किया था। यज्ञ-याग किए। अश्वमेध यज्ञ किया तो दुर्योधन को ईर्ष्या हो गई और उन्हें पराजित करने के उद्देश्य से द्यूत खेलने के लिए आमंत्रित किया।

"श्रीकृष्ण, यह बताओ कि महारानी गांधारी ने आँखों पर पट्टी क्यों लगाई? क्यों नेत्रपटल बाँध लिया?"

"सत्य है, यह प्रश्न हमने भी उनसे पूछा था तो उन्होंने कहा कि कुछ प्रश्न ऐसे होते हैं, जिसके अनुमान और उत्तर लोग ही लगा लेते हैं। आप ही सोचिए।"

और अनेक वार्त्तालाप करके बलराम चले गए तो श्रीकृष्ण ने अपने पुत्र तथा आठ पत्नियों से पूछा—

"कैसे हैं आप सब लोग?"

"हम तो सकुशल और राजप्रासाद में थे, चिंता तो आपकी थी।" सत्यभामा ने कहा और बाकी सब स्त्रियाँ अनेक प्रश्न पूछ रही थीं। संध्या राजप्रासाद के प्रांगण में उतर आई तो बलराम महाराज आए।

"बंधु श्रीकृष्ण, तुम सुबह आए और अब शाम होने को आई है, बोलते-बोलते थक गए होंगे। सायं आरती के बाद विश्राम करना। हम गए थे विश्राम करने तो वही प्रश्न हमारे मन में बार-बार आ रहा था कि गांधारी महारानी ने अपने नेत्रपटल क्यों बाँधे? आज वह सौ पुत्रों की माता हैं। प्रौढ़-प्रगल्भ हो गई, अब तो खोल सकती हैं।"

"सभी उन्हें महान् पतिव्रता के रूप में देखते हैं।"

"ऐसा ही होगा।" बलराम महाराज ने कहा—

श्रीकृष्ण का मन इसको मान नहीं रहा था। फिर भी उन्होंने 'हाँ' कह दिया।

दूसरे दिन द्वारका नगरी के पौरजन उनसे मिलने प्रांगण में आए तो श्रीकृष्ण राजप्रासाद की सीढ़ियाँ उतरकर नीचे आए और वहाँ के वटवृक्ष के नीचे उच्चासन पर बैठ गए।

सब एक-एक प्रश्न पूछ रहे थे। समस्या भी बता रहे थे। अपंग, विकलांग लोगों के पास श्रीकृष्ण गए और उन्हें गले लगाकर पूछा, "कैसे हो आप सब? कोई दुविधा तो नहीं?"

उन लोगों की आँखें भर आईं।

"आप दोनों के प्रशासन में हमें कोई दुविधा नहीं है। जितनी समस्या भी आपको बता दी है और आपने संयत होकर सांत्वना दी है। ऐसा शासन शायद ही होगा!

परंतु महाराज, कभी-कभी एक प्रश्न मन में आता है। हम सब यादव वीर कृषि और गोधन के संदर्भ में काम करते रहे तो हमारा पुरुषत्व, वीरत्व मिट्‌टी तक ही सीमित रहेगा, क्या यह सही है ?"

श्रीकृष्ण के मुख पर हँसी दिखाई दी। वृक्ष की शाखाओं के बीच से सूरज की किरणें उनके मुख पर आई थीं और उनका श्यामल वर्ण अधिक ही सुंदर, सात्त्विक, राजवैभव का, वीरत्व का तेज लेकर निखर आया था।

"देखिए, आक्रमण शत्रु करेगा तो आप चिंता न कीजिए। यहाँ वीरों का भी सम्मान है। सैनिक कम हैं, आवश्यकता पड़ी तो अवश्य बढ़ाएँगे। दूसरी बात महेश्वर शास्त्री ने कही थी। उन्होंने कहा था कि प्रत्येक वर्ण अपना-अपना कार्य करें, यह बात तो ठीक थी। परंतु वर्णानुसार अपना-अपना ही कार्य करें, यह हमें मान्य नहीं है। शास्त्र, धर्म, वेद, उपनिषद् की निर्मिति में ऋषियों का ब्राह्मण वर्ण था या शूद्र वर्ण, यह आपको ज्ञात नहीं है। मान लिया कि सभी ब्राह्मण ही होंगे। ब्रह्मज्ञान देनेवाला वह ब्राह्मण, परंतु अति शूद्र मनुष्य भी उसके ज्ञान का अधिकारी है। परशुराम ब्राह्मण थे, पर उन्होंने क्षत्रिय वृत्ति का अवलंब किया। विश्वामित्र क्षत्रिय थे, वे ज्ञान-तपस्या करने लगे। और तो और, हम तो गोकुल-वृंदावन में गोधन लेकर जानेवाले थे, फिर भी हमने शास्त्र, शस्त्र और अस्त्र का अध्ययन किया।

"द्वारका में सभी समान हैं। ब्राह्मण, क्षत्रिय, वैश्य, शूद्र—इन चार स्तंभों पर समाज का मंदिर बना हुआ है। यदि एक स्तंभ निकल जाए, विचलित हो जाए तो क्या ठीक रहेगा ? नहीं न ? प्रत्येक वर्ण उतना ही महत्त्वपूर्ण है।

"आज हमें स्मरण हुआ है—सांदीपनि के आश्रम का। हम भी सांदीपनि ऋषि से तरह-तरह के प्रश्न पूछते थे। पाप-पुण्य, जन्म-मृत्यु, ईश्वर, नियति, पुनर्जन्म, वर्ण एवं चार आश्रम के संदर्भ में, तो कभी युद्ध कुशलता, राजनीति और अनेक प्रश्न। आज आप सब वैसे ही पूछ रहे हैं।"

"तो हम क्या करें ? इतने दिनों बाद आए हो, अब हमारा समाधान हो गया।"

मध्याह्न के पश्चात् श्रीकृष्ण अपने कक्ष में गए तो उन्हें सांदीपनि आश्रम का स्मरण आया—हम गुरु सांदीपनि से पूछते तो सुदामदेव हमसे। वह ब्राह्मण था। वही पूछता "कृष्णा, पुनर्जन्म, पूर्व संचित इस पर विश्वास कैसे करें ?"

"देखो सुदामदेव, आत्मा अमर है तो हमारा जन्म कहीं-न-कहीं होना ही है। वृक्ष मनुष्य नहीं होता, वृक्ष की जड़ से उसी वृक्ष की निर्मिति होती है, तो मानवी आत्मा मानव का ही जन्म लेती होगी!"

"पूर्व जन्म का ऋण हम इस युग में क्यों देते हैं?"

"वैसे हम मानते हैं, सुदामदेव, मैं चरवाहा क्यों हुआ? तुम्हारे पास धन कम है, यह इस युग का प्रभाव है; हमारे ही कर्म का फल है।"

"तुमने आज तक कौन से पातक किए, कृष्ण?"

"शायद जिसे हम सही समझते हैं, वह दूसरी तरफ पातक भी हो सकता है। किसी का आक्रंदन भी हमारे लिए अभिशाप बनकर आता है।"

"मेरे पिताजी निर्धन थे, इसमें हमारा क्या अपराध?"

"अपना इतना अपराध है कि आप स्वयं को आत्मनिर्भर नहीं बना सके। अब से ही आशा छोड़ दी है, आपने! कर्म करना पड़ेगा। आशावादी बनना पड़ेगा।

"सुदामा, अपने सामने कुछ नए मार्ग लाने होंगे। बीत गया है उसपर भाष्य करने से अच्छा यह है कि स्वयं का मार्ग विचारपूर्वक खोजना और चलना।"

और सुदामदेव यह नहीं कर सका। आगे जब वह द्वारका आया तो इतने विद्वान् पंडित को द्वारपाल ने रोक लिया। वह बार-बार समझा रहा था कि मैं श्रीकृष्ण का मित्र हूँ। अंत में द्वारपाल ने हमसे आकर पूछा तो हम दौड़कर महाद्वार तक गए और उसे सम्मान से ले आए। उसकी दशा देखकर हम समझ गए और उसकी जीवन दिशा बदल दी। उसे वैभव-संपन्न करना कोई कठिन नहीं था, सो कर दिया। और उसे कार्य-दिशा देने के लिए हमने उसके गाँव में मंदिर बनाकर, उसे पूजा-पाठ, प्रवचन का कार्य देकर कार्य-प्रवृत्त किया।

जब वे राजप्रासाद की ओर चल पड़े तो मध्याह्न उतरने लगा था दिन की सीढ़ियाँ। उन्होंने देखा, वहाँ सीढ़ियों पर बालक के समान प्रतीक्षा करते हुए बलराम बैठे थे।

"बंधु बलराम, आप?"

"हाँ, हम ही। आप कल दिन भर व्यस्त रहे। आप आज सुबह से व्यस्त रहे तो हम केवल प्रतीक्षा ही कर रहे थे। थोड़ा विश्राम करो, श्रीकृष्ण! कितने ही मास बीत गए, पर श्रीकृष्ण द्वारका नहीं आए थे।"

बलराम ने उनका हाथ पकड़ा और वे दोनों राजप्रासाद में आए। "आज हमें लोगों से बात करते-करते सांदीपनि आश्रम का और सुदामदेव का स्मरण हो गया।"

"हमें तो स्मरण आता है—सांदीपनि आश्रम में ज्ञानार्जन करने के पश्चात् जब हम मथुरा लौटे तो कितनी अपमानास्पद घटना हो गई कि हम भूल नहीं पाए।"

दोनों को वह प्रसंग स्मरण हो आया।

सांदीपनि आश्रम में से लौटने के पश्चात् देखा तो उग्रसेन महाराज का शासन ठीक चल रहा था। कोई बाधा नहीं थी। कंस महाराज की दोनो पत्नियाँ—अस्ति और प्राप्ति, वे दोनों अपने मातृगृह में लौटी थीं। परंतु कंस का दामाद बीच-बीच में आक्रमण कर रहा था, तब मथुरा हिल जाती थी। वह बलाढ्य राजा था और मथुरा राज्य छोटा था।

जैसे ही श्रीकृष्ण-बलराम आए तो बार-बार जरासंध आक्रमण करने लगा। युद्ध बार-बार हो रहे थे और मथुरा की ही सेना पराजित हो जाती थी। बलराम और श्रीकृष्ण सोलह बार पराजित हो गए। वित्त-हानि और जीवन-हानि केवल इन दोनों के आने से अधिक ही हो रही थी। अब यहाँ रहना कठिन था। यह उनका अपमान एवं पराजय थी। सत्रहवाँ आक्रमण जरासंध ने मथुरा पर किया तो श्रीकृष्ण और बलराम ने सोचा कि मथुरा क्या, गोकुल-वृंदावन में जाएँगे तो भी सिर्फ आक्रमण की दिशा ही बदल पाएगी।

उन्होंने निर्णय लिया कि इस संदर्भ में परशुराम से ही बात कर सकते हैं। परंतु वे पश्चिम दिशा में सहयाद्रि पर्वत पर तपस्या करने गए थे। फिर भी श्रीकृष्ण-बलराम सहयाद्रि पर्वत पर गए। जाते समय माता देवकी और वसुदेव ने कहा था, "परशुराम, आप दोनों को निश्चित मार्गदर्शन करेंगे, परंतु श्रीकृष्ण, तुम्हारी नियति बार-बार तुम्हारी परीक्षा ले रही है, पर कभी धैर्य मत खोना। नियति साथ दे, न दे, कर्म करते रहना। वह हमें इतना समाधान तो अवश्य देती है कि हमने अपना कर्तव्य किया। जाओ वत्स, जाओ, ईश्वर तुम्हारे साथ है।"

बलराम को यह बात सुनकर लगा कि श्रीकृष्ण हमारे साथ हैं तो सबकुछ अच्छा ही होनेवाला है। वह विश्वास आजतक था ही।

"श्रीकृष्ण, परशुराम हमसे बहुत ही अनुभव-संपन्न थे, आदर्श थे।"

श्रीकृष्ण-बलराम की आँखों के सामने इस घटना का स्मरण हुआ। श्रीकृष्ण को अनेक निसर्ग-रम्य प्रदेश देखने में आनंद आ रहा था। कहाँ मथुरा और कहाँ सहयाद्रि का माथा, कितना अंतर है ? वे रथ से अरण्य, नगर पार करते जा रहे थे। विकद्रू उनका सारथी था। वे भारत के पश्चिम की ओर चल पड़े थे। विकद्रू ने उस प्रदेश का संपूर्ण चित्रपटल ही श्रीकृष्ण-बलराम के सामने रखा था। उत्तर प्रदेश, मध्य प्रदेश, करवीर, क्रौंचपुर, रत्नदीप नगरी के पश्चात् सहयाद्रि पर्वत मालिका के दक्षिण भाग में अपने प्रदेश में आश्रम बनाकर रहना परशुराम को अत्यधिक अच्छा लगा। इक्कीस बार पृथ्वी को निःक्षत्रिय करनेवाले परशुराम ने सारी भूमि अपने

गुरु कश्यप ऋषि को अर्पण कर दी थी। वीरता में आदर्श, दान-धर्म में आदर्श तथा संपूर्ण दक्षिण भूमि पर साम्राज्य करनेवाले, भूप्रदेश निर्माण करनेवाले वे योगी पुरुष हैं।

सहस्रार्जुन ने अपने पिता का अपमान किया तो परशुराम ने उसके सहस्रबाहु तोड़ दिए थे। परशुराम ने ही अपने बाण तथा मंत्रसिद्धि से समुद्र को पीछे हटाया था। पाँच सौ धनुष लंबा और ढाई सौ धनुष चौड़ा, ऐसा शूर्पारक प्रदेश निर्माण किया था।

श्रीकृष्ण-बलराम सहयाद्रि पर्वत की चोटी पर उनके आश्रम में गए तो वे ध्यान कर रहे थे। जब उन्होंने आँखें खोलीं तो श्रीकृष्ण ने आने का प्रयोजन बताया। उन्होंने कहा, "इस समय जरासंध सर्वाधिक बलशाली राजा है। अब मैंने क्षत्रियवृत्ति छोड़कर तपस्या आरंभ की है। वेणा नदी के पार जाकर आप गोमांतक पर्वत पर निवास करो, जरासंध वहाँ आ नहीं सकता।"

और वैसा ही हुआ, जरासंध ने बार-बार यहाँ तक आने का प्रयास किया, परंतु परशुराम के मंत्रसिद्धि के प्रभाव-क्षेत्र में वह आ न सका। अंत में जरासंध ने अपना विचार शिथिल करते-करते युद्धविराम कर दिया। दो वर्ष के पश्चात् श्रीकृष्ण-बलराम मथुरा में आए तो बलराम का विवाह रैवतक पर्वत के पास रहनेवाले रैवतक राजा की पुत्री रेवती के साथ हो गया तो श्वसुर ने जरासंध-शिशुपाल की ये घटनाएँ जानकर कहा कि "आप यादवकुल लेकर सागर में द्वारका का निर्माण करो, वहाँ तक कोई नहीं आएगा।"

"आपको स्मरण है, बंधु कि जरासंध के साथ हुआ अपना आखिरी युद्ध कितना लज्जास्पद था।"

"हम दोनों के आने की सूचना मिलते ही शिशुपाल और जरासंध ने फिर से युद्ध छेड़ा था, तब अल्प सेना के साथ हमारा रक्षण करना भी कितना कठिन हो गया था और मथुरा छोड़ना पड़ा। हम द्वारका निर्मिति में जुट गए, फिर हम कभी गोकुल-वृंदावन तक नहीं जा पाए, इस बात का दुःख हमें है, बलराम बंधु!"

श्रीकृष्ण की आँखों के सामने कंदब वृक्ष के पास प्रतीक्षा करनेवाली राधा की प्रतिमा उभर आई और उनकी आँखें भर आईं। बलराम उनकी व्यथा जान गए थे। उन्होंने उनके स्कंधों पर हाथ रखकर कहा, "श्रीकृष्ण, जीवन में सबकुछ मन को संतोष देनेवाला नहीं होता। स्वयं हमने राधा को यह संदेशा भेजा था कि अनेक यादव कुल मथुरा, गोकुल, वृंदावन छोड़कर यहाँ द्वारका में आ रहे हैं, आप भी आ जाओ," तो उसने कहा, "कान्हा, मुझे यहाँ प्रतीक्षा करने को कह गया है, जब वह

आएगा तो मैं उसके साथ अवश्य आऊँगी।"

लेकिन श्रीकृष्ण नहीं आए। राधा वृंदावन में ही रह गई।

तीन दिन रात तक श्रीकृष्ण पौरजनों को मिलते रहे। चौथे दिन उन्होंने राजमंत्रियों को देशस्थिति की वर्तमान स्थिति तथा संभाव्य परिस्थिति से अवगत कराया। उसी रात्रि को वे रुक्मिणी के प्रासाद में आए। रुक्मिणी ने उनका स्वागत करते हुए कहा, "आप विश्राम कीजिए, हम आपके चरण दबाते हैं।"

इस वाक्य को सुनकर श्रीकृष्ण की आँख भर आई। कैसी है यह रुक्मिणी! स्नेहप्रभा, सत्त्वशील, संयमी, सुंदर तथा मधुर भाषिणी, ईर्ष्यारहित, निस्वार्थी और निर्हेतुक स्नेह करनेवाली।"

श्रीकृष्ण ने रुक्मिणी का हाथ पकड़कर मंचक पर बिठाया और कहा, "हे स्नेहमयी माते, तुम्हें शतशः वंदन!"

"क्यों? वंदन क्यों?"

"क्योंकि तुम्हें हमारी चिंता है, हम अब पितामह बन गए हैं, तब भी और तब से पहले भी। तुम्हें न कभी क्रोध आया, न कभी ईर्ष्या हुई। सत्य तो यह है, रुक्मिणी कि कहीं भी, कितना भी प्रवास करके आते हैं तो महाद्वार के पास पहला स्मरण तुम्हारा ही होता है। केशों को तेल लगानेवाली, रात में चंदन की उबटन लगाकर मस्तक को शांत करनेवाली, चरण दबाकर आराम देनेवाली, आप हमारी माता हो, देवी। तुम्हें देखकर हमारी देह को भी विश्राम मिलता है, केवल नेत्रों को नहीं। देवी, कभी-कभी लगता है कि इतनी सहनशील कैसी हो आप? आप जबसे हमारे जीवन में आई हो, तब से लेकर अभी तक केवल और केवल प्रीति ही कर रही हो, वह भी निस्स्वार्थ प्रीति!"

रुक्मिणी के अधरों पर स्मित हास्य देखा तो श्रीकृष्ण ने उनके हाथ पकड़कर अपने पास बिठाया। उन्हें स्मरण आया कि दूसरा विवाह करते समय श्रीकृष्ण ने कहा था, "रुक्मिणी, कुछ विवाह राजकीय हेतु से करने पड़ते हैं। हम अभी दूसरा विवाह रूपमती सत्यभामा के साथ करने जा रहे हैं। तो···"

"तो अवश्य कीजिए, हम उसे अपनी बहन से भी अधिक प्रीति करेंगे। वह आपकी पत्नी बनेगी या और पत्नियाँ आएँगी तो भी हम वैसे ही प्रीति करेंगे, क्योंकि आप हमारे मन-मंदिर में बैठे हुए हो, उसे कभी कोई छू भी नहीं सकता। आप हमारे हैं, हमारे ही रहोगे; और हमें खेद है कि राधा की प्रीति अधूरी रह गई। परंतु आनंद यह है कि हमारी प्रीति सफल हुई है।"

श्रीकृष्ण मौन हो गए। रुक्मिणी ने उनके केशों को सँवारते हुए कहा, "स्वामी, आप हस्तिनापुर गए थे तो वहाँ गांधारी देवी कैसी हैं?"

"आपसे सहस्र गुना सुंदर, प्रज्ञावती और वैभववती। आपको ईर्ष्या तो हो सकती है, क्योंकि उन्होंने स्नेह से पूछा भी कि आपने आठ विवाह क्यों किए? बोलने में वह मधुरभाषिणी तथा वाक्चतुरा थीं। उन्होंने हमें उत्तर नहीं दिया, जब हमने पूछा, आपने नेत्रपटल क्यों बाँधे हैं तो उन्होंने कहा कि कोई-कोई प्रश्न ऐसे भी होते हैं, जिसका उत्तर समाज देता है, आप भी दीजिए।"

"इतना भी बोली?"

"हाँ देवी, बहुत कुछ अपनेपन से बोली, अब तुम्हें ईर्ष्या हो गई है न?"

"नहीं स्वामी, हमें उत्सुकता हो रही है उन्हें देखने की! और ईर्ष्या क्यों होगी? हमारे पास कौस्तुभमणि है, जिसका स्थान कंठ में है। वह हमारे हृदय में और सौभाग्य-माला में विराजमान है।"

"सत्य कहूँ, देवी! इसलिए आप हमें सर्वाधिक प्रिय हैं। राधा के बिना कृष्ण और कहीं है तो रुक्मिणी के पास ही। आओ रुक्मिणी, आज हम तुम्हारा पूजन करना चाहते हैं, ना मत कहना, हमारी इच्छा हमें पूरी करने दो!"

रुक्मिणी मान नहीं रही थी तो श्रीकृष्ण ने उनके कंधे पकड़कर उन्हें चौरंग पर बिठाया, उनके चरण धोए। मस्तक पर तिलक लगाया। केश में पुष्पमालाएँ पहनाईं और स्नेहभाव से भाववश श्रीकृष्ण ने कहा, "रुक्मिणी, तुम हमारा जीवन हो। संघर्षमय जीवन में तुम हमारी ऊर्जा हो। राधा भी तुम हो; इतनी प्रीति हमने कभी नहीं की, रुक्मिणी! तुम धन्य हो! हमने तुम्हें हमारी व्यथा, वेदना, संघर्ष, मान, अपमान की एक मालिका दी और दी बहुत सारी प्रतीक्षा!"

"स्वामी···"

"कभी तो हमें 'कान्हा' नाम से पुकारो।"

"इतना छोड़कर हम सबकुछ करेंगे, स्वामी!··· सबकुछ करेंगे!"

बातों-बातों में रात बीतती रही। इस महीने पश्चात् श्रीकृष्ण द्वारका में आए थे। अनेक घटनाएँ थीं, अनेक समस्याएँ थीं समाज में, अनेक अत्याचारी राजा थे। और बातों-बातों में कौरवों की राजसभा में उनका शब्द कोई महत्त्व नहीं रखता, यह भी बताया और शायद युद्ध की संभावना है, यह भी बताया।

"स्वामी, आप अभी···"

"अभी तो प्रातःकाल की वेला आई है। पूर्ण रात बीत गई है। सामने गवाक्ष

से सागर की लहरें उछलने लगेंगी। सहस्त्र रश्मियाँ अभी पूर्व क्षितिज पर आएँगी। रुक्मिणी, हम तुम्हारी गोद में मस्तक रखकर निवांत, स्वस्थ, शांत निद्रा लेना चाहता है।"

रुक्मिणी उनके केशों को सहलाती रही। श्रीकृष्ण प्रगाढ़ निद्रा के अधीन हो गए। 'विश्व का संपूर्ण आनंद इनके चरणों में अर्पण करना चाहती हूँ।' वह मन-ही-मन बोली। वह श्रीकृष्ण की विश्रांत मुद्रा देख रही थी। उनके मुख पर प्रसन्न हास्य नित्य की तरह था।

पूर्व क्षितिज पर स्वर्णप्रभा प्रगट हो गई थी।

□

दुर्योधन ने गांधारी के दालान में प्रवेश करते हुए पुकारा, "माते, कहाँ हो तुम?" गांधारी देवमंदिर से बाहर आई और अपने प्रिय पुत्र दुर्योधन का हाथ पकड़ा।

"आओ वत्स, आओ, क्या कहने आए हो! वत्स?"

"माते, आज हम अपना नया विचार प्रस्तुत करने तथा विमर्श लेने आए हैं। माते, स्मरण है, पांडवों को दिए हुए खांडव वन की जगह पर उन्होंने इंद्रप्रस्थ नगरी का निर्माण किया है, उसका वास्तुपूजन है। वहाँ गर्गमुनि आ रहे हैं। क्या वहाँ जाना उचित होगा?"

"उनका अभिनंदन अवश्य करना पड़ेगा, क्योंकि उन्होंने इतने घनघोर अरण्य का रूप ही बदल डाला। सुना था, उन्होंने खांडव वन को जलाकर वहाँ उपजाऊ भूमि तैयार की है। नगर-रचना करनेवाले भी वास्तुविशारद थे। अच्छा ही हुआ, उन्होंने अपना राज्य तो निर्माण किया, हमें उनका अभिनंदन करने जाना पड़ेगा।"

"माते, अभिनंदन तो श्रीकृष्ण का करना चाहिए, उनकी ही संयोजना है। वह निर्बुद्धि भीम, परिश्रमी अर्जुन, युधिष्ठिर संन्यस्त वृत्ति के, नकुल-सहदेव तो अपने ही सौंदर्य को जतन करनेवाले हैं, वे क्या परिश्रम करेंगे?"

"किसी ने क्या किया, किसी ने क्या नहीं किया, इससे हमें क्या लेना-देना है? हमें आमंत्रित किया है तो उनका अभिनंदन करने तथा आशीर्वाद देने जाना ही है।"

"श्रीकृष्ण जैसा संपन्न और वैभवशाली बंधु मिलने पर यह सहज ही था।"

"दुर्योधन, वत्स, आपने भूमि दी, उनकी परीक्षा लेने के हेतु से, वे सफल हो गए तो हमें प्रसन्न ही होना चाहिए, आपकी समस्या क्या है, वत्स?"

"माता, आप नित्य ही उनका अभिनंदन करती हो, उनकी बाजू ग्राह्य समझकर मान देती हो, क्या आपको राजनीति का गणित नहीं पता? आज इतनी

विशाल इंद्रप्रस्थ नगरी का निर्माण किया, कल साम्राज्य-विस्तार करेंगे। कल क्या, अभी-अभी उन्होंने अश्वमेध यज्ञ की घोषणा की है तो हम पर भी आक्रमण की संभावना है!"

"ऐसा क्यों सोचते हो, वत्स? वे लोग ऐसे नहीं हैं। राजमाता कुंती सत्त्वशील और गुणवती हैं, वह कभी भी अपने पुत्रों को ऐसा सोचने ही नहीं देंगी। पुत्र पांडव आज्ञाकारी, संस्कारी हैं, वे कभी ऐसा सोच ही नहीं सकते।"

"माता, हर घड़ी, हर क्षण आप हमारी ही निंदा करती हो, क्या हम आपके आज्ञाकारी पुत्र नहीं हैं? क्या हम आपको स्नेह नहीं करते? क्या हमारा सबकुछ गलत है? क्या हम इतने अपयशी, पराजित और असफल हैं?"

"वत्स, ऐसा हमारे कहने का उद्‌देश्य नहीं है। उनका अनुकरण करने के लिए उनका सहयोग लेने को कभी नहीं कहती, वत्स, सभी में केवल अच्छाई देखते हैं। आप उत्तम वीर योद्धा हो, सुदृढ़, सुंदर हो, अपने पत्नी के अच्छे पति हो, अच्छे पिता हो और हमारे साम्राज्य के अच्छे प्रशासक हो, हमारे सबसे प्रिय ज्येष्ठ पुत्र हो। किसी का अभिनंदन करने से हम कम तो नहीं हो जाते, वत्स! विचार करो, वे तुम्हारे अपने बंधु हैं। अपने ही कुलोत्पन्न हैं। दोनों से मिलकर हमारा साम्राज्य आर्यावर्त में कितना बढ़ गया है कि हमारा कोई प्रतिद्वंद्वी नहीं रहा। समझ जाओ, वत्स!"

दुर्योधन व्यथित था। मौन बैठा रहा! 'हमारे भाग्य में अंध माता-पिता, राज्यशासन का भार, युवावस्था भी नहीं आई, तब से है! हमारी जय-जयकार सर्वत्र है, परंतु माता को राजप्रासाद में कहाँ सुनाई देता है? हमें कर्तव्य निभाते इतने वर्ष हो गए, अभिनंदन शब्द से ही हमारा अभिनंदन हुआ, क्योंकि हमारा आनंद, प्रसन्नता से पूर्ण मुख वह दुराग्रह के कारण देख नहीं पाई। अपने नेत्रपटल बाँधकर भी उसने अपनी प्रतिष्ठा, अपना अस्तित्व, अपना कर्तव्य इसका त्याग नहीं किया; अपना अस्तित्व कभी खोया नहीं! कभी संयम भी नहीं तोड़ा। नेत्रपटल होने पर भी वह कसीदा निकालती है। वीणा बजाकर गाती है, कभी रंगावली बनाती है तो कभी चित्रकारी भी कर लेती है। सबकुछ उसे कैसा आता है? उसके नेत्रों के सामने कदाचित् इंद्रप्रस्थ नगरी का चित्र भी आया होगा! फिर भी लोगों को अच्छा कहना और अपने ही पुत्रों को उपदेश देना, यह कभी मन को भाता नहीं।' उसे मौन देखकर कासीदा निकालते-निकालते वह बोली, "वत्स, अकारण तुम व्यथित हो गए हो! आपके विश्वविजेता होने का स्वप्न हम देखते हैं तो लगता है, आपकी

गौरवगाथा आकाश की पाटी पर इतिहास लिखे, आपका प्रत्येक क्षण मंगलमय हो! आपके सुदृढ़ बाहु अपने बंधुओं का, पितामह भीष्म का तथा सर्वज्येष्ठ व्यक्तियों के आशीर्वाद से इतना बड़ा हो कि लोग उसे सम्मान के साथ देखें, इसलिए हम नित्य कहते रहते हैं, पुत्र!"

"माता, हम नित्य ही आपको वंदन करने आते हैं, तब लगता है कि आपके मन में स्नेहभाव के साथ-साथ सहानुभूति भी है।"

"ऐसा तो नहीं है वत्स!"

"हमें तो ऐसा ही लगता है, तब हमने इसपर विचार किया तो लगा कि जिस स्थिति में आप हैं, प्रकाश कहीं से भी नहीं, वैसे हमारे जीवन में बचपन से कार्यभार, सहानुभूति से हम अधिक जुड़े हुए हैं। हम दोनों ने जीवन भर की प्रसन्नता-आनंद तो नहीं गँवाया। यह शाप तुम्हें भी है और हमें भी। ऐसा लग रहा है कि जीवन को कृष्णमेघ जैसे श्रीकृष्ण ने अभी-अभी जकड़ लिया है। ऐसी अनुभूति क्यों हो रही है, पता नहीं, माता!"

"चिंतित न हो, पुत्र! श्रीकृष्ण महाराज से हमारा क्या संबंध ?"

"उनका किससे संबंध नहीं, माता, वे तो सर्वत्र हैं। अभी तक हस्तिनापुर में केवल उनका प्रवेश ही हुआ है और उन्हें देखकर स्वयंस्फूर्त लोगों ने उनका जय-जयकार भी किया था। अब देखिए न, राजसूय यज्ञ के पश्चात् वे अश्वमेध करेंगे, तब अश्व को प्रतिबंधित करना, यानी युद्ध और न करना, यानी उनका वर्चस्व स्वीकार करना है।"

गांधारी हँस पड़ी। दुर्योधन संभ्रमित हो गए।

"वत्स दुर्योधन, वे अपने ही बंधुओं पर, पितामह भीष्म आदि पर कैसे आक्रमण करेंगे? वे कुरु के वंशज हैं। वे अपना राज्य हस्तिनापुर से जोड़ेंगे। देखो तो⋯।"

"माता, उन्होंने श्रीकृष्ण महाराज को द्वारका से आमंत्रित किया है और श्रीकृष्ण जैसा लोकमान्य नेता उनका बंधु है।"

"सत्य कहती हूँ, वत्स, वे हमारे हितचिंतिक ही रहेंगे।"

"माता⋯!" दुर्योधन के मन में क्रोध आया था। गांधारी नित्य दूसरों के गुण-स्वभाव देखती और अपने पुत्रों को उपदेश करती थी। दुर्योधन उठकर चला गया। उसके मन में आया, 'आज तक यदि किसी ने मन से आनंद व्यक्त किया है तो सिर्फ शकुनि मामा ने, देवी गांधारी का भाई, जो गंधार छोड़कर यहाँ नहीं आते तो हम अकेले हो जाते। यदि मंत्रिमंडल में अंगराज कर्ण नहीं होते तो हमें अकेलेपन

का दु:ख सहना पड़ता। पता नहीं, माता के, बाकी इतने बंधु, इतना बड़ा मंत्रिमंडल, इतना साम्राज्य, इतनी शासन-व्यवस्था कैसे सँभालते हैं।'

दुर्योधन राज्यसभा की ओर जा रहा था तो गांधारी के मन में आया, 'हमारे जीवन में एक पापग्रह है, वह है शकुनि, दुष्ट-बुद्धि शकुनि। और महाराज धृतराष्ट्र ने उसका आसन हस्तिनापुर में स्थिर कर दिया, वे हर क्षण उनकी प्रशंसा करते थे। शनिग्रह जैसा वक्राकार ग्रह हमारे जीवन में कुंडली जमाकर बैठा है।'

उसे स्मरण आया।

गांधारी रूपमती थी, प्रज्ञावती थी, कलावती थी। राजकुमार उसका नाम सुनकर विचार करने लगते। अभी तक कोई राजकुमार प्रत्यक्ष नहीं आया था। आए केवल भीष्म...पितामह भीष्म, सुबल महाराज हमारे पिता तो मोहित हो गए उनके वैभव और साम्राज्य पर। अंध धृतराष्ट्र के संदर्भ में वे कुछ बोले होंगे तो सुबल महाराज तथा शकुनि से। कहीं भी किसी ने नहीं बताया उनका अंधत्व! और धिक्कार करते हुए हमने नेत्रपटल बाँध लिया। विवाह के पश्चात् हस्तिनापुर का वैभव देखा सखी मदालसा ने। राजप्रासाद देख मदालसा ने तथा उसका स्वागत इतना भव्यता के साथ हो रहा है, उसका भी वर्णन किया सखी मदालसा ने। रत्नों की राशि, महावस्त्रों की राशि, माता सत्यवती, माता कुंती को हम देख नहीं पाए, न ही हम धृतराष्ट्र महाराज को देख पाए। हमारी दृष्टि मर गई थी। प्रथम क्रोध में बाँधा हुआ नेत्रपटल लोगों में सम्मान के साथ प्रतिष्ठित हो गया और आदर्श बन गया। उसे वह हटा नहीं पाई।

एक दिन एकांत में महाराज धृतराष्ट्र ने पूछा भी, "गांधारी, तुमने यह नेत्रपटल क्यों बाँधा ? हमसे इतनी प्रीति क्यों जताई ? हम तो जन्मत: अंध थे, पर देख रही थी। अंधकार स्वीकार करना कोई सहज घटना नहीं है। तुमने असामान्य, अलौकिक आदर्श निर्माण अवश्य किया, परंतु उसे खोलती तो हमें विश्व का वर्णन कर बताती, पुत्रों का वर्णन करती।

"हमें पता है, तुम्हारा नाम गंधवती है। सब रंग और गंध तुम्हें प्रिय थे। तुम हमारा प्रकाश बनी रहती। ऐसा क्यों किया ? अब भी छोड़ दो यह मन का आग्रह, खोल दो नेत्रपटल और सब ओर देखती जाओ।

"कितना सुंदर है सबकुछ! एक दिन की बात है, राजपुरोहित प्रात:कालीन आकाश और ऊषा:काल का वर्णन कर रहे थे, तो हम भावनावश हो गए। वह असीम आकाश, क्षितिज पर रंगों की रंगपंचमी, प्रात:काल, प्रभात और मध्याह्न एवं संध्याकाल, निरभ्र नीले आकाश में चमचमाती नक्षत्र मालिका, हरा निसर्ग, रोमांचित

करने वाली वर्षाऋतु में भीगती वसुंधरा, लहलहाते खेत, अपना सुंदर प्रासाद एवं सौंदर्यवती तुम··· हम कभी भी देख नहीं सकते, गांधारी, अब तो नेत्रपटल खोल दो।

"इतना वर्णन सुनने के पश्चात् हमें कैसा लगा होगा? परंतु इस वर्णन को सुनकर हम इतने प्रभावित हुए कि हम रथ को स्वयं चलाकर ले जा रहे थे। अश्व को पता नहीं था कि कहाँ जाना है, अतः कहीं वृक्ष के पास ठहर गए, तो हमने लता, वृक्ष सबको छुआ, गले से लगाया और जोर-जोर से रो पड़े। ऐसा लगा कि हम अपनी आँखें नोंच लें, अपना शरीर ही नष्ट कर दें।

"कितना सुंदर होगा सबकुछ! सरिता की धारा की आवाज सुनता हूँ, देख नहीं पाता, तुमने यह सब देखना क्यों छोड़ दिया। छोड़ दो दुराग्रह!"

गांधारी मौन रही। इसके बाद वे इस संदर्भ में कभी नहीं बोले। अंबिका देवी ने भी कहा था, "तुम हमारी लावण्यवती पुत्रवधू हो। वैभव-संपन्न राजप्रासाद में प्रवेश किया, परंतु यह सब देखना पसंद नहीं किया। यह वैभवशाली साम्राज्य देखना तुमने क्यों नकारा, वत्सले? हमें लगता है, कहीं तो कोई अंतर्यामी शल्य होगा, वही शल्य ही तुम्हारा जीवन ऊर्जाकेंद्र होगा। क्या हम सत्य कह रहे हैं? प्रत्येक स्त्री को वेदना का अभिशाप होता है। लेकिन मैं सत्य कहती हूँ। हमें कोई व्यथा नहीं, वेदना नहीं। आप तीनों माताएँ हमारे लिए स्नेह से कितना कुछ करती हैं।"

"हम भी स्त्री हैं। हम जानते हैं। न्यूनता है, तुम्हारी नियति की। समाज-रेखा भी नियति की होती है। एक कथा सुनाती हूँ। वैदिक काल में मंडन मिश्र की पत्नी सरस्वती विदुषी थी। सभी स्वातंत्र्य मंडन मिश्र ने दिया था, परंतु वह यज्ञ-याग की अधिकारी नहीं थी। पुरुषप्रधान समाज-रचना में स्त्री को दुय्यम स्थान है।"

"तुम कहती हो तो सत्य ही होगा, परंतु हमें इतनी अनुभूति नहीं है।"

"सत्य है, तुम अनभिज्ञ और अनुभवी हो। स्त्री का दुःख व्यापक होता है, सबकुछ मन में रखकर वह क्षमाशील व वात्सल्यमयी होती है।

"कन्या गांधारी···" और उसके हाथ पर अपना हाथ रखकर वह बोली, "तुम्हारा कल्याण हो, चारुगात्री!"

"परंतु आप उदास क्यों हो, माता?"

"कुरुवंश में प्रत्येक स्त्री को एक शाप है। वह शाप इस कुल को नष्ट करने की क्षमता रखता है।"

"माता, आप ऐसा वचन क्यों कह रही हो? आप भी और हम भी इस कुल के हैं। तो इस कुल को आप इस तरह क्यों कहती हो? आप अपना दुःख हमारे साथ बाँटेंगी तो वह हलका हो जाएगा।"

"आज हम अपनी कथा सुना ही देते हैं। हम तीन भगिनी—अंबा, अंबिका, अंबालिका। तीनों विवाह-योग्य हो गई तो हमारे पिता ने स्वयंवर रखा। भारत के सभी राजकुमारों को आमंत्रित किया। हमसे अधिक प्रसन्न थी हमारी ज्येष्ठ भगिनी अंबा। शाल्व देश के राजकुमार से उसकी प्रीति थी। यह केवल हम तीनों को ही पता था। मृगया के लिए हमारे राज्य से अरण्य की तरफ गुजरनेवाले मार्ग में कभी शाल्व राजकुमार की और उसकी भेंट हो गई एवं दोनों में प्रीति हो गई।

"तीन भगिनी का एक साथ विवाह इसलिए विशेष था कि देश में इससे पूर्व ऐसा नहीं हुआ था। अंबा, हम और अंबालिका वरमाला लेकर मंडप में आए। कुछ ही क्षणों के अवकाश के बाद एक स्वर्णरथ दौड़कर मंडप तक आया, तो राजकुमार तथा अन्य सभी लोग चकित रह गए। स्वर्णरथ और मंडप तक लाने का धैर्य किसमें है, यही प्रश्न सबके मन में था। अधिक विचार करने का समय ही नहीं मिला कि एक सुदृढ़ व तेजस्वी राजकुमार उतरकर विवाह मंडप में आया और कुछ आकलन होने से पूर्व ही हम तीनों का हाथ पकड़कर रथ में बिठा लिया और रथ वायुगति से दौड़ने लगा। सब दिग्मूढ़ हो गए। यह सबकी समझ के परे था। और जब सब सावधान हुए तो ससैन्य उनके पीछे दौड़े। तब तक रथ बहुत आगे चला गया था। उस राजकुमार का पता नहीं था कि कौन है और वह क्यों हमें इस तरह ले जा रहा है? हमारा सैन्य, स्वयं शाल्व राजकुमार पीछे आते देख उसने अग्निबाण की वर्षा करके मार्ग में अवरोध निर्माण किया।"

"कौन था वह राजकुमार, माता?"

"गंगापुत्र भीष्म! सत्यवती देवी के लिए आजन्म ब्रह्मचर्य व्रत का पालन करने वाले भीष्म! पितामह भीष्म!"

"हमारा विवाह उनके कारण ही हुआ।" गांधारी ने कहा।

"स्वयं अविवाहित रहकर उन्होंने दूसरों के लिए कन्याओं का अपहरण किया। वे तो सत्यवती देवी के साथ स्वयं के प्रासाद में रहते हैं। परंतु राजसभा में उनका स्थान आदरणीय है।" अंबा ने सत्यवती देवी को कहा भी।

"देवी, यह तो अन्याय है। सरासर अन्याय है। हमारी प्रीति शाल्व राजकुमार से है। अब क्या करें? अपहरण करके कन्या को लाना क्षत्रिय राजाओं का धर्म है; हम मानते हैं। परंतु उसकी भी तो इच्छा समझनी चाहिए, यह तो बलात्कार ही है।" और सत्यवती ने भीष्म को यह बात बता दी तो उन्होंने कहा, "जिसकी प्रीति अन्य पुरुष के लिए हो, उसे हम सम्मान के साथ विदा करेंगे।" उन्हें विदा तो किया, परंतु

शाल्व राजकुमार ने कहा, "भीष्म के हाथ ने जिसे स्पर्श किया है, पर पुरुष का स्पर्श हमें स्वीकार्य नहीं है। हम अंबा को स्वीकार नहीं कर सकते।"

"शाल्व राजकुमार द्वारा लौटाई गई अंबा वापस नहीं आई। उसने अरण्य में तपस्या आरंभ की।

"यहाँ कथा समाप्त नहीं होती, गांधारी! कुरुवंश में आनेवाली हम तीन अभागी स्त्रियाँ हैं। और हमारा अभाग्य हमारे ललाट पर लिखनेवाले भीष्म हैं! ययाति से ही इस कुरुवंश में अन्याय होते रहे हैं। ययाति कुरु और दूसरा यदु। दोनों के कुल-वंश प्रस्थापित हुए। कुरुकुलात शांतनु, गंगा से उनके पुत्र भीष्म! वैसे तो वे राज्य के उत्तराधिकारी थे; लेकिन मत्स्यकन्या सत्यवती का विवाह अपने पिता शांतनु से कराने के लिए उनकी शर्त उन्होंने मान ली कि उसका पुत्र ही राज्य का उत्तराधिकारी होगा। और सत्यवती भी वहाँ पवित्र थी। पाराशरानी नौका में एकांत में संभोग करके एक पुत्र को जन्म दिया था, जिनका नाम है व्यास।

"जितना तुम सुनोगी न, गांधारी, सभी कथा नवलकथाएँ हैं। हम अंबिका! यहीं रह गए। अंबालिका की एक कथा है। महाराज विचित्रवीर्य के लिए हमारा अपहरण किया गया था। उनकी अल्पआयु हो गई तो राजसिंहासन पर कौन? यह प्रश्न खड़ा हुआ। तब सत्यवती देवी ने आदेश दिया कि नियोग-पद्धति से आपसे पुत्र प्राप्त करेंगे। उसमें संयोग-संभोग नहीं है। महाराज विचित्रवीर्य के जाने के पश्चात् हम अंबिका और अंबालिका विधवा स्त्रियाँ थीं। इस तरह से पुत्र-प्राप्ति हमें मान्य नहीं थी। परंतु स्त्री को सबकुछ अपने कुल के लिए करना पड़ता है। वैसा ही हुआ।

"एक रात व्यास आए और नियोग नहीं, हमसे बलात्कार हुआ। वे स्वयं को रोक न सके और बलदंड व्यास के आगे हम कुछ न कर सके। हम भय से काँप रहे थे, आँखें बंद कर ली थीं तो हमारा पुत्र धृतराष्ट्र अंध हुआ। हमारी देह से जितना बलात्कार करना था, उन्होंने कर लिया, तो भी उनकी तीव्र वासना कम न हुई। फिर उन्होंने अंबालिका से वही किया, जो हमारे साथ किया था—बलात्कार! तो अंबालिका का पुत्र सुंदर तो हुआ, परंतु मैथुन इस तरह भयग्रस्त स्थिति में, और यह पातक है। इस भावना के होने से अंबालिका का पुत्र पांडु निर्बल हो गया; फिर भी उनकी वासना शांत नहीं हुई तो एक दासी को भेजा गया, उसने उन्हें मन से साथ दिया तो उनका पुत्र शांत-संयमी हुआ, वह है विदुर।"

गांधारी कथा सुन रही थी। कितना भीषण सत्य था यह!

"देवी, अब हमें शांति मिली। किंचित् वेदना थी, वह भी चली गई। महाराज

धृतराष्ट्र अंध अवश्य हैं। परंतु अच्छे शासक न होने के कारण हमें संकोच होता था; परंतु मनुष्य के रूप में वे बहुत ही अच्छे हैं। और हमारा अपहरण नहीं हुआ था, हमारे पिता का दोष था, अपराध था। परंतु हमने कभी पितामह को दोष नहीं लगाया।"

"बात तो सही है, गांधारी··· कदाचित् अब तक सही है। हमारा कार्य लोकोत्तर तब होता, जब हम, स्वेच्छा से करेंगे। अभी दो ही वर्ष हुए हैं। धृतराष्ट्र अभी भीष्म के कहने के अनुसार शासन चला रहे हैं। कल तुम्हारा पुत्र सलाहकार होगा। परंतु कुरुवंश में क्षणिक मोहवश न होकर विचारपूर्वक कार्य करना।" माता अंबा चली गई थीं।

गांधारी सोच रही थी कि तीनों भगिनियों पर अन्याय ही हुआ है। परंतु हमारी तो नियति ने पिता के रूप में आकर हमें नेत्रपटल बाँधने के लिए अगतिक किया।

एक समय आया, जब भीष्माचार्य ने कहा, "गांधारी, हमपर आपका क्रोध स्वाभाविक है। परंतु कुरुवंश को सँभालने, सँवारने का कर्तव्य हमें पूरा करना था। हम तुम्हारे क्षमाप्रार्थी हैं। संवेदना-क्षम मन कर्तव्य करते-करते; कठिन-कठोर हो जाता है; और लोग कहते हैं कि हम कितने निष्ठुर, स्वार्थी और दुष्ट प्रवृत्ति हैं। वैसा नहीं है, गांधारी, हम कुछ नहीं हैं, फिर भी सबकुछ हैं, क्योंकि ज्येष्ठ होने के कारण पूरा कर्तव्य हमें ही निभाना है। सबकुछ अच्छा हुआ तो लोग अभिनंदन नहीं करते, परंतु कुरुवंश के लिए थोड़ा सा भी अपराध किया तो लोग हमें दोषी मानते हैं।"

लेकिन इस समय सामने था दुर्योधन, अभी-अभी निराश होकर गया था और मन में था श्रीकृष्ण—पांडवों की सहायता करनेवाला। करनेवाले समर्थ श्रीकृष्ण महाराज हैं, जो संपूर्ण सहयोग देकर पांडवों को श्रेष्ठ करनेवाले राजनीतिज्ञ, कुशल संघटक, समर्थ नेता हैं तो उधर कौरवों के पास पांडवों की तुलना में अल्पमति कौरव, संभ्रमित दुर्योधन, तटस्थ भीष्माचार्य, अंध धृतराष्ट्र और अल्पशिक्षित, असंस्कारित, द्यूत में प्रवीण शकुनि, अपना ही बंधु। राज्य सँभालना होगा। शत पुत्रों की माता हम, और हम तो अपने पुत्रों का ही साथ देंगे। नहीं करेंगे उपदेश, हम उत्साहित करेंगे! किसी पर अन्याय नहीं होने देगी यह गांधारी।

यदि नियति पराजय, अपयश इतना अधिक दे कि वह विश्वव्यापी हो; वह इतना अधिक दे कि उसका इतिहास बन जाए। वेदनाओं का इतिहास, पराजय का इतिहास, कभी कोई सह नहीं पाए, इतनी व्यथा, वेदना और दु:ख हमें दीजिए, ईश्वर!

उसकी आँखें भर आई थीं। हृदय में कंपन हो रहा था। श्रीकृष्ण महाराज, हमारी पराजय देखकर आपके अधरों पर हँसी आएगी, परंतु दूसरे ही क्षण आप आँसू भी बहाओगे। गांधारी गांधारी है।

उसने अपना मन दृढ़ कर लिया।

अब गांधारी को उन दिनों का स्मरण हो आया, जब वह विवाहोपरांत यहाँ आई थी।

□

दिन का प्रथम प्रहर गतिशील था। पूजा-अर्चना करके गांधारी सत्यवती देवी के प्रासाद में गई, तब वहाँ भीष्माचार्य भी उपस्थित थे, उसने दोनों की चरणवंदना की। बोलते-बोलते सत्यवती देवी ने कहा, "गांधारी, तुम ज्येष्ठ पुत्रवधू होकर आई हो तो अब तुम्हें अपने पति के बंधु, यानी तुम्हारे देवर पांडु के विवाह के संदर्भ में देखना शुरू करना चाहिए।"

"माता कुंतीभोज ने अपनी कन्या के विवाह का आयोजन किया है।" भीष्माचार्य ने कहा।

"तो आप उसका अपहरण करेंगे।" गांधारी के मुख से अचानक यह वाक्य निकल गया। वह 'क्षमस्व' कहती, उससे पहले ही भीष्म बोल उठे, "मान्य है, गांधारी कि हम कन्या के मन का विचार न करते हुए उसका अपहरण कर लेते हैं, परंतु उसे बंदीवास में नहीं डालते। न उसपर बलात्कार होता है। वह माने तो प्रश्न अलग है। परंतु हम कुरुवंश के ज्येष्ठ पुरुष हैं और कुरुवंश का हित चाहते हैं। हम अपहरण करके लाई हुई कन्याओं को सम्राज्ञी पद देते हैं, उन्हें उपभोग्य दासी नहीं बनाते।"

उसके मस्तक पर हाथ रखते हुए सत्यवती ने कहा, "पुत्री, अब यह नेत्रपटल खोल दो। हम वनविहार को चलेंगे, हम नौका विहार करेंगे। तुम्हें गंधार से आए हुए दो वर्ष बीत गए हैं, अपने मातृगृह में जाकर आओ।" वह मौन रही। उसे अपने पिता से मिलने की इच्छा तक नहीं थी तथा बंधु शकुनि को देखकर वह इच्छा और भी जाती रही। उसको पता था कि अपने शत पुत्रों को इसका सहयोग योग्य नहीं है, फिर भी महाराज धृतराष्ट्र, दुर्योधन, दु:शासन जैसे पुत्र उसपर मोहित थे। वही क्यों, एक विकर्ण को छोड़कर सभी मोहित थे। भीष्माचार्य और सत्यवती बोल रहे थे। सत्यवती ने भीष्म से कहा, "गांधारी ने जीवन के सत्य को नकारा है। हमारी दुराग्रही मन:स्थिति भविष्य में अंधकार निर्माण कर सकती है, हम इसकी कल्पना तक नहीं

करते। उस समय शांतनु महाराज से मेरे ही पुत्रों को राजसिंहासन प्राप्त होना चाहिए, यह शर्त रखी थी। इसका परिणाम क्या हुआ ?"

देवव्रत भीष्म प्रतिज्ञा लेकर अविवाहित रहे। और उन्हें ही अन्य कन्याओं का अपहरण करना पड़ा। अपने तात्कालिक विचार परिवर्तनशील होने चाहिए, अन्यथा आनेवाला समय हमें अपना ही अविचार ज्ञात कर देता है।

"देवव्रत भीष्म, आज हमें ज्ञात हो गई है तुम्हारी अपनी वेदना। अब पश्चात्ताप हो रहा है। कुछ नहीं कर सकती, यदि बाण धनुष से चल जाए तो हम कुछ नहीं कर सकते!"

गांधारी ने देखा, कुंतिभोज की कन्या कुंती के लिए स्वयंवर रखा गया था और स्वरूप सुंदर, वैभव-संपन्न पांडु को उन्होंने स्वयं वरमाला पहनाई। कुंती नित्य मधुर हँसती, मधुर बोलती और अति चंचल होने के कारण हवा की तरह यहाँ से वहाँ तक दौड़ती रहती थी। राजप्रासाद उसकी नूपुर-ध्वनि से गूँज उठता। सबको वह प्रिय हो गई।

एक दिन गांधारी और कुंती उपवन में जा रही थी, तब फूलों से भरी लताएँ देखकर गांधारी ने कहा, "आओ कुंती, आज हम तुम्हारा श्रृंगार फूलों से कर देते हैं। पुष्परानी बनाते हैं। फिर तुम्हारे नेत्रों में देखकर महाराज पांडु कहेंगे कि आज हमारी राजरानी वनदेवी या कोई अप्सरा लग रही है।"

कुंती प्रसन्नता से हँस रही थी।

"कितना सुंदर हास्य है, निष्कपट, निरागस, मधुर भाषिणी कुंती, तुम सुहास्य वदना हो। तुम्हारे स्वप्न शीघ्र ही पूरे हो जाएँगे।"

बोले या न बोले, कहे या न कहे, इस संभ्रम में थी कुंती।

"क्या हुआ अचानक ? मुख पर कृष्ण छा गए, क्यों ?"

"कुरुवंश में आने पर एक ही विचार आया कि यहाँ सभी अपना-अपना अभिशाप लेकर जी रहे हैं।"

"ऐसा क्यों लगता है ? आप हमें कहें, हम कभी किसी से नहीं कहेंगे, विश्वास करो।"

"महाराज धृतराष्ट्र रसिक हैं ?" गांधारी ने एक निमिष में ही उसकी व्यथा समझ ली।

"जन्मांध पुरुष को ऐसी रसिकता अधिक ही होती है; और तुम बताओ कुंती!"

"पता नहीं क्यों, उन्हें एकांत प्रिय नहीं है। वे सर्वाधिक शांत, संयमी, सदाचारी,

सुंदर, विनम्र, दयाशील और क्षमाशील व्यक्ति हैं। राज्य-शासन से अधिक उन्हें युद्ध पसंद है। वे धृतराष्ट्र महाराज को कहते हैं कि बंधु धृतराष्ट्र, आप शासन कीजिए, पितामह भीष्म आपको सहयोग देंगे और हम साम्राज्य-विस्तार करेंगे। साम्राज्य विस्तार और मृगया, अधिकतर मृगया उन्हें पसंद हैं। स्त्री-सहवास कदाचित् उन्हें··· कुंती मौन हो गई। गांधारी समझ गई। इसमें न भीष्माचार्य का अपराध, न ही पांडु का अपराध! स्वयं के पुरुषार्थ की परीक्षा देने का विचार मन में नहीं आना, यानी···" उसने आगे मौन धारण किया।

कुंती पांडु महाराज की अवस्था को अनुभव कर रही थी। रात्रि के समय वे उसके समीप जाते, परंतु उनके माथे पर धर्मबिंदु आ जाते थे। उनकी अवस्था देखी नहीं जाती···अनेक मास बीत जाने के पश्चात् पता चला, पांडु महाराज इस संभोग योग्य नहीं हैं। वे केवल शरीर से पुरुष हैं।

"कुंती, तुम्हारी अवस्था हमने पहचान ली है। तुम्हें उसकी आदत होगी, क्योंकि तुम्हें! स्त्री को सबकुछ सहना पड़ता है।"

"वह तो हम सह लेंगे, सहते भी हैं। लेकिन दोष तो स्त्री पर ही आता है।"

"कोई पूछे तो कहना कि कुछ वृक्ष पर फल देरी से लगते हैं और कुछ पर फल लगते ही नहीं। प्रतीक्षा करना!"

कुंती को लगा कि वह विवाह से संपन्न होगी, उसका परिवार होगा। अब स्वप्न ही लेकर जीना है। वह मौन थी, परंतु मन में पिता के साथ मन का ही प्रश्न था, "क्यों शूरसेन महाराज ने अपनी कन्या पृथा को राजा कुंती भोज को देकर उसे कुंती बना दिया? अपनी माता वहीं मथुरा में रह गई तथा हम भोजपुर आए और अब हस्तिनापुर में! तब की एक घटना का कुंती को स्मरण हुआ—

राजा कुंतिभोज विजय प्राप्त करके भोजपुर आए थे, मंगल-ध्वनि हो रही थी, अचानक गगनभेदी गर्जना हुई—"कुंतिभोज···" निमिष में सब निःशब्द हुआ। मंगल-ध्वनि मौन हो गई।

हाथ में कमंडल लेकर जटाधारी पुरुष अग्निज्वाला जैसे खड़े थे।

"आइए मुनिवर! हम आपका हार्दिक स्वागत करते हैं। सर्वप्रथम आनंदोत्सव बंद कीजिए। हमने कुछ वैज्ञानिक सिद्धांत प्राप्त किए हैं, जिसका प्रयोग हम यहाँ करना चाहते हैं।

क्षणार्ध में राजा कुंतिभोज का नगरी में पंचारती से स्वागत वैसा ही रह गया।

"मुनिवर, आप ज्ञान-विज्ञान की अनुभूति से परिपूर्ण हो, जनकल्याणार्थ आए

हो, हम आपकी सेवा और सहकार्य ही करेंगे।"

दुर्वासा कठोर, क्रोधिष्ट, व्यासंगी और विद्वान् भी थे। उन्होंने कहा··· "हमें एक ऐसी कन्या चाहिए जिसपर हम कुछ प्रयोग कर सकें, जो रजस्वला हो! "

"अवश्य दुर्वासा मुनि, हमारी कन्या कुंती अनुपम सुंदरी है तथा सात्त्विक, संयमी है; और आपको चाहिए, वैसी ही अभी-अभी रजस्वला हुई है। अपने प्रयोग के लिए आप इसे ले जाइए।"

"हम लेकर नहीं जाएँगे। हम यहीं रहकर उसपर प्रयोग करेंगे।"

कुंतिभोज ने उनके लिए एक कुटी बँधवा दी। इच्छानुसार तब दुर्वासा ऋषि कुंती को बुला लेते थे। प्रातःकाल से लेकर देर रात तक वह बालिका कुंती उनकी सेवा में रहने लगी। दुर्वासा मुनि उसकी सेवा से प्रसन्न थे। जब वह रजस्वला हो जाती थी, तब वे उसपर मंत्र का प्रयोग करते तो उसकी काया कंपित हो जाती। तीन माह करते-करते दस मास हो गए। उन्होंने कुंतिभोज से कहा कि अब केवल तीन मास का अवकाश है।

बालिका कुंती समझ से परे थी। क्या और कैसा लग रहा था, अलग जाकर सोचती थी, अपनी सखी से पूछती थी, तब भी वह अवस्था नहीं जानती थी।

तीन मास हो गए। दुर्वासा मुनि ने उसकी नाड़ी देखी, पेट पर हाथ रखा, पेट के नीचे हाथ रखा और अत्यानंद से बोले, "हमारा प्रयोग पूर्ण हुआ है, सफल हो गया है।"

"कौन सा था प्रयोग?"

"यह प्रयोग मंत्रसिद्धि तथा नियोग पद्धति का है। जैसे ही तुम आकाश की तरफ देखकर सूर्यदेव या अन्य देव को आमंत्रित करोगी तो वे आएँगे। रजस्वला होने के पश्चात् मंत्रशक्ति से यदि तुम उनसे उनका आत्मतेज यानी उनका वीर्य माँगेगी तो वे अवश्य प्रगट होकर तुम्हें देंगे और वह तुम अपने उदर में रख लेना। शुक्राणु युति होने के पश्चात् तुम गर्भवती हो सकती हो। है न हमारे प्रयोग का यशस्वी समारोप!"

उन्होंने वह मंत्र दिया, पर आमंत्रित नहीं किया था और जैसे आए थे, वैसे ही किसी को भी बताए बिना चले गए। उसके बाद कुंती बदल-सी गई। वह खोई-खोई विचार करती हुई, अस्वस्थ-सी दिखाई दे रही थी। एक दिन माता ने पूछा तो उसने कहा, "एक वर्ष दुर्वासा मुनि की सेवा करने का कर्तव्य निभाने में व्यस्त थी, अब बाकी काम ही नहीं रहा, इसलिए जरा अस्वस्थ हूँ।"

और एक मास के पश्चात्, रजस्वला होने के पाँच दिन बाद वह गवाक्ष से

बाहर देख रही थी कि आकाश में सूर्यदेव दिखाई दिए। उनका रंग केसरिया था, जो अधिक ही सुंदर था; बाद में उसमें स्वर्ण रंग आया तो वे अधिक ही सुंदर लगने लगे। और उसे लगा कि यदि उस मंत्रसिद्धि के प्रयोग का सत्य रूप होता है तो मुझे परीक्षा ही लेनी पड़ेगी।

आज स्मरण आया तो परीक्षा कर ही लेते हैं, आत्मतेज क्या होता है, कैसे उदर में रखेंगे, यह सबकुछ जानेंगे, तब ही हमें स्वस्थता मिलेगी। और जाते समय उन्होंने मंत्र कहकर पेट पर हाथ घुमाया तो शरीर के बाहर कुछ अवांछित आया था। वही प्रयोग हम करेंगे। उसने मंत्र का उच्चारण किया। पलभर में ही सूर्यदेव ने प्रत्यक्ष गवाक्ष से प्रवेश किया। स्वर्णकांति, बलशाली पुरुष ने उसे स्पर्श करके कहा, "आपके मंत्र के आह्वान के अनुसार हम आए हैं, साथ में आत्मतेज भी लाए हैं। आपको पता है, उदर में कैसे रखना है?" और वे चले गए।

थोड़ी घबराई-सी कुंती अब स्वस्थ हो गई। उसने उस आत्मतेज को दुर्वासा मुनि ने जैसा बताया था, वैसे धारण किया। तीन मास पश्चात् क्या होगा, यह तो दुर्वासा मुनि ने बताया ही नहीं था, इसलिए उसने तीन मास प्रतीक्षा करने का विचार किया। तीन मास बीत गए, तब उसने माता सुमति के समक्ष संपूर्ण घटना का वर्णन किया। वह दिग्मूढ़ हो गई। और उसने कहा, "कन्या कुंती, यह क्या किया? हमें पहले ही बताना चाहिए था!" उसने सशंक होकर दाई को आमंत्रित किया। दाई ने पेट पर हाथ फेरकर नाड़ी परीक्षा की और कहा, "कन्या तीन मास की गर्भवती है।"

माता सुमति चिंतित हो गई तथा उसे गर्भपात करने को कहा तो वह नहीं मानी। वह सत्य ही गर्भवती है और उसके पेट में शिशु है, वह इस पर विश्वास ही नहीं रखती थी तथा जब गर्भपात की बात आती तो वह रोने लगती थी। गर्भपात उसे जीवहत्या जैसा लग रहा था। उसने माता से कहा, "माता सुमति, हम आपको वचन देते हैं कि इस शिशु का मुख देखकर उसे नदी में बहा देंगे। लेकिन हमें उसे देखने दो। पाँच मास होते ही उसकी सखी, दाई को महारानी सुमति ने गंगा-पार कुटिया में भेज दिया और कुंतिभोज को कह दिया कि वह हरिद्वार-ऋषिकेश की यात्रा पर है, जब आएगी, उसका स्वयंवर आयोजित करना।

"कन्या कुंती, तुम हमारी एकमात्र संतान हो, वह भी महाराज शूरसेन ने तुम्हें हमें सौंप दिया इसलिए। तुम्हारा वचन हम मान लेते हैं, परंतु तुम्हें हमारा एक वचन मानना पड़ेगा—जब तुम पाँच-छह महीनों के बाद लौटोगी तो हम तुम्हारा स्वयंवर करेंगे। तब तुम 'ना' नहीं कहना, यह वचन निभाओगी?"

"अवश्य माता, हमने किसी पुरुष से संयोग नहीं किया है, हमें अनायास स्मरण आया तो मंत्रसिद्धि का और नियोग पद्धति का अनुसरण मात्र किया है।"

और सर्वाधिक प्रीति करनेवाले कुंतिभोज ने स्वयं सत्य घटना विशद की तो उन्होंने कहा, "दुर्वासा के चरण जहाँ-जहाँ पड़ते हैं, वहाँ शापवाणी का उच्चार होता है। यदि तुम्हें सेवा में नहीं देता तो वे शपवाणी से नगरी का विध्वंस करते। अब इतना ही करना होगा। जन्म होते ही उस अपत्य का त्याग करना ही होगा।"

"पिताश्री, हम माता सुमति को वचन दे चुके हैं। ऐसा ही होगा।"

दुर्वासा ऋषि का प्रयोग और कुंती की निष्पाप उत्सुकता, इसने यह घात कर लिया। कदाचित् वही बालक और कुंती की नियति होगी। नौ मास बीत जाने पर कुंती ने बालक को जन्म दिया। यह बालक अत्यंत तेजस्वी, सुदृढ़ तथा अन्य नवजात शिशु से अलग ही था। जन्मत: वह कवच और कुंडलधारी था। यह सूर्यपुत्र था, कदाचित् उसका सही परिचय होगा कवच-कुंडलधारी। जन्मत: कुंती को उसे अश्व नदी में बहाना था, ना कि उसे मारना था। कही-न-कहीं कोई-न-कोई नदी के किनारे तो होगा ही। हम उसका पता अवश्य लगाएँगे, इतना ही कि वह किसी के हाथ में पड़ा है। सुख रूप है। कृष्ण यशोदा के पास गए थे तो यह भी किसी अन्य माता के पास होगा।

और सेवक ने उसे यह बताया कि गंगा नदी में नहा रहे, एक व्यक्ति ने उसे देखा और आपके पुत्र को गले लगाकर ईश्वर का आभार मानता रहा।

"लेकिन वह था कौन?"

"यह तो पता नहीं। आपने ही कहा था, किसी के हाथ लगे तो पता करना।"

"निर्बुद्धि हो तुम!"

कुंती अपने प्रासाद में आई और कुछ मास पश्चात् स्वयंवर की उद्घोषणा कर दी गई और वह पांडु राजा की पत्नी हुई। एक दिन एकांत में पांडु ने कहा, "कुंती केवल तुम्हीं हमारी स्थिति की जानकार होगी और कोई नहीं। हमारी प्रतिष्ठा तुम्हारे हाथ में है कुंती। रणांगण में अपने वीरत्व का आदर्श निर्माण करनेवाले वीर योद्धा हम यहाँ बलविहीन, निर्वीर्य और असहाय, अगतिक पुरुषार्थविहीन हैं।"

"स्वामी, आप दुखी मत हों, कभी-न-कभी ईश्वरकृपा होगी ही। आपको पिता का सन्मान प्राप्त होगा।"

पांडु राजा आश्वस्त तो हो गए, फिर भी मन में आया, "कैसे संभव है?" गांधारी और कुंती उपवन से लौट रही थीं।

"गांधारी देवी, स्त्री के संदर्भ में सोचती हूँ तो एक वेदना, एक शल्य, उसके मन के सप्तपाताल में होता ही है। हमने सब स्वीकार लिया है।" गांधारी और कुंती अपने अपने प्रासाद की ओर निकल पड़ी थीं।

□

प्रात:कालीन आरती के बाद राजपुरोहित आज जानकी कथा कथन कर रहे थे। वे कह रहे थे,

"राजा हो रंक दैव···नियति से कभी कोई भाग नहीं पाया। अयोध्या की सम्राज्ञी—नवविवाहित स्नुषा श्रीराम की पत्नी होगी, राजा दशरथ उसे युवराज से राज्यपद देंगे यह कभी कैकयी ने सोचा नहीं था। वैसे चारों पुत्रों का जन्म एक साथ, आगे-पीछे हुआ था, केवल कुछ घटिका का अंतर होने से श्रीराम प्रथम पुत्र माना गया है। कैकयी को अत्यंत प्रिय व अपने पुत्र से भी अधिक प्रिय थे श्रीराम; परंतु जब राज्य का प्रश्न आया तो उसे अपने पुत्रों के अधिकार, राजमाता का श्रेष्ठत्व, सबकुछ स्मरण कर उसने माँगा, 'श्रीराम को चौदह वर्ष का वनवास और उसके पुत्र भरत को राजसिंहासन!'

"यह आमूलाग्र परिवर्तन अचानक आया था। काल में परिवर्तन होता है, परंतु घटित घटनाओं के इतिहास के पन्ने फिर से खुल जाते हैं। अन्यथा राजकन्या देवकी का आठवाँ पुत्र गोकुल में जिंदा बचकर आज का लोकप्रिय राजा क्यों बनता? इसे कहते हैं दैव··· नियति!"

कर्म, दैव, नियति—इस विषय पर गांधारी अधिक ही सोच रही थी। गांधारी के नेत्र के स्मरण-पटल पर कुंती दिखाई देने लगी। उसे या किसी अन्य को गांधारी ने देखा नहीं था, परंतु मानसपटल पर सभी लोग चित्रित थे। कुंती सामने आई तो वह दिन भी स्मरण हो आया।

सत्यवती देवी के दालान में आज विशेष सभा का आयोजन न होते हुए भी सबको आमंत्रित किया था। गांधारी कुंती से कहने उसके प्रासाद में गई तो कुंती मौन बैठी हुई थी। गांधारी ने उससे पूछा तो उसने कहा, "क्या कहूँ, देवी गांधारी, लज्जित होनेवाली वैयक्तिक घटना है।"

"कहो भी! मन स्वस्थ होगा, नैराश्य दूर होगा। विश्वास करो हम पर!"

"कहने में लज्जा आती है और आता है तीव्र क्रोध।"

"पुरुष की मानसिकता देखकर हम अस्वस्थ हो गए हैं। क्या हुआ कि महाराज पांडु एकांत के भय से पहले दूर रहे, बाद में धीरे-धीरे तैयार हुए तो हमने उन्हें

प्रसन्न रखने के लिए हर क्षण सँभाला, वही कहते हैं कि कुंती, तुमसे वह आशा करना व्यर्थ है, क्योंकि तुम्हें अपत्य होना असंभव-सा है। कितना गंभीर आक्षेप! जबकि हम समर्थ हैं और वे असमर्थ!" वह बोलते-बोलते मौन हो गई। 'कर्ण का जन्म अपत्य संभव की साक्ष है।' परंतु वह बोल न सकी।

उसने आगे कहा, "गांधारी देवी, ऐसे पुरुष को क्या कहें?"

गांधारी ने समझाया, "कुछ वृक्ष में फल विलंब से आते हैं, वह हमने उसे पहले ही बताया था और कहा था कि कुंती, सुन ले अभी, कुछ दिनों बाद अपने आप पता चलेगा। स्त्री पर दोष लगाना पुरुषों का अधिकार होता है। अब संयम से काम लेना होगा, और कहेंगे तो भी किसी से कहेंगे?"

पांडु महाराज सैन्य के साथ राज्य-विस्तार और दक्षिण राष्ट्र के राजा से भेंट करने निकल गए थे। तीन मास के पश्चात् जब वे आए तो उनके साथ एक युवती थी। श्यामल वर्ण, हँसता मुख और चंचल नयना वह माद्री थी। पांडु राजा ने किसी को भी बताया तक नहीं था।

सभी ने युवती माद्री का मन से स्वागत किया। एकांत मिलते ही महाराज पांडु ने कहा, "तुम्हें अपत्य न होने के कारण माद्री को ले आया हूँ।"

"आपने बिल्कुल ठीक किया, जो हमारे मन में था, वह आपने समझ ही लिया।"

माद्री अत्यंत विनम्र और सेवाशील वृत्ति की सत्त्वशील बहू होने से सत्यवती प्रसन्न थी। कुंती भी उससे प्रसन्न थी। कुंती और पांडु महाराज का सहवास कम होने लगा तो कुंती को अच्छा ही लगा। सात-आठ मास बीत गए। अब हँसनेवाली, चंचल माद्री मौन हो गई। एक दिन उसने कुंती से पूछा, "क्या जो अनुभव हम कर रहे हैं, वही अनुभूति आपको भी है? रात्रि के संदर्भ में हमारी अनुभूति आपको भी आई है, देवी कुंती?"

"हाँ, परंतु हमें अपत्य होना संभव नहीं है, इसलिए वे तुम्हें लाए हैं।"

"अब हम दोनों एक ही मार्ग के पथिक हैं। परंतु पति हैं तो हम दोनों को उन्हें निभाना भी है।" माद्री ने समंजस होकर कहा।

दोनों इस संदर्भ में मौन थीं। पांडु महाराज अब समझ चुके थे। वे भी मौन थे। एक दिन पांडु महाराज धृतराष्ट्र तथा भीष्माचार्य बैठे हुए थे तो पांडु ने कहा, "धृतराष्ट्र, हमारे प्रिय कनिष्ठ बंधु, आज हम कुछ माँगना चाहते हैं और कुछ देना चाहते हैं। हम आज जो कहेंगे वह आपको देना पड़ेगा और हम जो देना चाहते हैं, उसे स्वीकारना पड़ेगा।"

और पांडु राजा ने अपना राज्याधिकार और राजपद धृतराष्ट्र को अर्पण किया। सभी संभ्रमित थे।

"देवी गांधारी, आप समझदार हैं। अनेक बार आपने और भीष्माचार्य ने हमारे पश्चात् राज्य-शकट को बड़ा ही सुंदर चलाया है। धृतराष्ट्र, आप राजा के रूप में प्रतिष्ठित हो शासन चलाते थे और आज तक हम युद्ध करते रहे, परंतु आप शासक नहीं थे। अब से आप पूर्णरूपेण राजा का पद स्वीकार कीजिए। हम स्वेच्छा से वह त्याग रहे हैं।"

अब अंध धृतराष्ट्र सम्राट् हो गए और गांधारी सम्राज्ञी। गांधारी को मन से यह स्वीकार्य नहीं था, परंतु धृतराष्ट्र ने तत्काल मान लिया था। और पांडु ने वैयक्तिक जीवन में असफल होने के कारण युद्ध के लिए परराष्ट्रमंत्री जैसा कार्य स्वीकार किया।

कुंती और माद्री को यह स्वीकारना पड़ा। अब वे दोनों भी अकेली रह गई थीं। वे तो छह मास बाहर ही रहते थे और मृगया में दिन कटते थे। गांधारी को कुंती-माद्री की अवस्था पता होने से ज्येष्ठ भगिनी का सम्मान देकर वह स्वयं श्रेष्ठ से और श्रेष्ठ हो गई।

एक दिन रात्रि के समय कुंती के प्रासाद में पांडु आए हुए थे। वे उदास थे। गवाक्ष से कहीं दूर अँधेरे में देख रहे थे। कुंती ने उनके स्कंधों पर हाथ रखकर कहा, "स्वामी, आप निराश न हों, हम दोनों आपके साथ हैं, हम आपकी पत्नी, सहचरी तथा सखी हैं। आप निश्चिंत होकर मन की बात करें तो हम दोनों को बहुत ही अच्छा लगेगा। कम-से-कम आप हमें तो निश्चिंत होकर कहिए। आप वीरबाहु हो, कुरुवंश के दीपक हो, हस्तिनापुर जैसे विशाल साम्राज्य के स्वयं अधिकारी हो, न हो पुत्र! न हो अपत्य संभव! राजा तो प्रजा का पिता होता है। आप प्रजाजन के पिता हो।"

"सो तो ठीक कह रही हो, कुंती, परंतु अन्याय किया है माद्री से विवाह करके भी। मद्रराजा बाहिक की कन्या माद्री, उन्होंने आग्रह किया कि कन्या को पत्नी के रूप में स्वीकार करें! माद्री-बंधु शल्य का यही आग्रह था। हमें आपकी ओर से पूर्ण विश्वास था। दर्शार्ण, मगध में दीर्घा, मिथिला में विदेह, काशी, सुह्य, पुंड देश को जीत लिया, परंतु हमें अब यहाँ नहीं रहना है। हम सबसे दूर विजनवास में जाना चाहते हैं!"

"आपकी इच्छानुसार निःसंग वृत्ति से हम भी विजनवास में आपके साथ ही

रहेंगे। और हमें पूर्ण विश्वास है कि माद्री भी हमारे साथ आएगी। अब आप प्रसन्न हो न? अब तो वैफल्यग्रस्त नहीं रहोगे?"

"नहीं कुंती, नहीं! अभी हम सर्वाधिक प्रसन्न रहेंगे, शत-प्रतिशत सत्य कहता हूँ।"

"हमें आपका निर्णय स्वीकार है।" कुंती ने माद्री की ओर से भी विश्वास के साथ कह दिया।

वे विजनवास चले गए तो गांधारी अकेली हो गई। माद्री-कुंती सत्त्वशील और समंजस थी। अभी अंबा, अंबिका, सत्यवती देवी और वही विदुर, विदुर-पत्नी सुमति थी। धृतराष्ट्र सर्वाधिक प्रसन्न थे। भीष्माचार्य ने कहा, "संन्यस्त वृत्ति से रहने के लिए संन्यास और विजनवास अनिवार्य नहीं है, पांडु! तुम यहाँ रहकर भी वह सब कर सकते हो।"

"नहीं पितामह, नहीं! हर प्रकार का मोह हम नहीं त्याग सकते। परिवार में रहकर हम कहाँ संन्यस्त वृत्ति से रहेंगे? सभी ओर मोह, स्वार्थ, युद्ध और साम्राज्य-विस्तार, यही हमारे मन में आता रहेगा। जब हमारी इच्छा बदल जाएगी, तब हम आएँगे ही। विजनवास यानी वनवास कहाँ होगा, आप लोग तो मिलने आओगे ही। यह हमारा प्रयास है। कुंती और माद्री हमारे साथ आएँगी, परंतु हम पुत्रमोह में नहीं पड़ना चाहते।"

गांधारी केवल उसका अर्थ समझ गई थी। उनका निर्धार था तो वे चले गए। उसे लगा, जीवन में सबकुछ ऐसा ही होता है। धृतराष्ट्र से विवाह नहीं करना था, पर करना पड़ा, राज्य पांडु का था, जो हमारी झोली में आया। मन में यह संपूर्ण आनंद देनेवाली घटना नहीं थी।

आज मंत्राभिषेक से प्रतिष्ठित होकर जब धृतराष्ट्र राजसिंहासन पर बैठे तो उन्होंने लोगों को संबोधित करते हुए कहा, "हमारे आग्रह करने पर भी हमारे ज्येष्ठ बंधु पांडु हमारी झोली में राज्यदान देकर वनवास चले गए। अब हम भीष्माचार्य, विदुर तथा शकुनि की सहायता से राज्य का नियोजन करेंगे और अधिक सुंदरता, सुविधा एवं संपन्नता प्रदान करेंगे।"

उनका संबोधन सुनकर गांधारी को अत्यधिक क्रोध आया, भीष्माचार्य, विदुर महाराज कुरुवंश के अपने हैं। यह अल्पबुद्धि, दुष्टहेतु, स्वार्थी और पांडवद्वेष्टा हमारा अपना बंधु शकुनि, यदि धृतराष्ट्र महाराज ने इसका विचार माना तो ऐसा समय भी आएगा, जब कुरुवंश का विनाश होगा। यह धृतराष्ट्र महाराज ने योग्य विचार नहीं किया था।

उसके सामने कुरुवंश का भविष्य दिखाई देने लगा।

□

पदन्यास करते हुए रश्मिरथी किरणें द्वारका नगरी के सागर में उतर आई थीं। द्वारकापुरी में रश्मिरथी के आशीर्वादस्वरूप हाथ वृक्षों के मस्तक पर थे।

श्रीकृष्ण-बलराम राजप्रासाद की अट्टालिका पर बैठे हुए थे।

"गतवर्षी कृष्णमेघ बरसे ही नहीं। जलकूप वैसे ही खाली रहे। इस वर्ष भी मेघ आते हैं और दर्शन देकर, आशा लगाकर भी जाते हैं।" बलराम ने कहा। "इस वर्ष··· झमझम वर्षा आएगी, जलकूप भर जाएँगे।" श्रीकृष्ण ने कहा।

बलराम का विश्वास श्रीकृष्ण के शब्दों पर अटल था।

"सत्य है, श्रीकृष्ण! देखो गंधार देश की ओर से कृष्णमेघ आकर आकाश से सागर में झुक गए हैं।"

यह आनंदवार्त्ता रेवती को बताने के लिए बलराम शीघ्रता से अंदर गए। रश्मिरथी किरणें थीं ही और मेघों ने बरसना शुरू किया। और देखते-देखते सम्राट् एकेक राज्य हस्तगत करके आगे बढ़ता है, वैसे ही देखते-देखते कृष्णमेघ आकाशव्यापी हो गए। सागरदर्शन श्रीकृष्ण को अत्यंत प्रिय था। प्रात:कालीन सागर निष्पाप शिशु के समान अँगड़ाई लेता हुआ तथा मध्याह्न का सागर प्रौढ़-प्रगल्भ, विचारवंत, परंतु संध्याकालीन सागर युवक की ऊर्जा, उत्साह और किसी से अधीरता से मिलने की इच्छा रखकर किनारे तक जानेवाले संयमी युवक जैसा।

पर्जन्यधारा भर-भरके द्वारका पर जलवृष्टि कर रही थी। सागर भी उछल-उछलकर उसका स्वागत कर रहा था। तप्त वसुंधरा शांत हो रही थी। सबकुछ आह्लाददायक था। श्रीकृष्ण को राधिका का स्मरण हुआ। गोवर्धन पर्वत स्मरण हुआ। इंद्रदेव की आज्ञा से वरुणदेव ने गोकुल में इतनी अधिक जलवृष्टि की थी कि विनाश हानेवाला था। पर्वत-गुहा में प्रवेश करते समय अकस्मात् राधा का भीगा हुआ स्पर्श हो गया था और तन-मन रोमांचित हो गया था। यह प्रीति कि पहली ही संवेदनाभरी अनुभूति थी।

एक दिन रात्रि में श्रीकृष्ण ने रुक्मिणी को यह सत्य कह दिया था, तब रुक्मिणी के अधरों पर मुक्त हास्य था, जैसे वह अनुभूति बस उसी की थी। वह बोली, "स्वामी, कवि-कल्पना जैसी होती है यह प्रीति की अनुभूति; कविता प्रगट होती शब्दों से, प्रीति की संवेदना अधरों पर, मुखपर अंकित होती है।

"तुम्हारा मन कितना सुंदर है, रुक्मिणी! कहीं कोई ईर्ष्या नहीं, केवल प्रीति अपने पति श्रीकृष्ण से। धन्य हो तुम्हारी··· ।"

कितने ही वर्ष बीत गए। परंतु लगता है, अभी-अभी यह घटना हुई है। अभी भी वह स्पर्श होता है और हम पुलकित होते हैं तथा हमारे आनंद में तुम सहज ही सम्मिलित होती हो। रुक्मिणी, मन में आता कि किसी वस्तु का आग्रह करो, हम सप्तपाताल से उसे ढूँढ़कर लाएँगे।" वे मन में रुक्मिणी की बातें सुन रहे थे, उससे बोल रहे थे, तब प्रत्यक्ष अट्टालिका में रुक्मिणी आई।

"क्या आप सो गए हो, स्वामी? अंदर चलिए, कितनी वर्षा हो रही है।"

"तुम्हें यह कभी भी नहीं लगता, रुक्मिणी कि हम अत्याचार करते हैं। हम तुम्हें आठ रानियों और राधिका, सबके बारे में बताते हैं। मानसिक कष्ट नहीं होता?"

"जैसा आपको लगता है वैसा नहीं है! हमें ईर्ष्या तो नहीं होती परंतु यातना होती है। व्यथा-वेदना होती है, परंतु ज्येष्ठ हूँ इसलिए नहीं, या कर्तव्य निभा रही हूँ, इसलिए संयम रखकर हँसती हूँ, इसलिए भी नहीं, स्वामी आपसे हमारी प्रीति है। इसके लिए हम मन में रखकर प्रसन्न होते हैं। आप नित्य प्रसन्न रहें, हँसते रहें, राजनीति में तथा युद्ध में सक्रिय रहें तथा आप सहज जीवन बिता सकें यही हमारा जीवन उद्‌देश्य रहा है।

आसन पर बैठे हुए श्रीकृष्ण खड़े हुए और उसे दृढ़ आलिंगन देते हुए उन्होंने कहा, "रुक्मिणी, हम सर्वस्वी तुम्हारे हैं। राधा हमारा स्वप्न था। राधा भी अब तुम हो और रुक्मिणी भी।" और उस दिन की रात रुक्मिणी के साथ बिताई।

□

श्रीकृष्ण प्रगाढ़ निद्रा में निमग्न थे और प्रात:कालीन आरती देव मंदिर में शुरू हो गई थी। शुचिर्भूत होकर आनेवाली रुक्मिणी ने उन्हें जगाया नहीं।

परंतु कुछ समय बाद कोई ऋषिगण उन्हें मिलने आए तो श्रीकृष्ण बलराम शुचिर्भूत होकर अतिथि कक्ष में आए।

"हम राजसूय यज्ञ निमंत्रण देने आए हैं, पांडवों की ओर से। आप ही इंद्रप्रस्थ के निर्माता हो।"

"हम निर्माता नहीं। निर्माता स्वयं पांडव ही हैं। हमने केवल दिशा दी है। चले तो वे ही। और यशस्वी हो गए हैं। हम अवश्य आएँगे सपरिवार!"

बलराम ने कहा, "श्रीकृष्ण और रुक्मिणी सर्वप्रथम आगे जाएँगे और हम सपरिवार पश्चात आएँगे।"

आठ दिन बाद श्रीकृष्ण और रुक्मिणी का रथ शूरसेन के प्रासाद के सामने रुका तो शूरसेन ने प्रसन्न होकर कहा, "श्रीकृष्णा, कितने वर्षों बाद आज तुम

रुक्मिणी को साथ ले जा रहे हो! जाओ, प्रसन्नता से जाओ।"

आज श्रीकृष्ण-रुक्मिणी प्रसन्न थे। सात रानियों में उनके दिन, रुक्मिणी के पास आने के पहले ही उन्हें कहीं-न-कहीं आमंत्रित किया जाता। रुक्मिणी इसलिए प्रसन्न थी कि श्रीकृष्ण का सहवास था।

"स्वामी, इस बार हमें ले जाने का प्रयोजन?"

"सब प्रयोजन स्पष्ट करके नहीं कहे जाते। आज शूरसेन को भी हमने आने से रोक लिया है। वर्षों बाद हम दोनों ही जाएँगे द्वारका से हस्तिनापुर!"

"यह गांधारी देवी का वाक्य आपने ले लिया स्वामी!" श्रीकृष्ण हँस पड़े।

"हम सहज ही किसी का कुछ-न-कुछ चुरा लेते हैं। बचपन में दही-माखन चुरा लेते थे, परंतु हमारे लिए नहीं सबके लिए। आज सहज ही अच्छे शब्दों के गुण की हम चोरी कर लेते हैं। सत्य कहूँ रुक्मिणी, हम चोर सही तुम महाचोर हो!"

"हम महाचोर! वह कैसे?"

"श्रीकृष्ण के दिल में जितने भी व्यक्ति हैं, उन सबके साथ उनके हृदय की भी चोरी करनेवाली महाचोर नहीं तो और क्या है रुक्मिणी!"

अश्वरज्जू खींचकर रथ को श्रीकृष्ण ने रोक लिया और सामने हाथ करके दिखाया जलप्रपात, हरियाली, हरे वृक्ष और एक आश्रम!

"चलो उतरते हैं।"

रथ से हाथ देकर श्रीकृष्ण ने रुक्मिणी को आधार दिया और श्रीकृष्ण एक शिला देखकर उस पर मस्तक रखकर हरियाली पर सो गए। रुक्मिणी उन्हें निहारती रही। कितने सुंदर थे श्रीकृष्ण! साँवला रंग! अधरों पर हास्य, घूंघराले केश, स्नेहमयी नेत्र, कंठ में वैजयंती माला, केसरी उत्तरीय और नीलवर्णी पीतांबर, वीरबाहु, सुदृढ़, अप्रतिम तेजस्वी! वह उन्हें निहारती रही।

"हम सोए नहीं हैं, नेत्र बंद करके तुम्हें ही देख रहे हैं विदर्भ कन्या रुक्मिणी! देखा तो हरियाली पर सोकर, वसुंधरा के प्रीति की अनुभूति आएगी। माथे पर विशाल आकाश, विशुद्ध वातावरण, प्रपात की जलधाराएँ गूँजती हुईं और ऋषियों जैसे तपस्वी वृक्ष! इसका अनुभव कर रहा हूँ। प्रकृति यहाँ कितनी लावण्यमयी है। और उसमें हमारी प्रिय, जीवश्च, कंठच्च रुक्मिणी! जीवन में ऐसे क्षण मन के सप्तपाताल में रत्नजड़ित मंजूषा में हम रखते हैं।"

नेत्र खोले बिना ही श्रीकृष्ण बोल रहे थे। कितना समय बीत रहा था। परंतु वे मंत्रमुग्ध होकर अनुभव कर रहे थे।

"रुक्मिणी, स्मरण है, अमरावती के एकवीरा मंदिर से हम तुम्हें उठाकर लाए थे, तुम्हारे पत्र के अनुसार! वह पत्र इतना अधिक सुंदर था कि हम भावविवश होकर अनदेखी विदर्भ कन्या का अपहरण करने विदर्भ राज्य में आए तब। विदर्भ राज ने, तुम्हारे बंधु और शिशुपाल ने हमारा पीछा किया था। यदि हमारे बंधु बलराम ससैन्य नहीं आते तो हम विदर्भराज के कारागृह में होते! हमें देखा तक नहीं था, फिर भी हमसे प्रीति कैसे की रुक्मिणी?"

"आप यही प्रश्न कितनी बार करते आए कदाचित् हमारा वही उत्तर दोहराने के लिए! पतिदेव श्रीकृष्ण, हमारी प्रीति सबसे अलग है, वह कुछ भी माँगती नहीं, केवल देना चाहती है, आपसे करना चाहती है प्रीति, केवल प्रीति!"

आश्रम में दो दिन रहकर श्रीकृष्ण वहाँ से निकले तो श्रीकृष्ण ने पीतांबर और आकाशवर्णीय उत्तरीय लिया था और रुक्मिणी ने बनाई हुई विविध रंगों की पुष्पमाला पहनी थी। तो रुक्मिणी शुभ्रधवल वस्त्र पहने थी और केशों में पुष्पमाला थी। साँवली रुक्मिणी अब सारथ्य कर रही थी और श्रीकृष्ण उसे निहार रहे थे। रथ इंद्रप्रस्थ नगरी की ओर दौड़ रहा था।

उस दिन का उसे स्मरण आया जबकि रेवती-बलराम उससे बार-बार विवाह का आग्रह कर रहे थे। परंतु यादव कुलों को मथुरा से लाकर प्रस्थापित करने में और नगरी को सुरक्षित करने में श्रीकृष्ण व्यस्त थे कि एक दिन एक पंडित उनसे मिलने आया तो बलराम ने पूछा- "कहाँ से और क्यों आए हो?" तो उस ब्राह्मण ने रुक्मिणी का पत्र लेकर आया हूँ श्रीकृष्ण महाराज के लिए।" कहा तो श्रीकृष्ण को रुक्मिणी के संदर्भ में स्मरण हुआ, विदर्भराज की यह कन्या अत्यंत गुणवती, अस्त्र-शस्त्र संचालन करती है। रथ का सारथ्य और शास्त्रार्थ में रुचि ही नहीं रखती, उनमें निष्णात हैं।" बलराम ने श्रीकृष्ण से कहा तो उन्होंने कहा- "अभी कुछ बीत जाने दो, विचार तो विवाह का मन में आया ही नहीं!"

बलराम ने रुक्मिणी भावना-संवेदना से भरा पत्र श्रीकृष्ण को दिया। अपनी प्रीति बताकर रुक्मिणी ने उनके वीरत्व को आह्वान किया था और उन्हें हाह्वान किया था, "आप हमें यहाँ से ले जाइए। हम क्षत्रिय हैं, और आप भी! क्षत्रिय को जब आह्वान किया जाता है, या कोई शरण आता है तो उसका रक्षण करना क्षत्रियता की नैतिक कसौटी है।"

श्रीकृष्ण ने आह्वान को स्वीकार किया, उन्हें रुक्मिणी का धैर्य, साहस इसका भी आश्चर्य हुआ, उसी तरह अपने नेतृत्व, कर्तृत्व तथा वीरत्व इस पर विश्वास करने

वाली एक युवती रुक्मिणी श्रीकृष्ण की कीर्ति सुनकर उसे हृदय में रखकर, अधरों में छिपाकर शब्दों द्वारा विदर्भ से द्वारका तक एक ब्राह्मण को भेजती है, इसका भी उन्हें अतीव आश्चर्य हुआ। इतना साहस इससे पहले केवल पार्वती ने दिखाया था। और शिवशंकर को ब्रह्मांड लोक में सर्वप्रथम प्रीति-पत्र उसने लिखा था और शिवशंकर प्रभावित हुए थे। वैसे श्रीकृष्ण भी प्रभावित हुए थे।

उस समय महाराज उग्रसेन कह रहे थे, "वत्स श्रीकृष्ण, हमारा पूरा राज्य ही तुम सँभालो, हम वयोवृद्ध हो गए हैं। वैसे भी कारागृह में जीवन का दीर्घकाल व्यतीत करने के पश्चात् हम राज्यशासन के योग्य नहीं रहे हैं।"

परंतु श्रीकृष्ण को बाणों से अधिक जरासंध के वाग्बाण भी चुभ रहे थे। अस्ति और प्राप्ति जरासंध की दो पुत्रियाँ थी उन्हें वैधव्य प्राप्त हुआ था। तो वह अखंड सत्रह बार मथुरा पर आक्रमण कर रहा था।

चेदीपति दमघोष की पत्नी, वसुदेव पत्नी देवकी की भगिनी, उसका ही पुत्र शिशुपाल, दोनों ही श्रीकृष्ण से द्वेष करने लगे थे। और विदर्भराज पुत्र रुक्मी, शिशुपाल का निकट मित्र था। रुक्मिणी को पूर्णतः ज्ञात था, रुक्मी और शिशुपाल-जरासंध श्रीकृष्ण के प्रतियोगी हैं। बलराम ने कहा भी, "श्रीकृष्ण, कदाचित् यह रुक्मी, शिशुपाल का षड्यंत्र तो नहीं?"

श्रीकृष्ण बार-बार रुक्मिणी का पत्र पढ़ते थे। उसमें थी रुक्मिणी के मन की सत्यता! उसमें लिखा था—

'प्रियतम!

प्रथम ही हमारे मन की प्रीति हमने प्रकट कर दी है, आपको आश्चर्य होगा, कदाचित् हमने कोई षड्यंत्र तो नहीं रचा, यह संदेह भी आपको होगा। परंतु हम परिचय, प्रयोजन, मीमांसा, अपेक्षा सबकुछ सत्य ही लिखना चाहती हैं।

हम विदर्भराज भीष्मक महाराज की कन्या रुक्मिणी! बचपन में किसी ने हमें विष्णु की प्रतिमा भेंट दी थी। आयु के साथ मन का शतदल भावनाओं के अनेक रंग लेकर खिलता गया। नवचैतन्य लेकर देह-लता पर वसंत का आगमन हो गया और विष्णु रुप के साथ-साथ हम उनसे सहज भाव से भक्ति, प्रीति करने लगे। इसमें हमारी कोई अपेक्षा नहीं थी।

एक दिन आर्यावर्त में प्रवास करनेवाले एक ऋषि आए थे तो उन्होंने आपका वर्णन किया। ऋषि के कहने के अनुसार हमने मन से एक चित्र बनाया, पर आश्चर्य इस बात का हुआ कि आपको तो हमने कभी देखा नहीं था, परंतु वह चित्र देखा तो

विष्णुरूप जैसे साकार हो गया, जिससे मेरी कलाकृति साकार हो गई।

हमने आपका बनाया हुआ चित्र मंजूषा में रखा, आप अवश्य देखिए।' पत्र पढ़ते-पढ़ते श्रीकृष्ण ने मंजूषा खोली, उसमें चित्र था, जैसे उनकी प्रतिकृति। वे अवाक् हो गए।

"चतुर-ललना रुक्मिणी, तुमने हमारा परिचय देकर अपना ही परिचय करवाया है।"

उन्होंने आगे पत्र पढ़ना शुरू किया—'हम इसलिए स्पष्ट और सत्य लिख रही हैं कि उसके बिना अब पर्याय नहीं है। भीष्मक महाराज ने हमारा स्वयंवर रखा है। और सुना है कि शिशुपाल हमें वहाँ से ले जाना चाहते हैं। वैसे शिशुपाल अपने स्थान पर योग्य हैं। परंतु बचपन से लेकर अब तक हमारे मन में आपकी सात्त्विक सुंदरता, बोलने की चतुरता, लोकप्रियता, आपका संयम, शिष्टाचार, अस्त्र-शस्त्र संचालन-युक्ति, बुद्धि एवं शक्ति और सर्वाधिक आपके नेत्रकमल, जिसपर अखिल ब्रह्मांड मोहित है, उस व्यक्ति को हम मन से अर्पित हैं। कभी-कभी आप हमारे मन में आते हो और इतना अधिक सुसंवाद हो जाता है कि हम चकित हो जाते हैं।

कभी-कभी हम उपवन में जाते हैं, अनेक पुष्पों की माला बनाते हैं तो लगता है कि आप हमारे निकट आकर बैठे हो। आपने संवाद शुरू किया है।

"हम सुदूर द्वारका में रहते हैं, लावण्यवती रुक्मिणी! सखे, हम नित्य आ नहीं सकते।"

"परंतु हमारे मन में नित्य आते हो। जैसे कोई ब्रह्मवीणा बजाता है, वैसा नाद भरा है आपका स्वर! हमने वह मन में-तन में बसा लिया है।"

"सत्य कहूँ, प्राणनाथ, काव्य आकाश की पाटी पर अवश्य संवेदना की लेखनी से लिखा जा सकता है, परंतु निकट सहवास की अनुभूति केवल मन पर ही आलिखित-अंकित होती है। आप…"

और आप हँसने लगे तो लगा कि संपूर्ण ब्रह्मांड स्मित हास्य कर रहा है।'

"प्रिय सखी रुक्मिणी, हम क्या हैं, इसके अंश का परमोच्च बिंदु पर वर्णन आपने किया है। हम मानव हैं, हमारे भी गुण-दोष हैं, हमारे भी जय-पराजय होते हैं। सुख-दु:ख, व्यथा-वेदना सब हमें भी होते हैं।"

"फिर भी लोग आपको देवस्वरूप मानते हैं, क्यों?" रुक्मिणी का प्रश्न।

"पता नहीं हमें…।"

"हमें पता है, क्योंकि अचाट साहस, आपका अपार चातुर्य, प्रत्येक घटना

को देखने की आपकी सोच, आपकी बुद्धि और उसका प्रयोग केवल आप ही कर सकते हैं। यह सब जाने दीजिए, श्रीकृष्ण महाराज, हम आपसे इतनी प्रीति करते हैं, इतना विश्वास करते हैं, यह अनन्य ही है, आप यहाँ आ जाइए।

"प्रियतम, यदि आपने हमारा आह्वान स्वीकार नहीं किया और हमारे किए हुए आह्वान के अनुसार आप नहीं आए तो हम जीवित नहीं रहेंगे। आपका विवाह हो गया है तो अन्य रानियों पर भी आप वैधव्य..."

"नहीं-नहीं रुक्मिणी, आज तक हमारा विवाह नहीं हुआ है। हमारी एक ही सखी थी, उत्कट प्रीति भी करती थी, परंतु वह गोकुल में ही रह गई है और मन में उसका वास्तव्य है।"

"विवाह, यह व्यवहार नहीं है, न ही उन्मेष और केवल भावनाओं का मिलाप है! आपको मन से हम प्रीति करते हैं। इस मनमंदिर में केवल आप ही की प्रतिमा प्रतिष्ठित है। इतना कहना चाहती हूँ।"

श्रीकृष्ण ने पत्र पढ़कर मंजूषा में रख दिया और मन-ही-मन कहा—

'हम आ रहे हैं, रुक्मिणी। आपके आह्वान को हमने क्षत्रिय होने के कारण स्वीकार किया है। आज तक हमने इतने अधिक सुंदर क्षण गँवाए हैं। अब हम कुछ क्षण भी गँवाना नहीं चाहते। हम आ रहे हैं रुक्मिणी, हम आ रहे हैं।' रुक्मिणी ने लिखा था—'मंत्रोच्चार कंठस्थ करनेवाले ये ब्राह्मण आपकी संवेदना, आपका विश्वास हम तक पहुँचाएँगे। आप रसात्मक वाक्य में लिखकर भेजिए।'

श्रीकृष्ण का रोम-रोम गंधित हो गया।

श्रीकृष्ण ने बलराम को बताया कि वह अमरावती की देवी के मंदिर में पूजा करने जाती है, तब हम उसका हरण करेंगे और वायु से भी तेज गति से सीमा के बाहर जाएँगे तो भी सेना हमारे पीछे दौड़ेगी।

"तुम चिंता न करो, श्रीकृष्ण! हम भी सेना लेकर आते हैं, और बीच अरण्य में रुक जाते हैं। जैसे ही आप अपने रथ में रुक्मिणी को उठा लेंगे, वैसे ही हमें संकेत करना, हम बीच में ही उनको प्रतिबंध या युद्ध करेंगे, और आप सामने द्वारका की ओर निकल जाना!"

श्रीकृष्ण भाववश होकर बलराम के गले लग गए।

"आप जैसे क्राथ कौशिक ने बताया, वैसा कीजिए। सीमापार पहुँचने पर भीष्मकराज को संदेशा दीजिए। शत्रु हो या मित्र, विदर्भराज उनका स्वागत ही करते हैं।" ब्राह्मण पंडित ने बताया था।

"तो ऐसा ही करो, श्रीकृष्ण!" ब्राह्मण पंडित कंठ में स्वर्णमाला लेकर विदर्भ की ओर चला गया।

और पंद्रह दिन के पश्चात् श्रीकृष्ण सेना के साथ तथा बलराम पीछे से सेना लेकर चल पड़े। द्वारका से विदर्भ कितना दूर था! परंतु वे उत्साहित थे। विवाह श्रीकृष्ण का होनेवाला था।

तभी विदर्भराज की राजसभा में विचार-विमर्श चल रहा था, वह भी श्रीकृष्ण के संदर्भ में! श्रीकृष्ण को स्वयंवर में आमंत्रित न करना कि वे केवल चरवाहा हैं, वे अनीतिमान, पातकी और क्रूरकर्मा हैं। बलराम के श्वसुर न होते तो इन्हें छिपने की जगह नहीं होती।

इधर श्रीकृष्ण ने अपने चार अश्व—शैब्य, सुग्रीव, मेघपुष्प, बलाहक को कहा, "चलना है और रुक्मिणी को ले आना है। उसे हरसिंगार के फूल की तरह ले आना है।" सारथी होंगे दारुक। और अश्व भी प्रसन्नता के साथ विदर्भ की ओर चल पड़े थे।

□

द्वारका नगरी अनेक योजन पीछे रह गई थी। प्रात:काल से मध्याह्न तक रथ अविलंब दौड़ रहा था, और श्रीकृष्ण विदर्भ राज्य में दूसरे दिन सायंकाल की वेला में पहुँचे।

अचानक श्रीकृष्ण महाराज को देखकर विदर्भराज भीष्मक स्वयं राजप्रासाद की सीढ़ियाँ उतरकर आए, साथ में राजस्त्रियाँ भी आईं, रुक्मि भी राजप्रासाद से नीचे उतर ही रहे थे कि श्रीकृष्ण का रथ रुका ही नहीं, वह मंदिर की तरफ जाता दिखाई दिया। भीष्मक और रुक्मि मंदिर की ओर जाने लगे, मन में किंचित् आशंका भी थी कि वार्त्ता (सूचना) आई—श्रीकृष्ण महाराज देवी के मंदिर में प्रदक्षिणा कर रही रुक्मिणी को लेकर निकल पड़े। सर्वदूर वार्त्ता गई कि श्रीकृष्ण महाराज ने अकस्मात् आकर रुक्मिणी का अपहरण किया है।

इतना अवसर ही नहीं मिला उनके रथ के पीछे दौड़ने का, फिर भी रुक्मि, शिशुपाल का युद्ध प्रतिबंध करनेवाले बलराम के साथ हो गया। विदर्भराज की सेना मानसिक दृष्टि से सजग नहीं थी और बलराम सुसज्ज होकर आए थे। अंत में श्रीकृष्ण और बलराम सेना के साथ द्वारका नगरी पहुँचे।

रुक्मिणी और श्रीकृष्ण इंद्रप्रस्थ नगरी जा रहे थे। बीच में विश्राम कर रहे श्रीकृष्ण महाराज को अपना विगत काल का स्मरण हो रहा था।

रुक्मिणी गुणवती, ज्ञानवती थी। उसके पश्चात् विवाह करके सात पत्नी—

सत्यभामा, नाग्नजिती, सुदत्ता, लक्ष्मणा, जांबवती, मित्रवृंदा, कालिंदी को उसने अपनी भगिनी या सखी जैसे सँभाला था।

सत्राजित ने सूर्यदेव की तपस्या की थी और सूर्यदेव ने प्रसन्न होकर 'स्यमंतक' रत्न दिया था। उसकी विशेषता यह थी कि उसके स्पर्श से प्रतिदिन स्वर्ण प्राप्त होता था। यह स्वर्ण मणिरत्न अपने पास होने की इच्छा श्रीकृष्ण महाराज को थी। सत्राजित से श्रीकृष्ण महाराज ने मणि देने की विनती की। सत्राजित के बंधु प्रसेन ने वह मणि अपनी कंठमाला में धारण की थी। प्रसेन की मृत्यु मृगया में हो गई, तब अस्वलराज जांबुवंत ने वह स्यमंतक मणि की माला अपने पुत्र के कंठ में पहनाई। दिव्य मणि के लिए किसी ने अपने पुत्र की हत्या कर दी है, ऐसा सत्राजित को लगा, तब उसे श्रीकृष्ण पर संदेह हुआ, क्योंकि वह मणि बार-बार श्रीकृष्ण ने माँगी थी। उसका ही यह कर्म होगा, ऐसा श्रीकृष्ण ने भी अनुमान लगाया।

यादव सेनापति से श्रीकृष्ण ने यह संभाव्य संदेह की कल्पना प्रगट की। सत्राजित स्वयं सेना लेकर ऋक्षवान पर्वत की गुफा की तरफ आया, जहाँ जांबुवंत रहता था। श्रीकृष्ण भी अपनी सेना के साथ वहाँ पहले पहुँचे थे, उन्होंने अस्वलराज जांबुवंत से मणि के लिए विनती की। वह मणि वे सत्राजित को देना चाहते थे। अंत में श्रीकृष्ण और जांबुवंत के बीच युद्ध हुआ, जो इक्कीस दिन चला। जांबुवंत पराजित हुआ तो वह स्यमंतक मणि उसने श्रीकृष्ण महाराज को देते हुए कहा, "महाराज, आपने मुझे पराजित किया है, अत: वह मणि और मेरी कन्या जांबवती मैं तुम्हें अर्पण करता हूँ।"

इस तरह जांबवती जीवन में आई। सत्राजित ने वह मणि श्रीकृष्ण महाराज को लौटाई तो उसे खेद हुआ। उसने वह मणि श्रीकृष्ण महाराज को वैजयंतीमाला में डालकर पहनाई और साथ में अपनी सुंदर स्वरूप कन्या सत्यभामा भी अर्पण की।

दो रानियों के साथ श्रीकृष्ण महाराज द्वारका जा रहे थे तो उनके मन में विचार आया, 'अपनी एकनिष्ठ पत्नी रुक्मिणी, जिस पर वे स्वयं न्योछावर हैं, उसे कैसा लगेगा ?'

उन्होंने तो दो कन्याओं को देखा तक नहीं था तो भी अर्पण करने के पश्चात् वे पति तो बन गए थे। राजनीति और वैयक्तिक विचार दोनों अलग-अलग हैं, यह श्रीकृष्ण महाराज को ज्ञात था।

श्रीकृष्ण महारजा का रथ जैसे-जैसे राजप्रासाद की ओर जा रहा था, वे अस्वस्थ-से होते जा रहे थे। परंतु पंचारती लेकर राजप्रासाद के प्रवेश-द्वार पर खड़ी

सुहास्य वदना रुक्मिणी ने उनका स्नेहभाव से स्वागत करते हुए कहा, "आपकी विजय सुनी थी। आपके साथ आई हुई दो रानियों को हम मन से स्वीकार करते हैं। अब तक आप जाने के बाद हम अकेले रहते थे। अब हमें जीवलग सखियाँ या दो बहनें मिल गई हैं। अब आप स्वस्थ हो, आर्य।"

रुक्मिणी ने सहजता से दोनों को स्वीकार किया और निभाया भी। सत्यभामा अत्यंत सुंदर थी। मोहवश वे सर्वाधिक उसी के पास जाते तो भी रुक्मिणी उनका प्रसन्न मुख देखकर कहती, "आर्य, आपकी प्रसन्नता में हमें प्रसन्नता है।"

'तीन रानियों में अपना जीवन संपूर्ण है, अब विवाह नहीं!' श्रीकृष्ण मन-ही-मन दृढ़ संकल्पित थे। परंतु आनेवाली नियति उनके विचार सुनकर हँस रही थी। कौशल देश के राजा नग्नजीत की कन्या, जिसने प्रण किया था कि 'उन्मत्त वृषभों को गोशाला में बाँधनेवाला ही उसका पति होगा।' 'नाग्नजीता' का आह्वान स्वीकार करके अनेक राजा आए, परंतु पराजित होकर चले गए। उसने कहा, "भारतवर्ष में कोई ऐसा क्षत्रिय नहीं है, जो हमारा आह्वान स्वीकार करे?"

तब रुक्मिणी ने श्रीकृष्ण से कहा, "आप अपना सामर्थ्य दिखाएँ।" और जब श्रीकृष्ण उसे ले आए तो रुक्मिणी ने कहा, "हम आपके शौर्य की आरती उतार रही हैं। मिजविंदा हमारी छोटी बहन है।"

सत्या, भद्रा, लक्ष्मणा, ऐसे आठ रानियों का पति वे कभी बनना नहीं चाहते थे, परंतु प्रसंगवश वे हो गए थे।

रथ का सारथ्य करनेवाली रुक्मिणी को उन्होंने कहा, "अपना मार्ग पीछे ही चला गया, जहाँ से हमें मुड़ना था।"

"असंभव, आर्य! आपके होते हुए ऐसा हो ही नहीं सकता।"

"यह मार्ग मथुरा की ओर जाता है और हमें इंद्रप्रस्थ जाना है।"

"सत्य है, आर्य कि यह मार्ग मथुरा की ओर, यानी बचपन की ओर जा रहा है।"

"गत दिन फिर नहीं आते। रुक्मिणी! रथ को पीछे ले लो। बचपन के दिन आकाशमार्ग से कहीं दूर चले गए हैं, वे फिर से कभी नहीं आएँगे।"

"हम मथुरा नहीं, गोकुल-वृंदावन जा रहे हैं।"

"इस समय हमें राजसूय यज्ञ में जाना है।"

"पता है, स्वामी, हमें पता है। हमें राधिका से मिलना है और इसलिए ही हमने अश्वरज्जू अपने हाथ में लिये थे।"

श्रीकृष्ण मौन हो गए। विगत दिनों के स्मरण से उनका मन भर आया था। 'राधा का विवाह हो गया होगा। पुत्र-पौत्र, परिवार में वह कभी-कभार स्मरण करती होगी। वह हमें देखकर क्या कहेगी?' इस विचार में मग्न थे।

"स्वामी, मैत्री, प्रीति, माँ का घर-आँगन, अपने गाँव की वह स्नेह-छाया हम कभी नहीं भूले। आप कभी भी राधिका को भूल ही नहीं सकते।"

"सत्य है, रुक्मिणी, हम आठ रानियों के पति हो गए, पुत्र-पौत्रवाले परिवार में, युद्ध, राजनीति में व्यस्त हैं, परंतु ऐसा क्षण आता है कि मन के संदूक में रखी हुई घटना उभर आती है और हम रात-रात भर सो नहीं पाते। युद्ध ही हमारा जीवन बन गया है।"

"क्षत्रिय हो तो युद्ध अनिवार्य है। कभी साम्राज्य-विस्तार, कभी अन्याय, अत्याचार तो कभी स्वसंरक्षण, कभी आह्वान तो कभी सीमारक्षण, अतः युद्ध अनिवार्य है। इसलिए तो हम अपने जीवन का आनंद वनविहार या अन्य क्षण फिर से जीने में व्यतीत करेंगे तो जीवन उद्वेगभरा नहीं होगा।"

श्रीकृष्ण रुक्मिणी के निकट बैठे हुए थे। रज्जू रुक्मिणी के हाथ में थे। उन्होंने कहा, "प्रिये, तुम्हारी जैसी पत्नी मिलने के लिए कदाचित् हमारे शतजन्म का पुण्य काम आया होगा!"

यमुना नदी दिखाई दी तो श्रीकृष्ण पानी में उतर गए। वृंदावन में खबर पहुँच गई थी। लोग दौड़े आ रहे थे। श्रीकृष्ण फिर रथ में सवार होकर नंदमहाराज-यशोदा के घर के सामने रुके। नंद-यशोदा बाहर ही आ रहे थे कि श्रीकृष्ण ने जाकर यशोदा को गले से लगा लिया। वे गद्गद थीं। आनंदाश्रु से उनका मन भर आया। उन्होंने नंद महाराज की चरणवंदना की तो उन्होंने भी श्रीकृष्ण को गले से लगाया।

सभी मौन थे, गद्गद थे। अचानक श्रीकृष्ण को देखकर सभी स्तंभित थे। श्रीकृष्ण भी मौन हो गए तो रुक्मिणी ने कहा, "स्वामी को आपका स्मरण था, परंतु व्यस्तता के कारण वे आ न सके। उनके हृदय में गोकुल-वृंदावन ही है। उन्हें बचपन के दिन स्मरण हैं।"

सभी लोग उनसे भेंट करने आए थे। यह रात तक चलता रहा। रात में जब वे विश्राम करने आए तो रुक्मिणी ने कहा, "राधिका मिली?"

"नहीं! वह स्वाभिमानी है। जब तक हम स्वयं नहीं जाएँगे, तब तक वह नहीं मिलेगी। कदाचित् उसका विवाह अन्य गाँव में हो गया होगा। परंतु हमें विश्वास है कि हमारे आने की खबर सुनकर वह कालिंदी के तट पर कदंब वृक्ष के नीचे हमारी प्रतीक्षा करती होगी!"

श्रीकृष्ण से रहा नहीं गया तो उन्होंने यशोदा माता से कहा, "माता, राधा कहीं दिखाई दी?"

"कान्हा, जिन्होंने तुमसे सर्वाधिक प्रेम किया, उन गोपीजनों को, जिसने तुमसे सर्वाधिक प्रीति की, वह राधा—सबको तुम भूल गए! क्या यही तुम्हारे जीवन की गति है? तुम्हें आठ पत्नियाँ मिली, उसमें कभी राधा का विचार नहीं आया?"

श्रीकृष्ण मौन हो गए। युद्ध में विजयी, पर यहाँ पराजित हो गए।

"माता यशोदा, सत्य कहूँ तो स्वामी को राधा का, आपका कभी भी और कहीं भी विस्मरण नहीं हुआ है। उनके हृदय में गोकुल-वृंदावन ही है। उनका शरीर भले ही इधर-उधर हो, परंतु मन इधर ही है," रुक्मिणी ने कहा, "सत्य है, माता, यही सत्य है।"

यशोदा ने वही बताया, जो उनका मन कह रहा था। रुक्मिणी के साथ वे वहाँ गए। कदंब वृक्ष के नीचे एक पर्णकुटी दिखाई दी। उसमें प्रौढ़त्व प्राप्त एक स्त्री आत्ममग्न थी। श्रीकृष्ण ने 'राधा' कहके पुकारा तो वह चौंक गई। अशक्त, कृशकाय, प्रौढ़ा राधा को देखकर श्रीकृष्ण के नेत्र भर आए। कंठ गद्‌गद हो गया।

वह उठकर उनके चरणों में झुकी तो श्रीकृष्ण ने उसे स्नेह से उठाया और कहा, "राधा, तुम इस तरह प्रीति करती हो, यह हमें उस समय बताया होता तो···"

"हमने नहीं बताया और आपने भी नहीं बताया कान्हा! मथुरा से लौट आने के बाद मैं तुम्हें बतानेवाली थी। परंतु तुम लौटकर नहीं आए। हमारे मन में अन्य प्रतिमा नहीं थी, कान्हा! और कभी आ भी नहीं सकती थी।"

"हमें क्षमा करना, राधा! यदि पुनर्जन्म होगा तो···"

राधा की कंपित काया देखकर रुक्मिणी ने उसे स्नेह से नीचे बिठाया और वह भी पत्तों के आसन पर बैठ गई। वह श्रीकृष्ण के लिए लड़खड़ाते हुए फिर से उठी और उनकी वर्षों पुरानी बाँसुरी और पुष्प की माला उन्हें अर्पण करने के लिए उनके चरणों पर झुकी तो वह मूर्च्छित हो गई। तब श्रीकृष्ण ने उसे उठाकर तृणशय्या पर सुलाया तो उसके मुख से धीरे से एक ही शब्द साँस के साथ बाहर आ रहा था—कान्हा···कान्हा···कान्हा···।

रुक्मिणी को अनावर हो गया। ऐसी अद्‌भुत प्रीति! उसने कभी सोचा नहीं था। ऐसा भी होता है। 'कान्हा··· कान्हा···' कहते हुए राधा की साँस रुक गई।

श्रीकृष्ण ने उसकी नाड़ी देखी। राधा केवल उन्हीं को देखने के लिए जीवित थी। उसे पूरा विश्वास होगा कि श्रीकृष्ण आएँगे। यदि रुक्मिणी उन्हें यहाँ नहीं लाती

तो···श्रीकृष्ण अनावर होकर रोने लगे। उन्हें सँभालना रुक्मिणी के लिए कठिनतर था। रुक्मिणी का आधार लेकर श्रीकृष्ण अविरत रो रहे थे। आज इतने वर्षों की प्रीति उमड़ आई थी। 'वह है' यह ऊर्जा मन में प्रेरक बनी थी। 'अब वह नहीं है' इस विचार से वे अनावर हो गए थे।

लोग भी इकट्ठा हुए थे। श्रीकृष्ण ने राधा का हाथ अपने हाथ में लिया। "राधा, हमें क्षमा करना···राधा···कभी नहीं भूले हम! कभी नहीं! राधा प्रथम नाम के साथ आएगी। राधा, तुम्हारा सम्मान होगा, परंतु तुम्हारा कान्हा जीवन भर वेदना सहता रहेगा। तुम मुक्त हो गई समर्पित होकर और हम जीवनपर्यंत वैसे ही रहेंगे तुम्हारा नाम लेकर।"

श्रीकृष्ण बोलते जा रहे थे, रोते जा रहे थे। जब वे शांत हुए, तब स्वयं उनका अंत्य संस्कार किया। संपूर्ण गोकुल शोकमग्न था।

श्रीकृष्ण रथ में बैठे तो यशोदा माता और नंद महाराज के अश्रु उनसे देखे नहीं गए। रथ से उतरकर वे दोनों से लिपट गए। अंत में निकलना तो था ही।

मार्ग पर रथ दौड़ने लगा था कि अचानक श्रीकृष्ण ने अपना मौन तोड़ते हुए कहा, "हम प्रसन्न हैं, रुक्मिणी! राधिका कहीं गई नहीं, वह तो हमारे मन में है और वह रुक्मिणी में ही समर्पित है। चलो, इंद्रप्रस्थ की ओर जाना है।"

रुक्मिणी अब प्रसन्न हो गई। राधा कहीं भी गई नहीं थी, वह श्रीकृष्ण से पहले राधा नाम से जीवित ही है। उसे इस बात का आनंद था। उसने धीरे से कहा, 'राधा··· राधा···, कृष्ण··· कृष्ण··· राधा-कृष्ण!' रथ दौड़ रहा था।

□

गांधारी और राजस्त्रियाँ राजपुरोहित से मध्याह्न के उपरांत कथा सुन रही थी। राजपुरोहित ने आज गौतम और अहिल्या की कथा सुनाना शुरू किया।

गौतम-पत्नी प्रात:काल में शुचिर्भूत होकर वेदमंत्र का पठन करती थी। तब तक गौतम ऋषि नदी पर स्नान करने जाते थे। वे आते ही शिष्यगणों के साथ पूजा, यज्ञविधि, मंत्रपठन, यह सब सिखाते थे। परंतु उस दिन शिष्यगणों को अवकाश दिया गया था। अत: कोई शिष्य आनेवाले नहीं थे।

अहिल्या ने उठकर आँगन में संमार्जन किया। अभी तो शुक्रतारा भी अस्तंगत नहीं था। नदी दूर होने के कारण उसे नहाकर आते-आते प्रात: का समय आ गया। आने पर उसने गोमाता का दूध निकाला। आँगन में रंगावली सजाई और अपने प्राणायाम के आसन पर बैठ गई।

गौतम ऋषि हाथ में कमंडल और वस्त्र लेकर नदी की ओर निकल पड़े। आश्रम का द्वार खुला ही था। कार्तिक मास चल रहा था। अभी कुछ ही पल नहीं बीते कि गौतम ऋषि आ गए। द्वार बंद किया और अहिल्या के पास बैठ गए। अहिल्या चकित हो गई।

"आप?"

"आज मेरा मन अस्वस्थ है, अहिल्या! मुझे सिर में वेदना है, जरा दबा दे तो!"

अहिल्या को आश्चर्य हो रहा था। 'आज तक कोई सेवा न लेनेवाले स्वावलंबी गौतम ऋषि आज कैसे… ? कदाचित् वेदना असह्य होगी। बोलते-बोलते गौतम ऋषि उसकी गोदी में सिर रखकर सो गए। कुछ ही पल बीते कि गौतम ऋषि ने समागम की इच्छा व्यक्त की!

"स्वामी… प्रात:काल में?"

"हाँ अहिल्या, आज मैं अस्वस्थ हूँ। मेरी यह इच्छा पूरी नहीं करोगी?" आश्रम में अभी तक अँधेरा था। कार्तिक मास में सूर्यदेव विलंब से आते हैं।

"आज तक गौतम ऋषि ने संयम से ही जीवनयापन किया था। आज कैसी विपरीत इच्छा! यह योग्य तो नहीं है। परंतु यदि वे ही ऐसी इच्छा प्रगट करते हैं तो…" वह संभ्रमित, परंतु पतिव्रता थी।

और इच्छा न होते हुए भी उसने अपने पति को सहयोग दिया।

"अब मैं स्वस्थ हूँ, नदी में नहाकर आता हूँ।" वे निकले ही थे कि द्वार पर गौतम ऋषि को देख अहिल्या संभ्रमित! 'दो गौतम ऋषि?' गौतम ऋषि नहाकर आए थे, उन्होंने पहचान लिया और शापवाणी में बोले, "इंद्रदेव, तुमने यह ठीक नहीं किया। अब तुम्हारे शरीर पर सहस्त्र छेद होंगे। उसकी वेदना तुम सहोगे और इस तरह का व्यवहार करने से संपूर्ण ब्रह्मांड में तुम्हें मुख छिपाने को कोई स्थान नहीं मिलेगा।" इंद्रदेव शापित होकर लज्जित, पराजित, असहाय, अगतिक और अहिल्या मौन खड़ी थी। गौतम ऋषि को पूर्णत: ज्ञात था कि वह पतिव्रता है, अन्यत्र विचार वह कर ही नहीं सकती। परंतु क्रोध में उन्होंने उसे भी शाप दिया, "अहिल्या, तुमने जो किया, वह स्त्री जाति को लज्जित करनेवाली घटना है, अब तुम शिला बनोगी। और आजन्म यही शाप या प्रायश्चित तुम्हें होगा।"

"स्वामी, आपको ज्ञात है…फिर भी…" उसने संयत स्वर में कहा तो उन्होंने कहा, "शापवाणी तो निकल पड़ी है, अब केवल उ:शाप देता हूँ। जब कभी प्रभु श्रीराम इस मार्ग से जाएँगे तो उनके पदस्पर्श से तुम्हें मुक्ति मिलेगी।"

कथा पूर्ण हो गई थी। गांधारी मन में सोच रही थी, 'बलात्कार करनेवाला एक पुरुष, शाप देनेवाला एक पुरुष और उद्धार करनेवाले भी एक पुरुष! स्त्री कितनी विवश है। उसका अपराध था कि वह पहचान न सकी! यदि गौतम ऋषि को प्रतिकृति ही प्रत्यक्ष हो तो प्रमाण की आवश्यकता क्या है? गांधारी समझ नहीं पा रही थी।

और वैसे भी कितने वर्ष सहवास होने पर हम अपने ही जीवन सहचर को पहचान पाते हैं? यह मन ऐसी वस्तु है, जिसे हम स्पर्श तक नहीं कर सकते। हम कहाँ महाराज धृतराष्ट्र के मन में झाँककर देखते हैं। कल तक लगता था कि वे हमसे ही विचार-विमर्श करते हैं। और आज वर्तमान में शकुनि उन्हें सर्वाधिक प्रिय हो गया तो उनकी बातें तक हमें नहीं बताते। मन में बहुत कुछ छिपाते हैं। ऐसी भी कुप्पियाँ मन में होती हैं; एक में छिपाया तो दूसरे में प्रकट किया।

कुछ भी हो, पर अहिल्या का भी अपराध है, क्योंकि वह अपने पति को पहचान न सकी। इंद्रदेव का अपराध तो दंडनीय था ही।

धृतराष्ट्र महाराज आ गए तो उन्होंने कहा, "देवी, हमने पांडवों को खांडववन दिया था। उसी भू-भाग पर पांडवों ने कुबेर की अलका नगरी जैसी नगरी का निर्माण किया है और राजसूय यज्ञ का आयोजन किया है। हमें आमंत्रित करने उनके राजपुरोहित और कुछ ऋषिगण भी आए थे। हमें जाना है।

गांधारी को लगा कि दृष्टि का अभाव उसे कभी-कभी मन में चुभता है। "प्रथम पुत्र दुर्योधन को देखने की तीव्र इच्छा थी और श्रीकृष्ण महाराज को भी अब इंद्रप्रस्थ नगरी देखकर और पाँचों पांडवों को देखकर आशीर्वाद देने की इच्छा है। परंतु हम नेत्रपटल नहीं खोलेंगे।"

महाराज धृतराष्ट्र को भी इस समय कदाचित् यही लग रहा होगा। कदाचित् श्रीकृष्ण की स्तुति, पांडवों की स्तुति करने के लिए नहीं, परंतु वह देखकर अपनी नगरी का पुनर्निर्माण करने के लिए वह नगरी और सहाय्यकर्ता श्रीकृष्ण, उन्हें देखने की इच्छा अवश्य होगी। वैसे धृतराष्ट्र महाराज सरल स्वभाव के निष्कपट, संस्कृति संवर्धक, धर्मनिष्ठ थे, परंतु किसी भी व्यक्ति के व्यक्तित्व से वे भावविवश हो जाते थे। उन्हें सबका व्यक्तित्व सही लगता था।

धृतराष्ट्र महाराज के जाने के पश्चात् उसे लगा कि सभी ग्रहों ने जैसे उसका सहयोग त्याग दिया है। शिवतेजा जैसा सरल, सीधा विवाह हमारा हुआ ही नहीं। शकुनि, यह तो अपना बंधु, पापग्रह जैसे पीछे पड़ा है। धृतराष्ट्र महाराज का प्राण हो

गया है। धूर्त है, स्वार्थी है, कपटी है। उसमें अवगुणों का समुच्चय है, परंतु उसके पास एक ऐसा बलवान शुभग्रह है, जिसने उसे हस्तिनापुर का एक महत्त्वपूर्ण व्यक्ति बना दिया है। पिता सुबल महाराज का स्वार्थ और शकुनि का दाँव इससे कुरुवंश के सम्राट्, प्रजा तथा कौरव विनाश की ओर तो नहीं जाएँगे; यह चिंता गांधारी को थी। महारानी-सम्राज्ञी होकर भी वह प्रसन्न नहीं थी।

वह दैववादी नहीं थी, परंतु नियति ही उसके साथ, उसके ही जीवनपट पर खेल रही थी। और एक-एक दाँव जीतती जा रही थी। वह अगतिक-असहाय बनकर रह गई थी।

उसे दुर्योधन का जन्म स्मरण हुआ। कुरुवंश का पहला पुत्र। माता होने का सौभाग्य माद्री, कुंती को नहीं था। पांडु महाराज को शाप ही था कि स्त्री समागम उनको मृत्यु तक ले जानेवाला था।

अंबिका, अंबालिका और सत्यवती देवी गांधारी को स्नेह से सँभाल रहे थे। विवाह के उपरांत वह अपने मातृगृह (गंधार देश) कभी गई नहीं थी। ये तीन स्त्रियाँ उसकी माता थीं।

अंबिका, अंबालिका को व्यासमुनि की मंत्रशक्ति से पुत्र-प्राप्ति हुई थी। गांधारी ही ऐसी थी, जिसे अपने पति के कारण मातृत्व मिला था। एक बार धृतराष्ट्र महाराज ने कहा भी, "मातृत्व, यह स्त्री का उच्चतम सम्मान है। हम पुरुषों के सामर्थ्य की विजयपताका है, ईश्वर का आशीर्वाद है, जो तुम्हें प्राप्त हुआ है।"

परंतु वह भाग्य गांधारी को नियति ने नहीं दिया।

एक दिन राजसभा में सूचना आई कि पांडु राजा की दोनों भार्या—कुंती और माद्री के साथ नागशत पर्वत की गुफा में रहते थे, के पश्चात् उन्होंने भ्रमंति शुरू की। चैत्ररथ अरण्य में, कालकूट पर्वत की गुफा में, हिमालय की गुफा में, गंधमादन पर्वत तथा हंसागिरि पर्वत की गुफाओं में रहकर कुछ काल उन्होंने शतशृंग पर्वत की गुफा में व्यतीत किया। अब वे इंद्रद्युम्न सरोवर के पास कुटी में वास्तव्य कर रहे हैं और शुभवार्त्ता यह है, महाराज कि कुंती देवी को पुत्र-प्राप्ति हो गई है।"

"वह कैसे?" महाराज धृतराष्ट्र तथा पितामह भीष्माचार्य ने पूछा।

विरक्त पांडु राजा अनुरक्त हुआ तो भी समागम, यानी मृत्यु! यही शाप था उसे। फिर असंभव संभव कैसे हुआ? किंदम ऋषि की शापवाणी कैसे निष्प्रभ हो गई?"

"महाराज धृतराष्ट्र आपकी संभ्रमावस्था सत्य है और प्रथम पुत्र हुआ, यह भी सत्य है। दुर्वासा ऋषि द्वारा दिए गए मंत्रानुसार 'धर्म देवता' का आह्वान करके नियोग-

रीति के अनुसार पुत्र-प्राप्ति हुई, इसलिए उसका नाम धर्मराज युधिष्ठिर रखा है।"

"हम प्रसन्न हैं। इस संपूर्ण हस्तिनापुर का साम्राज्य उन्होंने ही निर्माण किया है। हम उन्हें प्रसन्नता से संपूर्ण शुभेच्छा देते हैं।"

गांधारी के मुख पर किंचित् नैराश्य देखकर शकुनि ने कहा, "महाराज, जयघोष करना है तो कुंती देवी का कीजिए। यह पुत्र पांडु महाराज का नहीं है। आपके बंधु का नहीं है।"

गांधारी को लगा, यह शब्द तो कालसर्प के मुख से निकला हुआ विष है। प्रथम माता होने का सम्मान गांधारी को चाहिए था, बस इतना ही। इसका अर्थ पांडुराज का अवमान हो, यह नहीं था। यदि पांडु महाराज मन के विशाल नहीं होते तो उन्हें पुत्रप्राप्ति नहीं होती। गांधारी ने मन को शांत करते हुए कहा, "सम्मान तो हमारा ही है। अपना पुत्र तो पति की देन है।"

नौ मास समाप्त हुए, दसवाँ मास चल रहा था। अभी तक गांधारी प्रसृत नहीं हुई थी। यह अघटित घटना थी। थक गई थी वह! सशंक भी थी। चिंतित भी हो गई। धीरे-धीरे सभी लोग चिंतित होने लगे। सत्यवती ने कहा, "पुत्री गांधारी, तुम्हारी यह भारी देह और उठने में, बैठने में, चलने में पीड़ा मुझसे देखी नहीं जाती, हम व्यास ऋषि को आमंत्रित करते हैं।" गांधारी कुछ बोल न सकी। धृतराष्ट्र और पांडु महाराज का जन्म होने में जिनका सहभाग हो, ऐसे व्यक्ति को गांधारी आमंत्रित नहीं करना चाहती थी। उसने बार-बार विनती की, परंतु सत्यवती देवी ने नहीं माना। व्यास ऋषि अनेक वर्षों से संशोधन कर रहे हैं। औषधि का प्रयोग कर रहे हैं। गर्भ-संस्कार तथा गर्भप्रसृती कष्टप्रद न हो, इसपर लिख रहे हैं। ऐसे व्यक्ति से कोई उपाय-उपचार हो तो···"

गांधारी मौन रही। दसवाँ मास भी पूर्ण हो रहा था। व्यास ऋषि आ गए। उन्होंने देखा और कहा, "देवी गांधारी, तुम्हारे उदर में कोई शिशु नहीं है।"

"क्या कहा, मुनिवर?"

"हम सत्य कह रहे हैं। तुम्हारे गर्भवती स्त्री होने के सारे विद्यमान लक्षण सत्य हैं, परंतु तुम्हारे उदर में कोई भी शिशु नहीं है, है तो केवल एक मांस का बढ़ता हुआ गोला, और इसके अधिक बढ़ने से तुम्हारी मृत्यु निश्चित है। हम ऐसा करते हैं, उस मांस के गोले को बाहर निकालकर उनपर गर्भ-संस्कार करके संजीवन मंत्र से उन्हें सजीव करते हैं।"

"वह कैसे करेंगे?"

"कुछ मंत्रसिद्धि, कुछ वनौषधि तथा संमिश्र रसायनों का प्रयोग करके। तुम्हारे उदर में जो बड़ा सा गोला है, वह निर्जीव नहीं, सजीव है। उसका कोई आकार नहीं है। कदाचित् दस शिशु इकट्ठे होते तो ऐसा हो सकता है।"

"मुनिवर, आपने हमें एक बार आशीर्वाद देते हुए कहा था, 'शत पुत्रों की माता हो!' तो उस समय व्यंग्य लगा था, आपकी वाणी सत्य होने का यह संकेत भी है। शत पुत्र नहीं तो एक साथ दस पुत्र ही सही।"

"गांधारी, यदि तुम्हें हमपर विश्वास हो तो शस्त्रक्रिया करके हम इस सजीव गर्भ को सजीव पुत्र के रूप में देखने के लिए इसपर प्रयोग करेंगे। हम इस गर्भ के शत खंड करेंगे और मंत्रसिद्धि तथा संजीवनी द्रव्य का प्रयोग करेंगे।"

गांधारी मौन थी। अन्य उपाय भी नहीं था। 'शत पुत्र!' इस कल्पना से उसका मन सहस्राखंडित हो गया। परंतु व्यास ऋषि का प्रयोग सिद्ध हुआ। माता के उदर के बाहर शत पुत्र का जन्म हुआ था।

गांधारी ने उन्हें देखा ही नहीं। जबकि नेत्रपटल दूर करके वह अपने प्रथम पुत्र को देखना चाहती थी। उसने एक भी पुत्र प्रसृत नहीं किया था, इसलिए वह दुःखी है या शत पुत्रों की माता होकर वह सुखी है? वह संभ्रमित थी।

"गांधारी, तुम्हारी नियति में यही लिखा था। नेत्रपटल खोलकर उन्हें देख तो लो।"

"नियति को लगता है कि हम शरण आएँगे, अगतिक होंगे! नहीं, मुनिवर, हमने शत पुत्रों की माता बनना स्वीकार किया है। परंतु हम नेत्रपटल नहीं खोलेंगे। नियति बार-बार हमें चुनौती दे रही है। हम कभी भी झुकना नहीं चाहते। आप ही हमारी तरफ से उन्हें शुभाशीष देना।"

धृतराष्ट्र महाराज ने भी नेत्रपटल खोलकर पुत्र को देखने के लिए कहा, परंतु वह नहीं मानी। हर सुंदर क्षण उससे छीननेवाली नियति से उसका यह प्रतिशोध था।

"आर्य, हम पराजित हैं, हम आपके पुत्र को प्रसृत न कर सके। इतिहास तो यही कहेगा कि व्यास मुनि ने शत पुत्रों को सजीव किया। संजीवन द्रव्य, मंत्रसिद्धि उनकी थी।"

"गांधारी, समझ जाओ, आप उनकी माता हो और व्यास मुनि की आभारी भी हो।"

गांधारी के पुत्र-जन्म का आनंद समाप्त हो चुका था। वह मन को समझा रही

थी कि वह माता है। परंतु मदालसा ने हाथ में दिए हुए प्रथम पुत्र दुर्योधन को भी उसने लौटा दिया था।

वह बोली, "हम देखेंगे नहीं, परंतु वैसा ही स्नेह करेंगे, जैसे माता करती है। क्योंकि हैं तो गांधारी के ही पुत्र! आप निश्चिंत रहिए। हमें ज्ञात है, वह आपके ही संपर्क से जन्म लेनेवाले हमारे पुत्र हैं। मन को समझाने दीजिए। बस, इतना ही! दूसरा एक समाधान हमें ज्ञात है, कुंती और माद्री के पुत्र अरण्य संस्कृति में बड़े होंगे, हमारे पुत्र राजवैभव में उच्च विद्याविभूषित होंगे। कुंती राजकन्या है, फिर भी उनको वनवास है। हम तो राजवैभव के अधिकारी हैं। हम दुःखी नहीं हैं, आर्य, दुःखी नहीं हैं।"

कालचक्र घूमता रहा और एक दिन सूचना आई कि महाराज पांडु का निधन हो गया। माद्री सती हो गई। माद्री से आसक्ति उन्हें मृत्यु तक ले गई। धृतराष्ट्र महाराज को अत्यंत शोक हुआ। कुंती या माद्री जैसी लावण्यवती स्त्री जीवन भर पति का सौख्य नहीं पा सकी। और जिस दिन उन्हें मोह हुआ, तब मृत्यु ही हुई। किंदम ऋषि की शापवाणी सत्य हो गई।

कदाचित् नियोग-पद्धति से कुंती और माद्री पाँच पांडवों की माता बन गईं, यह देखकर वे लज्जित तो हुए! गांधारी के मन में एक प्रश्न उत्पन्न हुआ। कदाचित् उन्होंने आत्मघात किया होगा!

भीष्माचार्य ने कहा, "कुंती अब अकेली न रहे। यहाँ आ जाए।" एक दिन सूचना आई, "हस्तिनापुर से भेजे हुए स्वर्णरथ में बैठकर कुंती और उनके पाँच पांडव आए, परंतु वे विदुर के घर रहेंगे।"

गांधारी का मन द्रवित भी था और क्रोधित भी।

वसंत ऋतु के आगमन की सूचना कोकिल स्वर ने दी। गंधित समीर नवपल्लव मालिका के साथ वसंतोत्सव मना रहा था। वसंत ऋतु का स्वागत करते हुए लता-बेल झुक गई थी। वृक्ष के नीचे फूलों का जैसे संमार्जन हुआ था।

गांधारी प्रसन्न थी। चंपक, मदनबाण, चंदन की सम्मिश्र सुगंध आ रही थी। वह अट्टालिका में खड़ी थी। वायु की एक लहर आई तो उसने गांधारी के कृष्णकुंतल धीरे से स्पर्श किए। उत्तरीय को स्पर्श करके उसे रोमांचित किया। समीर ने कहा, 'प्रिय सखी गांधारी, वन-वनांतरी वसंत ऋतु का आगमन हुआ है। शृंगार के दिन आए हैं, वह नव-उन्मेष शालिनी वसुंधरा के लिए। सृष्टि से चैतन्य तुम्हारे लिए लाई हूँ। अनुराग के स्वर गाती रहो। शृंगार कर रानी, प्रौढ़ा होकर तुम अधिक ही

लावण्यवती लग रही हो। तुम्हें पता नहीं, सखी, प्रौढ़ होने पर स्त्री अधिक ही सुंदर दिखती है।"

गांधारी के अधरों पर स्मित हास्य था।

"गंधित समीर, हम तुमसे क्या कहें। हम सम्राज्ञी, हम हस्तिनापुर की महारानी हैं। हम शब्दजाल में फँसनेवाले नहीं हैं। हम केवल महाराज धृतराष्ट्र की पत्नी हैं। अन्य विचार हमारे मन में नहीं है।"

"सत्य बोल रही हो गांधारी? अपने मन का इतना विश्वास ठीक नहीं है। मन किसी के अधीन नहीं है। इतना विश्वास कल तक कदाचित् ठीक होगा। यदि नेत्रपटल खोलती तो सृष्टि का अप्रतिम-अनन्य सौंदर्य देखकर मोहित हो जाती। क्या पता, तुम्हारे मन का कोई लुभावना पुरुष तुम्हारे मन में कहीं हो। रसिकराज वसंत तुम्हारे मन में होगा! यह दोष तुम्हारा नहीं है, सखी गंधवती! तुम्हारी आयु ऐसे मोड़ पर आई है कि पुनरपि तुम प्रीति करने लगोगी। अनुराग की कोई आयु नहीं होती, आसक्ति की कोई सीमा नहीं होती और सीमा में रहकर अनुराग भी किया जाता है।"

"माता,…" दुर्योधन ने पुकारा तो वह सावधान हो गई।

"माता, अनेक बार हमने देखा है, आप अपने में मग्न आप प्रसन्न रहती हो! क्या कोई विचार करती हो? क्या किसी से मौन-संवाद करती हो?"

"नहीं पुत्र, हम विचार नहीं करते। वर्तमान में ही जीते हैं। संघर्ष होता है तो वर्तमान से! हमारा भावविश्व अलग है, जिसमें कभी देखे हुए अरण्य, कभी रंग-बिरंगे फूल, रंगावली, आकाश में पूर्व-पश्चिम के क्षितिज के रंग, कभी धुआँधार वर्षाधार, घन-घन कृष्णमेघ रहते हैं। मन करता है भाव काव्य! मन देखता है—विगत मनोहारी दृश्य।

"माते, यह सब छोड़ दीजिए, नेत्रपटल खोलकर आज हमारी परीक्षा देखिए। विद्या से परिपूर्ण, अस्त्र-शस्त्र सज्ज, युद्ध पारंगत आज परीक्षार्थी के रूप में हमें देखना नहीं चाहोगी? पतिव्रता के रूप में आप प्रतिष्ठित हो, परंतु अब पुत्रों का कौशल्य देखने के लिए पुत्रव्रती बनो! यह कैसा व्रताचरण? माते, आज तुम्हारे शतपुत्र-पांडव विद्यार्थी के रूप में परीक्षा देनेवाले हैं।"

"वत्स, हम नित्य ही तुम्हारे साथ हैं, कभी भी, कहीं भी। विश्वास रखो, तुम्हें दृष्टि से न देखते हुए भी तुम्हारी संपूर्ण प्रतिमा हमारे मन में है—बलदंड, सुदृढ़, गौरवर्ण का, विशाल मस्तक, कृष्ण कुंतल, सुंदर नयन, आत्मतेज विश्वास और सामर्थ्य का! बलदंड बाहु का हमने आधार भी लिया है। परीक्षा में यश-अपयश,

जीवन का यश-अपयश नहीं हो पुत्र! हम पराजय स्वीकार करके भी जीत सकते हैं। परंतु तुम्हें यश-सिद्धि प्राप्त हो, यही मन से आशीर्वाद देती हूँ। सुयश तुम्हारा चरण छूकर सफल हो जाए। वत्स, सर्वाधिक प्रिय तुम हो। तुम्हारा यश हमारा भी यश है।"

देर तक गांधारी उसे उपदेश देती रही, मार्गदर्शन करती रही। उसे पता था कि उसके शत पुत्रों से अधिक श्रेष्ठ हैं अरण्यवासी पांडव; अत्यधिक विनम्र और शांत-सात्त्विक-संस्कारी पांडव। यहाँ तो शकुनि ने संपूर्ण साम्राज्य जैसे अपने हाथ में ले लिया है।

दुर्योधन, दुःशासन उसके अधीन हो गए हैं। ये अयोग्य हैं, यह कहनेवाले सम्राट् शकुनि का हर शब्द मान लेते हैं। कुछ भी हो, आज तो दुर्योधन को विजय प्राप्त होनी चाहिए। जब एक दिन गुरु द्रोणाचार्य राजसभा में भीष्माचार्य से कह रहे थे, अर्जुन को हमने इतना अधिक प्रवीण-पारंगत किया है कि द्रुपद से प्रतिशोध ले सके। दुर्योधन को यह पता नहीं था। अर्जुन को उन्होंने विशेष रूप से प्रशिक्षण देकर परिपूर्ण किया था। वही विजय प्राप्त करनेवाला है, यह गांधारी को पता था। पर दुर्योधन को सब पता नहीं था, यही ठीक था।

नेत्रपटल खोलकर वह दुर्योधन का पराजित मुख नहीं देखना चाहती थी।

मध्याह्न में गांधारी से मदालसा ने पूछा, "आप आनेवाली हैं न, देवी?"

"अवश्य! अवश्य आनेवाली हूँ। अपने पुत्रों का प्रदर्शन देखना है हमें।" वह सभी के साथ क्रीड़ांगन में लगे मंडप में बैठ गई। दुर्योधन फिर से आया और चरणवंदना की। आशीर्वाद देते हुए उसने कहा, "वत्स दुर्योधन, मन से यशस्वी होने का आशीर्वाद देती हूँ। अपयश मिलने पर निराश नहीं होना, वत्स! जीवन-प्रवाह में जीतने के अनेक प्रसंग आते हैं। यशस्वी भव!"

परीक्षा शुरू हो गई थी। राजपरिवार, गण्यमान्य नागरिक तथा अनेक देशों के राजकुमार भी उपस्थित थे। लक्ष्यभेद, अश्व दौड़, मल्ल विद्या तथा अनेक स्पर्धा थीं। गांधारी जानती थी कि दुर्योधन अर्जुन जितना ही श्रेष्ठ धनुर्धर है। लक्ष्यभेद में भी उतना ही श्रेष्ठ है। परंतु द्रोणाचार्य ने सूक्ष्म-भेद केवल अर्जुन को ही बताए थे। कुंती बोलते-बोलते कह गई थी।

मंडप में बैठे हुए सभी लोग जयध्वनि कर रहे थे। गांधारी सुन रही थी। उसने कुंती की ओर देखा, वह व्यंग्य से हँस रही है, ऐसा गांधारी को लगा। वस्तुतः कुंती सरल स्वभाव की, विनम्र तथा महाराज धृतराष्ट्र और गांधारी का आदर एवं उनसे स्नेह करती थी। ज्येष्ठ होने पर भी महारानी का सम्मान गांधारी को देकर ससम्मान

बोलती थी। निष्कपट थी। परंतु पुत्रों का प्रश्न था। शत पुत्रों से पाँच पांडव भारी थे, यह गांधारी जानती थी और कुंती भी।

स्पर्धा का परिणाम देखते-देखते पांडवों की ओर बढ़ता गया। हर स्पर्धा में पांडवों की जीत हो रही थी। अन्य विद्यार्थी भी स्पर्धक के रूप में थे। पांडवों की प्रखर निष्ठा और परिश्रम की पराकाष्ठा, यह सब लोग देख रहे थे। जिस तरह से वे स्पर्धा में भाग ले रहे थे, उसके पीछे उनकी बड़ी ही तपस्या थी।

दुर्योधन का क्रोध बढ़ता जा रहा था। कृपाचार्य द्रोणाचार्य की आज्ञा-पालन कर रहे थे। स्पर्धा के अंत में उच्च स्वर में कृपाचार्य ने कहा, "अनेक वेदविद्या, शास्त्रवचनों की स्पर्धा हो गई। उसी तरह गदा-युद्ध, खड्ग-युद्ध, गज-दौड़, अश्व-दौड़, लक्ष्यभेद, इनमें सर्वाधिक गुण अर्जुन ने ही प्राप्त किए हैं। शास्त्र और वेदविद्या में युधिष्ठिर, मल्ल विद्या तथा गदा-युद्ध में भीम प्रथम आए हैं। अब इनके लिए कोई स्पर्धा नहीं है। वे विजयी घोषित किए जाते हैं।"

"नहीं··· कृपाचार्य, हम भी हैं।" द्रोणाचार्य के पास अनेक विद्यार्थी शिक्षा ले रहे थे, तब कौरवों का सारथ्य करनेवाला अधिरथ का पुत्र कर्ण, वह सब देख रहा था। सूतपुत्र होने के कारण उसे राजकुमारों के साथ शिक्षा प्राप्त करने का अधिकार नहीं था।

अर्जुन समान ही उसकी आँखें थीं, मस्तक तथा नासिका भी थी। वैसा ही गौरवर्ण, सुदृढ़ बाहु और ऊँचा कद! कर्ण के कान के नीचे कुंडल जैसा मांस बढ़ गया था। बचपन से ही सूर्यदेव को अर्घ्य देते-देते उसकी छाती और पीठ का रंग रक्तवर्ण हो गया था, जैसे रक्तवर्ण का कवच पहना हो। दुर्योधन के रथ का सारथ्य उसका पिता अधिरथ करता था। सारथी कुल में जन्म होने पर भी वेदविद्या, शास्त्रवचन आदि का उसे सूक्ष्म अभ्यास था। लक्ष्यभेद तथा धनुर्विद्या उसने स्वयं सीखी थी।

कृपाचार्य ने कहा, "द्रोणाचार्य के सभी शिष्य तथा विद्यार्थियों की स्पर्धा समाप्त हो गई है।"

"हमने भी अभ्यास किया है। हमें भी स्पर्धा में सहभाग लेना है।"

"तुम सूतपुत्र हो, और···"

"नहीं, यह हो ही नहीं सकता! हम अर्जुन से श्रेष्ठ धनुर्धर हैं, आप हमारी परीक्षा कीजिए।"

कृपाचार्य और द्रोणाचार्य, दोनों 'न' कह रहे थे। क्रोधित दुर्योधन शांत होकर

सोचने लगा और कहा, "द्रोणाचार्य और कृपाचार्य, शास्त्र में ऐसा कोई विधान नहीं है कि केवल राजपुत्रों और ब्राह्मण शिष्यों में ही स्पर्धा हो। यदि आपको लगता है कि राजकुमारों में ही स्पर्धा हो तो इसी समय हम कर्ण को अंग देश का राज्य प्रदान करते हैं। अब तो वह योग्य है न?"

कृपाचार्य-द्रोणाचार्य तथा अन्य कोई भी कुछ कह न सका। गांधारी ने कुंती से पूछा, "कौन है यह नवयुवक?"

कुंती समझ गई थी कि यह और कोई नहीं, अपना ही नदी में बहाया हुआ पुत्र है। वह गांधारी से ज्यादा कुछ न कह सकी। केवल इतना ही कहा, "राजकुमार जैसे दिखता है। बलवान है, सुंदर है और कवच-कुंडलधारी है। आत्मविश्वासी है। लगता नहीं कि यह अधिरथ-पुत्र होगा!"

"मदालसा, अंग देश का राज्य देकर दुर्योधन ने उचित निर्णय लिया है।"

"अपरिचित यह कर्ण···' कुंती बोल ही रही थी कि मदालसा ने कहा, "कुंती देवी, उन्हें राजप्रासाद में आते-जाते देखा है। अपने राजकुमार दुर्योधन के साथ खेलते भी थे और अब मिलते भी हैं। उनके पिता राजकुमार दुर्योधन के सारथी हैं। परंतु अर्जुन और कर्णदेव में साधर्म्य होना, यह चमत्कार ही है।"

कुंती मौन थी। कर्ण दुर्योधन के साथ, उसे यह मान्य नहीं था। कर्ण प्रांगण में आया। हाथ जोड़कर सभी ज्येष्ठ लोगों का अभिवादन करने के लिए जब उसने चहुँओर दृष्टि घुमाई तो उसे कुंती दिखाई दी। वह आश्चर्यचकित था। उसकी मुद्रा अर्जुन और इस तेजस्वी स्त्री से मिलती है। कभी अधिरथ ने बताया था, "तुम मुझे गंगा नदी में मंजूषा में मिले थे। तब तुम नवागत शिशु थे। किसी राजकन्या ने अनैतिक मातृत्व के कारण तुम्हें छोड़ दिया होगा। परंतु पुत्र, हमने जन्म नहीं दिया तो भी हम तुम्हारे माता-पिता हैं।"

तब कर्ण रोया था, इसलिए कि मृत्यु देनेवाले से अधिक जीवन देनेवाला श्रेष्ठ होता है। अधिरथ और राधा ने उसे जीवनदान दिया था। उसने कहा भी, "आप दोनों का पुत्र ही रहूँगा मैं!"

कुछ क्षण के लिए स्तंभित कर्ण ने साभिप्राय कुंती को प्रणाम किया तो सहज ही कुंती ने उसे आशीर्वाद दिया। कर्ण ने सस्मित उसे फिर से प्रणाम किया। सत्यवती, अंबिका, अंबालिका भी आश्चर्य में थीं।

कर्ण ने उतने भी भेद दिखाए व पूर्ण किए, जितने अर्जुन ने किए। धनुर्धर के रूप में उतनी ही सफलता से शरसंधान किया। शास्त्र-वेदांत की परीक्षा भी

दी। अर्जुन जितना था, उससे भी बढ़कर कर्ण था। उसे अंगराज कर्ण होने पर भी द्रोणाचार्य ने अर्जुन जैसा श्रेष्ठ नहीं माना। परंतु लोगों की जयध्वनि, ज्येष्ठ अनुभवी लोगों की प्रतिक्रिया कर्ण के साथ थी। कर्ण प्रसन्न था। प्रांगण से जाते-जाते उसने कुंती की ओर साभिप्राय देखा। उन्हें प्रसन्न देखकर वह भी प्रसन्न हो गया।

रात्रि के प्रहर में दुर्योधन ने गांधारी के कक्ष में प्रवेश किया तो उसने कहा, "माता, अंत में पांडवों की ही जीत हुई है।"

"वत्स, जीवन में हार-जीत होती ही है। परंतु पराजय आगे चलकर विजय हो सकती है। तुम्हारे लिए सभी शुभकामनाएँ देती हूँ। वत्स, हम मन से कहते हैं, तुम प्रिय हो, कर्तत्वशाली हो। पिता का आधार तुम हो। राज्य-शासन के उत्तराधिकारी के रूप में तुम कहीं भी कम नहीं हो! कभी-कभी अपनी नियति ही परीक्षा लेती है। नियति कभी भी पराजित नहीं होती, पुत्र! वत्स, एक बात और भी स्पष्ट कर देना चाहती हूँ। तुम राजप्रासाद की सभी सुविधा के तथा साम्राज्य के अधिकारी हो। पांडव आज परीक्षा में विजयी हुए तो भी हैं तो राज्य के बिना अधूरे एवं अरण्यपुत्र ही!"

दुर्योधन को गांधारी की बातों से ऊर्जा व सांत्वना मिली। तो भी गांधारी ने विचारपूर्वक कहा, "आज की स्पर्धा-परीक्षा कदाचित् भविष्य का संकेत भी हो सकती है। इसलिए सावधान रहना होगा।"

"सत्य है, माता, सत्य है।"

"वत्स, कभी-कभी लगता है कि शत पुत्र न होते और तू अकेला होता तो हमें अधिक आनंद मिलता। कितना समझदार है तू! हमें पाँच पांडवों का क्रोध नहीं है, न ही द्वेष है, परंतु हमारे शत पुत्र कुछ कर नहीं पाए, इसका दुःख है। तुमने अच्छा किया कि कर्ण जैसे महाबली को अपने साथ लिया, वह नित्य तुम्हारे साथ रहेगा।"

मध्यरात्रि हो रही थी। माता-पुत्र का संवाद, स्पर्धा विश्लेषण, भविष्य का संकेत विषयक बातें चल रही थीं। दुर्योधन उठकर चला गया तो मदालसा ने दीपदान की ज्योति को शांत किया। चंद्र की चारु शीतल प्रभा गवाक्ष से अंदर आई। उसी चंद्र की प्रभा पर चलकर श्रीकृष्ण आए थे और पूछ रहे थे, "गांधारी देवी, विशाल भविष्य पट पर हमें खेलना है तो चाल तो चलनी ही पड़ेगी न! आप चलाना सीखिए, गांधारी देवी!"

"नहीं! श्रीकृष्ण महाराज, हम राजनीति तथा द्यूत नहीं खेलना चाहते। राजनीति में कभी शुद्धता नहीं होती और न शुद्धता में कभी राजनीति। वह तो आप ही कर

सकते हैं। हमारे लिए यह अगम्य मार्ग पर चलना है। यह चाल दुर्बोध और अनंत की ओर जानेवाली है। हमने सुना है, श्रीकृष्ण महाराज कि आप राजनीति में निष्णात हैं और प्रसंगानुसार चमत्कार भी करते हैं।"

"हम चमत्कार नहीं करते, देवी! हम मानव हैं। प्रयत्न और प्रयत्नों का अभ्यास यानी सिद्धि से साहस करते हैं। कभी अपयश भी आता है। हम यह करना ही नहीं चाहते, परंतु विधाता हमसे यह सबकुछ करवाता है। या तो यों कहिए कि हमसे अन्याय, अत्याचार या बलप्रयोग, अहंकार और उत्पीड़न देखा नहीं जाता; इसलिए संपूर्ण साहस, शक्ति-युक्ति लगाकर प्रतिरोध करते हैं। इसे लोग चमत्कार कहते हैं।"

गांधारी मंचक पर सोई थी, उसके अधरों पर स्मित हास्य था। उसने मन-ही-मन श्रीकृष्ण से कहा, 'श्रीकृष्ण महाराज, अन्य नगरजनों की तरह हमारे हृदय में भी आपने सहज ही स्थान प्राप्त किया है। यदि हम आपको आमंत्रित नहीं करते तो भी आप आ जाते हो, यही तो चमत्कार है!'

मध्यरात्रि का चरण चल रहा था, द्यूत समाप्त कर महाराज धृतराष्ट्र कक्ष में आए थे, उन्होंने धीरे से पुकारा, "गांधारी... गंधवती...!"

वर्तमान में आकर गांधारी ने कहा, "आइए महाराज, हम आपकी ही प्रतीक्षा कर रहे थे। वसंत वैभव लेकर चंद्रप्रभा में रात खिलती जा रही थी।

☐

"आप इस तरह मौन क्यों हैं स्वामी? और आपके हाथ के अश्वरज्जू भी नियमित नहीं हैं। किस बात का विचार हो रहा है मन में?"

रुक्मिणी ने श्रीकृष्ण से पूछा तो उनके नेत्र भर आए। कभी विचलित-अस्वस्थ न होनेवाले श्रीकृष्ण आज विचलित थे।

"रुक्मिणी, सखे, प्रियतमे, अनेक बार सोचता हूँ कि इस जीवन का अर्थ क्या है? किसलिए यह ऋणानुबंध? मृत्यु ही अंतिम सत्य है तो जीवन किसलिए ? जीवन का प्रयोजन क्या केवल मृत्यु तक चलना है?"

"आर्य, आप ही यह कहते हो! हमें आपने ही अनेक बार जीवन का अर्थ एवं प्रयोजन समझाया है तथा जीवन के अनेक रंग बताए हैं। आपने ही हमें मोक्ष का अर्थ भी समझाया है। माया-मोह-मोक्ष, इसकी परिभाषा आपने ही हमें बताई है। देवगति से आप स्वसामर्थ्य पर विश्वास रखते हो, स्वकर्तृत्व का आलेख स्वयं लिखते हो, फिर आज विचलित क्यों हो?"

"आज लगता है, बीता हुआ बचपन फिर से नहीं आता। काल हमें एक राक्षस लगता है। एक-एक चरण बढ़ाता है और वर्तमान खा जाता है। हमारा यौवन सांदीपनि के आश्रम में बीत गया। बचपन छूट गया।

"अब यह प्रौढ़त्व! अनेक लोगों का विरह! स्नेह करनेवाले गोकुल-वृंदावनवासी वहीं छूट गए, राधा की सहज प्रीति छूट गई।

"कितने ही लोगों की व्यथा-वेदना देखकर हम व्यथित हो गए। कितने लोगों की मृत्यु हमने देखी है। जीवन अंत करने का युद्ध क्यों? किसलिए यह आसक्ति? किसलिए यह आशा, आकांक्षा? क्यों करना साम्राज्य-विस्तार?

"द्वारकापुरी निर्माण करने के लिए कितने परिश्रम? एक दिन आने पर अपना जीवन, अपना कार्य, अपने विचार, अपना साम्राज्य यही रह जाएगा। यही जीवन है! आकांक्षा, ध्येय, इसकी परिपूर्ति मृत्यु है? जीवन का संपूर्ण आलेख मृत्यु के बिंदु पर ही समाप्त होता है? इस जीवन के आलेख में न स्वल्प विराम है, न ही पूर्णविराम है, मृत्यु ही पूर्णविराम है।"

जिसका वदन नित्य प्रसन्न रहा है, उसी श्रीकृष्ण को आज विचलित देखकर रुक्मिणी ने सहज भाव से पूछा, "स्वामी, इंद्रप्रस्थ नगरी द्वारका नगरी जैसी अनुपम है न?"

श्रीकृष्ण मुसकराए। रुक्मिणी का यही सहज उपाय था। रुक्मिणी का हाथ हाथ में लेकर श्रीकृष्ण ने कहा, "रुक्मिणी, हमें प्रसन्न करने के लिए, प्रसन्न रखने के लिए तुम अपना अस्तित्व भूल गई हो। सागर में सरिता विलीन होती है तो उसका अस्तित्व नहीं होता, तुम भी वैसी हो, कृष्ण में विलीन! मनोरंजन करनेवाली सत्यभामा, उसके साथ हमने कभी अपनी व्यथा-वेदना प्रकट नहीं की और बाकी अन्य रानियों के साथ केवल मनोरंजन ही रहा! समझ में नहीं आता, हम अपना दुःख या प्रत्येक घटना आपको क्यों बताते हैं और आपसे ही सेवा करवाते हैं। हमारे पाँव हों या मस्तक तुम सहलाती हो। हमारी युक्ति, बुद्धि की परीक्षा देते हैं हम तुम्हें ही सत्य-सत्य कहकर! क्यों करते हैं हम यह सब?"

रुक्मिणी उन्हें निहार रही थी। कितने सुंदर थे श्रीकृष्ण! प्रौढ़-प्रगल्भ, अनुभूति-संपन्न, विचार एवं कृति का विचार करनेवाले, राजनीति निपुण और प्रसन्नवदन श्रीकृष्ण अपनी प्रत्येक घटना का साक्षीदार रुक्मिणी को बनाते हैं; रुक्मिणी इस बात से प्रसन्न थी। वह स्वयं धरती थी। अनेक सुंदर ऋतु का दान बाँटती थी, परंतु ग्रीष्मकाल अपने में समाकर मौन रहती थी।

'कृष्णमेघ आते हैं। रसिक, प्रेमी उसका आनंद लेते हैं। कृष्णमेघ भी रसिक होते हैं। प्रेमीजनों की प्रत्येक इच्छा पूर्ण करते हैं। श्रृंगार में भी वे साथ देते हैं और ग्रीष्म केवल धरती का है।' रुक्मिणी सोच रही थी।

श्रीकृष्ण ने अनायास कहा, "प्रिये, हम तुम पर सर्वाधिक विश्वास करते हैं और प्रीति भी। राधा, सत्यभामा, द्रौपदी, अन्य रानियाँ तथा गांधारी, इनके संदर्भ में हमारा मन आपके पास सत्य और स्पष्ट करता है! देवता के सामने बैठकर हम अपने मन की बात करते हैं न, रुक्मिणी देवी! वैसे हम आपसे करते हैं।"

रुक्मिणी मन-ही-मन कह रही थी, 'हमें देवत्व का सम्मान देकर स्वयं श्रीकृष्ण मन की बात कह जाते हैं और हलके हो जाते हैं। जैसे कृष्णमेघ बरसाते हैं और आकाश निरभ्र हो जाता है, वैसे वे रिक्त हो जाते पुनः भरने के लिए। हमें तो संपूर्ण वहन ही करना है।' उसने स्पष्ट कहा, "द्वारका जैसी है इंद्रप्रस्थ नगरी?"

"नहीं! द्वारका और इंद्रप्रस्थ नगरी अपना-अपना अस्तित्व लेकर हैं। द्वारका नगरी को तीन दिशाओं से सागर की सुरक्षा है और यह नगरी इतनी अमरावती नगरी है। यादव कुलों से यह समृद्ध है और इंद्रप्रस्थ नगरी वर्तमान काल की देन है। इसका सौंदर्य अलग ही है।

"द्वारका नगरी का हमने इतना विचार नहीं किया था, क्योंकि जरासंध के आक्रमणों से सभी त्रस्त थे। हमारे मन में इतना ही था कि जन्मदाता वसुदेव महाराज और माता देवकी का वार्धक्यकाल सुखद हो! कारागृह में रहकर उनकी आयु अकाली बढ़ती गई!

"जब उन्हें बलराम के साथवाले सिंहासन पर बिठाया तो वे गदगद हो गए थे। श्रीकृष्ण यानी चमत्कार, श्रीकृष्ण यानी अवतार, श्रीकृष्ण आदर्श, श्रीकृष्ण सद्गुणों का महामेरु! लोग ऐसे कहते हैं, परंतु हमें पता है कि इस महामेरु के अंतरंग में कितनी व्यथा, कितना अपमान, कितने युद्ध और मृत्यु, संघर्ष एवं संवेदनाओं की सरिता बहती है, यह केवल तुम ही समझ सकती हो, रुक्मिणी।"

"आपने द्वारका नगरी कितनी अनुपम बनाई, जिसे हमने कल्पना में भी सोचा नहीं था। स्वर्णनगरी का निर्माण आपने किया। कितना संघर्ष होगा तब!"

"हाँ, परिश्रम अधिक थे। इस द्वारका नगरी की तटबंदी के लिए हमने अनेक कुशल कारीगर आमंत्रित किए थे। किला बनवाया था, ताकि कोई आक्रमण करने का साहस ही न कर सके। वास्तु रचना करनेवाले रचनाकारों को आमंत्रित किया था। कुलदेवता तो थे ही। उसके साथ ब्रह्मा, वरुण, रुद्र आदि ऐसे अनेक मंदिरों का निर्माण किया। किसी भी राज्य में नहीं होगा ऐसा चारों दिशाओं में पत्थरों का

भारी-भरकम तटबंध। अंदर सभी मंदिर स्वर्ण के हैं।"

अर्थात् पिता की आँखों में आनंदाश्रु देखे तो हमारा कार्य सफल हुआ। रुक्मिणी उनकी संवेदना समझ रही थी।

गोकुल में नंद-यशोदा के अश्रु और वृंदावन में राधा की मृत्यु, गोपी-गोप का आक्रोश—सबकुछ देखकर अनावर श्रीकृष्ण ने यमुना नदी में बार-बार भर आने वाले नेत्र धोए थे। इसलिए प्रसन्न मन लेकर वे इंद्रप्रस्थ की ओर चल पड़े थे। मन में आए हुए कृष्णमेघ का साया भी दूर हो गया था। अब सुंदर, उत्कट और रम्य दिखाई दे रहा था।

'इंद्रप्रस्थ नगरी का निर्माण वास्तु, दिशा और प्रकाश का विचार करके कलात्मक किया था और मयासुर की निर्मित 'मयसभा', यह इस नगरी में रोचक आकर्षण था। इंद्रप्रस्थ नगरी, यानी परिश्रम का आलेख है अपनी ही कार्यकुशलता का, इसलिए भी स्नेह हुआ था उस नगरी से' श्रीकृष्ण मन में सोच रहे थे।

"हमने प्रत्यक्ष इतने परिश्रम क्यों उठाए?"

"राजरानी कुंती के लिए? या पांडवों के लिए?" उनका मन कह रहा था कि नहीं, और भी एक कारण है!

जीवनगति के साथ आयुष्य में आनेवाली अनासक्ति एक ही क्षण में बदलकर आसक्ति तथा मोह-माया शरीर को लपेट रही थी। वह आसक्ति थी—द्रौपदी! अग्निकन्या द्रौपदी। तेजस्विता द्रौपदी। दृढ़ निश्चयी और व्रताचरणी का उदाहरण द्रौपदी। श्यामल वर्ण, सघन केशकलप, तीव्र बुद्धि, सुदृढ़ देहयष्टि, सिंहकटी, अग्निकन्या, जो श्रीकृष्ण को प्रिय थी। द्रौपदी ने विवाह में 'पण' तथा स्पर्धा रखी थी। नीचे पानी में देखकर चक्राकार घूमनेवाले मत्स्य की बाईं आँख में तीर चलाना था, मत्स्य की आँख का भेद करना था। श्रीकृष्ण आठ पत्नियों के पति थे। यदि पांडव न आते, अर्जुन न आता तो कदाचित् श्रीकृष्ण स्पर्धा में उतर जाते। क्षत्रिय के लिए यह आह्वान था। ब्राह्मण वेश में आनेवाले पांडवों से पहले कर्ण ने यह स्पर्धा जीत ली थी। परंतु अपना परिचय देने पर द्रौपदी ने कहा, "हम सूतपुत्र को वरमाला नहीं पहनाएँगे।" श्रीकृष्ण देख रहे थे। यदि कोई स्पर्धा नहीं जीतता तो वे उसमें उतरनेवाले थे। परंतु पांडवों ने उसे जीत लिया था।

वनवास में रहनेवाले पाँच पांडव द्रौपदी को जीतकर आए तो उन्होंने कुंती से कहा, "माता, हम आज क्या जीतकर लाए हैं, वह देखिए तो। आज की भिक्षा एकदम निराली है।" कुंती माता ने पहले ही जाना था तो पाँच पांडव एकत्र बने रहे

इस उद्देश्य से कहा, "देखो वत्स, स्वास्थ्य ठीक नहीं है। आप जो निराली भिक्षा लाए हो, वह पाँचों में बाँट लो। जैसे नित्य भिक्षा बाँटते हो समसमान वैसे ही।"

कुंती माता के शब्द को प्रमाण मानकर पाँच पांडवों की एक ही पत्नी द्रौपदी हो गई। वस्तुत: उन्हें अर्जुन से विवाह करना था। परंतु वह पाँच पतियों की पत्नी हो गई और राजमहल से कुटी में आ गई थी। पांडव सरल स्वभाव के थे। वे जहाँ भी जाते, स्नेह से लोकसंघटन हो जाता था। कभी उस कुटी में धृतराष्ट्र-गांधारी आते तो कभी दुर्योधन, दु:शासन, विकर्ण आदि। अरण्यवासी संघटित होकर उनका स्वागत करते। चित्रसेन गंधर्व के साथ युद्ध-प्रसंग भी निर्माण हुआ था।

श्रीकृष्ण पांडवों का वर्तमान जान रहे थे। उन्हें आश्चर्य हुआ था और द्रौपदी के प्रति स्नेह तथा चिंता भी। वैभवशाली द्रुपद सम्राट् की कन्या द्रौपदी वहाँ कुटी में कैसे रहती होगी? श्रीकृष्ण द्वारका से वारणावत के अरण्य में उनसे भेंट करने गए तो कुंती ने प्रसन्न होकर कहा, "अकृत्रिम और सहज, सरल जीवन का आनंद वनवास में ही मिलता है। वृक्ष-लता, अबाध गति से प्रवाहित सरिता, ऋतुओं का आवागमन, सबकुछ कितना सुंदर है यहाँ! नैसर्गिक सौंदर्य देखकर बार-बार निर्माता भगवान् का स्मरण होता है। एक पत्ते जैसा दूसरा पत्ता नहीं, एक पुष्प जैसा दूसरा पुष्प नहीं। इतने अगणित रंग, आकार, प्रकार देखते हुए मन प्रसन्न हो जाता है।"

पांडव और कुंती प्रसन्न थे। कुछ दिन में द्वारका में सूचना आई। इंद्रप्रस्थ नगरी में राजसूय यज्ञ के समय आए हुए दुर्योधन की मयसभा में जिस तरह से हँसी हुई, उससे उसने मन में प्रतिशोध लेने का ही विचार किया। एक तो द्रौपदी के स्वयंवर में वह पराजित हुआ था और यहाँ उसकी हँसी हो गई थी। अत: अपमान का प्रतिशोध लेना चाहता था। इसलिए उसने पांडवों को द्यूत खेलने के लिए आमंत्रित किया था। उसने फिर पांडवों को बारह वर्ष का वनवास और एक वर्ष का अज्ञातवास दिया था। उसी में लाक्षागृह में ठहरे पांडवों को जलाने की योजना भी बनाई। पांडवों को बचा लिया गया था। परंतु लाक्षागृह जल गया था। पांडव भी जल गए, ऐसी सूचना आई थी हस्तिनापुर में। परंतु एक दिन, तेरह वर्ष के पश्चात् पांडव अपनी इंद्रप्रस्थ नगरी में लौट आए थे।

लाक्षागृह की सूचना जब द्वारका में आई तो उसने रुक्मिणी से कहा था, "रुक्मिणी, मृत्यु सत्य और अटल है, परंतु इस तरह जलकर मृत्यु होना, कितना भयंकर है! इसमें शकुनि, धृतराष्ट्र तथा दुर्योधन का कोई षड्यंत्र तो नहीं...हम सशंक हैं।"

श्रीकृष्ण का दैनंदिन जीवन नित्य की तरह चल रहा था। श्रीकृष्ण सत्यभामा के प्रासाद में थे, तब उन्होंने कहा, "मन व्यथित है···पांडवों की मृत्यु के विषय में सुनकर!" अकस्मात् ध्यान में आया, यह रुक्मिणी नहीं है, यह सत्यभामा है, तो उन्होंने हँसते हुए कहा, "प्रिये, विश्व में कोई भी विद्रोह, विद्वेष और उत्पात क्यों न हो, हम सत्य हैं, आप प्रत्यक्ष हैं। आपका शृंगार सत्य है। हमारी प्रीति-संवेदना भी सत्य है। रात्रि के गर्भ में हम प्रीति-पुष्प खिलना देखेंगे।"

कुछ दिन पश्चात् द्रौपदी के विवाह के स्वयंवर का आमंत्रण आया, जो एक आह्वान था। सत्यभामा ने कहा भी, "पुत्र-पौत्र से संपन्न आप नवयौवना तेजस्वी, अग्निशलाका द्रौपदी को द्वारका में लाओगे, यह आपको ठीक लगता है?"

सत्यभामा के अधरों पर करांगुली रखकर उन्होंने कहा, "सौंदर्यवती को देखने में तो आपकी अनुमति है न?"

"हम रुक्मिणी नहीं हैं।"

"प्रिये, हमारी आठों पत्नियाँ हमें प्रिय हैं। विश्व का संपूर्ण ऐश्वर्य उनके सामने क्षुद्र है। आप सभी हमसे सर्वाधिक प्रीति करती हैं, इसलिए हम भाग्यवान हैं। सत्य तो यह है कि हम केवल रुक्मिणी को लाए थे। बाकी पत्नियाँ तो हमें भेंट में मिली थीं। परंतु वे सभी हमें प्रिय हैं। हम द्रौपदी के स्वयंवर और मत्स्यभेद में भाग नहीं लेंगे। हम केवल प्रेक्षक के रूप में जा सकते हैं न, प्रिये?"

रुक्मिणी के ज्येष्ठ पुत्र प्रद्युम्न को लेकर श्रीकृष्ण द्रौपदी के स्वयंवर में गए थे। वहाँ अक्रूर, सात्यकि, कृतवर्मा, पृथु, विपृथु, कंक, शंकु, यादव और पांचाल देश के सेनापति भी उपस्थित थे।

दुर्योधन अपने बंधु, कर्ण एवं शकुनि के साथ आया था। मणिमान, दंडधार, सहदेव, जयत्सेन, मेघसंधि, ये पंचनद के वीरपुरुष थे। तो विराट् नगरी के शंखराज, पार्थयक्षि, सुषमी, सेनाबिंदु, अंशुमान, चेकितान, जरासंध, वीदड, पौंड्रक, वासुदेव, भगदत्त, भद्रराज, शल्य, रुक्मांगद, रुक्मरथ, सोमदत्त, भूरि, भूरिश्रवा, शल्य जैसे महापराक्रमी वहाँ उपस्थित थे। दृढ़धन्वा, पौरव, सुषेण, शिबी, औशिनर, भगीरथ, वृहत्क्षत्र, सैंधव, जयद्रथ, बृहस्थ, बाह्लीक, कैतव, चित्रांगद, वत्सराज, चेदीपति, शिशुपाल और कंबोज के सुदक्षिण ये भी द्रौपदी के विलक्षण सौंदर्य से प्रभावित होकर सुदूर आए थे। सभी अपने-अपने सामर्थ्य का, वैभव का प्रदर्शन कर रहे थे।

श्रीकृष्ण के मन में आया, 'इनमें अर्जुन जैसा धनुर्धर कोई नहीं है। उसकी उपस्थिति नहीं है, लाक्षागृह में उन सबकी मृत्यु हो गई थी। ब्राह्मण वेश में आए

पाँच युवकों को देखकर श्रीकृष्ण ने क्षण भर में पहचान लिया और उनके मुख पर हास्य-लहर प्रकट हो गई। शस्य श्यामला, सौंदर्यवती, तेजस्विता द्रौपदी हाथ में वरमाला लेकर सभामंडप में आई तो उसे देखकर एक क्षण के लिए सभी अवाक् हो गए। सुहास्यवदना, सुकेशा, पुष्पश्रृंगार से वह अधिक सुंदर लग रही थी। द्रौपदी की ओर पुनः-पुनः देखने का मोह श्रीकृष्ण भी रोक न सके।

परंतु कल तक प्रासाद में दौड़नेवाला प्रद्युम्न अभी यौवन में पदार्पण कर रहा था और वह निकट ही बैठा था। अर्जुन ने मत्स्यभेद किया तो श्रीकृष्ण ने अनावर होकर कहा, "अर्जुन, तुम!"

"हाँ, हम पाँच और कुंती माता यहीं आए हैं।"

बारात लेकर श्रीकृष्ण पाँच पांडव और द्रौपदी के साथ कुटी में आए।

भिक्षा में मिले हुए को बाँट लेने को कुंती ने कहा तो श्रीकृष्ण को लगा, 'कुंती देवी, सुज्ञ हैं। युधिष्ठिर का धर्मव्रत, भीम का सामर्थ्य प्रदर्शन, नकुल-सहदेव का स्वच्छंद वर्तन और अर्जुन का सबके साथ अटूट स्नेहबंध समझकर ही कुंती ने ऐसा कहा होगा।'

कुछ देर बाद द्रौपदी अकेली बाहर आई तो श्रीकृष्ण से रहा न गया। उन्होंने पूछा, "चारुगात्री, श्यामले, पाँच पांडव तुम्हें पति के रूप में स्वीकार हैं?"

"श्रीकृष्ण महाराज, माता का आदेश है, उसे हम कैसे टाल सकते हैं? राजप्रासाद से इस कुटी को, राजसंपन्न राजा, राजकुमारों का त्याग कर हमने ब्राह्मण रूप में अर्जुन को स्वीकार किया तो पाँच पांडवों को माता के आदेश से स्वीकार किया। हम प्रसन्न हैं, क्योंकि हमें संपूर्ण ज्ञात है कि भविष्य में पांडव शक्तिशाली, लोकप्रिय और सत्यवचनी सम्राट् के रूप में समाज में प्रस्थापित होंगे।"

"चारुते, शुभमंगले, तुम्हें देखकर मन में एक स्नेहबंध निर्माण हुआ है।"

"श्रीकृष्ण महाराज, हम पाँच पांडवों की पत्नी हैं, पर आपसे शरीर सुख के अतिरिक्त एक सखी के रूप में नित्य ही स्नेह का बंधन अवश्य रहेगा। हम अपनी भाव-संवेदना समझ गए हैं! परंतु आप हमारे हितचिंतक और अनकहे, अस्पर्श रूप में अवश्य होंगे।"

"आप हमारी सखी हैं; द्रौपदी! हम उसी भाव से देखेंगे। राधिका हमारी प्रिय सखी थी। बकुलस्मृति जैसे उसकी गंधित स्मृति हमारे पास है।"

"हम तुम्हें क्या कहें महाराज श्रीकृष्ण?"

"हम अनेक रिश्तों से बद्ध हैं। अनेक नामों से विभूषित हैं। इस बात से तुम्हारे-

हमारे मध्य का अंदर सहज ही कम हो गया। अर्ध-शतक पार करनेवाले हम और तुम खिलती हुई प्रसन्न कलिका हैं। सूरज की प्रथम किरण! सखे द्रौपदी, तुम्हारे एक शब्द से हम आकाश-पाताल एक कर देंगे। सुदर्शन चक्र से दिशा तक नष्ट कर देंगे। ब्रह्मांड तक तथा सप्तपाताल तक हम स्वयं जाएँगे। द्रौपदी, श्रीकृष्ण सखा है तुम्हारा, इसे केवल श्रीकृष्ण नाम से ही पुकारो।"

"श्रीकृष्ण महाराज, यह सख्यत्व निरपेक्ष है। आप हमारी प्रसन्नता के लिए इतना सबकुछ करेंगे, इसलिए हम आपको स्नेहरज्जू में नहीं बाँध रहे हैं। आपको देखकर हमें भी लगा कि आप में अपनापन है। हमें केवल आपका आशीर्वाद चाहिए, हम पाँच पांडव तथा माता कुंती को आदर से, स्नेह से, दृढ़रज्जु से बाँध सके; और उन्हें कोई कष्ट भी न हो। हमारा मन पवित्र व सुंदर हो तथा रुक्मिणी देवी जैसा उदार, संयमित मन हो हमारा!"

द्रौपदी देर तक बोलती रही। श्रीकृष्ण सुन रहे थे और स्नेह का एक-एक रज्जू बढ़ता जा रहा था। पांडवों के प्रति उसकी निष्ठा, प्रीति, कर्तव्य-भावना, अधिकार, स्वयं की अस्मिता वे देख रहे थे। स्त्री शक्ति का सजीव प्रतीक श्रीकृष्ण देख रहे थे।

द्रौपदी को मन में स्थान देकर वे प्रद्युम्न के साथ द्वारका लौट आए और आज वे प्रसन्न थे कि सम्राज्ञी के रूप में द्रौपदी कैसी दिखती होगी! इस विचार से ही वे प्रसन्न थे। इस इंद्रप्रस्थ के नगर निर्माण में श्रीकृष्ण ने परिश्रम किया था।

इंद्रप्रस्थ नगरी के द्वार पर पाँच पांडवों के साथ प्रसन्न-वदना सुसंस्कृत द्रौपदी खड़ी थी।

उसने कहा, "हम आपका स्वागत करते हैं! द्रौपदी को सम्राज्ञी पद पर देखने के लिए आपने कितने परिश्रम किए हैं, श्रीकृष्ण!"

रुक्मिणी की मुक्त हँसी देखकर द्रौपदी ने कहा, "रुक्मिणी देवी, आप नहीं होती तो श्रीकृष्ण नहीं होते।"

"ये तो स्वयंभू हैं।" रुक्मिणी ने कहा।

"स्वयंभू होते तो इतना सबकुछ नहीं कर पाते! आपको हृदय-सिंहासन पर बिठाकर वे अन्यों का स्वागत करते हैं। आपके बिना उनका जीवन शून्य है।"

श्रीकृष्ण यह संवाद सुन रहे थे।

उस राधा के लिए हम कुछ भी न कर सके, इस सखी के लिए हम न्योछावर हैं।"

सभी प्रसन्न थे।

□

महारानी गांधारी का सूर्य ध्वजवाला स्वर्णरथ प्रात: समय में इंद्रप्रस्थ नगरी से बाहर गया। पांडव स्वयं द्रौपदी के साथ उन्हें इंद्रप्रस्थ नगरी की सीमा तक पहुँचाने गए थे। श्रीकृष्ण तथा रुक्मिणी का रथ भी साथ था। गांधारी के रथ के पीछे चतुरंग सेना थी। कौरव उनसे पहले ही निकल पड़े थे। कुंती के आग्रह पर गांधारी पंद्रह दिन इंद्रप्रस्थ नगरी में रुकी थी।

"आप फिर कब आओगी गांधारी देवी?" द्रौपदी का सहज प्रश्न था।

"सभी कार्य ईश्वर प्रणीत होते हैं, द्रौपदी! अब आप ही आना हस्तिनापुर में। द्रौपदी, आपने राजसूय यज्ञ जैसा कार्य सफल किया। मयसभा जैसे चमत्कारी दालान बनवाए। इंद्रप्रस्थ नगरी का आयोजन भी सर्वाधिक आकर्षण का केंद्र रहा है। बहुत ही परिश्रम किया है आप सभी ने। तो अब आप सभी लोग विश्राम करने के लिए हस्तिनापुर अवश्य आना!"

"गांधारी देवी, आपने पांडव तथा द्रौपदी को आमंत्रित किया है, हमें आपका आमंत्रण नहीं है!"

"जगमान्य और सर्वेसर्वा व्यक्ति का संचार सर्वत्र होता है। उन्हें आमंत्रण की औपचारिक प्रतीक्षा नहीं होती।"

"सत्य है आपकी वाणी, हम आमंत्रण के बिना ही जाते हैं, प्रतीक्षा नहीं करते, इसका अर्थ यह तो नहीं कि हमें कोई स्नेहभाव से आमंत्रित ही न करे! हमें भी प्रतीक्षा रहती है आमंत्रण की!"

गांधारी के अधरों पर हास्य था। गांधारी की विशेषता यह भी थी कि जब वह हँसती थी, तब उसका रोम-रोम हँसता हुआ दिखाई देता था।

"आप कभी भी आएँ, श्रीकृष्ण महाराज! आपका सम्मान ही होगा।" नेत्रपटल बंद होने पर भी वह देख रही है, ऐसा आभास श्रीकृष्ण को हो रहा था।

"और यदि अपमान भी होगा तो भी हम सम्माननीय समझेंगे।"

"आप आकर प्रचिती ले सकते हैं। प्रत्यक्ष के लिए प्रमाण क्यों?"

विदुर महाराज अपने रथ में शांत भाव से बैठे थे। उन्होंने श्रीकृष्ण के हाथ अपने हाथ में लेकर कहा, "श्रीकृष्ण, जब से तुमसे भेंट हुई है, तब से नित्य तुम्हें स्मरण करता हूँ। विशेषत:, जब हम व्यथित होते हैं, तब तुम्हें स्मरण करते हैं। इससे मन की व्यथा दूर होती है, श्रीकृष्णा।"

"भक्तियुक्त अंत:करण से किसी में भी श्रद्धा रखने से मन:शांति मिलती है, विदुर महाराज!"

तभी विुदर ने कहा था, "कुरुवंश के शासन तथा राजनीति में मैं कभी नहीं होता, पर नियति ने मुझे क्यों जोड़ दिया, यह मैं नहीं जानता! अंबालिका माता ने मेरी निष्पाप माता की बलि चढ़ाई और व्यास मुनि से छुटकारा पाया। श्रीकृष्णा, मेरा जन्म ही नहीं होता तो`` आज 'दासीपुत्र विदुर' यह संबोधन तो प्राप्त नहीं होता। राजवंश से संबंधित होने से आनेवाली मर्यादा तो मुझे नहीं होती! मेरी माता ने मेरा जन्म होते ही मृत्यु को पसंद किया, वह नहीं होता!

"धृतराष्ट्र अंध हैं, पर फिर भी वे राजसिंहासन पर हैं। पांडु महाराज ने राजभोग त्यागकर अरण्यवास को स्वीकार किया। और मैं अव्यंग, दीर्घायु, सुसंस्कृत होने पर भी दासीपुत्र ही रहा।

"मैं अस्वस्थ था, अधीर था। परंतु श्रीकृष्ण, तुम्हारा दर्शन हुआ और मन:शांति हो गई। जीवन नीरस था, वह रसपूर्ण हो गया। तुम्हारी वाणी, तुम्हारा दूसरों को समझाना, संयमित रसिकता, यह देखकर जीवन को नया आयाम प्राप्त हुआ। जब कभी अनेक प्रश्न मन में उभर आते हैं, तब तुम्हारा स्मरण होता है, और प्रश्न का जैसे उत्तर ही मिल जाता है।" श्रीकृष्ण को विदुर का शब्द-शब्द स्मरण हुआ। विदुर ने उनको प्रणाम किया और गांधारी के पीछे उनका रथ भी निकल पड़ा।

कुंती और पांडव राजप्रासाद में पहुँचे तो कुंती ने कहा, "संपूर्ण कार्य सिद्ध हुआ, वह केवल तुम्हारे ही कारण, श्रीकृष्ण! इतना सब हम कर ही नहीं सकते थे। पुनः-पुनः तुम द्वारका से आए और आर्थिक, शारीरिक सहकार्य किया। हम धन्य हो गए!"

एक मास तक राजसूय यज्ञ चलता रहा। श्रीकृष्ण द्रौपदी के संदर्भ में विचार करते रहे, विलक्षण प्रतिभावान, सौंदर्यवती, विशेषकर वाक्चतुर स्त्री थी वह। किसी भी प्रश्न का अचूक उत्तर देना, उसकी विशेषता थी।

एक दिन श्रीकृष्ण द्रौपदी के कक्ष में कुछ पूछने के लिए गए तो वहाँ द्रौपदी नहीं गांधारी थी। वे लौटने लगे तो गांधारी ने कहा, "किसी स्त्री के कक्ष में बिना अनुमति के कोई पुरुष जाता नहीं है; आप इसलिए जा रहे हैं, क्योंकि हम यहाँ हैं। नि:संकोच आप हमसे बोल सकते हैं। बैठिए आप!"

"परंतु आपने हमें पहचाना कैसे?"

"किसी भी अंध व्यक्ति की संवेदना अति जाग्रत् होती है। आपके कंठ में वैजयंतीमाला है, कस्तूरी तिलक है और तुलसी की माला भी है। यह धारण करने वाला व्यक्ति आपके सिवा कौन हो सकता है?"

"आपने बहुत ही सुंदर विश्लेषण किया, गांधारी देवी!"

देर तक उनकी बातें चलती रही थीं।

□

युधिष्ठिर ने कहा, "हमें द्यूत यानी बुद्धिबल खेलना प्रिय है। आज हमने ऐसा विचार किया कि एक पट पर केवल चार ही खेल सकते हैं; वैसे तो दो ही। तो जिसने कभी भी द्यूत खेला नहीं, वे द्यूत खेलेंगे!"

सबने कहा, "हमने खेला है; देखा और जाना भी है। अतः श्रीकृष्ण महाराज और गांधारी देवी ही खेलें, जिससे सबको आनंद मिले। गांधारी देवी, क्या आप खेलोगी?"

"क्षत्राणी को दिया आह्वान हम कभी नहीं टालते!"

श्रीकृष्ण व गांधारी देवी खेल रहे थे और सब आनंद ले रहे थे। एक समय ऐसा आया, जहाँ श्रीकृष्ण के राजा पर ही आक्रमण था, तो श्रीकृष्ण सामने हाथी लाए और उठ गए।

"क्या पराजित होने का भय है?"

"बुद्धिमती स्त्री से पराजित होने में भी सम्मान ही है।"

श्रीकृष्ण को द्वारका लौटते समय स्मरण आ रहा था—गांधारी, इंद्रप्रस्थ नगरी, मयसभा तथा पांडवों का आपस में दृढ़तर संबंध और द्रौपदी का खिलखिलाकर हँसना उन्हें बहुत ही अच्छा लग रहा था। पर बीच में कभी-कभी भीम का गरजना, शक्ति का प्रदर्शन करना, असंयुक्तिक बोलना, उन्हें पसंद नहीं आ रहा था। कुंती का विनम्र स्वभाव, पांडवों तथा द्रौपदी का उनके प्रति स्नेह, यह देखकर गांधारी चकित-सी हो गई थी।

महारानी गांधारी तथा बाकी लोग हस्तिनापुर के समीप आ पहुँचे थे। प्रवेश-द्वार पर दुर्योधन उसकी प्रतीक्षा कर रहा था। उसका मन भर आया। महाराज धृतराष्ट्र प्रवेश-द्वार पर उसकी प्रतीक्षा कर रहे थे। इंद्रप्रस्थ के विषय में उन दोनों की बातचीत चल रही थी, तो गांधारी ने कहा, "सत्य तो यह है, महाराज कि वहाँ सबकुछ सुंदर और स्नेह से चल रहा है। इसके पीछे श्रीकृष्ण महाराज भी हैं। परंतु आजकल हम जितनी भी घटनाएँ सुन रहे हैं, मन उतना ही सशंक हो रहा है। वह

योग्य नहीं है। कभी-कभी लगता है यह हमारे भविष्य को अंधकार की ओर ले जानेवाला मार्ग तो नहीं?"

"ऐसा किस आधार पर कहती हो, देवी? पांडवों का उत्कर्ष देखकर तुम्हें ग्लानि तो नहीं हुई?"

"उनका विकास, उनका यश, इससे हमें ईर्ष्या नहीं है, क्योंकि वह उन्होंने परिश्रम से अर्जित किया है। परंतु हम अपने संदर्भ में सोचते हैं।"

"क्यों सोचती हो, देवी?"

"नेत्रपटल बाँधकर भी देखती हूँ तो कोई शुभ संकेत दिखाई नहीं देते! अपना मार्ग सुयोग्य नहीं है!"

"स्पष्ट कहो न, गांधारी!" धृतराष्ट्र भी संभ्रमित हुए थे।

"स्पष्ट कहूँ तो हमारा बंधु शकुनि, यह दुष्ट ग्रह आपकी कुंडली में है। आप समझ नहीं पा रहे हैं। मोहरे दाँव पर लगाकर द्यूत खेलना हमें कतई पसंद नहीं है; उसे गंधार भेज दीजिए।"

"अपने ही बंधु पर इतना क्रोध क्यों? उसका अपराध ही क्या है? हमने तो उसे अपने मंत्रिमंडल में सम्मिलित भी किया है। पर आर्य राष्ट्र-नीति उसने चाणक्य से सीखी है। आर्य, हमें वह चाणक्य के कितने ही उदाहरण देता है। उसके ही कहने के अनुसार हमने सीमावर्ती प्रदेश में सुरक्षा-व्यवस्था की है।

"हाँ, आपको द्यूत खेलना पसंद नहीं है। परंतु देवी, यह तो केवल मनोरंजन है। उसमें तुम्हें क्या दोष दिखाई देता है? शकुनि की एक भी घटना ऐसी बताओ, जिससे हमारी, समाज और राज्य की हानि हुई है?"

"हम आपको पुनः-पुनः कहते हैं कि वह हमारा बंधु होने पर भी हमारा शत्रु ही है।"

"किस आधार पर उसे दोष लगा रही हो?"

"मन के आधार पर।"

"यह योग्य नहीं है, गांधारी! नेत्रपटल बाँधकर तुम्हारा अपना मन भी अंधकार देख रहा है। हम उसे छोड़कर हमारा और राज्य का अहित नहीं कर सकते। तुम्हें लगता है कि हम बालबुद्धि लेकर राज्य कर रहे हैं, हम नासमझ हैं, हमें व्यक्ति की परख नहीं है? पर यह कहना योग्य है क्या? हमारा श्रेष्ठत्व यही है कि हम आपका विचार सुन रहे हैं। हम मद्य पीकर निर्णय लेते हैं, ऐसा तुम्हारा विचार है! पर यह विचार योग्य नहीं है।"

"हमने आपको इसलिए कहा कि दुर्योधन आज जिस मार्ग पर चल रहा है, वह योग्य नहीं है। अत: उसे योग्य दिशानिर्देश और स्नेहार्द्र वचन की आवश्यकता है।"

"दुर्योधन अब शिशु नहीं रहा। उसका विवाह हो गया है। वह स्वयं के संदर्भ में विचार कर सकता है, निर्णय ले सकता है। हम तो अंध ही थे। पर तुमने नेत्रपटल बाँधकर क्या अपने पुत्रों के लिए कुछ किया ? तो फिर किस अधिकार से हमसे कह रही हो कि ठीक नहीं चल रहा!"

धृतराष्ट्र क्रोधित होकर चले गए।

एक दिन धृतराष्ट्र ने वारणावत में जाने की बात बताई। पांडव द्यूत में पराजित हो गए थे। इसलिए बारह वर्ष उनसे वनवास और एक वर्ष का अज्ञातवास था। जब वे वारणावत गए तो धृतराष्ट्र ने कहा, "उन्हें मिलकर आएँगे तो उन्हें भी अच्छा लगेगा। गांधारी ने तत्काल 'हाँ' कर दी थी। परंतु जब दुर्योधन और कर्ण ससैन्य निकले तो उसे लगा कि यह किसी घटना का आरंभ है।

गांधारी के मन में आशंका का निर्माण हुआ तो उसने विदुर महाराज से पूछा, "चित्रसेन गंधर्व ने अपने गंधर्वों के साथ वारणावत में रहने की अनुमति पांडवों ने इंद्रदेव से ली है तो फिर कर्ण और दुर्योधन हमारे साथ ससैन्य क्यों चल रहे हैं ?"

"गांधारी देवी, सत्य तो आप भी जानती हैं। धृतराष्ट्र के मन में पांडवों के लिए एक विषवल्ली का बीज बोया गया है और धीरे-धीरे वह विषवल्ली बढ़ रही है। खांडववन देने से यह प्रश्न समाप्त नहीं होगा, वे और भी माँगते रहेंगे। अत: इससे तो अच्छा है कि वे जीवित ही न रहें। यही योजना है, गांधारी देवी!"

"सत्य कह रहे हो ?"

"देवी, मैं सत्य ही कहता हूँ। गांधारी देवी, जिस तरह से घटनाएँ दिखाई देती हैं, वह वैसी नहीं हैं। लाक्षागृह में वे प्रसन्नता से रह रहे थे। वह एक आश्रम जैसा था, लेकिन था वह लाक्षागृह! विनाश की योजना असफल हो गई। चित्रसेन से अकारण युद्ध करना, इसके पीछे भी कोई योजना हो सकती है।"

"शाल्व नरेश आए थे…"

"हाँ, यह कहने के लिए कि लाक्षागृह में पांडव सुरक्षित हैं; परंतु सेवक ने उसी समय कह दिया था कि लाक्षागृह में पांडव जल गए।"

गांधारी की धृतराष्ट्र के प्रति प्रीति अब क्रोध में बदल गई थी। राज्य-शासन और राज्य अबाधित रखने के लिए इतना कपट कारस्थान! वे केवल पाँच और यहाँ चतुरंग सेना भी थी।

"किसने जलाया लाक्षागृह ? इसमें षड्यंत्र रचा गया है। इसमें दुर्योधन, शकुनि और कर्ण भी हो सकते हैं तथा धृतराष्ट्र की अनुमति भी हो सकती है।"

पांडवों की मृत्यु की खबर सुनकर गांधारी के मन में विचार-चक्र शुरू हो गया। यह सहज घटना नहीं है, उसका मन पुनः-पुनः कह रहा था। परंतु जब तक कुछ पता नहीं चलता, तब तक उसने मौन रहना ही उचित समझा। और जब उसने देखा कि धृतराष्ट्र महाराज की साम्राज्य लालसा, स्वार्थी वृत्ति के कारण दुर्योधन एवं दु:शासन में दुष्ट राजनीति परंपरा आई थी तथा उस बीज को सींच रहा था शकुनि और कर्ण।

जब से द्रौपदी ने 'सूतपुत्र से विवाह नहीं करूँगी,' ऐसा कर्ण को कहा, तब से ही दुर्योधन का क्रोध बढ़ गया था। उसने गांधारी से पूछा, "माता, यह कैसी विडंबना है, कैसा व्यंग्य है ? समाज में जाति इतनी महत्त्वपूर्ण क्यों ? पराक्रम, शौर्य, साहस, धर्म, संस्कृति, यह सब जाति पर निर्भर क्यों है ? समाज में ही भेद क्यों ? एकलव्य अर्जुन से बढ़कर न हो, इसलिए द्रोणाचार्य जैसे गुरु ने उसका अँगूठा ही छीन लिया। क्या यह ठीक है ?" गांधारी अनायास बोल उठी, "सत्य कहा वत्स, जिनके बारे में तुम सोच रहे हो, वह सत्य है। ऐसी बात नहीं करनी चाहिए थी। पर पाँच पांडवों का द्रौपदी के साथ लाक्षागृह में दहन, क्या यह सुयोग्य बात है, वत्स ? किसका है यह कपट षड्यंत्र ? पांडव तो तुम्हारे बंधु हैं !"

"हम भी यही सोच रहे हैं।"

दुर्योधन ने उत्तर दिया तो गांधारी ने हँसकर कहा, "वत्स, इसमें सोचनेवाली बात क्या है ? अपने पाँच बंधुओं और द्रौपदी की मृत्यु के बारे में सोचना है या अपराधी को खोजना है ? अपना गुप्तचर विभाग क्या करता है ?"

दुर्योधन ने उत्तर तो दिया, परंतु उसमें दुर्बलता थी।

एक दिन कर्ण दुर्योधन को ढूँढ़ रहा था, तभी गांधारी देवी सामने आई।

"महारानी गांधारी देवी, हम हैं अंगदेश के कर्ण! हम दुर्योधन के लिए···"

"हाँ अंगराज, हमें पता है। कैसा रहा स्वयंवर ?"

"देवी, हम अपमान का भयंकर शल्य लेकर लौट आए! मानव की जाति में ही हमारा जन्म हुआ है। हम पशु नहीं हैं। हमें भी शस्त्र-अस्त्र विद्या, शास्त्र-विज्ञान आदि का ज्ञान है। हमें गुरु द्रोणाचार्य ने नहीं सिखाया। परंतु हमने पढ़कर स्मरण किया। जिसने हमें जन्म दिया, उसने बहा दिया, पिता अधिरथ ने हमें स्वीकारा, अत्यधिक स्नेह किया। जन्म देनेवाली माता कहीं प्रतिष्ठित होगी माता राधा तथा राधा सूत हीन है !

"देवी, द्रौपदी ने हमारा उपहास किया, जाति पर व्यंग्य किया। क्या यह योग्य था ? ऐसे कटु वचनों की एक मालिका बन गई है। हम कैसे भी जीवन व्यतीत करते, देवी! परंतु अंतरंग में क्षत्रियत्व था। वह कदाचित् किसी भी जाति में होगा, जो हमारे मन में है। जाति की मुद्रा किसने लगाई, देवी ? यह जाति ईश्वर निर्मित तो नहीं है न!

"अपना अपमान हम नहीं सहेंगे। हमारा प्रत्येक चरण अब प्रतिशोध के लिए चलेगा।"

गांधारी के मुख पर हँसी दिखाई दी। कर्ण एक क्षण को संभ्रमित हुआ। गांधारी मन में सोच रही थी कि दुर्योधन के लिए कर्ण का यह जोड़ योग्य ही है। प्रतिशोध नहीं, परंतु विरोध आवश्यक है। गांधारी ने पूछा, "अपने कार्य के लिए तुम दृढ़प्रतिज्ञ हो न ?"

"देवी, आपको हम पर विश्वास नहीं ?"

"अंगराज, शब्द का एक मूल्य और प्रतिष्ठा होती है, जिसे सिद्ध करना पड़ता है। वारणावत में आपके मित्र दुर्योधन को छोड़कर आपने पलायन किया था गंधर्व चित्रसेन के युद्ध में, तब ?"

कर्ण मौन हो गया। गांधारी देवी की स्मरण-शक्ति तीव्र है, इसका प्रत्यय उसे आया।

"गांधारी देवी, इस धनुष की सौगंध, हम कभी भी दुर्योधन को छोड़कर नहीं जाएँगे। नीति-अनीति, सत्य-असत्य—इनका विचार न करके आपको दिए गए वचन का हम पालन करेंगे। यदि आवश्यकता पड़ी तो रणभूमि पर प्रथम चरण हमारा ही होगा।"

इंद्रप्रस्थ से हस्तिनापुर जाते-जाते गांधारी को अनेक घटनाएँ स्मरण हो रही थीं। मयसभा में दुर्योधन पर व्यंग्य करना, अपमानित करना, द्रौपदी का खिलखिलाकर हँसना, यह उसे भी व्यथित कर रहा था।

नगरी के प्रवेश-द्वार पर दुर्योधन स्वागत के लिए उपस्थित था। उसने आते ही कहा, "माता, तुम्हें एक योजना सुनानी है।"

गांधारी का स्वर्णरथ राजप्रासाद के पास पहुँचा तो मध्याह्न निकल पड़ा था संध्या की ओर!

□

"श्रीकृष्ण महाराज, आपने जो विधान किया है, वह आपके द्वारा ही है, इसलिए वह सत्य है, ऐसा कहना चाहिए! पाप-पुण्य की कल्पनाएँ इतनी पारदर्शक होती हैं

कि उसका मूल्य-मापन सहज संभव नहीं है।"

"गांधारी देवी, आप किस संदर्भ में बोल रही हो?"

"आप एक कुशल राजनीतिज्ञ हो, अतः आप सहज ही समझ सकते हो।"

श्रीकृष्ण के मुख पर प्रसन्नता थी। वैसे आकाश में भी प्रसन्नता थी; अपनी शीतलता का दान वसुंधरा को देकर नक्षत्र प्रसन्न थे। रात्रि का पहला प्रहर चल रहा था। गांधारी मदालसा के साथ अट्टालिका में आई थी। राजप्रासाद के दालान में वातावरण प्रसन्न था। राजसूय यज्ञ की निर्विघ्न समाप्ति हो गई थी। एक-एक नरेश अपने-अपने नगरों की ओर प्रस्थान कर रहे थे। युधिष्ठिर और द्रौपदी सम्मान के साथ राजसिंहासन पर प्रतिष्ठित थे। कौरव अपने पिता धृतराष्ट्र के साथ हस्तिनापुर नगरी के लिए प्रस्थान कर गए थे। मयसभा में दुर्योधन संभ्रमित था। अपने वस्त्र पानी में न भीगें, इसलिए उसने पीतांबर को घुटने तक उठाया था। वस्तुतः वहाँ पानी नहीं था। दुर्योधन का मस्तक भित्ति से टकराया, क्योंकि जिसे वह दर्पण समझ रहा था, वह द्वार था। इस तरह सभी राजाओं ने इस मयसभा का आनंद लिया था। परंतु दुर्योधन के समय द्रौपदी का हँसना उसे अपमान जैसा लगा।

"दुर्योधन महाराज, आप सावधान होकर चल रहे थे, फिर भी आपका मस्तक टकराया! हमें लगा था कि आपने मयसभा कहीं और भी देखी होगी। अंध पिता की अंधदृष्टि आपकी तो है नहीं। फिर भी…"

द्रौपदी के शब्द से शरसंधान हो गया था। वस्तुतः वह इस तरह बोलना नहीं चाहती थी। दुर्योधन मौन रहा।

"द्रौपदी, इस तरह व्यंग्य करना आपको शोभा नहीं देता! दुर्योधन अंध नहीं है। प्रत्यक्षतः आप कभी हमारा कार्य भी देखिए।" दुःशासन ने कहा।

दुर्योधन, दुःशासन, विकर्ण, कर्ण, दुःशला व्यथित होकर लौट गए थे। द्रौपदी और कुंती के आग्रह पर गांधारी रुक गई थी। उन सबके जाने के पश्चात् द्रौपदी ने गांधारी से कहा, "देवी गांधारी, हमें इस तरह नहीं बोलना चाहिए था, हम क्षमाप्रार्थी हैं।"

"द्रौपदी, तुम अग्नि-तेज शलाका हो! परंतु स्त्री का तेज इस तरह से प्रकट नहीं होना चाहिए। स्त्री ललिता है, सुकुमारी तथा दुर्गा भी है। परंतु तुम्हारा दुर्गारूप इस तरह, इस समय प्रकट होना योग्य नहीं था।"

"पुनः-पुनः हम क्षमाप्रार्थी हैं, देवी!"

द्रौपदी क्षमा माँगकर चली गई थी। गांधारी ने मन को समझाया, 'युवती है,

अनुभूति नहीं है। तेज शलाका होने के कारण संयमित होना कठिन है। यह घटना मन से निकाल देनी चाहिए!'

और वह अट्टालिका में आई थी। वह विचार ही कर रही थी कि श्रीकृष्ण वहाँ आ पहुँचे। राजसूय यज्ञ का उत्सव तीन मास तक चलता रहा। किसी से बोलने का अवसर, अतः नहीं मिला। आयोजन तो रुक्मिणी और श्रीकृष्ण का था। इसका अलौकिक वर्णन सुनने के बाद भी गांधारी को नेत्रपटल खोलने की इच्छा नहीं हुई, इस बात का आश्चर्य श्रीकृष्ण को हो रहा था। और जब उन्होंने गांधारी को देखा तो यह प्रश्न पूछने के लिए वे रात्रि के पहले प्रहर में अट्टालिका पर आए थे। मूर्तिमंत गांधारी आसन पर बैठी थी और मदालसा उन्हें कुछ बता रही थी। पूर्णिमा की चंद्रकिरणों की प्रभा गांधारी के मुख पर थी। 'स्त्री को अपने सौंदर्य का कितना अभिमान होता है! वह स्वयं को पुनः-पुनः दर्पण में देखकर शृंगार करती है। नक्षत्रों से भरा आकाश, चंद्रप्रभा, सूर्यप्रभा, निसर्ग और सृष्टि का लावण्य उसे आकर्षित नहीं करता? अपने शत पुत्रों को देखने के लिए लालायित नहीं यह स्त्री, यह कैसी विडंबना है? या अपना ही अट्टहास है?' श्रीकृष्ण मन में सोच रहे थे।

आते ही उन्होंने गांधारी से पूछा, "क्या आप किसी को देखना नहीं चाहती?"

"आपकी यह भ्रांत कल्पना है कि केवल नेत्र ही देखते हैं। हमारा मन, हमारा मस्तिष्क, हमारा हृदय आपको पहचानता है, देखता है। आपको भी हमने मन से देखा है।"

"सत्य है?"

"संपूर्ण सत्य! हम आपका वर्णन कर सकते हैं। मुख के भाव समझ सकते हैं। हमने आकाश धरती, सृष्टि, निसर्ग मन में सजाया है। कदाचित्...प्रत्यक्ष से अधिक सुंदर भी है।"

श्रीकृष्ण मौन रहे। कुछ देर बाद उनका संवाद शुरू हुआ तो मध्यरात्रि तक चला।

"सच में आप धर्म की ध्वजा को हाथ में लेकर घूमते हो। क्या आप एकमात्र धर्म संरक्षक हैं, श्रीकृष्ण महाराज?"

"ऐसा तो हमने नहीं कहा।"

यज्ञ-समारोह में इतने अधिक नागरिक, राज्याधिपति आए थे कि युधिष्ठिर ने कल्पना तक नहीं की थी। परंतु जय-जयकार हो रही थी श्रीकृष्ण की। भेंट स्वीकारते-स्वीकारते पांडवों के हाथ थक गए थे। परंतु आनेवाले कह रहे थे, "ऐसा

यज्ञ आज तक कभी नहीं हुआ। यहाँ सहस्त्रों से भी अधिक लोग उपस्थित थे।" ऐसे प्रचंड जन-समुदाय के सामने श्रीकृष्ण ने अपने सुदर्शन चक्र से शिशुपाल की हत्या कर दी थी। गांधारी ने इसलिए कहा कि "क्या आपने शिशुपाल की हत्या अहं भाव के लिए की या सत्यधर्म के लिए।" इस घटना पर किसी ने कोई वक्तव्य नहीं किया था, परंतु गांधारी ने कहा। श्रीकृष्ण मौन रहे। उनकी दृष्टि के सामने घटनाओं का स्मरण हुआ।

एक दिन प्रात:काल में एक संन्यासी यति को देखने के लिए श्रीकृष्ण की आठ पत्नियाँ तथा रेवती महारानी रैवतक पर्वत की ओर जा रही थीं।

उत्सुकतावश श्रीकृष्ण भी रैवतक पर्वत की ओर निकल पड़े। अपने यौवन में ही उसने संन्यास लिया, यह वार्त्ता थी। श्रीकृष्ण ने जाकर देखा तो यति वेश में अर्जुन दिखाई दिया। वे चकित हो गए। वहाँ सुभद्रा भी थी। वे सब पूजा-अर्चना करने चली गईं तो श्रीकृष्ण ने पूछा, "अर्जुन, ऐसी क्या घटना हो गई कि तुम्हें संन्यास लेना पड़ा?"

"क्या हुआ कि हम पाँच और द्रौपदी एक, तो हमने बारह मास का विभाजन पाँच में किया। पर एक दिन हम अपने गांडीव-धनुष लेने गए तो हमसे नियम भंग हुआ। द्रौपदी और युधिष्ठिर एकांतवास में थे। और एकांत में प्रवेश करने के लिए बारह वर्ष अरण्यवास का शासन था, इसलिए हम निकल पड़े यात्रा पर! भ्रमण करते रहे। मार्ग में एक स्त्री के साथ विवाह किया। वह नागकन्या थी। बारह वर्ष पूर्ण हो रहे थे तो तुम्हें मिलने यहाँ तक आया।" अर्जुन ने अपनी आपबीती बताई तो श्रीकृष्ण ने कहा, "हमारी भगिनी सुभद्रा आपसे सर्वाधिक प्रीति करती है, उससे विवाह कर लो!"

इंद्रप्रस्थ में अर्जुन-सुभद्रा पहुँचे तो श्रीकृष्ण साथ थे। उन्होंने द्रौपदी से कहा, "सखी, अब पाँच पतियों के लिए तुम अकेली नहीं हो। बारह वर्षों में अर्जुन ने तीन विवाह किए हैं। भीम ने हिडिंबा के साथ विवाह किया है।"

"सो तो ठीक ही हुआ है। पुरुषों के लिए अधिक विवाह करना पुरुषार्थ की बात मानी जाती है। हम स्त्रियाँ आपस में परस्पर स्नेहभाव रखकर जीवन बिताती हैं। समझ में नहीं आता, श्रीकृष्ण कि जब स्त्री पतिव्रता रहती है तो समाज में पुरुषों पर निर्बंध क्यों नहीं?"

श्रीकृष्ण हँसकर बोले, "अगला जन्म आप पुरुष के रूप में लेना, तब समझोगी उनकी व्यथा और वेदना!"

देर तक वे इस विषय पर चर्चा करते रहे।

आठ दिन के बाद जब श्रीकृष्ण इंद्रप्रस्थ से निकले और दस महीने के बाद राजसूय यज्ञ का आयोजन करने के लिए श्रीकृष्ण को इंद्रपस्थ से आमंत्रण आया था। पर वह कार्य-नियोजन सहज कार्य नहीं था। श्रीकृष्ण को लगा कि राजसूय यज्ञ यानी शैब्य, सुग्रीव, बलाहक, मेघपुष्प जैसे अश्वों से रथ खिंचवाना, दौड़वाना जितना सहज कार्य नहीं था। कदाचित् यह इस कारण था कि श्रीकृष्ण को बुलाया गया था।

जब श्रीकृष्ण वहाँ पहुँचे तो सबके मुख पर अपार प्रसन्नता थी। सभी क्षत्रिय कुलों को जोड़ना ही इस राजसूय यज्ञ का उद्देश्य था।

"देखो अर्जुन तथा युधिष्ठिर, अपने भरतखंड में चंद्रवंश तथा सूर्यवंश में कुल मिलाकर एक सौ एक क्षत्रिय कुलों का समावेश है। जब परशुराम ने क्षत्रियों को इक्कीस बार पराजित किया, तब भी बचे हुए क्षत्रिय कुल एक सौ एक हैं। मगध का राजा जरासंध सर्वाधिक प्रबल, उन्मत्त और अहंकारी भी है। सर्वश्रेष्ठ कुल 'भोजकुल' है। जरासंध से हम सत्रह बार पराजित हो गए, तब हम मथुरा छोड़कर सह्याद्रि पर्वत पर समाधिस्थ परशुराम के यहाँ गए थे। उनसे जीतना असंभव है। इनके सिवा और भी हैं—चेदिपति दमघोष का पुत्र शिशुपाल, विदर्भराज भीष्मक, पौंड्रक का वसुदेव, करूष देश का दंतवक्र और यादव कुल कम तो नहीं हैं।

"अठारह सहस्र यादव कुल केवल द्वारका में हैं। उसमें से आहुक के शत पुत्र, चारूदेष्ण, चक्रदेव, सात्यकि तथा हम, महाराज बलराम, सांब, प्रद्युम्न महारथी हैं। कृतवर्मा, अनाधृष्टि, समिक समितिंजय, कंक, शंकु, कुंती, अंधक, भोजराज के पुत्र और हमारे वृद्ध पिता वसुदेव ये सब वीर पुरुष ही हैं। जरासंध के साथ युद्ध की कल्पना भी असंभव है!

"अंत में जरासंध के साथ युद्ध नहीं, द्वंद्वयुद्ध का निमंत्रण देना अनिवार्य है और क्षत्रिय होने के नाते वह आमंत्रण स्वीकार करेगा ही।"

श्रीकृष्ण भीम और अर्जुन के साथ मध्य देश में निकल पड़े। तीनों का वेश ब्राह्मण जैसा था। गंगा नदी कुरुदेश के अरण्य से प्रवाहित हो रही थी। वह पार करके वे गंडकी, महाशोण, सदानीश, सरयू पार करके जरासंध की राजसभा में पहुँचे। तब जरासंध ने उनका स्वागत करके पूछा, "कहाँ से आए हो ब्राह्मण? और यहाँ से आप विपुल मात्रा में धन, गोधन ले जा सकते हो।"

गोरध पर्वत के पास विशाल राजभवन अत्यंत वैभव-संपन्न था। तीनों ने धन-

धान्य-गोधन अस्वीकार किया तो जरासंध सशंक हो गया। तो श्रीकृष्ण ने कहा, "आप समझ गए हो तो आपको यह भी बता देते हैं कि हम ब्राह्मण नहीं, क्षत्रिय हैं। आपने अनेक नरेशों को पराजित किया है। पुरुषमेध यज्ञ करके उसमें अनेक राजाओं की बलि चढ़ाई है। आप चक्रवर्ती सम्राट् तो हैं, परंतु इस तरह नरबलि देने का पापकर्म आपसे न हो, इसलिए हम आपका द्वंद्वयुद्ध के लिए आह्वान करते हैं; अन्यथा आपने कारागृह में जितने भी क्षत्रिय राजाओं को रखा है, उन्हें सादर छोड़ दीजिए।"

बाहुयुद्ध या द्वंद्वयुद्ध के लिए कोई क्षत्रिय राजा 'न' नहीं कहता था, क्योंकि वह क्षत्रियों का पुरुषार्थ था। उसको अस्वीकार करनेवाला दुर्बल, पराजित माना जाता था। जरासंध को कृष्णनीति का ही संशय हुआ था। अब वह दृढ़ हो गया।

"हमारे ही प्रासाद में आकर हमें आह्वान देनेवाले आप कौन हो? सेवक, इन तीनों को बाहर ले जाओ और कारागृह में डाल दो!"

"आपको द्वंद्वयुद्ध करना ही होगा, अन्यथा स्वयं को पराजित घोषित कर दो। हम हैं—श्रीकृष्ण, द्वंद्वयुद्ध पारंगत भीम और धनुर्धारी अर्जुन! अब तो आप खेलोगे न? नहीं तो आप अपनी पराजय स्वीकार करें।"

जरासंध को द्वंद्वयुद्ध के सिवा पर्याय नहीं था। जरासंध युद्ध-कुशल था। लोगों के बल पर तथा अन्य राजाओं के सहकार्य पर उसने मध्यदेश पर अपना वर्चस्व स्थापित किया था। उसे अनेक नीति ज्ञात थी। भीम युवावस्था में था तो जरासंध प्रौढ़ावस्था के उत्तरार्ध में। आह्वान के अनुसार जरासंध ने युद्ध स्वीकार किया।

भीम से युद्ध करते हुए अंत में जरासंध थक चुका था। सैकड़ों लोग वह द्वंद्वयुद्ध देख रहे थे। वह युद्ध चौदह दिन से चल रहा था। तब श्रीकृष्ण ने भीम को निर्देश दिया। जरा नामक स्त्री ने विचित्र बालक को जोड़ दिया था, इसलिए उसे 'जरासंध' कहा जाता था। दोनों पाँव विलग करने से वह जोड़ टूट गया और जरासंध की मृत्यु हुई। तब भीम ने लोगों से कहा, "महाराज जरासंध अंत में थके हुए थे, हम उन्हें छोड़ भी देते, परंतु सोलह सहस्र नारियाँ उन्होंने कारागृह में डाल रखी हैं, अनेक राजाओं को कारावास दिया है, अत: ऐसे दुष्टहेतु राजा की हत्या करना हम पुण्यकर्म समझते हैं।"

जरासंध की मृत्यु के पश्चात् अनेक राजाओं को स्वतंत्रता मिली और सोलह सहस्र नारियों का पुनर्वसन तथा सौभाग्य श्रीकृष्ण ने स्वयं दिया।

श्रीकृष्ण ने उन स्त्रियों से कहा, "जिस स्त्री को कोई परपुरुष उसके परिवार से बाहर ले जाता है, उस स्त्री को उसके परिवार द्वारा पुन: स्वीकारना असंभव है।

समाज में मान्यता भी नहीं है, इसलिए हम तुम्हें अपना नाम देते हैं। आप अपने साथ हमारा नाम पति के रूप में जोड़ लो और समाज में निर्धास्त जीवन व्यतीत करो। आपका सम्मान हो, इसलिए हम आपके साथ विवाह करेंगे।"

स्त्रियों की पूर्ण व्यवस्था करके और जरासंध के पुत्र को राजसिंहासन पर अधिष्ठित करने के बाद श्रीकृष्ण, अर्जुन और भीम इंद्रप्रस्थ लौट आए।

"श्रीकृष्णा, आप हमारे परम सखा हो, हमारे बंधु भी हो, परंतु हमारे लिए आप देवता हो। ऐसा महान् कार्य तथा साम्राज्य का त्याग और कोई नहीं कर सकता!"

"नहीं अर्जुन, नहीं! हमें देवत्व मत देना! अन्याय के प्रतिकारार्थ शस्त्र उठाने वाले हम समाजसेवक हैं, सर्वसामान्य तथा विचारी पुरुष हैं।"

श्रीकृष्ण से गांधारी ने पुनः पूछा, "सत्यधर्म स्थापित करने के लिए जीव-हत्या का अधिकार आपको किसने दिया? अपना मार्ग निष्कंटक करने के लिए आपने अनेक नीति अपनाई हैं।"

"आपका वक्तव्य अर्धसत्य है गांधारी देवी, जरासंध के लिए कूटनीति का प्रयोग अवश्य किया, परंतु इसमें हमारा क्या स्वार्थ था? आप ही कहिए, सोलह सहस्र नारियाँ तथा अनेक राजा कारागृह में थे, तो शासन हम नहीं करते तो भी अन्य कोई श्रीकृष्ण आकर करता ही न? जनता को त्रस्त करनेवाले राजा आज नहीं तो कल जानेवाले ही थे।"

"परंतु जय-जयकार तो आपकी ही हुई न? वध करनेवाला भीम और नाम हुआ आपका; क्या यह ठीक है? युधिष्ठिर का राजसूय यज्ञ सफल कराने हेतु आपने हत्या करवाई। क्या आप द्रौपदी को सम्राज्ञी के रूप में देखना चाहते हैं, इसलिए आपने हत्या करवाई? जरासंध के भय से आप मथुरा से भाग निकले, क्या यह प्रतिशोध था?" गांधारी का प्रश्न मर्मभेदी था।

"गांधारी देवी, एक राजा होने से और संवेदनशील होने के कारण हमने यह विचार किया। उस समय मन में अन्य कोई कारण नहीं था, इसपर आप विश्वास नहीं करोगी। परंतु शत्रु प्रबल होता है तो समाज में उसका स्थान अहम होता है, पर जरासंध का वैसा नहीं था। शत्रु का निःपात करना राजधर्म ही है, देवी!"

"तो आप सत्यधर्म की प्रतिष्ठापना करके ही रहोगे!' श्रीकृष्ण महाराज?"

"गांधारी देवी, जब तक आपको देखा नहीं था, तब तक देखने की बड़ी उत्सुकता थी हमें! और आपको देखकर एक नई भावना निर्मित हो गई और बार-बार भेंट करने की अभिलाषा भी जाग्रत हुई। आपके वक्तृत्व से हम प्रभावित हुए

हैं—सत्य और स्पष्ट बोलने की आपकी वाणी से, व्यंग्यात्मक शैली से। और आपमें लोक में विलक्षण बुद्धि-चातुर्य भी है तथा नेत्रपट के पीछे हम आपके तेजस्वी नेत्र भी देख रहे हैं। हम…"

"राजनीति का नया पर्व कदाचित् आप आरंभ करनेवाले हो।"

"हमें तो ज्ञात नहीं, गांधारी देवी!"

"समझ में नहीं आता कि आप अपने प्रत्येक कृत्य का समर्थन क्यों करते हो? कदाचित् यही आपका जीवन-प्रयोजन तथा जीवन-मूल्य होगा!"

"सत्य कहता हूँ, देवी! चमत्कार, अवतार, ईश्वर, ये नाम हमारे नाम के पीछे लगाए हैं। हमारा साहस, शौर्य, चातुर्य, हमारी प्रज्ञा इस संदर्भ में कोई नहीं सोचता! सत्य के लिए, न्याय के लिए संघर्ष यही हमारी वृत्ति है। हर समय हमने शक्ति, बुद्धि तथा नीति का अवलंब किया है। आप प्रज्ञावति हो, आप हमारी परीक्षा तथा चिकित्सक समीक्षा करें।"

गांधारी ने हँसकर कहा, "अप्रिय घटनाओं का परामर्श लेनेवाली स्त्री आपको प्रिय लगती है। यह हमारा सौभाग्य है। रात्रि का पहला प्रहर अब समाप्त होनेवाला है। अब यहाँ पूरी मंडली आएगी। यहाँ मनोरंजन का कार्यक्रम रखा गया है। आप उत्सवमूर्ति, रसिक, विनोद में अग्रणी, मनोरंजन में कुशल हो, आपके शब्द चातुर्य से सभी को आनंद आता है।"

"हमारी इतनी सारी विशेषताएँ बताकर आप हमारा सम्मान कर रही हो।"

"श्रीकृष्ण महाराज, आपको प्रसिद्धि तथा प्रतिष्ठा का बड़ा लोभ है।"

श्रीकृष्ण गांधारी के मुख की ओर देख रहे थे। वह निर्विकार थी। श्रीकृष्ण ने कहा, "कुछ पूछना चाहती हो तो पूछ ही लीजिए।"

"सम्मान तथा प्रतिष्ठा के लिए आपने शिशुपाल का भरी सभा में वध किया, यह सत्यधर्म, राजधर्म या स्वधर्म, क्या है?"

गांधारी के इस प्रश्न से श्रीकृष्ण सोच में पड़ गए, 'नेत्रपटल बाँधकर भी इतना सूक्ष्म निरीक्षण, विचार और धैर्य?'

श्रीकृष्ण महाराज कुछ उत्तर दें, इससे पूर्व ही राजमाता कुंती वहाँ आती हुई दिखाई पड़ीं तो वे वहाँ से उठते-उठते बोले, "गांधारी देवी, कल हम आपके प्रश्न का उत्तर अवश्य देंगे, और उत्तर देना हमें प्रिय है।"

कुंती वहाँ आई तो श्रीकृष्ण ने उसे अपने स्थान पर सम्मान के साथ बिठाया। "राजमाता कुंती, सभी कार्य सुयोग्य और सुंदर था। अब सच में राजमाता लग रही हो।"

"सत्य कहा, श्रीकृष्ण तुमने! इन सब कार्यों के पीछे हमारे आत्मबल के रूप में, प्रत्यक्ष कार्य में तुमने मन से कार्य किया। द्वारका का वैभव जैसे इंद्रप्रस्थ में आ गया। यदि तुम नहीं आते तो हम खांडववन में आश्रम बनाकर अपना जीवन व्यतीत करते। गांधारी ने भी तुम्हारी प्रशंसा की है। श्रीकृष्ण, हमारे लिए तुम ईश्वर बनकर आए हो।"

"राजमाता कुंतीदेवी, अब हमें यहाँ से प्रस्थान करना चाहिए!"

उनके स्कंध पर हाथ रखकर कहा, "हम ही तुम्हारा गुण-गौरव करते हैं, ऐसा नहीं है। संपूर्ण आर्यवर्त तुम्हारा गौरवगान करता है।"

गांधारी के मुख पर हास्य था। श्रीकृष्ण को उसके हँसने का भावार्थ समझ में आया। वे हँसकर बोले, "अब हमारा मंदिर बना दीजिए और हमारी प्राणप्रतिष्ठा कीजिए।"

सभी मंडली आ रही थी। श्रीकृष्ण अब सबसे हँस-हँसकर बोल रहे थे।

□

इंद्रप्रस्थ नगरी में अत्यंत चैतन्य का वातावरण था। इस श्रृंगारित नगरी में सभामंडप में रत्न लगे हुए थे। मंगल-ध्वनि वातावरण में गूँज रही थी। संगीत गायन करने के लिए ऋषिकुमार आए हुए थे। नगरी के प्रवेश द्वार पर दीपोत्सव था। आकाश के नक्षत्र जैसे धरती पर आए थे। जरासंध की मृत्यु के पश्चात् अनेक राजा, महाराज निश्चिंत, निर्भय होकर आ रहे थे। प्रवेश द्वार के पास आम्रवृक्ष था। उसके नीचे श्रीकृष्ण बैठे हुए थे। उनका श्यामल वर्ण, कंठ में वैजयंतीमाला, पीतांबर पर नीलवर्ण का उत्तरीय और मुख पर हास्य तथा शालीनता।

एक-एक कर नरेश आ रहे थे। दुर्योधन, दुःशासन, शकुनि, कृपाचार्य, द्रोणाचार्य, भीष्माचार्य और अनेक ऋषिगण प्रवेश कर रहे थे।

"यह स्वर्ण ध्वजवाला रथ गांधारी देवी का," श्रीकृष्ण ने द्वार पर खड़ी द्रौपदी से कहा, "और दूसरा सूर्य ध्वजवाला रथ धृतराष्ट्र महाराज का है।" उन्होंने आगे कहा, "आर्यवर्त में स्त्रियों का गौरव अनुगामिनी होने में होता है तो पहला रथ महाराज धृतराष्ट्र का ही होगा!"

"अनुगामिनी कहती हो स्वयं को, और खड़ी हो महाराज युधिष्ठिर के साथ!"

"ऐसे ही! श्रीकृष्ण, तुम्हारी गरुड़ ध्वजा, यानी आकाशमार्ग की ओर बढ़नेवाले गरुड़ की है। तो धृतराष्ट्र की सूर्य ध्वजा धरती पर प्रकाशमान होनेवाली किरणों से तुलना हो, ऐसी! तुम्हारा भोजकुल और हमारा कुरुवंश!"

श्रीकृष्ण ने उसकी तरफ देखा, सालंकृत द्रौपदी साक्षात् लक्ष्मी जैसी दिखाई दे रही थी। वे कुछ बोलें, उससे पहले ही पहला रथ महाराज धृतराष्ट्र का आया, तो द्रौपदी ने श्रीकृष्ण की ओर साभिप्राय देखा। श्रीकृष्ण की आठ रानियाँ भी दूसरे प्रवेश द्वार पर खड़ी थीं।

युधिष्ठिर ने महाराज धृतराष्ट्र की चरणवंदना की। उसको उठाकर हृदय से लगाते हुए धृतराष्ट्र महाराज ने कहा, "प्रयत्नों की पराकाष्ठा करके प्राप्त यह वैभव-संपन्न नगरी तुम्हें सुख-शांति प्रदान करे।

"वत्स, धर्माचरण करनेवाले तुम पाँच पांडव वारणावत में भी सुखी और प्रसन्न थे। ईश्वर पर तुम्हारी आत्यंतिक श्रद्धा ही तुम्हें यह सब दे रही है।"

दूसरे रथ से गांधारी देवी उतरीं तो द्रौपदी ने चरणवंदना की, तब उन्होंने उसे गले से लगाकर कहा, "हे सुकन्ये, तुम्हारे आने से प्रासाद में स्वर्णों के पायल की ध्वनि गूँजी और हमारे हृदय को शांति मिली। हे सौभाग्य लक्ष्मी, जहाँ-जहाँ तुम्हारे चरण पड़ेंगे, वह भूमि स्वर्णभूमि होगी। द्रौपदी, श्रीकृष्ण महाराज नहीं आए ?"

"आए हैं। प्रात:काल से स्वागत करते-करते वे थक चुके हैं। अब स्वर्ण मंचक छोड़कर आम्रवृक्ष के नीचे धरती पर विश्राम कर रहे हैं!"

श्रीकृष्ण सब देख रहे थे। यौवना द्रौपदी और प्रौढ़ माता गांधारी, इनकी तुलना असंभव थी, फिर भी श्रीकृष्ण के मन में आया, 'अद्वितीय सौंदर्य, शालीनता, वैभव का अपार तेज, प्रज्ञावंत केवल गांधारी देवी ही हैं। सत्य तो यह है कि मेरे मन में अभिलाषा है कि एक बार नेत्रपटल खोलकर वे हमें देखें। हम उनके नेत्र देखना चाहते हैं।

महाराज धृतराष्ट्र उनसे मिलने के लिए अधीर थे।

युधिष्ठिर ने कहा, "आप तीन-चार मास इधर ही हो तो स्वस्थता से मिलिए। आप बड़ी दूर से आए हो, अभी विश्राम कीजिए।"

राजसूय यज्ञ में अभी कुछ विलंब था। पौंड्रक वसुदेव को पराजित करके श्रीकृष्ण आए थे। उसके बाद युधिष्ठिर ने अपने बंधुओं को चार दिशाओं में भेजा था। अर्जुन उत्तर की ओर, भीम पूर्व दिशा की ओर तो सहदेव दक्षिण की ओर तथा नकुल पश्चिम की ओर गया था। सभी राजाओं ने पांडवों का श्रेष्ठत्व मान्य किया था। श्रीकृष्ण ने बहुमूल्य रत्न, सेवक तथा आर्थिक सहायता अविलंब भेज दी थी।

युधिष्ठिर सत्यवचनी, एकपत्नी, नीति-धर्म का कठोर पालन करनेवाला था, इसलिए उसे लोग 'धर्मराज' कहने लगे थे। धर्मराज युधिष्ठिर तथा द्रौपदी ने यज्ञ की

दीक्षा ली थी। द्वैपायन व्यास ने यज्ञ की सामग्री की सूची तैयार की थी। व्यास स्वयं 'ब्रह्मा' हो गए, याज्ञवल्क्य 'होता' हो गए। सामवेद का गायन धनंजय करनेवाले थे। पैल और धौम्य ऋषि 'अध्वर्यु' हो गए। शुभ मुहूर्त देखकर पुण्याहवाचन होने से यज्ञवेदी के लिए ऋषियों ने भव्य और शुभ भूमि का संशोधन किया। यज्ञमंडप बनाया गया। इतने विशाल मंडप में विशाल यज्ञवेदी थी। नकुल ने स्वयं हस्तिनापुर जाकर अनेक आचार्यगणों को आमंत्रित किया।

श्रीकृष्ण ने स्वयं सबको एक-एक कार्य दिया था और भोजनोपरांत सभी ब्राह्मणों की थालियाँ उठाने का काम श्रीकृष्ण ने स्वयं के पास रखा था। सभी ने "ऐसे काम तो सेविकाएँ करती हैं।" ऐसा कहा, तो श्रीकृष्ण ने कहा, "देवी कुंती, कोई काम क्षुद्र नहीं होता। ब्राह्मणों की जूठी थालियाँ उठाने का काम कदाचित् ही प्राप्त होता है।"

भोजन समिति का प्रमुख दु:शासन था। भीष्माचार्य और द्रोणाचार्य, इनके पास दान के लिए रत्न, मौक्तिक, स्वर्ण आदि इनकी सूची थी तो कृपाचार्य के पास यज्ञ के आय-व्यय की सूची थी। निरपेक्ष विदुर को ब्राह्मणों के चरण प्रक्षालन कार्य दिया था और भोजनोत्तर पत्रावली उठाने का कार्य श्रीकृष्ण के पास था।

अनेक मंडप थे। अनेक नरेशों के निवास-स्थान बने हुए थे।

पाकशाला का विशाल मंडप था, जिसमें तरह-तरह के व्यंजन बन रहे थे।

राजसूय यज्ञ का आरंभ प्रात:काल में हुआ। अब मध्याह्न हो रहा था। केसरयुक्त दूध तथा फलाहार था। उपवास के अनेक व्यंजन देखकर सभी अचंभित हुए थे।

यज्ञ की एक ही विधि बाकी थी, जो युधिष्ठिर तथा द्रौपदी करनेवाले थे, वह विधि थी—'अवभृत स्नान', यानी स्नान से पहले आनेवाले व्यक्तियों के सत्कार के 'अर्धाहरण', यह लघुविधि थी।

वहाँ तो ज्येष्ठ, श्रेष्ठ, महातपस्वी ऋषि, पंडित, कवि, कलाकार तथा सेनापति, महासेनापति उपस्थित थे।

प्रथम किसका सम्मान किया जाए, वे दोनों संभ्रमित थे! युधिष्ठिर ने भीष्माचार्य से पूछा तो उन्होंने कहा, "हमारी दृष्टि से जिसे पंडित, ऋषि, कलाकार, बुद्धिमान एवं महासेनापति, सभी विशेषण प्राप्त होते हैं और वह हैं केवल श्रीकृष्ण! आप उनका प्रथम सत्कार कीजिए। वे विराट युगपुरुष हैं। राजनीतिज्ञ और रणनीतिज्ञ भी हैं।"

सभी राजाओं ने श्रीकृष्ण का जय-जयकार किया; परंतु शिशुपाल अत्यंत संतप्त हो गया। "वह इस योग्य नहीं है। उसने रुक्मिणी का अपहरण किया है।

रुक्मिणी के साथ मेरा विवाह होनेवाला था। उसका प्रथम सम्मान, असंभव!"

"वत्स शिशुपाल, जरा सोच के तो देखो, पराजय किसकी हुई थी!"

"आचार्य, आप महर्षि पद पर हैं और इस कारण सम्माननीय हैं। यदि अपना सम्मान चाहते हो तो आप मौन रहिए। और श्रीकृष्ण ने ऐसा किया क्या है? जरासंध के भय से पलायन किया और उसने जरासंध, कंस जैसे सम्राटों की हत्या कर दी, तो फिर सम्मान किसलिए?"

भीष्माचार्य खड़े होकर कहने लगे, "शिशुपाल का यह कथन, आवेग, आवेश, वैयक्तिक द्वेष तथा प्रतिशोध की भावना के कारण है। श्रीकृष्ण में अवगुण अवश्य हैं, परंतु गुणों की अधिकता समाज में आदर्श होते हैं। और जनमानस में उसकी प्रतिमा देखते हुए वे लोग भी सम्मान करने के लिए प्रथम श्रीकृष्ण को ही मानेंगे।"

"ऐसे अनेक व्यक्ति हो सकते हैं, केवल श्रीकृष्ण नहीं।"

"देखो शिशुपाल, यहाँ अनेक व्यक्ति श्रीकृष्ण से अधिक गुणवान, प्रतिभावान हो सकते हैं। ज्ञानसमृद्ध होने से ब्राह्मण पूजनीय होते हैं और क्षत्रिय पूजनीय होता है महारथी होने से, अपने सामाजिक कार्य से।"

"भीष्माचार्य, अब रोक दीजिए अपने श्रीकृष्ण पुराण को। आप इसलिए उसको सहयोग कर रहे हो, क्योंकि आप भी अंबा, अंबिका और अंबालिका को अपहरण करके लाए थे। आपसे क्या अपेक्षा करें? हम तो कहते हैं कि श्रीकृष्ण नीच, घातकी, क्रूर, महापापी है। श्रीकृष्ण कालपुरुष है। इसकी ही हत्या कर देनी चाहिए, अन्यथा संपूर्ण आर्यावर्त निर्भय होकर नहीं जी सकता। घातक है श्रीकृष्ण!"

सभी गण्यमान्य व्यक्ति मौन थे। श्रीकृष्ण शांत थे। भीष्माचार्य भी उसको समझा रहे थे, परंतु वह किसी की कुछ सुनना नहीं चाहता था, और संतप्त होकर शिशुपाल ने कहा, "यह श्रीकृष्ण अब जनसंहार करके ही छोड़ेगा। अब इसे ही मार दो। सभा तटस्थ थी, मौन थी। वंदनीय ऋषिगण, पंडित, विद्वान्—सभी मौन थे। अंत में भीष्माचार्य ने ऊँचे स्वर में कहा, "यदि शिशुपाल श्रेष्ठ है तो उसे एक कार्य करना होगा, उसे स्वयं श्रीकृष्ण को पराजित करना होगा!"

"मान्य है। आज अंतिम निर्णय ले ही लेते हैं। शिशुपाल, तुम हमारे मामा के पुत्र हो! भाई हो, इसलिए हमने सौ अपराध क्षमा कर दिए, परंतु अब नहीं। हम द्वंद्वयुद्ध के लिए तैयार हैं। यज्ञवेदी में आज तक कोई आहुति नहीं दी, पर आहुति आज पड़ेगी, या तो तुम्हारी या हमारी।"

श्रीकृष्ण ने द्वंद्वयुद्ध का आह्वान किया, परंतु शिशुपाल हाथ में परशु लेकर

श्रीकृष्ण की ओर दौड़ा, तो श्रीकृष्ण ने निमिष भर का विलंब किए बिना श्रीकृष्ण ने प्रसंगावधान से उस पर अपने सुदर्शन चक्र से प्रहार किया तो गतिमान चक्र ने उसका कंठ ही काट डाला। उपस्थित लोगों ने यह भयावह दृश्य देखकर भय से अपनी आँखें मूँद लीं।

सभी उपस्थित लोगों ने श्रीकृष्ण की जय-जयकार की। अनेक नरेश इस दृश्य से भयभीत हो गए। अनेक ने शिशुपाल का समर्थन किया। दुर्योधन, दु:शासन, कर्ण यज्ञ समाप्ति के पश्चात् हस्तिनापुर पहुँचे तो उनके मन में श्रीकृष्ण के प्रति क्रोध और द्वेष की भावना बढ़ गई थी। यज्ञभूमि में कलंक लगा था। वहाँ की रंगावली रक्तरंजित हो गई थी।

अनेक नरेशों ने श्रीकृष्ण के प्रति अत्यधिक आदर व्यक्त करते हुए स्वयं को आश्वस्त किया। श्रीकृष्ण के मुख पर स्मित हास्य था।

'शिशुपाल उद्दाम, अहंकारी एवं दुष्ट भावनाओं से परिपूर्ण था। शिशुपाल अपने ही श्रेष्ठ बंधु को मारने दौड़ा था। भीष्माचार्य का अपमान किया। रुक्मिणी को उसकी इच्छा से विदर्भ से ले जाने पर युद्ध किया। इसलिए वह वध्य था।' श्रीकृष्ण ने अपने मन को समझाया। परंतु रह-रहकर श्रीकृष्ण के मन में विचार आने लगे, 'क्या किसी का अहंकार बढ़ने से, किसी के उद्दाम वर्तन से, क्या हमें उसे मारने का अधिकार था? क्या हम प्रतिशोध लेना चाहते थे? जरासंध को मारने में हमारा प्रतिशोध था। लेकिन क्या शिशुपाल को मारना उचित था?' श्रीकृष्ण मन में विचार कर रहे थे।

'यदि रुक्मिणी पत्र न लिखती तो उसका विवाह शिशुपाल से हो जाता। और उसका उपहास व व्यंग्य इस कारण था, परंतु हम असंयमित हो गए। यह योग्य नहीं था। हमने शिशुपाल का वध करके यज्ञवेदी अपवित्र कर दी। 'श्रीकृष्ण काल है, प्रत्यक्ष कालपुरुष! वह जनसंहार करेगा!' इस वाक्य से हमें क्रोध आया।

'यदि हम उसका व्यंग्यपूर्ण वक्तव्य सुनकर समझाते, फिर शांत होने के पश्चात् तो कदाचित् हम यह वध नहीं करते!'

श्रीकृष्ण अत्यंत अस्वस्थ थे। जरासंध की मृत्यु भीम से हमने करवाई, यह उचित था। परंतु शिशुपाल की मृत्यु का अन्वय उसे नहीं लग रहा था। वे निर्णय नहीं ले पा रहे थे कि जो किया, सो उचित था या अनुचित?

गांधारी के प्रश्न पूछने पर वे कुछ उत्तर देनेवाले थे कि तभी सभी मंडली वहाँ आ गई थी। दो दिन के बाद अवसर आया भी, परंतु वे गांधारी से नहीं मिले।

मन-ही-मन उन्होंने कहा, 'गांधारी देवी, आपने शिशुपाल के संदर्भ में पूछा कि एक राजश्रेष्ठ को केवल व्यंग्य और उपहास करने का शासन मृत्युदंड, क्या यह उचित है? तो हम कहते हैं, देवी कि अन्याय, अधर्म, लांछन, उपहास, व्यंग्य इनकी भी सीमा होती है। ये समाज में घातक सिद्ध होते हैं। दूसरों की प्रतिमा मलिन करने का और वह भी सभा में, इसका अधिकार स्वयं लेना अपराध होता है। शिशुपाल उद्दाम, अहंकारी, द्वेष्टा, अन्वित छल-कपटी भी था तथा दीन-दलितों पर अन्याय करता था। और सत्य, धर्म, संस्कार एवं संस्कृति-जतन यह हमारा स्वभाव है। हम अपराधी अवश्य हैं, परंतु शिशुपाल का वध करने से हमें और समाज में प्रसन्नता है।

'आप विचार कीजिए, देवी! क्या हम अपराधी हैं? आप सहतीं भीष्माचार्य जैसे अत्यंत प्रज्ञा पुरुषों का अवमान? आप हमारे संदर्भ में अनेक प्रश्न पूछती हो, इसलिए बार-बार मिलने का मन होता है, हम आपके प्रश्न पर विचार करते हैं, आत्म-संशोधन करते हैं।'

गांधारी का रथ इंद्रप्रस्थ की ओर निकला तो श्रीकृष्ण वहाँ मौन खड़े थे और दूर जानेवाले रथ को देख रहे थे।

□

वसंत ऋतु का आगमन हुआ था। गांधारी को वसंतोत्सव अत्यंत प्रिय था। वसंतोत्सव और वसंत ऋतु की वन-शोभा देखना उसे बहुत पसंद था। परंतु इस बार शत पुत्रों के विवाह भीष्माचार्य ने करवाए थे तो उनका वसंतोत्सव मनाया जा रहा था। राजकन्या के साथ विवाह होने से जैसे उपवन फूलों से भर जाता है, वैसे राजप्रासाद राजस्नुषाओं से भर गया था। सभी ओर चहल-पहल थी। नए-नए कार्यक्रम थे। दुर्योधन की पत्नी भानुमती रूपवती कन्या थी। वह कलिंग देश की राजकन्या थी। इंद्रप्रस्थ से लौटते समय यह सूचना मिली थी कि कर्ण की सुकुमार पत्नी वृषाली मधुरभाषिणी और सेवा-तत्पर थी।

एक दिन महावस्त्रों को सरकाते हुए वृषाली गांधारी के निकट बैठकर बोली, "देवी, क्या इंद्रप्रस्थ की स्वर्णनगरी श्रीकृष्ण महाराज की द्वारका जैसी है? हमें देखनी थी, परंतु स्वामी ने कहा कि हमें पांडवों से आमंत्रण नहीं है। हम कैसे जा सकते हैं? फिर भी हम अकेले क्यों जा रहे हैं, समझ में नहीं आता! नगरी का आकर्षण, द्रौपदी या पांडवों का आकर्षण हमें नहीं है, परंतु आकर्षण है तो राजमाता कुंती का और मेघश्याम श्रीकृष्ण का। वे गए, परंतु निराश होकर लौट आए।"

वृषाली सहजभाव से बोल रही थी। वह कर्ण की ज्येष्ठ पत्नी थी। वह निष्कपट थी। दूसरी पत्नी सुप्रिया थी। वे दोनों ही कर्ण को प्रिय थीं और उनकी इच्छा श्रीकृष्ण को देखने की थी।

"हमें श्रीकृष्ण महाराज को देखना था। भगवान् विष्णु जैसे हैं न वे?"

"सत्य है, वृषाली, कर्ण महाराज, आप दोनों को तथा हमें भी उन्हें देखने की इच्छा होती है।"

"शिशुपाल जैसे अवध्य का वध करना सहज नहीं था।"

"यह भी सत्य ही है।"

"श्रीकृष्ण महाराज ने जरासंध के समय सुदर्शन चक्र का प्रयोग क्यों नहीं किया?"

गांधारी हँसकर बोली, "वृषाली, राजनीति न तुम जानती हो न हम। क्या कह रहे थे आपके स्वामी कर्णराज?"

"देवी, इस तरह बहुमान से संबोधन न करें।"

"वृषाली, ऐसे ही कह दिया। उसे तो हम पुत्रवत् मानते हैं।" उसके मस्तक पर हाथ रखकर गांधारी ने बड़े स्नेह के साथ कहा। इंद्रप्रस्थ से इधर आए हुए पाँच मास हो गए, परंतु इंद्रप्रस्थ का वर्णन अभी तक जारी ही है। वहाँ की मयसभा, वैभव, कलात्मकता, आतिथ्य, स्वागत, कार्यकुशलता, विनम्रता आदि देखकर सभी नरेश प्रसन्न थे।

परंतु मयसभा में दुर्योधन गिर गया तो द्रौपदी ने कहा, "'अंध पिता के पुत्र अंध ही हैं।' वस्तुतः इस तरह का कथन उचित नहीं था। व्यंग्य था वह।"

"कभी-कभी शब्द अचानक फिसल जाते हैं।"

"हाँ, हमने तो क्षमा कर दिया, परंतु हमारे शत पुत्र संतप्त हुए। हमने उनको समझाया भी।"

पांडवों के चार बंधु चार दिशाओं में गए। वितष्णा, पुरुष्णी, गंगा, यमुना, सिंधु, सरस्वती, मंदाकिनी, अलकनंदा, इरावती, सरयू, चर्मवती आदि ऐसी अनेक नदियों का जल लेकर आए और इंद्रप्रस्थ की सरिता इक्षुमती के जल में प्रवाहित किया, तब इक्षुमती पुण्यसलिला हो गई।

"यमुना और इक्षुमती के संगम पर है न इंद्रप्रस्थ नगरी?"

"हाँ, वृषाली!" बोलते-बोलते गांधारी मौन हो गई तो वृषाली उठकर अनेक राजस्त्रियों के साथ महावस्त्र देखने लगी।

इंद्रप्रस्थ से आए हुए पाँच मास होने पर भी वही वर्णन बारंबार दोहराया जा रहा था, पर इतना अधिक कि अब गांधारी की आत्मा ही रो रही थी। उसने 'इंद्रप्रस्थ' का विषय मन से बार-बार निकाला, परंतु वह विषय उसे लपेट रहा था।

वह वहाँ से बाहर निकली। आज राजवस्त्र, महावस्त्र लेकर काशी से वस्त्राकार आए थे। राजस्त्रियाँ देख रही थीं। वह बाहर निकली तो मदालसा भी उसके साथ चल पड़ी।

मंद-मंद समीर की लहरें आ रही थीं। उपवनों से सुगंध आ रही थी। वह प्रसन्न हो गई। मुक्त वातावरण में वह पुनः दुर्योधन के संदर्भ में विचार करने लगी।

"अभी-अभी दुर्योधन की पत्नी भानुमती ने गृह-प्रवेश किया है। कैसा स्वभाव होगा उसका? देखने में कैसी होगी? दुर्योधन पहले जैसा नहीं रहा। परिस्थितिवश उसके स्वभाव में अनेक परिवर्तन आ रहे हैं। अंध पिता, नेत्रपटलवाली माता, पांडवों को साथ देनेवाला श्रीकृष्ण, शकुनि और स्थितप्रज्ञ भीष्माचार्य! गांधारी सशंक हो गई थी।

परंतु भानुप्रिया के राजप्रासाद में प्रवेश करते ही गांधारी ने उसका स्वागत किया था। इन पाँच मास में गांधारी को उसका सरल स्वभाव, शांत-संयमित वृत्ति और मधुर शब्द की धनी थी वह! जैसे मंजूषा से एक-एक रत्न निकालते हैं, वैसे उसके शब्द निकलते थे। अलकनंदा जैसे गतिमान और मधुर शब्द! बोलने का अंत वह प्रश्न पूछकर ही करती थी।

"भानुप्रिया, तुम्हारा यह नामकरण किसने किया? इसका अर्थ जानती हो?"

"देवी, कदाचित् जन्म होते ही सूर्यबिंब निकला हो, या हम तेजस्विनी हों, इस दृष्टि से नाम रखा गया हो। तेजस्वी, दाहक, परंतु सबके लिए आश्वासक, आवश्यक, रूप में 'भानुप्रिया' नाम रखा गया होगा! आपको क्या लगता है?"

"हमारे ज्येष्ठ पुत्र दुर्योधन तुम्हें कैसे लगते हैं?"

"यह भी क्या प्रश्न है, गांधारी देवी?"

"अर्थात् वे तुम्हारे स्वामी हैं!"

इस तरह वह प्रश्न और उत्तर देती थी।

"हमारे स्वामी सूर्य की तरह हैं—सुंदर, आह्लाददायक, शांत और रसिक भी। आप तो जानती ही होंगी?"

इस प्रश्न का उत्तर क्या दें? गांधारी मौन रही। परंतु उसे समझकर गांधारी को लगा, हमारा यौवन वसंत ऋतु में नवपल्लव की तरह पुनः लौट आया है! उसे ऐसा

लग रहा था, वह गुफा में गई थी। उसके साथ शिवतेजा थी। गुफा से बाहर आने पर उसने पुष्पमाला बनाकर शिवतेजा को पहनाई और स्वयं भी पहन ली।

उसे कोई बुला रहा था, कौन था वह? वह सजग होकर बोली, "तुम्हारे जैसी तारुण्य-सुलभ भावनाएँ थी हमारी। बालमन में अनेक रंगीन स्वप्न देखती थी। निर्मल और सरिता जैसा गतिमान मन था हमारा। संपूर्ण विश्व का चैतन्य मन में समाकर नूपुर ध्वनि करते हुए हम प्रासाद में दौड़ते रहते थे। तुम्हारे जैसे फूल हमें सर्वाधिक प्रिय थे। हमें लगता था, उपवन के सभी फूल अपने देहभर भर लें। भानुप्रिया, तुम सभी को प्रिय हो और हमें तो विशेष प्रिय हो। लगता है, हम ही तुम्हारे अंदर हैं।"

गांधारी सबकुछ भूलकर उसके साथ आचार-विचार, समाज, राष्ट्र, नैतिक-अनैतिक, राजनीतिक तथा सभी मन की बातें करतीं तो दोनों में प्रिय सखी का एकमात्र भाव रहता!

भानुप्रिया के आते ही प्रासाद में जैसे चैतन्य आ गया। उसका बोलना, दौड़ना, खिलखिलाकर हँसना, नूपुरों का नाद-निनाद, शब्दों की स्वरमाला—सबकुछ प्रसन्नता प्रदान करने वाला था। ब्रह्मवीणा पर वह जब प्रातःकाल में सामवेद गाती थी तो सभी को एक अनामिक ऊर्जा तथा आनंद होता था। गांधारी के नेत्र से आनंदाश्रु आते रहते। गांधारी भी आश्रम में ऐसे ही सूक्त का पाठ करती थी। ऐसे ही सामवेद गाती थी और ऐसे ही वृद्ध गुरु के नेत्र से आनंदाश्रु आते थे। वे कहते थे, "हे वत्सले, तुम्हें स्वर्गिक स्वर मिला है। तुम्हारा कल्याण हो!" और भानुप्रिया के लिए वह मनोमन ऐसा ही कहती थी।

कालपुरुष गतिमान था। दिन पंछी बनकर उड़ रहे थे। और एक दिन उसके ध्यान में आया कि धतृराष्ट्र महाराज देर रात गए उसके कक्ष में आते थे। एक-दो बार उसने पूछा भी था, तो उन्होंने कहा था, "हर घटना स्त्री को बताई नहीं जाती, क्योंकि वह उतनी गंभीर नहीं होती।" बुद्धिमती गांधारी समझ गई। वह मौन रही। देर रात तक वे कहाँ जाते हैं, क्या करते हैं, इसके पीछे क्या है? वह यह सब जानना चाहती थी।

इंद्रप्रस्थ से आने के बाद दुर्योधन ने कहा, "माते, हमने और कर्ण ने एक संकल्प किया है…"

"कौन-सा संकल्प?"

"हमारे सामर्थ्य प्रदर्शन का।"

"इसका अर्थ··· युद्ध ?"

"नहीं··· नहीं माते, हम तो इंद्रप्रस्थ नगरी से अधिक सुंदर नगरी बनाना चाहते हैं।"

"वत्स दुर्योधन, हमारा राज्य एक राष्ट्र है और यह सबल, सुंदर एवं वैभव संपन्न है। हमें अपनी सुरक्षा की दृष्टि से सीमाओं का रक्षण करना है।"

"पांडव आर्यावर्त की चार दिशाओं में गए, और हम दस दिशाओं में अपना सामर्थ्य लेकर जाएँगे।" उसका यह रूप नवीन था। आज तक वह स्वराज्य, सुराज्य, सफल राष्ट्र, इस संदर्भ में सोच रहा था। पर अब इंद्रप्रस्थ की तुलना क्यों ? अपना राजप्रासाद कुरुवंश का इतिहास लेकर खड़ा है ! और दुर्योधन को अन्य क्या अपेक्षित है ?" वह सोच रही थी। उसने पूछा, "दुर्योधन, तुम्हारे मन में कौन सी व्यथा, वेदना है ? या है कोई ईर्ष्या ?"

"माता, हम कहें और आप विचार करें, ऐसी कोई घटना नहीं है। हमारे लिए आप शुभेच्छाएँ देती रहें, यही हमारे लिए पर्याप्त है। और बता दें अपने जगदीश्वर को कि वैभवशाली राष्ट्र के कुरुवंश का कुलदीप, हस्तिनापुर का भावी सम्राट् अब संपूर्ण राज्य में भ्रमण करके, जनता-जनार्दन से संपर्क करके जन-सामान्य की वेदना समझनेवाले हैं। उन्हें आशीर्वाद दीजिए। दुर्योधन को सुयश प्राप्त नहीं हुआ तो कोई बात नहीं, परंतु उसे अपयश न दें। पुनरपि हमारे ऊपर कोई स्त्री व्यंग्य न करे।"

गांधारी को दुर्योधन की वेदना चुभ गई। वस्तुतः द्रौपदी इस तरह न बोलती तो द्वेष का, ईर्ष्या का और परस्पर स्नेहभाव का, पारिवारिक संघर्ष का विचार ही नहीं आता। दुर्योधन जैसे कुरुवंश के श्रेष्ठ युवराज के लिए यह शब्द अपमानास्पद लगना सहज है। 'कभी-कभी बाण निकल जाते हैं और विद्ध कर देते हैं। बाण तो धनुष से छूट गया, परंतु शब्दों के लिए हम क्षमा-याचना, स्पष्टीकरण दे सकते हैं। द्रौपदी ने ऐसा क्यों नहीं किया ?'

दुर्योधन वहाँ से निकल पड़ा था। गांधारी को लगा कि अब उसे समझाना आवश्यक है तो वह मदालसा के साथ दुर्योधन के प्रासाद में गई।

"माते, आप इस तरह अचानक ?"

"वत्स दुर्योधन, तुम अभी यात्रा के लिए निकल रहे हो, बोलते-बोलते आशीर्वाद देने का स्मरण नहीं रहा, इसलिए···"

"हमारी योजना आपको मान्य है ?"

"अपना पुत्र दिग्विजय करने जा रहा है तो प्रत्येक माता के लिए यह आनंद की बात है। द्रौपदी के शब्द अपमानित करनेवाले थे, परंतु उस तरफ ध्यान देना योग्य नहीं है। हम सभी एक ही वंश के हैं।"

"माता, जैसा आप कहती हो, वैसा हम निश्चित ही प्रयास करेंगे। कदाचित् यदि हमसे विस्मरण न हो पाया तो हम पर क्रोधित न होना। द्रौपदी ने व्यंग्य शब्द कहे, उसका विष धीरे-धीरे शरीर में फैल रहा है। ऐसा लगता है कि हमारे शरीर को काटोगे तो विष ही बाहर निकलेगा। दुर्योधन के नेत्र नीच दृश्य देखेंगे। दुर्योधन के हाथ नीच कर्म करेंगे। दुर्योधन की वाणी बीभत्स और अभद्र होगी। माते, दुर्योधन नराधम, नीच, महापातकी होगा। ऐसा भी दिन आएगा, माता, जिस दिन हमें आपके नेत्र बंद होने का आनंद मिलेगा।" गांधारी के नेत्रों से आँसू बह रहे थे। दुर्योधन गांधारी के निकट गया और सहज स्वर में उसने कहा, "माता, आपने तो अपने गुरुगृह में विष उतारने का प्रयोग सिखा ही होगा। आप हमारे शरीर से यह ईर्ष्या का विष उतार दो। हमारा शरीर क्रोध में जल रहा है। इस आग से कदाचित् अनेक जीव जल सकते हैं। हमने मन में एक यज्ञकुंड ही तैयार कर लिया है। बस, एक-एक समिधा डालते जाएँगे।

"हम भी नरमेध यज्ञ करनेवाले हैं। श्रीकृष्ण महाराज को आमंत्रित करके हम उन्हें कहेंगे कि वे अपना गतिमान सुदर्शन चक्र हम पर छोड़ दें और हमारा मस्तक दूर जाकर गिरेगा। माता, अब कोई पर्याय नहीं है।"

दुर्योधन उसके चरणों पर गिर पड़ा। गांधारी ने उसे उठाया तो उसने गद्गद स्वर में कहा, "माता, हम क्षमाप्रार्थी हैं! मन में जो आया, सो बोल दिया। सबसे अधिक हम तुम्हारे प्रिय पुत्र हैं। जन्मत: हमारी कुंडली व्यास मुनि ने बनाई होगी। उसमें ऐसा दुर्योधन नहीं लिखा था। माता, तुम्हारा यह पुत्र कुलक्षणा, कुलनाशक और पातकी है। हमें तो जन्म होते ही मृत्यु देनी थी। अब हमें और तुम्हें इतना अधिक सहना है माता, कि हम विचार से ही मरे जा रहे हैं।"

गांधारी देर तक मौन रही। अंत में उसके मस्तक पर हाथ रखकर कुछ देर खड़ी रही, परंतु एक शब्द भी बोल न सकी। वहाँ से निकलते समय उसके मन में आया, अब आरंभ हुआ प्रतिशोध का! यह कहाँ तक विध्वंस करेगा, इसकी कल्पना तक नहीं की जा सकती। ऊपर से शांत रहनेवाला दुर्योधन अब दाहक हो गया है। वह शांत भाव से बोला अवश्य था, "माता, युद्ध ही क्षत्रिय धर्म है। राज्य-विस्तार, राजवैभव यह राजधर्म है। हम उसे बनाए रखेंगे।"

कर्ण, विकर्ण, शोण, दुर्योधन, दुःशासन, प्रचंड चतुरंग सेना लेकर हस्तिनापुर से निकले। कोशल, अयोध्या, काशी, विदेह, पांचाल, मगध, वत्स, कुंतल, मुंड, पुंड्र, उत्कल, ओड्र, अंग एवं बंग राज्य हस्तिनापुर के आजू-बाजू में थे। उसमें दो राष्ट्र श्रेष्ठ थे—मगध और पांचाल।

सेना-सेनापति और युवराज, राजा मंडली, इन सबको अपने साथ करते हुए आगे बढ़ रही थी। पश्चिम दिशा में श्रीकृष्ण की द्वारका थी। द्वारका में युद्ध न करने का उसका संकल्प था। गांधारी को अपनी योजना बताते समय द्वारका के संदर्भ में यही कहा था, तो वह प्रसन्न हो गई थी। "तुमने अच्छा किया। शाल्व, चेदी, कुरुष, दशार्ण, अवंति, निषाद, मेकल, कोशल, वैणिक, विदर्भ, महारठ्ठ, आनर्त, मालप, मत्स्य, ऐसे अनेक राज्यों पर उसने विजय प्राप्त कर ली थी, और साम्राज्य-विस्तार की संकल्पना प्रत्यक्ष हो रही थी।

हस्तिनापुर के पश्चिम दिशा में दो प्रबल राज्य थे। एक ऋतायन पुत्र शल्य का मद्रराज्य तथा दूसरा, बाल्टिक राज्य। इस पर विजय प्राप्त करना अत्यंत कठिन था। वातधान, सौभीर, सिंधु, पंचनद, अंबष्ठ, त्रिगर्त, कैकेय, शिबी, कांभोज और गांधार—सभी राज्यों पर विजय प्राप्त करने के बाद दुर्योधन गांधारी से मिलने गया। अब उन्हें पश्चात्ताप था। उन्होंने वह प्रकट किया तो दुर्योधन ने समझाया, "घड़ी बीत गई है। वह प्रसन्न है। महान् पतिव्रता के रूप में आप कुरुवंश के इतिहास में पूजनीय हैं।" स्नेहभेंट के उपरांत दुर्योधन वही सेना लेकर अब राक्षस, तंगण, खश, किरात की ओर बढ़ा और अपार संपत्ति लेकर हस्तिनापुर लौट आया।

सप्तरंग में नहाकर, नूपुरों की ध्वनि लेकर, स्वरमाला की गूँज बिछाकर, भानुप्रिया ने दुर्योधन का मन से स्वागत किया। राज्य-विस्तार की योजना सफल होने के पश्चात् दुर्योधन सभी उत्सवों में पहले जैसा शामिल होने लगा तो गांधारी निश्चिंत हो गई। अीतत को भुलाकर दुर्योधन और पांडवों के मध्य का अंतर कम होने लगा था। चाहे कोई भी उत्सव हो, इंद्रप्रस्थ और हस्तिनापुर एकत्र मनाने लगे थे। दुर्योधन का यह परिवर्तन किसी झंझावात की नदी तो नहीं है! यह आशंका कभी-कभी गांधारी के मन में आती थी तो वह इसे अपने मन से निकालने का प्रयास करती। परंतु शकुनि, दुर्योधन, दुःशासन, कर्ण और धृतराष्ट्र महाराज की आपसी बातचीत तथा दीर्घ भेंट उसकी आशंका बढ़ाती रहती थी। इसी बीच अदृष्ट की कोई छाया तो नहीं है? गांधारी इस प्रश्न को बार-बार टटोलती। परंतु उत्तर नहीं था।

एक दिन भानुप्रिया सुबह-सुबह गांधारी के कक्ष में आई।

"देवी, कल देर रात तक हमारे स्वामी, महाराज धतृराष्ट्र के कक्ष में थे।"

"सत्य कहती हो, भानुप्रिया?"

"सत्य ही कहती हूँ, साथ में शकुनि मामा भी थे। सुना तो ऐसा है कि पांडवों को द्यूत खेलने के लिए यहाँ बुलाया है और द्यूत में पराजित कर उन्हें इंद्रप्रस्थ नगरी से निर्वासित करना और अपमान का प्रतिशोध लेना, यह सब होनेवाला है। हम स्वामी को बुलाने गए तो सुनाई पड़ा।"

गांधारी को अचानक धक्का-सा लगा। अपमान का शल्य और विकृति का विष अब उतरनेवाला नहीं था।

उसने शांत भाव से कहा, "हमें क्या करना है, भानुप्रिया! वे लोग आएँगे तो प्रसन्नता का ही अनुभव होगा। आओ भानुप्रिया, आज हम तुम्हारा पुष्प शृंगार कर देते हैं।"

"देवी, आप हमारी माता हैं। माता अपने गुण अपनी कन्या को अवश्य देती है। राजनीति की ओर किस दृष्टि ने देखना चाहिए, यह भी आपने हमें सिखाया है। गुप्त घटना, वार्त्ता, राजकीय समाचार देखकर यह सब योग्य नहीं है। यह हम समझते हैं। आप हमें मार्गदर्शन करती रहिए।"

"भानुप्रिया, जब परंपरागत संस्कार क्षण में राजनीति में विलीन और नष्ट हो जाते हैं तो न माता होती है, न ही संस्कार। तुम्हारा पति दुर्योधन उत्तम शासक, उत्तम कलाकार, रसिक, गुणग्राही, युद्ध-कुशल है, परंतु उसका वाममार्ग की ओर चलना ठीक नहीं है।"

"देवी, ऐसा होना नहीं चाहिए, अन्यथा हमें विध्वंस की आशंका दिखाई देती है। हम दोनों प्रयास करेंगे तो कदाचित्..."

"नहीं भानुप्रिया, दुर्भाग्य से हमारे हाथ में अब कुछ बचा ही नहीं। सब दाँव शकुनि के हाथ में हैं। वह अक्षविद्या में प्रवीण है। छल-कपट उसके मन का स्वभाव है। दुर्योधन के पीछे इसकी ही कुटिलता है। भानुप्रिया, सभी चिंताओं का वहन हम करेंगे, तुम प्रसन्न रहो, मुक्त रहो। यह हमें उतना ही आश्वस्त करता रहेगा।"

आज का पूरा दिन समाप्त हो गया, परंतु दुर्योधन उसके पास आया तक नहीं। दो दिन यही क्रम चलता रहा। गांधारी अस्वस्थ और चिंतित थी! वह मन-ही-मन प्रार्थना कर रही थी।

□

आठ दिन प्रतीक्षा करने के पश्चात् जब गांधारी ने दुर्योधन के प्रासाद में प्रवेश

किया तो वहाँ के लोग हास्य-विनोद में थे। तब गांधारी ने मन में सोचा, 'हम अकारण ही चिंता कर रहे थे। सबकुछ ठीक तो है।' परंतु नित्य आकर आशीर्वाद लेने वाला दुर्योधन निरंतर आठ दिन क्यों नहीं आया?' दुर्योधन अक्षपट पर खेल रहा था। पर दुर्योधन से खेल खेला नहीं जा रहा था। 'दाँव' कर्ण की ओर ही होता जा रहा था और उसका राजा संकट में था।

"तात!" दुर्योधन ने कहा तो अंध धृतराष्ट्र ने उसकी तरफ देखा।

"तात, कभी भी यह अक्षपट खेला हुआ द्यूत हमसे नहीं होगा। हाथी, अश्व, ऊँट, वजीर, राजा यह युद्ध हमें जँचता नहीं। यह खेल आठ-आठ दिन तक कैसे खेल लेते हो?"

"कोई भी काम मन से करना चाहिए, पुत्र! यह खेल तो धन लगाकर भी खेला होता है। हार-जीत धन पर निर्भर होती है, तब मन से खेला जाता है।"

"शकुनि मामा, इस तरह हम आर्यवर्त के राजा को भी पराजित कर सकते हैं!"

"यदि लड़ना है तो युद्ध करो। परंतु इसमें न युद्ध है, न ही जीवहत्या। चाहो तो साक्ष्य ले लो, दुर्योधन!" शकुनि मामा ने कहा।

"तो हम पांडवों को बुलाते हैं, कैसा रहेगा? वैसे द्यूत का आमंत्रण क्षत्रियों के लिए प्रतिष्ठा का विषय है, उसे कोई कभी 'न' नहीं करता। सत्य कहूँ तो अर्जुन और भीम पर हमें क्रोध आता है। द्रौपदी के किए अपमान का शल्य अब तक मन में है।"

"दुर्योधन, तुम्हारा अपमान हमारा अपमान है, इस राज्य के युवराज का अपमान है। सत्य कहता हूँ, बिना युद्ध के ही हम उसे पराजित करेंगे।"

गांधारी वैसे ही लौट आई। परंतु शकुनि ने उसे जाते देखा तो सेवक भेजकर उसे 'महाराज आमंत्रित करते हैं' का संदेश मिला। उसका मन नहीं था, परंतु महाराज के आदेश का उल्लंघन करना योग्य नहीं था। वह संयत स्वर में बोली, "सेवक, महाराज को हम मध्याह्न में अवश्य मिलेंगे और शकुनि मामा को हमने अपने कक्ष में आमंत्रित किया है।"

मध्याह्न ढल रहा था। शकुनि ने गांधारी के कक्ष में प्रवेश किया। "आज्ञा कीजिए, महारानी गांधारी देवी!"

गांधारी को व्यंग्य समझ में आया, परंतु वह शांत वाणी में बोली, "शकुनि, अनेक वर्ष बीत गए, क्या यहीं रहना है? गंधार नहीं जाना?"

"गांधारी देवी, हम यहाँ के मंत्रिमंडल में मंत्री हैं, महामंत्री हैं। राज्य-शासन में हमारा सर्वाधिक सहयोग है। आप महारानी अवश्य हो, परंतु यदि धृतराष्ट्र महाराज

हमें आदेश दें तो हम क्यों नहीं जाएँगे! और हमने राज्य के हित का ही विचार किया है!"

"शकुनि, तुमने दो बंधुओं के बीच वैर-भावना प्रज्वलित की है। महाराज धृतराष्ट्र का स्वभाव अत्यधिक संवेदनशील है। उनके साथ मधुर वर्तन किया तो वे पिघल जाते हैं। कौरवों का हित देखने के लिए भीष्माचार्य, कृपाचार्य आदि अनेक मंत्री हैं, महापंडित हैं। यहाँ जनमत का आदर किया जाता है। फिर तुम्हारी इतनी आवश्यकता ही क्या है?"

"आपको नहीं, महारानी, पर महाराजा धृतराष्ट्र को हमारी आवश्यकता है। और बंधु होने के नाते हम तुम्हें कहते हैं गांधारी कि द्यूत तो सम्राटों का प्रिय खेल है। अनेक सम्राट् द्यूत का आयोजन करते हैं। इसमें बुरा क्या है? वैसे भी हमारे पिताश्री सुबल महाराज वृद्ध हो गए हैं, और उस राज्य के अधिकारी हम ही हैं।

"हमने दुर्योधन को इतना स्नेह दिया, जो कि नेत्रपटल बाँधकर तुमने कभी नहीं दिया। उसको देखा तक नहीं। हमने ज्ञान दिया। हमने रीति-नीति, नियम पढ़ाए। आज दुर्योधन बदल गया है—अपमानित होने के कारण, द्रौपदी के व्यंग्य सुनने के कारण। क्या उसका मन सँभालना हमारा काम नहीं? कभी उसका रोता हुआ मुख देखा है? कभी उसे विवश, असहाय देखा है? दोनों ने जैसे अंधकार लपेटकर रखा है! देखा है अपने शत पुत्रों को? कैसी माता हो तुम? और यदि हम उन्हें सँवारने को, उनसे मन की बात करने को न होते तो क्या होता? आज भी हम दुर्योधन के लिए कर रहे हैं, जो कभी आपने नहीं किया। आपने द्रौपदी का व्यंग्य क्यों सुन लिया?

"आपने अपने पुत्र का अपमान क्यों और कैसे सहन किया? हाँ गांधारी, तुम्हारा यह बंधु शकुनि प्रज्ञावान, सुविचारी, शास्त्रार्थ में विद्वान् नहीं है। परंतु हम हस्तिनापुर का विकास चाहते हैं, शत पुत्रों पर स्नेह-वर्षा करना चाहते हैं। मयसभा में दुर्योधन का अपमान देखकर हमारे रक्त की एक-एक बूँद जल रही थी। अंध माता-पिता को निर्दिष्ट करके हँसनेवाली द्रौपदी का अपमान, आप स्त्री हो, इसलिए सह लिया होगा, परंतु कोई भी पुरुष यह सह नहीं पाएगा। एक बंधु समझकर हमने तुम्हारे परिवार का रक्षण किया है, चाहे तो उसे पापग्रह समझ लेना।"

शकुनि बोलते-बोलते चला गया। परंतु जो गांधारी को कहना था, वह मन में ही रह गया। कौरवों की दृष्टि से उनकी कोई दुष्ट भावना नहीं है, परंतु दोनों परिवार एक ही वंश के हैं, इस दृष्टि से उसने परिवार-हित नहीं देखा। भीष्माचार्य धृतराष्ट्र

का कर्तव्य निभाते रहे। वे परिवार को जोड़ते रहे। परंतु उनका जुड़ना कठिन था। महाराज धृतराष्ट्र के तीन कन्याएँ लाए। हमारे लिए धृतराष्ट्र महाराज लाए तथा शत पुत्रों के लिए कन्याएँ लाकर उनके विवाह कर दिए। क्या विवाह करवाना ही उनका काम था? परंतु दोनों के नेत्र बंद थे। वे करते भी क्या? उन्होंने कन्याएँ हरण करने का अपराध अवश्य किया। परंतु प्रकाश को तो हमने ठुकराया। हमने प्रतिशोध लिया। सभी दृष्टिकोण से विचार किया तो इस परिवार में प्रतिशोध ही दिखाई देता है। इसका कारण पूर्णतः हम हैं।

वह मदालसा के साथ भीष्माचार्य की कुटी में गई। वैसे कोई स्त्री उस तरफ नहीं जाती थी। कुटी के पास ही गंगा नदी थी। भीष्माचार्य वहाँ एक शिलाखंड पर बैठकर लहरें देख रहे थे।

"पितामह···!" उसने उनको पुकारा।

"गांधारी देवी, आप?"

"मन में संभ्रम था, इसलिए चली आई। आपका एकांत भंग किया, क्षमस्व!"

गांधारी राजप्रासाद में होनेवाली अप्रिय घटनाओं के संदर्भ में बोल रही थी। उनकी बात पूर्ण होते ही भीष्माचार्य ने कहा, "महारानी गांधारी, इस तरह संध्या समय में आपका यहाँ आना ठीक नहीं है। इस समय राजलक्ष्मी के चरण सायं-आरती के लिए मंदिर में जाते तो योग्य रहता।"

"पूजा होती है मनःशांति के लिए, पर आज हमारी शांति ही नष्ट होती जा रही है।"

"हम समझते हैं, प्रत्येक घटना का अर्थ अनर्थ की ओर जा रहा है। वह अटल है। हमने अपनी माता सत्यवती को वचन दिया था, प्रतिज्ञा की थी कि हम तुम्हारे राज्य शासन में, तुम्हारे पुत्रों के कार्य में अधिक्षेप नहीं करेंगे। यह भीष्मप्रतिज्ञा थी। हम मौन हैं और मौन ही रहेंगे। देवी, आप हमारी स्नुषा हो, परंतु हम शब्दबद्ध हैं। नियति के दाँव में हारना या जीतना कर्म के अनुसार होता है। कोई विजय प्राप्त करने के पश्चात् भी पराजित ही रहता है। क्योंकि हम स्वयं को ही देख रहे हैं।

"इसलिए देवी, हम अगतिक हैं। राजदंड हमसे जो करवाना चाहता है, हम वही करेंगे। हम एक शब्द भी नहीं बोलेंगे, यह अटल है।"

"कुरुवंश का विध्वंस होते देखकर भी आप···।"

"यही नियति है··· इसमें हम या आप कोई परिवर्तन नहीं कर सकता।"

"विध्वंस की ओर जाते देखकर भी आप दृढ़प्रतिज्ञ कैसे रह सकते हो, पितामह?"

"तो क्या आप नेत्रपटल खोलकर देखोगी?"

गांधारी मौन रही। वह मन में संतप्त थी। वह अपने प्रासाद में लौटी तो भानुप्रिया दु:शासन की कामिनी के साथ वहाँ प्रतीक्षा कर रही थी।

"देवी वृषाली के पुत्र का, यानी कर्ण के प्रथम पुत्र वृषसेन का आज वर्धापन का दिन है। आप सादर आमंत्रित हो। और स्वयं के संदर्भ में एक बात बताना चाहती हूँ कि हम गर्भवती हैं, देवी, अब पुत्र आनेवाला है।"

गांधारी प्रसन्न हो गई। उसने अपनी रत्नजड़ित कंठमाला पहनाकर कहा, "कल्याणी, तुम्हारा मंगल हो! कामिनी, यह वार्त्ता प्रसृत कर देना।"

रात्रि में जब यह बात गांधारी ने महाराज धृतराष्ट्र से कही तो उन्होंने कहा, "गांधारी, तुम्हारी अतीव प्रसन्नता देखकर लगता है कि तुम्हें तुम्हारे अपने दिन स्मरण आ रहे हैं।"

सुहास्यवदना गांधारी प्रभात समय में मंदिर जा रही थी तो दुर्योधन ने उसकी चरणवंदना की, तब गांधारी ने कहा, "अभिनंदन वत्स, अभिनंदन! भानुप्रिया गर्भवती है।"

"माता, किसी भी सुखद घटना का आनंद हम पूरी तरह नहीं ले सकते। हम भानुप्रिया से प्रसन्न हैं, परंतु हमें लगता है कि हमारे अस्वस्थ मन का प्रभाव उस पर तो नहीं होगा?" धृतराष्ट्र महाराज भी मंदिर में थे, उन्होंने सुनकर कहा, "ऐसा क्यों, पुत्र?"

"रात-रात भर हमें निद्रा नहीं आती। हमारे मन में ज्वालामुखी है, पिताश्री! हम बोलते हैं तो द्रौपदी के शब्द स्मरण हो आते हैं। भानुप्रिया कहती है कि आप द्रौपदी तथा उसके शब्द छोड़ दीजिए। माता, हम क्या करें?"

"शकुनि ने तुम्हें पर्याय तो बताया है।"

महाराज धृतराष्ट्र ने कहा, "कौन-सा?" महाराज चौंक गए, 'बताना नहीं चाहिए था। अब बता ही दिया है तो स्पष्ट कहने में संकोच क्यों?' वे मन-ही-मन बोल उठे।

"गांधारी, घटना सहज है। सभी राजाओं को द्यूत खेलने के लिए आमंत्रित करेंगे और पांडवों को भी। जो राजा द्यूत में हारेगा, उसका राज्य तेरह वर्ष तक हमारे पास रहेगा। शकुनि अक्ष या द्यूतविद्या में प्रवीण है।"

"यदि शकुनि पराजित हो गया तो?"

"यदि ऐसा हो गया तो हम भी···परंतु ऐसा होगा ही नहीं। हमें पूर्ण विश्वास है।"

"परंतु इससे सुख-शांति मिलेगी?"

"यह करने से पूर्व हम सभी राजाओं को यज्ञ में आमंत्रित करेंगे। यज्ञ केवल सुख-शांति और प्रसन्नता के लिए होगा।"

गांधारी मौन रही। पिता-पुत्र, शकुनि और कर्ण भी इसमें थे तो बोलना ही व्यर्थ था। और राजनीति में स्त्रियों की राय दुर्लक्षित होती है। उसने मन-ही-मन कहा, 'पांडवों के आते ही युधिष्ठिर से कहना होगा कि कुछ भी हो जाए, तुम ध्यान रखना, शकुनि के बनाए हुए पासे विशेष हैं, उससे कोई दूसरा जीतेगा नहीं। उन पासों से आप कभी खेलना ही नहीं, स्मरण रखना।'

वह नि:शब्द होकर मंदिर से लौटी। दुर्योधन भी लौट रहा था। दुर्योधन के मन में विचार आया, 'कोई-न-कोई उपाय करके गांधारी को यहाँ से दूर भेजना होगा, अन्यथा यह कार्य होगा ही नहीं!'

कर्ण दुर्योधन का प्रिय मित्र था और वह वचनबद्ध था। दुर्योधन की कल्पना सुनकर उसने कहा, "हमें श्रीकृष्ण प्रिय हैं, पांडव प्रिय हैं, पर आपका प्रिय करने के लिए हम वचनबद्ध हैं। सत्य कहता हूँ कि द्रौपदी के व्यंग्य का आत्यंतिक क्रोध हमें भी है। परंतु एक परिवार में ऐसी घटना न हो, जिससे परिवार में विस्फोटक स्थिति पैदा हो। हम इस तरह का अन्याय नहीं देखना चाहते। परंतु आप जो कुछ करेंगे, उसमें हम आपका ही साथ देंगे।"

दुर्योधन ने अपने मित्र का स्नेहादर करते हुए कहा, 'मित्रवर्य कर्ण, कभी आप बोलते थे कि अंगदेश का राज्य देकर आपने हमें सम्मान दिया है, परंतु आज आपने पुनरपि वह प्रतिज्ञा दोहराकर हमें सांत्वना दी है। आज हम आपके ऋणी हैं।"

कर्ण को दुर्योधन ने दृढ़ालिंगन दिया। दुर्योधन अपने प्रासाद की ओर निकला तो उसके मन में आया, 'आज प्रथम ही अपने आप में प्रसन्न है और यज्ञविधि तक या द्यूतक्रिड़ा संपन्न होने तक गांधारी का यहाँ उपस्थित रहना ठीक नहीं है। कुछ भी करके उन्हें अपने माता-पिता के देश गंधार में भेजना ही है, तभी तो सब निर्विघ्न होगा। और वैसे भी भानुप्रिया गर्भवती होने के कारण अपने मातृगृह जा रही है। आज दोनों की अनुपस्थिति आवश्यक हो गई है।'

दुर्योधन प्रासाद की ओर जा रहा था, परंतु मन पुन:-पुन: कर्ण के विषय में सोच रहा था। कुंती माता के प्रति कर्ण का अत्यधिक आदर और स्नेह तथा कुंती माता का उसकी दृष्टि में संभ्रम और अत्यधिक स्नेह, अर्जुन और कर्ण का समान दिखना एवं यह घटना सशंक कर देती है। यदि कवच व कुंडल निकाल दे तो अर्जुन

और कर्ण एक जैसे हैं। अर्जुन जैसा धनुर्धारी केवल कर्ण ही है। माता ने तुम्हें हमारे लिए वचनबद्ध किया है। यह वरदान माता से हमें मिला है, इसलिए कर्ण, तुम चाहे जितना भी स्नेह श्रीकृष्ण, कुंती तथा पांडवों से रखो, परंतु लड़ोगे या मौन रहोगे तो केवल हमारे लिए।

सामने से धवल वस्त्र पहनकर सखियों के साथ भानुप्रिया आ रही थी तो दुर्योधन की विचार शृंखला टूट गई। सरस्वती जैसी सुंदर और सात्त्विक लग रही थी वह! यह गर्भ तेज का प्रभाव था। दुर्योधन के निकट आने से सखियाँ लौट गईं।

"प्रिये, हमारे साथ इस उपवन में चलिए।"

वह खिलखिलाकर हँस दी। अकारण प्रसन्नता से हँसनेवाली भानुप्रिया उसे रंभा-उर्वशी से अधिक ही सुंदर लग रही थी।

□

"महारानी गांधारी देवी, विशेष संदेश लेकर गंधार से दूत आया है।" दुर्योधन ने कहा, "अभी-अभी तो सुबल महाराज, यज्ञविधि समाप्त करके गंधार पहुँचे हैं। और विशेष दूत··· ?"

"माता, आप देखिए तो···" दुर्योधन कह रहा था।

सुबल महाराज, सुमति देवी तथा शिवतेजा भी अपने परिवार के साथ आई थी। यज्ञविधि में दुर्योधन तथा शत पुत्रों ने कोई अनुचित कार्य नहीं किया था। भीष्माचार्य, कृपाचार्य, विदुर महाराज—सभी प्रसन्न थे। द्रौपदी, भानुप्रिया, वृषाली, कामिनी, इनका बढ़ता स्नेह देखकर गांधारी अतीव प्रसन्न थी।

एक दिन प्रातःकाल आरती के पश्चात् द्रौपदी गांधारी के साथ उसके कक्ष में आई थी। शृंगारित कक्ष, स्वर्ण के दीपदान, भव्य तैलचित्र, चंदन के आसन और जगह-जगह पुष्परचना, रंगावली आदि द्रौपदी एक-एक करके देख रही थी। गांधारी ने कहा, "द्रौपदी, सौंदर्य तथा कला से हमारी प्रीति बालपन से रही है। यहाँ के चित्र हमने बनाए हैं। यहाँ की शिल्पाकृति हमने बनाई है। मयसभा जैसे यह दालान हमने तैयार किए हैं। आओ तुम्हें चित्रफलक दिखाती हूँ।"

द्रौपदी संभ्रमित थी कि नेत्रपटल बाँधकर इतना सारा कैसे किया होगा? यह प्रतारणा तो नहीं? सायंकालीन विविधरंगी आकाश का चित्र फलक पर था।

द्रौपदी गांधारी के पीछे-पीछे अत्यधिक संभ्रमित तथा आश्चर्यचकित होकर चल रही थी। संध्याकालीन चित्र में उसने आकाश में विविध रंग, गोपदों से उड़नेवाली धूल और बैलगाड़ी में जानेवाले लोग चित्रित किए थे।

"देवी, आपने चित्र के रंग तथा आकृति उसी जगह कैसे निकाले?"

"अंध व्यक्ति के अंदर नेत्र प्रभावी होते हैं। वैसे तो हमने विवाह होने तक सबकुछ देखा हुआ था।" उसी समय सुबल महाराज आए थे।

"यह हमारी सुकन्या, सुलक्षणी, गंधवती गांधारी है, यह गंधार देश की ही नहीं, आर्यावर्त की महान् पतिव्रता नारी है। इतिहास में इसका नाम स्वर्णाक्षरों में लिखा जाएगा। प्रश्न यह है कि इस निसर्गप्रिय कन्या ने नेत्रपटल क्यों बाँधे?"

सुबल महाराज देर तक द्रौपदी को गांधारी की अनेक घटनाएँ बता रहे थे। उसके लगाए बीज अंकुरित होकर उपवन में वृक्ष हो गए हैं, और गुरुकुल की संगीत, चित्रकारी की सभी घटनाएँ उन्होंने मन में रखी थीं।

वे चले गए तो द्रौपदी ने गांधारी से कहा, "कितनी भाग्यवान हो आप, जिनको ऐसे स्नेहार्द्र पिता मिले हैं। परंतु आपने नेत्रपटल क्यों बाँध लिये?"

"कुछ प्रश्न वैयक्तिक होते हैं।"

"परंतु उसके संदर्भ और अर्थ तो सामाजिक होते हैं?"

"द्रौपदी, मैं तुमसे एक प्रश्न पूछना चाहती हूँ!"

"वह आपका अधिकार है। नेत्रपटल बाँधकर आप इतनी सौंदर्यवती और प्रज्ञावती लगती हैं तो नेत्रपटल खोलने के पश्चात् आप अत्यंत तेजस्वी···"

"हमारी आँखों में कोई भाव-भावनाएँ दिखाई न दें, इसलिए···और द्रौपदी, तुमने दुर्योधन का अपमान क्यों किया?"

"सत्य कहूँ, देवी, वह अपराध हमने किया, उसके लिए हम क्षमाप्रार्थी हैं। वस्तुत: आपने यदि राज्य के समान भाग किए होते तो प्रश्न ही नहीं आता। परंतु आपने हमें अरण्य का भाग दिया। माता कुंती पहले ही अरण्यवास की यातनाएँ सह चुकी थीं। हमारे पाँच पतियों ने इंद्रप्रस्थ नगरी के निर्माण में अत्यधिक परिश्रम किया था, इसलिए मन में क्रोध था। शब्द अनायास निकल गए। हम दुर्योधन महाराज से भी क्षमा माँग सकते हैं।"

"अब विलंब हो गया है कन्या, शब्द इतने सहज नहीं होते। शब्द का सामर्थ्य सामर्थ्यशाली शक्ति से भी अधिक है। शब्द का अचूक शरसंधान ज्वाला हो जाती है। यह शब्द का लालित्य रूपवती, सत्गुणी और सुशील कन्या के समान होता है। शब्दों के दाहक स्फुल्लिंग मन में अग्नि का काम करते हैं। अपने शब्दों के बाण से किसी को आहत न करो, द्रौपदी!"

द्रौपदी के जाने के पश्चात् गंधार से दूत आया। दूत का संदेश-पत्र पढ़कर

गांधारी विचलित हो गई कि शिवतेजा का स्वास्थ्य अत्यधिक बिगड़ गया है और हर क्षण वह तुम्हारा ही स्मरण कर रही है। सुबल महाराज भी अस्वस्थ हैं, त्वरित गंधार आ जाओ। यह माता सुमति का संदेश-पत्र था। यदि सुबल महाराज लिखते तो विश्वास रखना कठिन था। एक मास हो गया था, जब शिवतेजा हस्तिनापुर से गंधार गई थी। अब यहाँ का वातावरण उसके स्वास्थ्य के लिए अहितकारक होगा।

दुर्योधन ने कहा, "माता, तुम जाओ, हम सब मिलकर अच्छा ही करेंगे!"

धृतराष्ट्र महाराज ने कहा, "गांधारी, तुम्हें जाना ही चाहिए।"

शकुनि ने कहा, "देवी, तुम्हें जाना आवश्यक है। माता-पिता तथा शिवतेजा तुम्हारा स्मरण कर रहे हैं। क्या पता, संदेश-पत्र आया है तो चिंता का विषय ही होगा!"

गांधारी ने कहा, "और तुम नहीं चलोगे, शकुनि, वह तुम्हारी भी भगिनी है।"

"हमारा कोई स्मरण नहीं करता, सभी आपको पसंद करते हैं। हाँ, वहाँ जाने पर गंभीर स्थिति होगी तो शीघ्र दूत भेज देना। अब पहले तुम जाओ।" सबका आग्रह था। वृषाली भी नहीं थी। कुंती विदुर के रहते गई थी, और राजसभा से उसका कोई संबंध भी नहीं था।

अंत में वह गंधार गई तो शकुनि ने एक दीर्घ साँस ली। दुर्योधन निश्चिंत था और धृतराष्ट्र महाराज भी प्रसन्न थे।

द्यूत का खेल शुरू हो गया। अनेक राजा देख रहे थे। द्यूत का आयोजन एक विशाल मंडप में था। अन्य राजाओं ने पराभव के कारण से द्यूत खेलना पसंद नहीं किया। परंतु युधिष्ठिर ने द्यूत के आह्वान को स्वीकारा था। द्रौपदी ने कहा भी था, "आप पाँच पांडव द्यूत का आह्वान स्वीकार न करें। शकुनि के पासे द्यूत में दूसरों को पराजित ही करते हैं।" परंतु युधिष्ठिर ने उसकी एक न सुनी। तब अर्जुन को अस्पष्ट कल्पना आई तो उसने भी कहा, फिर भी युधिष्ठिर ने नहीं माना।

भीम, अर्जुन, नकुल, सहदेव किसी को भी द्यूत में रुचि नहीं थी। कर्ण को सब ज्ञात था। 'पांडवों ने यह आमंत्रण स्वीकार करके ठीक नहीं किया और द्यूत खेलना ठीक नहीं है। उन्हें लौटना चाहिए।'

परंतु दूसरा मन कह रहा था, 'पांडवों की पराजय हम भी देखना चाहते हैं।'

"पांडव, आप नगरी में लौट जाओ!" विदुर महाराज ने समझाया। जितना लोग कहते, उतना ही युधिष्ठिर दृढ़प्रतिज्ञ हो रहा था। तब दुर्योधन ने कहा, "युधिष्ठिर, हम तुम्हारा राज्य लेना नहीं चाहते, न ही तुम्हें अरण्यवास मिले, पर द्यूत खेलने

में हार-जीत भी होती है। यदि हम पराजित हो गए तो हमें भी अरण्यवास करना ही होगा।"

अंत में धृतराष्ट्र महाराज आए। वैसे अपने पुत्र दुर्योधन के लिए इससे अधिक योग्य संधि कब मिलनेवाली थी? उन्होंने कहा, "युधिष्ठिर, इतने संभ्रमित क्यों हो? इंद्रप्रस्थ नगरी लौटना चाहते हो तो जा सकते हो, परंतु द्यूत में तुम्हारी विशेषता है, मन में अस्वस्थ होकर जाना तुम्हें भी अच्छा नहीं लगेगा।"

विदुर महाराज जाने के लिए कह रहे थे और उसके बंधु न कह रहे थे। द्रौपदी ने पहले ही कहा था। एक क्षण के लिए युधिष्ठिर संभ्रमित हो गया, परंतु मन-ही-मन उसने स्वयं को दृढ़ करके कहा, "हाँ, हम खेलेंगे।"

दुर्योधन ने अति आनंद से उसे दृढ़ालिंगन देकर कहा, "धन्य है तुम्हारी···" मन-ही-मन वह अत्यधिक प्रसन्न था और ईश्वर के प्रति आभारी भी। कर्ण और विदुर महाराज राजप्रासाद की सीढ़ियाँ उतर रहे थे, परंतु दोनों मौन थे। कर्ण संभ्रमित था तो विदुर महाराज दु:खी थे।

दुर्योधन प्रसन्न था। उसके मन में द्वेष प्रज्वलित हो रहा था। 'पांडव वनवास जाएँगे और इंद्रप्रस्थ नगरी हमारी होगी। व्यंग्य करनेवाली द्रौपदी कुटी में रहेगी। और क्या चाहिए, जीवन जैसे सफल हो गया!"

जाते-जाते गांधारी ने दुर्योधन एवं दु:शासन को बुलाकर समझाया था, "अनर्थ हो ऐसा कोई कृत्य न करें! अविचार में कोई निर्णय न लें! पांडवों के लौटने तक कोई उत्पात न करें! द्यूत का आग्रह न करें, और पांडवों से द्वेष करके कोई अनुचित कार्य न करें।" पाँच प्रतिज्ञा दोनों से ली थी। अत: वह निश्चिंत होकर गई थी।

'माता तो चली गई हैं, पिता अपने ही हैं, अब अवसर-ही-अवसर है।' दूसरे ही दिन सुबह द्यूतक्रीड़ा आरंभ हुई तो राजाओं में आनंद और भीष्माचार्य, कृपाचार्य, एवं विदुर महाराज को चिंता हो रही थी।

युधिष्ठिर अपने बंधुओं के साथ अक्षपट के पास आया। धृतराष्ट्र महाराज ने कहा, "देखो युधिष्ठिर, कोई मूल्य, मुद्रा लगाकर मत खेलना, इससे पराजय का भय होता है। मनोरंजन के लिए खेलो, वत्स!"

शकुनि अत्यंत प्रसन्न था। मगध देश से कुशल कारीगर से बनवाए गए पासों के कारण प्रसन्न था। उसने स्वयं के लिए काला रंग पसंद किया। उस पासे की विशेषता केवल शकुनि को ही ज्ञात थी, इस कारण वह नित्य विजयी होता था।

खेलते-खेलते शकुनि ने कहा, "कुछ तो मूल्य लगाओ खेलने में।"

"शत स्वर्ण मुद्रा···" शकुनि हँसने लगा तो युधिष्ठिर ने कहा, "सहस्र स्वर्ण मुद्रा।"

श्वेत अश्व, हाथी, राजा, वजीर, सैनिक अपने-अपने सोलह चौकोन में थे। सामने राजा का रक्षक दल, यानी सैनिक थे। खेल भी योग्य दिशा में चल रहा था। अचानक युधिष्ठिर के वजीर ने राजा को आह्वान दिया। तब वक्र चाल से चलने वाले ऊँट ने युधिष्ठिर के वजीर को ढेर कर दिया। और अब वही ऊँट युधिष्ठिर के राजा के सामने था।

"युधिष्ठिर महाराज, आपका ध्यान सर्वत्र न होकर सिर्फ राजा पर था। आप पर कभी कोई आक्रमण ही नहीं कर सकता, इस पर आपका विश्वास था।

"पुनः खेल शुरू करो और अपनी सहस्र मुद्राएँ जीत लो। आपको पराजित होना शोभा नहीं देता।"

"बंधु युधिष्ठिर, त्याग दो सहस्र मुद्रा और खेल समाप्त करो।" परंतु आवेग और आवेश में आए युधिष्ठिर ने पुनरपि खेल आरंभ किया।

आठ दिन तक यह द्यूतक्रीड़ा चलती रही। शकुनि बारंबार कहता रहा, "युधिष्ठिर महाराज, अब समाप्त करो यह खेल, अब तुम्हारी शक्ति, बुद्धि, युक्ति और चतुरता क्षीण होती जा रही है।" यह व्यंग्य बाकी पांडव समझ रहे थे। आवेग, आवेश और जीतने का विश्वास युधिष्ठिर को रोक न सका। वे एक-एक वस्तु हारते जा रहे थे। पांडव व्याकुल थे, युधिष्ठिर को रोकने में असमर्थ थे। अंत में अर्जुन क्रोधित हो गया।

"अब समाप्त करें क्रीड़ा। परिश्रम से इकट्ठा किया धन, अलंकार, गोधन, भूधन, कृषिधन—सबकुछ हम हार चुके हैं।"

"खेलिए शकुनि मामा, हम तो तैयार ही हैं।" खेल पुनरपि आरंभ हुआ। अब युधिष्ठिर ने अपना राज्य दाँव पर लगाया। पांडव क्रोधित थे। उनके मन में आक्रोश था, परंतु युधिष्ठिर शांत मन से जीतने का अगम्य विश्वास लेकर खेल रहा था।

राज्य भी हार गए तो शकुनि ने भरे-पूरे व्यंग्य से कहा, "अब है कुछ दाँव पर लगाने के लिए? यह सबकुछ हमारा हो गया। महाराज धृतराष्ट्र का हो गया।"

महाराज धृतराष्ट्र ने कहा, "अब कहाँ जाओगे, पांडव, तुम लोग? हमने पचास बार कहा था कि मूल्य, मुद्रा से न खेलो, पर आप लोगों ने सुना नहीं। अब जाओ वनवास, वहीं तुम्हारा भाग्य धेय होगा। अब कुछ बचा ही नहीं।"

भीष्माचार्य, कृपाचार्य, कर्ण, मंत्रीगण, विदुर महाराज सभी देख रहे थे, और

मौन थे। कुटिल नीति के ये व्यंग्य और भी तीव्र हो रहे थे। शकुनि ने कहा, "और कोई वस्तु तुम्हारी अपनी है, तो खेल आरंभ करते हैं!"

"है, हमारी अपनी द्रौपदी!" युधिष्ठिर को पराजित होने का भूत सवार था। भीम, अर्जुन, नकुल, सहदेव उसे पुनः-पुनः कह रहे थे, परंतु युधिष्ठिर ने अंतिम दाँव पर द्रौपदी को लगाया। सभी भय से मौन रहे। शकुनि के पासे उसी के मन के अनुसार आ रहे थे।

अंत में युधिष्ठिर द्रौपदी दाँव भी पराजित हो गया। द्रौपदी अब कौरवों की दासी हो गई।

दुर्योधन मद्यधुंद जैसे चिल्लाया, "द्रौपदी, इंद्रप्रस्थ की सम्राज्ञी, मयसभा में गिरने पर व्यंग्य करनेवाली, कर्ण को 'सूतपुत्र' कहकर व्यंग्य करनेवाली रूपगर्विता, ज्ञानगर्विता याज्ञसेनी, द्रौपदी हमारी दासी हो गई। जाओ दु:शासन, उस अहंमन्य द्रौपदी को खींचकर ले आओ, हम भी उसके नेत्र में असहाय, अगतिक भाव देखना चाहते हैं। आज दासी द्रौपदी हमारी सेवा करेगी।"

पांडव-पक्ष में सभी मौन थे। सभी के मुख पर अमावस का अंधकार दिखाई दे रहा था, और कौरव उन्मत्त होकर मन-ही-मन नाच रहे थे।

राजसभा में उस समय विदुर महाराज, भीष्माचार्य, कृपाचार्य, उर्णनाभ, चित्रचाप, दृढ़वर्मन, निषंगिन, महाबाहु, विशालाक्ष, चित्रवर्मन, सोमकीर्ति, द्रोणाचार्य, अश्वत्थामा, पद्मनाभ उपस्थित थे। उनके मुख धरती की ओर झुक गए थे।

□

हिमऋतु का प्रातःकाल था। द्वारका नगरी प्रगाढ़ निद्रा में थी। नित्यक्रमानुसार श्रीकृष्ण महाराज जाग गए थे। वे बाहर आए। सभी ओर निःस्तब्ध मौन था। श्रीकृष्ण का यह प्रासाद उनकी कार्यशैली का, परिश्रम का, रसिकता का परिचायक था। कहाँ-कहाँ से रंग-बिरंगे पत्थर, रत्न लाए थे। वह भव्य प्रासाद शास्त्रार्थ, संगीत-सभा, निमंत्रित इनके लिए प्रयोग में लाया जाता था। एक ही कक्ष था, जिसमें श्रीकृष्ण एकांत के लिए जाते थे। यह वह एकांत नहीं था। यह अध्यात्म की ओर, चिंतन की ओर, सामाजिक परिवर्तन की ओर जानेवाला एकांत था। जब कभी वे द्वारका में होते थे तो प्रातःकालीन आरती में सम्मिलित होने का उनका क्रम था। प्रौढ़त्व का उत्तरार्ध और वार्धक्य का आनेवाला काल, इसी के बीच की अवस्था थी।

एक बार उन्होंने सत्यभामा से कहा भी था, "अब तक लगता नहीं था, परंतु

अब लगने लगा है कि मृत्यु-पथ पर ले जानेवाला यह काल हमारे मित्र सुदामा की मृत्यु सुनकर अधिक ही घना होता जा रहा है।"

"आप धर्मग्रंथों का अधिक चिंतन करते हो तथा सामाजिक घटनाओं के संदर्भ में भी अधिक चिंतन करते हो। सत्य धर्म त्रिखंड में हो यह विचार रखते हो! मृत्यु के भय से विचलित क्षत्रिय कभी नहीं होता, परंतु सुदामा देव की मृत्यु आपके मन पर गहरा असर छोड़ गई है।"

सत्यभामा का विचार-आचार एक व्रत जैसा अटल होता था। उसे समझाना, स्पष्टीकरण देना, कठिन कर्म था। संभव है कि युद्ध की स्थिति न होने के कारण हम आयु की बढ़ती संख्या का विचार कर रहे हैं।

निद्रिस्त प्रासाद, मौन प्रासाद की सीढ़ियाँ उतरकर वे मार्ग पर आए। प्रात:काल और सूर्योदय में, हिमकाल में बहुत अंतर होता है। हिमकाल में उनकी देह पर रोमांच आ रहा था।

शुचिर्भूत रुक्मिणी मंदिर की ओर जा रही थी। प्रिय सखी, प्रेयसी, सचिव और कांता रुक्मिणी अब पुत्र, पौत्र, स्नुषा, इनके उत्सव, आनंद इसमें व्यस्त थी, उसके स्वयं के जीवन में, परंतु कर्तव्य का स्थान पहला था। उसके मन में न कुछ क्रोध, न द्वेष था, केवल सभी के लिए स्नेहभावना।

आरती के लिए श्रीकृष्ण मंदिर में पहुँचे तो उसने कहा, "स्वामी, आप अविश्रांत परिश्रम करते हो, इतने शीघ्र उठना आवश्यक नहीं था। दोनों की तरफ से हम सबके लिए ईश्वर से मंगलकामना करती हैं।"

आरती के पश्चात् वे दोनों बाहर आ गए, तब सूर्योदय होकर रत्नमणियों की प्रभा से प्रांगण में रंगावली बन गई थी और सवत्स धेनु अरण्य की ओर जा रही थी।

"रुक्मिणी, आकाश की ऊषा सुंदर या धरती का निसर्ग सुंदर?"

"दोनों ही अप्रतिम हैं स्वामी! उस नीलवर्णी आकाश का रंग हमें मोह लेता है केवल आपका रंग देखकर! और चंचल व रूपमती का आभास हमें सत्यभामा में होता है।"

"और स्वयं के लिए कौन सी उपमा?"

"स्वामी, हम तो छाया हैं आपकी, उसकी कौन सी उपमा है? हम संध्या नहीं, हम ऊषा भी नहीं; हम हैं सार्वभौम सम्राट्, वृष्णि कुलोत्पन्न चक्रवर्ती श्रीकृष्ण महाराज की ज्येष्ठ पत्नी रुक्मिणी।"

रुक्मिणी के कंधों पर हाथ रखकर अतीव स्नेह से श्रीकृष्ण ने कहा, "हमने

अनेक लोगों को बहुमूल्य भेंट दी, सत्यभामा ने हमारे जीवन की अनेक रातें माँगी। हमने वह दे दीं। सभी को मनचाहा देते रहे, परंतु तुम्हें देखने के पश्चात् स्मरण आता है कि तुमने कुछ माँगा ही नहीं और हमने दिया भी नहीं। हम तुम्हें भेंट में अपनी वेदना, व्यथा एवं नैराश्य देते हैं और तुम मुझे प्रसन्नता, ऊर्जा और आनंद देती हो! भेंटस्वरूप कुछ लेकर आते हैं तो सूर्य को आरती या दीपदान देने जैसा होता है, तो हम देते ही नहीं।

"इंद्रप्रस्थ की घटना बताता हूँ। कुछ करते समय हमारे हाथ की करांगुली को कुछ लगा तो रक्त की धारा निकली। हम अपना ही रक्त देख रहे थे, तभी हमारी भगिनी सुभद्रा आई और कहने लगी कि राजवैद्य को आमंत्रित करती हूँ। इतने बड़े प्रासाद में करांगुली से बहती धारा रोकने हेतु वस्त्र का टुकड़ा कहाँ मिलेगा?

"इतने में द्रौपदी आई। बहती रक्त की धारा देखकर उसने अपने महावस्त्र की पट्टी निकालकर बाँधी। रक्त बहना बंद हो गया। घटना तो वैसे क्षुद्र, परंतु महत्त्वपूर्ण अर्थ देनेवाली थी। रुक्मिणी, उस समय तुम्हारा स्मरण होकर नेत्रों में आँसू आ गए। लगा कि तुम होती तो यही कार्य करते समय तुम्हारे नेत्र आँसू से भरे होते, हमारी वेदना समझ लेती, हमें सांत्वना देती और हम कहते कि हमें इतना सा भी दर्द नहीं है। फिर भी···"

श्रीकृष्ण ने देखा, वह ऊषा के समान प्रसन्न होकर हँस रही थी। श्यामल वर्ण की यह विदर्भ कन्या उनके रोम-रोम में है। इसका प्रत्यय आया था।

मध्याह्न में श्रीकृष्ण इंद्रप्रस्थ की सूचना जानने हेतु एक पत्र लिख ही रहे थे कि बलराम आए और कहा, "कुछ घात तो नहीं हुआ?" बलराम महाराज की विचार-शैली ऐसी ही थी। मन में नित्य आवर्त ही होते थे।

श्रीकृष्ण ने समग्र वार्त्ता सुनी और संदेश-पत्र भी पढ़ा। युधिष्ठिर ने लिखा था—कौरव शत पुत्रों के विवाह संपन्न हुए। दुर्योधन ने गंधातक साम्राज्य विस्तारित किया। इस आनंद-प्रसंग में उन्होंने यज्ञ का आयोजन किया है। हम सभी जा रहे हैं।

इस यज्ञ के पश्चात् मनोरंजन सप्ताह भी होगा, जिसमें मनोरंजन और द्यूतस्पर्धा भी है। अनेक राजा इस द्यूत में सम्मिलित होंगे। हमें तो अक्षपट अत्यधिक प्रिय है, इसलिए दुर्योधन ने विशेष आमंत्रित किया है। और···"

श्रीकृष्ण संदेश-पत्र पढ़ते-पढ़ते गंभीर हो गए।

"बंधु, यह योग्य नहीं है। युधिष्ठिर धर्मावतारी है तो दुर्योधन दुराचारी! युधिष्ठिर का आदर करनेवाले अन्य चार बंधु मौन रखेंगे। हमारा मन कह रहा है कि वहाँ

कुछ अनर्थ होनेवाला है। हमें वहाँ सत्वर जाना होगा!" बलराम ने अनुमति दी। श्रीकृष्ण ने रुक्मिणी तथा अन्य रानियों से अनुमति ली और अपनी चतुरंग सेना लेकर हस्तिनापुर की ओर निकल पड़े।

श्रीकृष्ण मन में सोच रहे थे, 'पांडव अब तक वनवास में थे, उसके पश्चात् इंद्रप्रस्थ नगरी का निर्माण किया तथा राजसूय, अश्वमेध यज्ञ के समय सहायता की। वैसे तो पूरा कर्तव्य किया, पर उनके प्रति हमारा आकर्षण क्यों है?' उत्तर मिला—'धर्मशील, सत्यप्रिय युधिष्ठिर, विनम्र सेवाभावी अर्जुन, सामर्थ्य का विराट् रूप भीम, कलाशिल्पी नकुल-सहदेव, श्यामल, तेजस्वी द्रौपदी, स्नेहमयी सुभद्रा, वैधव्य प्राप्त होने पर अपने परिवार के साथ प्रत्येक मोड़ पर साथ देनेवाली कुंती माता, इन सभी से एक अटूट रिश्ता हो गया है।

'न जाने क्यों, उनके लिए इंद्रप्रस्थ जाने की इच्छा पुनः-पुनः होती है। वे संकट में होंगे, ऐसा विचार मन में क्यों आता है? अपना परिवार छोड़कर हम वहाँ तक क्यों दौड़ते हैं?

'सत्य तो यह है, श्रीकृष्ण कि तुम्हारी अनामिक, अस्पर्श प्रीति है द्रौपदी से। पता है, वह खिलती कली है तो हम वार्धक्य की ओर जानेवाले हैं। फिर भी हमें उनका दूरस्थ सहवास प्रिय है। वह कभी संकट में न हो, इसलिए मन उसके पास दौड़ता है!'

मन-ही-मन उत्तर मिलने पर श्रीकृष्ण प्रसन्न थे और सत्य भी था। आठ रानियों से उनके संबंध थे, परंतु द्रौपदी''' ? श्रीकृष्ण अपार प्रीति करते थे, परंतु वह आदर करती थी, उनमें श्रद्धा रखती थी और मन में भक्ति करती थी, केवल भक्ति! श्रीकृष्ण यह समझते थे।

श्रीकृष्ण का रथ हस्तिनापुर के प्रासाद की ओर दौड़ रहा था। नगरी में शांतता थी। व्यवहार रुक गए थे। क्रय-विक्रय केंद्र में या मार्ग में कोई नहीं था। दिखाई देते वे व्यक्ति निःशब्द थे। अंत में श्रीकृष्ण ने रथ को रोककर कहा, "सब ठीक-ठाक चल रहा है न?"

आज श्रीकृष्ण की जय-जयकार किसी ने नहीं की थी। अनेक बार पूछने के बाद एक व्यक्ति ने बताया, "महाराज, आप त्वरित राजसभा में जाइए, वहाँ अनर्थ होनेवाला है।" श्रीकृष्ण मन में सोच रहे थे, 'ऐसा क्या होनेवाला है? द्वारका से चार दिन पूर्व सेना लेकर यहाँ आने तक केवल चार ही दिन लगे हैं। आठ दिन में क्या हो गया? द्यूत में हार-जीत चलती ही है! क्या गांधारी देवी अस्वस्थ हैं? क्या

पांडवों या द्रौपदी को कुछ हुआ है?' अनेक आशंकाएँ लेकर श्रीकृष्ण राजप्रासाद की सीढ़ियाँ चढ़ रहे थे। 'पांडव पराजित होकर लज्जित तो नहीं हुए? क्या हो रहा है राजसभा में?

'प्रत्येक सुसंस्कृत व्यक्ति के मन में एक राक्षस रहता ही है। क्या दुर्योधन के मन में राक्षस जाग्रत् हो गया है? क्या द्रौपदी लज्जित है?

'जिस संस्कृति में स्त्री का स्थान सर्वश्रेष्ठ है, जैसे—देवता, माता, पत्नी, सखी आदि किसी का रूप क्यों न हो, वह आदरणीय है।' अनेक विचार मन में थे।

राजप्रासाद भव्य था तथा भव्य था राजसभा का दालान! तभी श्रीकृष्ण को दालान में प्रवेश करने से पूर्व ही दुःशासन और दुर्योधन की दर्पयुक्त वाणी सुनाई पड़ी। दुर्योधन कह रहा था, "आओ, सत्त्वशील द्रौपदी! तुम्हारे पाँच पति पराजित हुए हैं, अब तुम हमारी दासी हो।"

"दासी होने पर अब तुम्हें हमारी सेवा करनी पड़ेगी। आओ, हमारी गोदी में बैठो।"

रजस्वला एक वस्त्र पहने द्रौपदी ने युधिष्ठिर तथा अन्य पांडवों की ओर क्रोध से देखा तो वे धरती की ओर देखने लगे। श्रीकृष्ण ने प्रवेश किया और देखने लगे कि दुःशासन क्या करता है, द्रौपदी क्या कहती है! अचानक कुछ करना ठीक नहीं था।

दुर्योधन अपने आसन से उठकर बोला, "द्रौपदी, अब दासी हो तुम, हमारे बंधु की इच्छा पूर्ण करो—आदेश देता हूँ।"

द्रौपदी वहीं खड़ी रही। दुःशासन उसे रजस्वला होने पर भी खींचकर लाया था। पति की ओर देखकर उसका संदेह समाप्त हो गया। दुःशासन ने अपने आसन से उठकर द्रौपदी से उसका अवगुंठन दूर किया और अब उत्तरीय हाथ में पकड़ने ही वाला था कि सौदामिनी द्रौपदी ने कहा, "ठहर जाओ, दुःशासन...दूर हो जाओ!" रणचंडी का रूप देखकर दुःशासन दूर हो गया।

"हमें निर्वस्त्र करने का आपका हेतु हम समझ गए हैं। दो प्रश्न पूछना चाहती हूँ, धृतराष्ट्र महाराज...आप देख नहीं सकते, यह ईश्वर की कृपा ही है। परंतु आपको पता है कि यहाँ एक स्त्री को निर्वस्त्र करने का अशोभनीय एवं लज्जास्पद आचरण हो रहा है? आपने सुना तो अवश्य है, फिर आप मौन क्यों हैं? क्या इसके लिए आपकी सहमति है? ऐसा है तो कल्पना कीजिए, यदि आपकी पुत्री दुःशला को कोई नराधम ऐसे राजसभा में निर्वस्त्र करने का प्रयास करे तो आप अनुमति दोगे?

आप भी नीचवृत्ति के हो या आपको दुर्योधन से भय है या फिर आप राजसिंहासन को त्याग नहीं सकते?

"जिस सभा में न्याय, धर्म, संस्कृति की प्रतिष्ठा होती है, उस राजसभा में उपस्थित महापंडित, तपस्वी, ज्ञानी, कलाशिल्पी, गुरु कृपाचार्य, द्रोणाचार्य, पितामह भीष्म, राजश्रेष्ठ, हम आपसे कह रहे हैं कि आप मौन क्यों हैं? राजकुमारी, राजस्नुषा इस राजसभा में निर्वस्त्र की जा रही है, तब भी आप मौन हैं, क्यों? अन्याय, अधर्म हो रहा है, तो फिर आपका क्षत्रिय धर्म, राजा का धर्म कहाँ गया?

"पौरजनो, क्या किसी भी व्यक्ति में अन्याय के विरुद्ध लड़ने की क्षमता नहीं है? क्या आप सभी नपुंसक हैं? शर, शस्त्र, अस्त्र—सभी गाड़ दो इस भूमि में और करो निर्वस्त्र सब नारियों को; यही धर्म है राजसभा का?

"कुरुवंश के आदर्श व्यक्तियो, आज तक हमने आपको आदर्श माना था, परंतु अब नहीं रहा वह! कितने पराधीन, अगतिक, असहाय और दुर्बल हो तुम सभी! राजसत्ता का भय होने से भी राष्ट्र सफल व संपूर्ण नहीं होता!

"आज हम मन से कहते हैं कि इस साम्राज्य का विनाश निश्चित है! हमारे पाँच पति वचनबद्ध हैं, अगतिक नहीं। सत्यप्रिय हैं, पर शकुनि जैसे स्वार्थी और दु:शासन जैसे लंपट नहीं। दु:शासन हमारे केश पकड़कर हमें खींचकर लाया था और अंक में बैठने को कहा था। इसका प्रतिशोध हमारे पाँच पति अवश्य लेंगे!

"और एक बात, युधिष्ठिर महाराज स्वयं पराजित हो गए तो खेल वहीं समाप्त हुआ, इसके पश्चात् उन्होंने किस आधार पर हमें दाँव पर लगाया? पराजित होने के पश्चात् उन्हें यह अधिकार आपने कैसे दिया? मैं पाँच पांडवों का निषेध अवश्य करती हूँ, परंतु इतनी विशाल सभा में किसी के मन में यह नहीं आया कि स्वयं को दाँव पर लगाने के पश्चात् और हार जाने के पश्चात् वे दूसरे को दाँव पर कैसे लगा सकते हैं? हम स्वतंत्र हैं। इंद्रप्रस्थ की सम्राज्ञी हैं।"

भीम अत्यधिक संतप्त था, फिर भी वह द्रौपदी से बोला, "द्रौपदी, यदि हम शब्द शृंखला में वचनबद्ध नहीं होते तो इस तरह तुम्हारा अपमान नहीं सहते। आज के इस भीषण अपमान का स्मरण हम अवश्य रखेंगे।" और गर्जना करते हुए उसने कहा, "दु:शासन, सुनो, जिन केशों को खींचकर तुम यहाँ द्रौपदी को लाए हो और अंक में बिठाने को कहा है, उचित समय आते ही मैं तुम्हारे अंक पर अवश्य प्रहार करूँगा, उस रक्त से द्रौपदी के केश सँवारूँगा। स्मरण रहे, यह हम करके ही रहेंगे।"

राजसत्ता का मोह एवं मृत्यु के भय के कारण ज्येष्ठ व्यक्ति मौन और अगतिक थे। कर्ण विवश था। सभी की अपनी-अपनी विवशता थी।

"द्रौपदी, कितना भी शरसंधान करो, ये शब्दशर हमें विद्ध नहीं करेंगे। और तुम्हारी सहायता के लिए कोई आनेवाला नहीं है।" दुर्योधन ने कहा।

द्रौपदी ने नेत्र मूँदकर श्रीकृष्ण का स्मरण किया—

'श्रीकृष्ण, आप सर्वसामान्य लोगों का आधार हो, प्रति ईश्वर हो। आज एक पराजित पतियों की पत्नी तुमसे सहायता माँग रही है। आपका, हमारे स्नेहबंध का क्या नाम होगा, यह पता नहीं, परंतु हमारी अनन्य श्रद्धा है कि जब परिस्थिति कठिनतर हो जाएगी तो आप अवश्य इस द्रौपदी के लिए आओगे! हमारे मन का आर्तस्वर आपके पास अवश्य पहुँचेगा, इसमें कोई संदेह नहीं।

'आज आप आओगे हमारी लज्जारक्षण करने हेतु...हमारा पूर्ण विश्वास है। आओ श्रीकृष्ण, त्वरित आ जाओ, द्रौपदी लज्जा की भीख माँग रही है।'

द्रौपदी को मौन देखकर दुर्योधन जोर-जोर से हँसने लगा। सभा अवाक् थी।

"दु:शासन, इस स्त्री ने हमारा मयसभा में इतना अपमान किया, जिसका यह प्रत्युत्तर है। 'अंध माता-पिता के पुत्र अंध ही होते हैं।' हैं हम अंध, तो अब क्या? जाओ, जाकर दु:शासन के अंक में बैठो! दासी के लिए इससे बड़ा सम्मान क्या हो सकता है?" दुर्योधन उसके निकट जा रहा था कि द्रौपदी आवेश में बोली, "नीच, विकृत राजपुरुष दुर्योधन, वहीं रुक जाओ...और..." वह और कुछ बोलनेवाली थी, तभी उसने देखा कि श्रीकृष्ण उत्तरीय को हाथ में लपेटते हुए वहाँ आ रहे थे।

सभी के मुख पर प्रसन्नता आई। दुर्योधन ने उसके वस्त्र को हाथ लगाया ही था कि सुनाई दिया..."दुर्योधन...दु:शासन..."

अकस्मात् इस तरह श्रीकृष्ण प्रवेश करेंगे, यह किसी को ज्ञात नहीं था। श्रीकृष्ण के गुप्तचरों का यह कार्य था।

श्रीकृष्ण जैसे ही आगे बढ़े, दुर्योधन वस्त्र को लगाया हुआ हाथ हटाकर पीछे हो गया।

"दुर्योधन, जिस समाज में स्त्री की अवहेलना की जाती है, वह समाज उद्ध्वस्त होता है। हम तो कुछ करनेवाले नहीं परंतु अपमानित द्रौपदी और पांडव आपसे प्रतिशोध ले सकते हैं। द्वेष की अग्नि सबकुछ जला देती है, पर क्षमा और संयम का पानी अग्नि को बुझाता है।

"और राजसभा में उपस्थित सभी प्रतिष्ठित व्यक्तियों को हम कहना चाहते

हैं···इससे पूर्व द्रौपदी, तुम यहाँ से अंत:पुर में जाओ!" द्रौपदी चली गई तो वे बोले, "शक्तिशाली राजा का भय रखने से आप मौन हो गए! भयमुक्त समाज सुदृढ़ होता है। कभी आपने यह भी सोचा है कि इस तरह मौन रहकर आपने अन्याय देखा है? कल यहाँ पौरजन क्रांति भी कर सकते हैं। महाराज धृतराष्ट्र, आपकी ही सभा में जहाँ विद्वान्! पंडित वेदों का अर्थ समझाते हैं, शास्त्रार्थ होता है, उस सरस्वती भवन में आज एक स्त्री को निर्वस्त्र होने पर बाध्य किया जाता है! कितना निर्लज्ज वर्तन है यह! और भीष्माचार्य, कृपाचार्य, द्रोणाचार्य, आप भी··· हमें लज्जा आती है नाम लेने में···"

श्रीकृष्ण महाराज बोल ही रहे थे कि तभी गांधारी का रथ महाद्वार के निकट आया। आते ही वह पूरी घटना समझ गई थी। पांडवों की द्यूत में पराजय उसे प्रसन्न कर रही थी, परंतु एक स्त्री को पूरी सभा में निर्वस्त्र करना, यह कतई योग्य नहीं था।

वह दुर्योधन से बोली, "यह कार्य योग्य नहीं है। पांडवों का राज्य तथा द्रव्य लौटा दो!"

"आपका आदेश हमें शिरोधार्य है, माते! हम उनकी कृषि, गोधन, धन-धान्य, द्रव्य, नगरी तथा राज्य, चार बंधु और स्वत: युधिष्ठिर एवं द्रौपदी को इसी समय मुक्त कर देते हैं।" दुर्योधन समझ गया, यह समय उचित नहीं है।

राजसभा में उपस्थित लोगों को भी प्रसन्नता हुई। द्रौपदी ने जाते-जाते गांधारी से कहा, "अपराध तो हमारा भी था, द्यूत खेलना आरंभ किया।"

"सुकन्या द्रौपदी, हुआ सो हुआ, अभी प्रसन्न रहो। हमारे पुत्रों को क्षमा कर दो!"

द्रौपदी ने जाते-जाते श्रीकृष्ण से कहा, "यदि आप नहीं आते तो हमारा क्या होता, कल्पना तक नहीं कर सकते! हम आत्मदाह कर लेते।"

श्रीकृष्ण उसकी प्रसन्नता देखकर प्रसन्न हो गए। उनके आग्रह करने पर भी इंद्रप्रस्थ नगरी नहीं गए और कुछ दिन विदुर महाराज के परिवार में रहे। एक दिन मध्याह्न ढलते ही वे गांधारी के प्रासाद में गए। तब गांधारी रेशमी वस्त्र पर नक्काशी कर रही थी।

"अपनी भेंट पुन:-पुन: होगी, इसकी कल्पना कभी की नहीं थी।"

"हमने भी नहीं की थी। श्रीकृष्ण महाराज, नियति के मन में क्या चल रहा है, इसका पता पहले होता तो···"

"आप क्रोधित हैं?"

"नहीं–नहीं, क्रोध किस–किस का करें? हर पल हमारा संयम छूटता जा रहा है। आप ही ने उस दिन कहा था कि गांधारी देवी, आपके संस्कार में कहीं न्यूनता तो नहीं रह गई? श्रीकृष्ण महाराज, प्रत्येक जननी अपने पुत्र को सुसंस्कारित ही करने का प्रयास करती है। लेनेवाला क्या लेता है, इसमें माता का क्या अपराध? वस्तुतः द्रौपदी व्यंग्यात्मक कहती नहीं तो आगे का कुछ होता नहीं!"

"क्या यही एक कारण है, देवी? अनेक घटना, अनेक शब्द मन में दृढ़ हो जाते हैं। पांडवों ने राज्य माँगा, इसमें अपराध तो नहीं था। महाराज पांडु ने ही इस साम्राज्य का निर्माण किया था। उन्हें भी अत्यधिक कष्ट झेलने पड़े। जब अर्जुन धनुर्धर सिद्ध हुआ तो कर्ण को अंगराज बना दिया। और भी प्रसंग होंगे। धरती अकस्मात् फटती दिखाई देती है, परंतु कई वर्ष उसमें अग्नि जलती रहती है।"

गांधारी मन–ही–मन देख रही थी कि अरण्य में आग लगी है और एक–एक वृक्ष उस अग्नि में स्वाहा हो रहा है। वह दौड़ रही है, पुकार रही है, परंतु पास में कोई नहीं है। वह अकेली है। श्रीकृष्ण महाराज ने द्वारका की अग्नि अपने हाथ से दूर की है। कालयवन को मृत्यु देनेवाले श्रीकृष्ण भी यहाँ दिखाई देते हैं। वह भयभीत होकर बोली, "अरण्य की यह अग्नि ज्वाला हमारे शत पुत्रों को लपेट रही है, रक्षा कीजिए! इस घटना के पश्चात् सबकुछ ठीक होगा न?"

"देवी गांधारी...देवी, मानव जाति, सर्प जाति से अलग नहीं है। हम अवश्य प्रयास करेंगे। परंतु पांडव स्वस्थ नहीं हैं।"

"आप उनको ही सहयोग दोगे?"

"हम सत्य को सहयोग देते हैं। कदाचित् पुनरपि हस्तिनापुर नहीं आएँगे। हम भी कल प्रातःकाल द्वारका की ओर प्रस्थान करेंगे! कदाचित् हम भी नहीं आ सकेंगे।"

"आप आते हैं तो सुगंध लेकर आते हैं। मन प्रसन्न हो जाता है। आपके आने से सहज ही आनंद, चैतन्य आता है। आपकी मधुर वाणी हमें प्रिय है। पुनः–पुनः आप आएँ, ऐसा लगता है। कदाचित् कर्तृत्व, नेतृत्व, वकृत्व, पुरुषार्थ, रसिकता हमें भी प्रिय है, इसलिए।"

"स्मरण है, गांधारी देवी, कभी आपसे पूछा था कि आपने नेत्रपटल क्यों बाँध लिये हैं, तो आपने कहा था कि कुछ प्रश्न ऐसे होते हैं, जिसका उत्तर दूसरा कोई ढूँढ़ता है।"

"तो आपको मिला उत्तर?"

"हाँ, अतिशीघ्रता से, अविचार से, दूरदृष्टि न होने से, मन में प्रतिशोध की भावना से आपने नेत्रपटल बाँधा है और पुनः-पुनः आपको पश्चात्ताप भी हुआ है। सत्य है, देवी?"

गांधारी को मुक्त हँसी आई कि सत्य जाननेवाला कोई तो था!

"केवल आप ही दूसरों का मन पढ़ते हैं, ऐसा नहीं है, श्रीकृष्ण महाराज! हमने पूछा था कि आपने इतने विवाह क्यों किए तो आपने हमारा ही प्रश्न दोहराया था। स्मरण है?

"आप रसिक हो, महत्त्वाकांक्षी हो, साम्राज्य-विस्तार करने की चाह आपमें है। आत्यंतिक कर्तृत्ववान व्यक्ति की क्षुधा भी अधिक होती है, इसलिए आपने आठ विवाह किए हैं। सत्य है न? और एक बात, आपको स्त्रियों का मोह है; सत्य है न?"

"आपके जैसी प्रज्ञावती जब सोचकर सत्य जान लेती है तो सत्य ही है। राजनीति के कारण विवाह हुए, कुछ हमने स्वयं किए। हमें मोह है—स्वतंत्र अस्तित्व एवं अस्मिता लेकर चलनेवाली स्त्री का, स्नेहमयी स्त्री का, और आप जैसी प्रज्ञावती का भी। यह भी सत्य ही है।"

श्रीकृष्ण आसन से उठकर खड़े हुए और द्वार की ओर जाते हुए कहा, "अब हस्तिनापुर आने का कोई प्रयोजन ही नहीं रहा तो··· परंतु आप हमारे स्मरण में रहोगी।"

"फिर भी आते रहिए, हमें खुशी मिलती है। आपका स्वागत ही होगा।"

श्रीकृष्ण के जाने के पश्चात् गांधारी ने दुर्योधन को बुलाया। उसने कहा, "अभी-अभी श्रीकृष्ण महाराज आए थे। उन्होंने बोलते-बोलते सहजता से कह दिया कि पांडवों का इस तरह जाना, मौन रहना, यह संकेत ठीक नहीं है। द्रौपदी के वस्त्रहरण का प्रसंग वे कभी भूल नहीं सकते। और हमें लगता है कि वे प्रतिशोध ले सकते हैं।"

"असंभव माते, असंभव! वे हमारा सामर्थ्य निश्चित रूप से समझ गए हैं। अब हमें क्या करना है, जाने दीजिए! वे भयभीत हो गए हैं।

"कुछ मास बीत जाने के पश्चात् उन्हें द्यूत खेलने का आमंत्रण भेज दो और इस घटना के लिए कह दो—क्षमस्व! अब हमारी माता प्रत्यक्ष है। भयभीत न हो!"

"इससे क्या होगा, माते?"

"इससे यह होगा कि यदि वे पराजित हो गए तो जो पीछे कहा था, वैसे ही

कहना—बारह वर्ष वनवास और एक वर्ष अज्ञातवास! तब तक अरण्यवास में सब भूल जाएँगे। पौरजनों की सहानुभूति अब तुम्हारी ओर होगी। और एक बात, तुम उन्हें भूलकर राज्य शासन उत्तम ढंग से करोगे।"

"वे अब नहीं आनेवाले, और द्यूत के लिए तो कभी नहीं!"

"वे महाराज की आज्ञा का पालन करेंगे, अत: उनकी मुद्रा लगाकर संदेश भेज दो। हो सकता है, अरण्य में ही कोई अघटित घटना हो…"

दुर्योधन आश्चर्य से माता की ओर देख रहा था। गांधारी को अपने शत पुत्रों के साम्राज्य की चिंता थी।

"और वत्स दुर्योधन, भानुप्रिया का नवाँ मास चल रहा है। ध्यान देना उसकी तरफ!"

"वह अपनी माता के परिवार में है। हम दूर से ही विचारणा करते हैं।"

एक बार किसी कारण से पांडव वनवास गए तो तेरह साल या कदाचित् न आने से हम निर्धास्त रहेंगे, तो पांडव के मन से यह विषय सदा के लिए निकल जाएगा। तब तक बहुत पानी बह गया होगा।"

गांधारी का मन भविष्य की चिंता से अस्वस्थ था। 'पांडव आएँगे भी या नहीं, जीतेंगे या पराजित हो जाएँगे? अंत में हमें ही मानसिक अशांति रहेगी, साम्राज्य के स्वस्थ और शांत होने पर भी।'

बहुत देर बाद उसे श्रीकृष्ण महाराज का स्मरण आया, 'वे सत्यधर्मी, न्यायदर्शी, राज-लोकहितकारी सम्राट् हैं। वे न्याय करेंगे। हम उनका मार्गदर्शन लेंगे।' और गांधारी इस विषय से स्वस्थ हो गई।

□

सूर्योदय भी नहीं हुआ था कि सुभद्रा का रथ प्रासाद के सामने आ खड़ा हुआ। सुभद्रा प्रासाद की सीढ़ियाँ चढ़कर अकेली ही आई तो उसे देख रहे श्रीकृष्ण ने आधी सीढ़ियाँ उतरकर, उसका हाथ पकड़कर ऊपर जाते-जाते पूछा, "अचानक कैसे आई सुभद्रा? संदेश-पत्र भेजती तो हम स्वयं आते न!" यह पूछते ही उसके नेत्रों से अश्रुधारा निकल पड़ी। संभ्रमित श्रीकृष्ण ने उसके स्कंध पर हाथ रखकर कहा, "अरे, क्यों रो रही हो? हम सूर्यदेव की प्रार्थना करके दालान में प्रवेश कर रहे थे तो आपका रथ देखा।" श्रीकृष्ण के मन में अनेक आवर्त थे। कुरुकुल-वंश के सूर्य ध्वजावाला रथ किसका हो सकता है? इस आशंका का उत्तर मिल गया था।

"आखिर बताओ तो प्रिय सुभद्रा, क्या अघटित हुआ है?"

"बंधु···पांडव काम्यक वन में गए हैं और हम यहाँ···"

"यानी कि?"

"हाँ, बंधु श्रीकृष्ण, हमें और बाकी रानियों को मातृगृह में भेज दिया और वे माता को विदुर महाराज के पास छोड़कर काम्यक वन में गए हैं।"

कुसुम-कोमल सुभद्रा कुछ वर्ष पूर्व ही तो विवाह करके यहाँ से पांडवों के पास गई थी। खांडववन में इंद्रप्रस्थ नगरी का निर्माण करके वहाँ स्वस्थ मन से उसने अपना जीवन शुरू किया था। उसके बाद राजसूय, अश्वमेध यज्ञ, तत्पश्चात् द्यूत का निमंत्रण! इसके पश्चात् वे सभी उनके सामने ही इंद्रप्रस्थ नगरी लौट गए थे। अब हुआ क्या है?"

"अरे, बताओ न, पांडव वन में क्यों गए?"

"वे द्यूत में पराजित हो गए।"

"कैसे संभव है? हमारे सामने ही तो लौटे थे, आठ मास पूर्व की ही तो बात हैं।"

"हाँ बंधु, वह घटना भी सत्य है और हम बता रहे हैं, यह घटना भी सत्य ही है। प्रत्यक्ष के प्रमाण हम ही हैं। हम इंद्रप्रस्थ लौटने के बाद सबकुछ भूलकर अपना जीवन स्वस्थता से जी रहे थे। माता द्रौपदी मन में क्रोधित थी, पर धीरे-धीरे वह भी शांत हो गई और भीमराज भी शांत हो गए, फिर एक दिन महाराज धृतराष्ट्र का एक दूत संदेश लेकर आया। और उस संदेश में विनती की गई थी कि सबकुछ भुलाकर हस्तिनापुर आ जाओ, हम अभी काशीवास के लिए जा रहे हैं। एक बार सपरिवार यहाँ आओ, हमारी विनती मान लो! यह आदेश नहीं है, परंतु हम आपसे पुन: मिलना चाहते हैं।

"वैसे तो कोई भी जाने के लिए तैयार नहीं था, विशेष करके माता द्रौपदी; परंतु युधिष्ठिर महाराज ने सभी को समझाया कि जो होगा और जो होने जा रहा है, ये भविष्य के संकेत हैं। हम गए तो भी और न गए तो भी। यदि नियति अपने दाँव पर हमें लगाना चाहती है तो वही सही। न गए तो उनकी अवकृपा, अपमान और गए तो हमारा भविष्य असंदिग्ध! अब आप सभी विचार करें!"

अंत में हम सभी धृतराष्ट्र महाराज के आदेश और महाराज युधिष्ठिर की इच्छानुसार वहाँ गए। एक मास पश्चात् धृतराष्ट्र महाराज स्वयं द्यूत खेलने बैठे, शकुनि मामा उनके सहायक थे। तब युधिष्ठिर महाराज और इनमें खेल आरंभ हुआ था। युधिष्ठिर महारजा को तीन बार विजय प्राप्त हुई तो हर्ष और आनंद था।

दो दिन पश्चात् दुर्योधन ने कहा, "इस बार जो पराजित होगा, उसे परिवार के साथ बारह वर्ष का वनवास और एक वर्ष का अज्ञातवास रहेगा। तात, आपकी अनुमति है?"

"हाँ, है! यदि हम वानप्रस्थाश्रम जानेवाले हुए तो पहले जाएँगे।"

उसके पश्चात् तीन दिन तक एक ही खेल चलता रहा। किसकी जीत होगी, यह समझ से परे था। और अंत में युधिष्ठिर महाराज ही पराजित हुए तो हम सभी को मानना पड़ा। वनवास जाने से पूर्व उन्होंने हम सबको अपने-अपने मातृगृह भेज दिया था। परंतु महारानी द्रौपदी का वनवास जाने का आग्रह वे टाल न सके। वे भी साथ गईं।

श्रीकृष्ण निःशब्द हो गए।

"सुना है कि पासे जरासंध की अस्थि के थे!"

फिर भी श्रीकृष्ण मौन थे। सत्यप्रियता, न्याय, शब्द प्रतिष्ठा, धर्म के लिए पांडवों ने विजनवास स्वीकार लिया। परंतु दुर्योधन ने अपना दुष्टकर्म पूर्ण किया। इसी तरह समाज में द्यूत का प्रसार होने लगेगा तो समाज का विलय निश्चित है। दुर्योधन तुमने अच्छा नहीं किया।

पंद्रह दिन पश्चात् श्रीकृष्ण ने काम्यक वन जाने की इच्छा व्यक्त की तो सत्यभामा ने कहा, "आश्चर्य है, स्वामी! बहुपत्नीत्व की परंपरा वैदिक काल से है, परंतु एक स्त्री के पाँच पति, ऐसा तो 'न भूतो न भविष्यति' ही होगा, क्योंकि पुरुष में होनेवाली स्वामित्व की भावना!"

"सत्य कहा, सत्यभामा! क्योंकि यदि तुम्हारी दृष्टि अन्य पुरुषों पर पड़े तो यह हम सह नहीं सकते। वे मात्र पांडव हैं, जिन्होंने यह आदर्श प्रस्थापित किया है। पाँच पतियों को प्रसन्न और एकसंध रखनेवाली द्रौपदी धन्य है।"

"यही प्रश्न हमारा भी था। एक पति को प्रसन्नता, आनंद और सेवा, इसमें हमारा आयुष्य व्यतीत हो जाता है, तो भी पतिदेव अप्रसन्न होते हैं।"

"यह व्यंग्य हमारे लिए था न? परंतु चारुगात्री सत्यभामा, हमने अनेक दिन और रातें केवल तुम्हारे साथ बिताई हैं।"

"यही वाक्य आप आठ रानियों के लिए कहते होंगे, है न?"

श्रीकृष्ण को हँसी आ गई।

"सत्य तो यह है, सत्यभामा कि प्रत्येक पुरुष इच्छा रखता है कि उसकी पत्नी चिरयौवना रहे। स्त्री सभी कुछ सह लेती है, परंतु जब पुरुष को वृद्धत्व का आभास

होने लगता है तो वह भयकंपित होता है।"

सत्यभामा ने जब अपने हाथ श्रीकृष्ण के गले में कंठमाला के समान डाले तो श्रीकृष्ण ने कहा, "यह सत्यवचन है कि तुम हमें विशेष प्रिय हो!"

श्रीकृष्ण मध्याह्न के उपरांत काम्यक वन में पहुँचे तो श्रांत द्रौपदी दर्भासन पर बैठी थी। श्रीकृष्ण महाराज को देखकर वह प्रसन्न हो गई।

"द्रौपदी, अनेक दिवस जैसे हमने उपवास किया है, हमें सर्वाधिक क्षुधा लगी है। प्रथम हमारे भोजन की सिद्धता करो, हम स्नान करके आते हैं।"

द्रौपदी मौन खड़ी रही, तो श्रीकृष्ण ने पूछा, "क्यों मौन हो?"

"श्रीकृष्ण महाराज, आप राजप्रासाद के राजपुरुष हो। हम आपको क्या दें? हमारे यहाँ सूर्यथाली है। उसमें पाँच घरों से भिक्षा माँगकर जो कुछ मिलता है, वही खाते हैं। थोड़ी भिक्षा रखी है, वह भी अभी-अभी गाय को देनेवाली थी। हम संन्यस्त वृत्ति से जीवन निर्वाह करते हैं। आपको देने के लिए केवल फल हैं, जो हम सायंकालीन भोजन में खाते हैं। कल जब सूर्योदय होगा तो सूर्यथाली में भोजन मिलेगा। हम विवश हैं, श्रीकृष्ण महाराज!"

"हम स्नान करके आते हैं। वही गाय को देनेवाली भिक्षा हमें दे दो! इस अतिथि को वह पसंद है।"

श्रीकृष्ण स्नान करके आए। 'दर्भासन पर बैठकर पत्रावली में परोसी हुई भिक्षा···' द्रौपदी के नेत्रों से झर-झर अश्रु निकल रहे थे।

"द्रौपदी, कितने सुंदर व्यंजन हैं, हमने आज तक कभी खाए भी नहीं थे! और फल भी इतने स्वादिष्ट हैं कि इसकी तुलना नहीं हो सकती। वृक्ष जैसे महादानी और कोई नहीं। नित्य दान करते हैं—फलों का, फूलों का, सुगंध का! कभी अपेक्षा तक नहीं करते, न कभी द्वेष करते हैं। कंद, मूल, फल, और वृक्ष की देह भी मानव के लिए समर्पित है।

"हम इतने भव्य प्रासाद बनाते हैं, नगर बनाते हैं, साम्राज्य बनाते हैं, परंतु दूसरों के प्रति द्वेष, क्रोध करते हैं। बहुप्रसवा धरती सहस्र करों से हमें जीवन देती है। निसर्ग धरती का समतोल ऋषि-मुनि रखते हैं। वे भक्तिभाव से पूजन करते हैं, उनके सान्निध्य रहते हैं। परंतु जब नगर और राजप्रासाद की बात आती है तो मनुष्य मन से लघु और स्वार्थी होता है।

"द्रौपदी, हमें अरण्यवास प्रिय है, परंतु हमारे जीवन में यह लिखा ही नहीं। हमें स्वस्थ रहने की इच्छा है, परंतु नियति की इच्छा नहीं।"

द्रौपदी के अश्रु अब धरती पर गिरे तो श्रीकृष्ण ने उसकी तरफ देखा। "द्रौपदी, यह हम अकारण नहीं बोल रहे! सत्य ही कह रहे हैं। हमें स्मरण है न, हमारा गोकुल···वन में जाना।"

"और स्मरण होगी राधा भी?"

श्रीकृष्ण के मुख पर उदासी के भाव दिखाई दिए तो द्रौपदी ने दूसरा ही विषय आरंभ किया।

"पांडव कहाँ गए हैं? भोजन करते समय स्मरण ही नहीं हुआ।"

"हम पर उनका पूर्ण विश्वास है कि हम स्वसंरक्षण कर सकते हैं। और यहाँ अरण्यवासी स्त्री-पुरुषों की बस्ती है। वे रीति-नीति, शास्त्रकार न होते हुए भी एक स्त्री पर अत्याचार निषिद्ध मानते हैं। शंखध्वनि करते ही वे हमारे रक्षण हेतु आएँगे। आश्चर्य इस बात का है, श्रीकृष्ण महाराज कि कौरवों की सभा में कितने राजश्रेष्ठ, गण्यमान्य और आचार्य थे, पर एक ने भी निषधार्थ मुख नहीं खोला! क्या वे सुसंस्कृत थे?"

श्रीकृष्ण और द्रौपदी वार्त्तालाप कर ही रहे थे, तभी पांडव आए। श्रीकृष्ण को देखकर वे गद्गद हो गए। अर्जुन तो उनके चरणों में लेट गया!

"श्रीकृष्ण, जब-जब हम संकट में होते हैं, तब-तब तुम बिन बुलाए चले आते हो। आज आपको भोजन नहीं मिला होगा, फिर भी आप प्रसन्न हो।"

"हमें इतना स्वादिष्ट भोजन मिला कि कदाचित् कहीं नहीं मिलता। अपराध तो हमसे हुआ कि हमने गाय के लिए रखा भोजन किया।"

"देखिए श्रीकृष्ण, जहाँ जीवन कितना सरल, सहज, सुलभ होता है, वहाँ जीवन की आवश्यकताएँ कम हो जाती हैं और मनुष्य निसर्ग तथा सृष्टि से जुड़ जाता है।" युधिष्ठिर ने कहा।

"सत्य है, धर्मराज··· आप सत्यधर्म और शब्द प्रतिष्ठा का सम्मान न करते तो आज यहाँ न होते। निसर्ग सुख अप्रतिम है, इसमें संदेह नहीं; परंतु जिस कारण आप यहाँ आए, वह कारण योग्य नहीं है।"

"नियति की इच्छा और क्या?"

"सभी कुछ नियति पर निर्भर नहीं होता, धर्मराज! वह तो अपने ही कर्म पर निर्भर होता है। और हमारी दृष्टि से हमने ठीक किया है, ऐसा आत्मविश्वासपूर्वक लगता है तो कर्म के अनुसार आज या कल उसका फल तो मिलता ही है। परंतु तब देर हो चुकी होती है।"

पांडव मौन रहे। 'यदि युधिष्ठिर बुलाने पर भी नहीं जाता तो ज्येष्ठ धृतराष्ट्र महाराज का अपमान होता। यहाँ तक ठीक था, परंतु द्यूत पुनः खेलना, जैसे मति मारी गई हो तो''' ?' अर्जुन विचार कर रहा था।

पांडव संध्यावंदन करने चले गए। श्रीकृष्ण अकेले थे। पीपल के वृक्ष से अभी संध्या-छाया निकल चुकी थी और धीरे-धीरे रजनी आ रही थी। शरद ऋतु चल रही थी। वातावरण आह्लाददायक था। श्रीकृष्ण ने पास की शिला उठाई और धरती पर रखी, उस पर हाथ रखे तथा हाथों पर मस्तक रखा, फिर धरती पर लेट गए। वे आकाश की ओर देख रहे थे!

द्रौपदी उन्हें बुलाने आई तो वे चिंतन में मग्न थे। उनके मुख पर धवल चंद्रप्रभा थी। कर्णफूलों की रत्नप्रभा श्यामल कपोलों पर थी, और था अधरों पर स्मित हास्य! वेणु न होते हुए भी द्रौपदी की वेणु के आवाज सुनी तो लगा कि संपूर्ण वातावरण नादमय हो गया है। प्रौढ़त्व पार करनेवाले श्रीकृष्ण उतने ही सुंदर और सुदृढ़ लग रहे थे, जैसे कि आयु ने उनके शरीर पर कोई आघात ही नहीं किया हो।

द्रौपदी देख रही थी। वे दर्भासन पर लेटे हुए थे। पीतांबर का पीतवर्णी उत्तरीय धरती पर गिर गया था। गले की वैजयंतीमाला भी धरती की ओर लुढ़क गई थी। स्वर्ण मेखल अब छूट गई थी। श्रीकृष्ण का राजस रूप देखकर द्रौपदी कुटी में लौट आई। अर्जुन ने आकर कहा, "श्रीकृष्ण, शीतलहर अधिक आ रही है, आप अंदर आओ।" मध्यरात्रि का पहला प्रहर आरंभ हो गया है। आकाश में तारका अब अधिक प्रकाशमान है, और धरती पर गहन अंधकार भी!

निःशब्द श्रीकृष्ण उठकर कुटी में आए। उनके लिए सूखे तृणों की शय्या थी। श्रीकृष्ण वहाँ स्वस्थता से लेटे, परंतु अर्जुन मन-ही-मन कह रहा था, 'दूर से आप हमारे बंधु हो, परंतु मन के इतने निकट हो कि मन ही मन को भूल गया है।'

द्रौपदी काम्यक वन में प्रसन्न थी। पाँच पांडव और वह, अरण्यवासी लोग इनमें। परंतु आज लज्जित थी कि द्वारकाधीश श्रीकृष्ण का भोजन में रखी हुई भिक्षा और सोने के लिए तृणशय्या!

वह विचार करने लगी कि पांडवों के साथ अपना जीवन भी अरण्यवास होगा, उसने इसकी कल्पना तक नहीं की थी। अर्जुन का ब्राह्मणवेश में योद्धा रूप उसने मन से स्वीकार किया था। परंतु पूर्ण जीवन ही अरण्यवास करने में जाएगा, यह कभी सोचा नहीं था। द्रुपदराजा, मेरे पिता कितना स्नेह करते थे! दृष्टद्युम्न जैसा बंधु हमें भाग्यलक्ष्मी कहता था।

वह तृणशय्या पर थी। वह मन में अपनी ही स्थिति पर हँस रही थी, 'हम भाग्यलक्ष्मी! हम पांचाल देश की राजकन्या! हम उच्चशिक्षित, सुविद्य द्रुपद कन्या! हम पाँच पांडवों की वीर पत्नी। हम इंद्रप्रस्थ की सम्राज्ञी! हम तेजस्विनी, हम अग्निकन्या! हम तेजोमयी स्वर्णकन्या! हम याज्ञसेनी!

'कितने ही विशेषण थे हमारे! और आज तृणशय्या पर लेटी हुई द्रौपदी! विवश नहीं, परंतु एक स्त्री, केवल स्त्री! शारीरिक, मानसिक अरण्यवास अपने भाग्य में नियति ने लिखा होगा! ऐसा कौन सा पापाचरण किया, जिससे जीवन वनवासी हो गया?'

मध्यरात्रि यौवन में थी। सब निद्रा में थे, पर श्रीकृष्ण निद्रावश नहीं हुए थे। द्रौपदी के मन में आया कि श्रीकृष्ण कौन सा विचार कर रहे होंगे? नश्वर जीवन का, अध्यात्म का, माया-मोह से दूर ब्रह्मतत्त्व का कि अन्य राजाओं का, अपनी रानियों का? या तो वे रुक्मिणी और राधा के संदर्भ में विचार कर रहे होंगे!

बाल आयु में एक सखी होती है, तब जीवन सप्तरंगी होता है, संवेदनशील होता है। आगे चलकर ये रंग बदलने लगते हैं। कभी धूसर हो जाते हैं। कितनी सुरम्य और निश्चित होती है वह आयु!

रात दोनों के अपने-अपने विचारों से चल रही थी। आलोचन जागरण था। प्रात:काल होते ही द्रौपदी ने कुटी का द्वार खोला, तब श्रीकृष्ण का मन भर आया। पूरी रात श्रीकृष्ण कर्म और नियति के संदर्भ में विचार कर रहे थे। द्रौपदी बाहर गई और उसके संदर्भ में विचारों ने मन में प्रवेश किया। दूसरों के संदर्भ में विचार करने की रीति हो ही गई थी। वे सोचते थे कि सत्कर्म किया तो अगले जन्म में भाग्यशाली जीवन प्राप्त होगा। परंतु पूर्वजन्म के संदर्भ को वर्तमान जीवन में हम किस आधार पर जोड़ने का प्रयास करते हैं? क्या हमें स्मरण आता है पूर्वजन्म का कार्य?

हम तो सोचते हैं कि वर्तमान जीवन का कर्म ही वर्तमान में काम आता है। चाहे पाप करो या पुण्य! हमने सबकुछ अच्छा ही किया है, इसका न्याय क्या हम स्वयं करेंगे? उसके पीछे अपना कर्म ही होता है, वही न्याय करता है।

परंतु कितने ही कर्तृत्व से जीवन के आलेख लिखने बैठे तो दैववादी न होकर भी दैव पर विश्वास रखना पड़ता है। द्रौपदी का प्रसन्न होना और रहना इसलिए द्वारका से इंद्रप्रस्थ नगरी के निर्माण तक परिश्रम किया। पर अंत में क्या हुआ? राजसूय यज्ञ में सहस्र-सहस्र मुद्राएँ मिलीं। रत्न मिले, राज्य तथा भू-भाग मिले तो भी सबकुछ द्यूत में चला गया। इतना ही नहीं, द्रौपदी को भी दाँव पर लगाया गया।

केवल आठ-दस मास ही द्रौपदी महारानी बनकर रही। अब तेरह वर्ष विजनवास! इसके पश्चात् क्या होगा, यह बताने के लिए किसी भविष्यवेत्ता की आवश्यकता नहीं। द्रौपदी दु:शासन के रक्त से केश बाँधना चाहती है, अत: स्पष्ट है कि युद्ध ही इस प्रण का अंत है।

स्त्री की अस्मिता प्रबल या तेजोभंग प्रबल या वह अंदर-ही-अंदर स्वयं ही क्रोध से जल रही है!

वे देख रहे थे कि द्रौपदी संमार्जन कर रही थी। उसके चरणों तक के सघन केश मुक्त थे। 'आर्यावर्त के इतिहास में पुनरपि ऐसी घटना न हो, इसलिए नराधम पर शासन आवश्यक है।" श्रीकृष्ण मन-ही-मन बोल रहे थे।

श्रीकृष्ण सोच रहे थे। उनके सामने थी उत्फुल्ल षोडश बाला द्रौपदी, हाथ में वरमाला लेकर एक-एक राजा के सामने से जा रही थी, तब राजाओं का हृदय धड़कने लगा था। द्रुपद महाराज ने कहा था कि हमने इसे हरसिंगार के फूल की तरह सँभाला है। वह स्वयंतेजा है और हमें इसका अभिमान है। फूलों के मार्ग पर चलनेवाली हमारी यह कन्या अपने मन में अर्जुन से बिना देखे प्रीति करती है। द्रोणाचार्य कभी हमारे प्रासाद में आते तो 'अर्जुन जैसा वीर योद्धा पृथ्वी पर दूसरा नहीं है' कहते। वह दिखता कैसा है, यह उसने कभी पूछा तक नहीं।

इसलिए हमने उसे ढूँढ़ने के लिए यह 'पण' रखा है। केवल वही धनुर्धर मत्स्यभेद कर सकता है। परंतु लाक्षागृह में उनकी मृत्यु हो गई। यह हमें सत्य नहीं लगता। पांडव तो भूगर्भ से बाहर आनेवाले ज्वालाएँ हैं। इसी मत्स्यभेद के कारण उनका पता अवश्य मिलेगा।

वह गुणवती, ज्ञानवती, शास्त्रवती, सौंदर्यवती और सेवाभावी भी है। वह जहाँ जाएगी, वहाँ कल्याण-ही-कल्याण होगा।

परंतु जब द्रौपदी राजप्रासाद की सीढ़ियाँ उतरकर पर्णकुटी में आई और कुंती ने सोचे-समझे या बिना देखे कह दिया कि भिक्षा आपस में बाँट लो। और वह पाँच पतियों की स्वामिनी हो गई।

श्रीकृष्ण देख रहे थे कि अरुणप्रभा क्षितिज पर थी तथा अनेक रंगों की पर्णपुष्पों की रंगावली आँगन में थी और वह पुष्पमाला बना रही थी। वह प्रसन्न थी, गुनगुना रही थी। उसके सघन केश अब धरती पर फैल गए थे।

कभी श्रीकृष्ण ने कुंती से पूछा था, "अर्जुन ने मत्स्यभेद किया तो आपने द्रौपदी को पाँच पतियों में क्यों बाँट दिया?"

"वैसे हमने द्रौपदी पर अन्याय ही किया है, परंतु वह वैसा मानती ही नहीं। पाँच पांडवों को एकत्र रखनेवाली वही एक शक्ति थी। नहीं तो पांडु राजा के ये पाँच पुत्र और कौरव शत, इनके तुल्यबल कोई नहीं था। द्रौपदी के कारण ही पाँचों की शक्ति एक साथ है।"

वह षोडश बाला परिश्रम करते हुए थक गई थी, फिर भी प्रसन्न थी। अकाल ही प्रौढ़-प्रगल्भ हो गई थी। उसके यौवन के दिनों में पाँच पतियों का सहभाग था। उसके स्वयं के स्वप्न बिखर गए थे। अर्जुन उसके सघन केशों पर मोहित था।

आर्यावर्त के कुशल कारीगर उसके लिए स्वर्ण धागों का महावस्त्र बनाते थे। आज वह धूत-वस्त्र लेकर नदी की ओर जा रही थी। आर्यावर्त से उसके लिए सुगंधित द्रव्य, इत्र मँगाए जाते थे, पर आज वह शृंगार करती ही नहीं। उसका दर्पण है नदी, और कभी-कभी अर्जुन की आँखें।

उसका मौन रूप बहुत कुछ बोल रहा था। मध्याह्न में उन्होंने पूछा, "द्रौपदी, प्रत्येक घटना को तुम इतना सहज कैसे ले सकती हो?"

"श्रीकृष्ण महाराज, सौभाग्य तो इस बात का है कि हम साथ हैं। दूसरी बात, स्त्री को भूगर्भ में डालो या समुद्र में फेंको, वह कहीं भी अपना स्वप्नकोष बना लेती है। तीसरी बात, हमें जीवन रोते-रोते बिताना है या हँसते-हँसते, यह अपनी-अपनी विचारधारा है। प्रत्येक क्षण यदि कंटकाकीर्ण मार्ग ही हो तो अपनी वेदना अंदर-ही-अंदर छिपाकर चलने से सहज होता है।

"वैसे तो युधिष्ठिर व हम एकांत में थे तो अर्जुन ने उस एकांत को भंग किया और वे बारह वर्ष के लिए वनवास चले गए! हमारे ही पति वनवास जाएँ और हम उपभोग करें, यह हमारे मन को ही दुःख देता रहा। कहें भी तो किससे?"

उसके इस मौन-वेदना की कल्पना तक किसी ने नहीं की; वह श्रीकृष्ण ने की और मन-ही-मन कहा, 'द्रौपदी, अभी हम प्रत्येक संकटकाल में तुम्हारे साथ हैं, हम तुम्हारे हितचिंतक ही नहीं, तुमसे स्नेह भी करते हैं। हम तुम्हें विश्व का सर्वाधिक सौख्य प्रदान करेंगे! तुम नित्य प्रसन्न रहो।

"द्रौपदी, हमने तुम्हारे अर्जुन के साथ अपनी भगिनी का विवाह करके तुम पर अन्याय ही किया है।"

"नहीं-नहीं, ऐसा विचार न कीजिए, वह हमारी सखी है, स्नेहमयी है। और पूर्व संचित वर्तमान में प्रत्यक्ष हो तो उसको स्वीकार करना चाहिए। प्रत्येक घटना पूर्वजन्म, पूर्व संचित और उसका अन्वय वर्तमानकाल के साथ जोड़ना ठीक नहीं

है। हम भी विचार करते हैं तो प्रत्येक घटना का संदर्भ पूर्वजन्म से नहीं जोड़ते, बल्कि अपने कर्म के साथ भी जोड़ते हैं। इस तरह जब हम अनेक व्यक्ति देखते हैं तो उनके जीवन का भेद लेने का प्रयास करते हैं। अर्जुन जैसा दिखनेवाला कर्ण! क्या किया है उसने``नियति का शापित लगता है!"

"दुःखभोग के अनेक प्रकार होते हैं, द्रौपदी, वर्तमान में झाँकने से वे आसपास हैं। रूपमती गांधारी, नेत्रपटल बाँधकर अंधकार व्रत लेनेवाली गांधारी, माता-पिता अंध होने से प्रेम से वंचित दुर्योधन, संपूर्ण ज्ञानवेत्ता होने पर भी दुर्लक्षित, उपेक्षित विदुर, अपने ही व्रत में निमग्न भीष्माचार्य और कर्ण! शासक होते हुए भी वनवास में जानेवाला पांडु! यह व्यक्ति-रेखा केवल दुःख भोगने के लिए क्यों है? इसका अन्वय हम कैसे लगा सकते हैं।"

अभी श्रीकृष्ण तृणशय्या छोड़कर बाहर आए थे। प्रसन्न वातावरण था, तो भी एक ही विचार था मन में, 'द्रौपदी को सर्व सुख प्राप्त हो!' और दूसरा विचार उसी के कारण ही आया था, 'इस जन्म में सत्कर्म करें तो किस दृष्टि से? और यदि सत्कर्म किया भी तो अगले जन्म में हम कौन हैं, यह हमें कैसे पता चलेगा?

'अतः इसी जन्म में ही द्रौपदी को प्रसन्न रखना है, इसके लिए जो करना पड़े, वह करना है। दान कुछ भी हो, पर अब हमें द्यूत खेलना ही है। आज तक अनाचार, अत्याचार, अन्याय, अधर्म, अनीति देखकर हमारा मन संतप्त होता है।

अंधकार का प्रचंड साम्राज्य सूर्योदय से नष्ट होता है। इससे हमें इतना प्रकाश, इतना सत्य, इतना सामर्थ्य प्राप्त करना है, तभी तो सभी ओर प्रसन्नता, आनंद और चैतन्य होगा!'

श्रीकृष्ण चार दिन पश्चात् द्वारका लौट रहे थे, पर नए विचार, नव मार्ग और ऊर्जा लेकर। अश्व गतिमान थे और श्रीकृष्ण के विचार भी।

□

ग्रीष्म ॠतु का दाहक प्रभात था। शांत, शीतल, स्नेहमयी तारका भी देर रात तक अग्निफूलों की वर्षा कर रही थी। आकाश में मेघ आते थे और कुछ ही देर पश्चात् चले जाते थे। प्रसन्न करनेवाला शुक्रतारा भी आज अग्नि की तरह चमक रहा था।

यह वातावरण सुखद नहीं था, न रात को निद्रा आती और न ही दिन को प्रसन्नता। गांधारी उठकर, शुचिर्भूत होकर सूर्यदेव को नमस्कार करने अट्टालिका में आई थी, और ग्रीष्म-दाह के कारण लौटनेवाली ही थी कि संपूर्ण राजप्रासाद

को हिलानेवाला स्वर आया—'दुर्योधन'! इस स्वर ने सभी को जाग्रत् किया और भयभीत भी!

"हमें आमंत्रित करके स्वागत करने के लिए भी उपस्थित न होने वाले दुर्योधन···"

शुचिर्भूत दुर्योधन ने विनम्र भाव से कहा, "स्वागत हो, मुनिवर! आप किस समय आएँगे, यह पता होता तो आपके लिए हम पुष्पों का मार्ग बनाते! हम अपराधी हैं, क्षमस्व! रात-दिन, हर घड़ी हमें तत्पर रहना चाहिए था।"

दुर्वासा मुनि ने सभी ओर देखा और गांधारी को मदालसा के साथ आते देखा, फिर कहा, "यही है, गांधारी?"

अग्नि सजीव होकर प्रत्यक्ष खड़ी है, ऐसा भीष्माचार्य को लगा।

"आप विश्राम कीजिए, मुनिवर! आप चलकर यहाँ आए हो!"

"नहीं तो क्या बैठकर आते?" एक-एक करके सभी उनकी चरणवंदना करके निकल गए। गांधारी भी गई तो दुर्योधन ने कहा, "कर्णराज, आप यहाँ इन्हें आसन पर बिठाओ, हम अभी दूध लेकर आते हैं।" दुर्योधन चला गया। कर्ण उनके निकट आया तो उन्होंने कहा, "तुम ही हो न अंगराज कर्ण, कवच-कुंडलधारी? तुम्हीं हो अधिरथ-सुत और पांडवों के ज्येष्ठ बंधु?" कर्ण ने चकित होकर पूछा, "वह कैसे? हम कैसे पांडवों के ज्येष्ठ बंधु हुए?"

"हम यहाँ किसी को उत्तर देने नहीं आए हैं।"

उनका स्वर कर्कश था। कर्ण मौन हो गया। तभी उसके मन में आया, 'लोग कहते ही थे कि अर्जुन जैसा धनुर्धारी, अर्जुन के समान दिखनेवाला, यह अंगराज कर्ण है!' आज पुनः वही शब्द दुर्वासा मुनि के मुँह से निकल पड़े थे। कभी कर्ण विदुर महाराज के यहाँ गया था तो कुंती विदुर महाराज से कह रही थी, "हमारा छठा पुत्र···" और फिर कर्ण को देखकर मौन हो गई थी।

कितना समय निकल गया था सभी शब्दों के संदर्भ जोड़ने में और अंत में उसने छोड़ ही दिया था, परंतु आज पुनः वे संदर्भ स्मरण हो आए थे। उसने जब राजकुमारों के साथ परीक्षा उत्तीर्ण की, तो उसे धनुर्धर नहीं कहा गया। परंतु राजमाता कुंती ने विशेष रूप से आमंत्रित करके कहा था, "वत्स, तुम हमारे अर्जुन जैसे दिखते हो, इसलिए हमें विशेष प्रिय हो।"

यह वाक्य पुनः-पुनः सुनने पर उसने कहा था, "हम राजकुमार अर्जुन जैसे कैसे हैं? आपका छठा पुत्र कौन है?"

"छठा होता तो···कदाचित् तुम्हारे जैसा ही होता! वत्स, तुम्हें पता नहीं, त्रिखंड में एक ही जैसे सात व्यक्ति होते हैं।"

कर्ण निरुत्तर होकर लौटा था। दुर्वासा ऋषि ने कहा तो उसे स्मरण आया। सभी ज्येष्ठ सदस्य, गण्यमान्य मंत्री और गांधारी भी आई। प्रात:काल में ही दुर्वासा मुनि आए थे, यह उसे अपशकुन जैसा लगा।

उनकी दर्पयुक्त वाणी, शापवाणी, अहंमन्यता, प्रत्यक्ष अग्नि, जैसे वे सबकुछ भस्म करने की प्रतीक्षा में थे। वैसे वे संशोधक, विज्ञानवादी, ज्ञान के सागर, मंत्रसिद्धि के प्रभावी आविष्कारक होते हुए भी दूसरों की मृत्यु का आलेख लिखने में कम नहीं थे।

"गांधारी, तुम्हारे पुत्र दुर्योधन ने आमंत्रित किया है। प्रयोजन क्या है?"

"आचार्य, हमें विदित है, हम ही कहते हैं। महायोगी, कर्मठज्ञानी, सखोल अभ्यासक और समीक्षक हैं, इसलिए आपका सम्मान करना चाहते हैं।"

"वत्सा, कल्याण हो तुम्हारा, तुम्हारे बंधु पांडव कहाँ हैं?"

"द्वैतवन में!" दुर्योधन ने संदिग्ध उत्तर दिया।

"द्वैतवन जाने का प्रयोजन?"

दुर्योधन ने स्वयं का समर्थन किया। दुर्वासा मुनि शांत भाव से सुन रहे थे। कुछ दिन दुर्वासा मुनि ने राजप्रासाद में विश्राम किया और दुर्योधन ने उनकी मन से सेवा की। गांधारी को यह देखकर आश्चर्य हो रहा था।

एक दिन दुर्वासा मुनि ने जाने की बात कही तो दुर्योधन ने कहा, "मुनिवर, एक नम्र निवेदन है।···"

"कहो वत्स, हम बहुत ही प्रसन्न हैं। कोई भी मंत्रसिद्धि माँग लो।"

"हम माँगना नहीं चाहते। हमारी इच्छा है कि आप अपने सहस्र शिष्यों के साथ द्वैतवन में जाकर हमारे बंधुओं को आनंद प्रदान करें! आपका सहवास उन्हें अच्छा लगेगा। दूसरी बात यह है कि वहाँ आस-पास आदिवासी लोगों की बस्ती भी है, उन्हें भी आपसे मिलना बहुत अच्छा लगेगा। आप वहाँ जाकर उनका स्वागत स्वीकार कीजिए, हम केवल इतना ही चाहते हैं। और अचानक जाकर उन्हें चकित करें!"

"तुम्हारी सहज इच्छा हम अवश्य पूरी करेंगे। अपने लिए तुमने तो कुछ माँगा ही नहीं।"

सोलह सहस्र शिष्य अब द्वैतवन जाने के लिए निकले तो दुर्योधन के मुख पर

प्रसन्नता की लहर तैर गई। गांधारी ने पूछा भी, "क्या बात हुई, पुत्र, जिससे तुम इतने प्रसन्न हो?" उसने पूरी बात बताते हुए कहा, "माता, श्रीकृष्ण महाराज को जैसे शाल्व, जरासंध, शिशुपाल, कंस हैं, वैसे ही हमारे लिए पांडव! वे अब हमारे शत्रु ही हैं।"

गांधारी अवाक् हो गई। 'ये विचार दुर्योधन को कर्णमंत्र या शकुनिमंत्र या तो धृतराष्ट्रमंत्र से ही प्राप्त हो सकते हैं। कल तक तो वह क्षुद्र घटना भी बताने आता था। पूछता था, पर आज उसने स्वयं ही ऐसा निर्णय लिया! सूर्यथाली में केवल पाँच लोगों का भोजन होता था। कुटी में पाँच ही लोग रहते थे। सोलह सहस्र लोग खाएँगे क्या? रहेंगे कैसे?' गांधारी सोच ही रही थी कि दुर्योधन ने कहा, "माता, यह भी एक प्रतिशोध का प्रकार है।" फिर उसके स्कंध पर हाथ रखते हुए गांधारी ने कहा, "पुत्र दुर्योधन, वे भी तुम्हारे बंधु हैं और उन्हें शकुनि ने पराजित किया है, वह भी गलत खेलकर! वे काम्यक वन से अभी द्वैतवन में गए हैं, तो उनकी इस तरह परीक्षा लेना, यानी दुर्वासा मुनि की शापवाणी सुनना है।"

"माता, अश्रु देखकर भावविवश होने के दिन अब समाप्त हो गए हैं। भानुप्रिया की संवेदनाशील वाणी भी हमें प्रभावित नहीं करती। वे दिन समाप्त हो गए माता, जिसमें आपका स्वर भी दब गया है। हमारा मार्ग तुम्हें पसंद नहीं आएगा, अब दुर्योधन द्वेष, क्रोध, विनाश इस मार्ग पर चल रहा है, जो अब आपके शब्दों से रुकनेवाला नहीं है।"

"यह हम क्या सुन रहे हैं पुत्र?"

"माता, अब और अधिक सुनने की तैयारी कीजिए। माता, द्रौपदी ने अपने व्यंग्य बाणों से हमारे हृदय में अचूक शरसंधान किया। हम उसकी वेदना कभी भुला नहीं सकेंगे। वस्तुतः यह तुम्हारे संस्कार, संस्कृति से विसंगत है; परंतु अब कोई उपाय नहीं है।"

गांधारी कुछ भी बोल न सकी। अब हाथ से पुत्र भी निकल गया था; वह भी ज्येष्ठ पुत्र, आज्ञाकारी पुत्र! नेत्रपटल होते हुए अंधकार तो था ही, अब मन में भी अँधेरा था। कोई प्रकाश शलाका भी नहीं थी। दुर्योधन अब अट्टहास कर रहा था। गांधारी के सभी शब्द निष्प्रभ हो गए थे। वह मन में रो रही थी। दुर्योधन चला गया था।

मध्यरात्रि में अचानक वह जाग गई, तो दुर्योधन चरणस्पर्श कर रहा था।

"माता, तुम्हारा पुत्र विचारपूर्वक अविचार कर रहा है। माता स्मरण-शृंखला

खोलकर तुम ही देख लो, परीक्षा देने से अब तक वे ही सम्माननीय हैं। वे कुछ करते तो दिखाई नहीं देते। वह दुष्ट कार्य सम्मानित होता आया है। यदि हम पूर्व स्थिति में आ गए तो माता, हम उनका सम्मान भी करेंगे। ईश्वर से प्रार्थना करना, माता!"

दुर्योधन की आग्रही भूमिका को कैसे वेध दिया जाए, यह उसके विचार से परे था। उसे भीषण रात्रि का गहन अंधकार दिखाई देने लगा था।

"गांधारी देवी, आपने हमें आमंत्रित किया?" सूर्योदय होने के पश्चात् कर्ण गांधारी के प्रासाद में आया था।

"आओ वत्स, विराजमान हो जाओ।"

"आप न बुलाते तो भी हम आते। हम आर्यावर्त दिग्विजय के लिए प्रस्थान करनेवाले थे। हम आपके आशीर्वाद के लिए अवश्य आते। कोई विशेष प्रयोजन?"

गांधारी का मधुर, आत्मीय स्वर सुनना कर्ण के लिए प्रसन्नता की बात थी। प्रौढ़त्व का उत्तरार्ध आरंभ होने के बाद भी गांधारी अभी भी लावण्यवती थी। प्रौढ़-प्रगल्भ यश-ध्वजा ज्ञान के आधार पर फहरा रही थी। हस्तिनापुर की सम्राज्ञी गांधारी कर्ण के सामने मौन-अगतिक बैठी थी।

"महारानी, आप मौन क्यों हैं?"

"कर्ण, तुम्हें संपूर्णतः विदित है कि राजप्रासाद में द्वेष की अग्नि बढ़ती जा रही है और हम हतबल हैं।"

"देवी, 'सूतपुत्र' कहकर द्रौपदी ने हमारा भी अपमान किया था। उसका स्मरण आने पर एक क्षण के लिए हम भी क्रोधित होते हैं; परंतु इस द्वेषाग्नि में हम पड़ना नहीं चाहते। यदि हम दुर्योधन महाराज के लिए वचनबद्ध न होते तो स्वतंत्र-मुक्त रहते। परंतु क्षत्रिय का प्रण प्रण होता है। हम अधिरथ पुत्र क्षत्रिय तो नहीं, परंतु हम क्षत्रिय वृत्ति रखते हैं। और इसलिए दिग्विजय के लिए निकल पड़े हैं। हम आपके सेवक हैं। आप जो कहेंगी, वह हम मन में 'न' होते हुए भी अवश्य सुनेंगे। परंतु दुर्योधन महाराज जैसा कहेंगे, यह सेवक अवश्य मानेगा।"

गांधारी मौन रही। दुर्योधन के विचारों की दिशा अन्याय, अत्याचार की चोटी की ओर बढ़ रही है और शब्द निस्तेज हो रहे हैं। प्राणप्रिय माता भी अब उसे भाती नहीं है। उसे नैराश्य ने घेर लिया है।

कर्ण भी अगतिक होकर चला गया।

मध्याह्न में मदालसा उसे भोजन करने के लिए लेने आई तो वह बोली, "हमें क्षुधा नहीं है। हम भोजन नहीं करना चाहते।"

"परंतु हमें क्षुधा भी है और भोजन भी करना चाहते हैं।" दुर्योधन उसके कक्ष में आया था। उसने कर्ण को जाते देखा था। देर बाद दुर्योधन आया।

"माता, इस तरह व्यथित रहना स्वास्थ्य के लिए योग्य नहीं है। कर्णराज को हमने आज भोजन के लिए आमंत्रित किया है। वह दिग्विजय के लिए जा रहा है। एक बात और, अब पांडवों के वनवास के दो ही वर्ष शेष बचे हैं। उसमें से एक वर्ष अज्ञातवास का है। चिंता क्यों करती हो, हम उन्हें इंद्रप्रस्थ नगरी कभी नहीं लौटाएँगे। श्रीकृष्ण महाराज उनके साथ हैं, दे देंगे द्वारका की थोड़ी सी भूमि! वे फिर से और इंद्रप्रस्थ नगरी का निर्माण करेंगे। हमने एक बार निर्णय ले लिया है तो वह अटल है। अरण्यवास उनका स्वभाव बन चुका है। वे प्रसन्न हैं। चलिए माता, कर्णराज को 'विजय हेतु' आशीर्वाद दीजिए।" दुर्योधन चला गया तो वह सोचने लगी—

अपने शत पुत्र अविचारी हैं। द्वेष उनके मन में है। वे पांडवों के विनाश के लिए कटिबद्ध हैं। परंतु दूसरों का समूल विनाश, यानी स्वयं का भी विनाश, यह केवल दुर्योधन नहीं समझता है। और वह इस तरह भी सोचता होगा कि पांडवों के लिए श्रीकृष्ण हैं, हमारे लिए कोई नहीं। हो सकता है, हम सौ कौरव हैं। विजय हमारी ही होगी, क्योंकि अरण्य में जाते समय दुर्योधन ने उनके शस्त्र भी निकाल लिये थे। उनसे बारह वर्ष हाथ में न लेने का प्रण भी करवाया था। दुर्योधन को सत्ता, साम्राज्य और अधिकार का अहंकार है। पांडव जैसे सत्शील बंधुओं का विनाश, यह कल्पना भी विनाशकारी है। अपना बीज तो धृतराष्ट्र महाराज के कुरुवंश का था, फिर ऐसा क्यों हुआ ?

जानकी का हरण करने से श्रीराम ने लंका पर विजय प्राप्त की और उसका वध कर दिया। आज केवल द्रौपदी के शब्द विनाश के लिए कारण सिद्ध हो गए हैं। वे शब्द ही न आते तो···पुरुष का सामर्थ्य और अहंकार आज भी उतना ही श्रेष्ठतम है। वे, विश्व ही बदल सकते हैं। यह स्त्री जानती नहीं।

विदुर महाराज मौन हैं और मन में विभीषण के समान हैं। श्रीकृष्ण से उनकी स्नेह-भक्ति है। भीष्माचार्य अंबा, अंबालिका और अंबिका को अपहरण करके ले आए। उन्होंने पुरुषार्थ सिद्ध किया। परंतु अपहरण, यह अन्याय था। इसका और मौन रहने का उन्हें परिणाम भी मिलेगा। दुर्योधन रावणराज जैसा विद्वान्, वैदिक ज्ञानसंपन्न, धनुर्धारी, अस्त्र-शस्त्र विद्या में पारंगत, उत्तम शासक, बंधुओं से असीम स्नेह करनेवाला, उत्तम पति, उत्तम पुत्र है, परंतु द्वेष-भावना से ओतप्रोत है।

परंतु श्रेष्ठ हैं पांडव! श्रेष्ठ हैं श्रीकृष्ण महाराज···द्रौपदी को निर्वस्त्र करने से

उनके मन में प्रतिशोध की भावना आ सकती है, परंतु श्रीकृष्ण महाराज ने वह द्वेष-भावना उनके मन से निकाल दी होगी! अंततः श्रीकृष्ण महाराज ही दोनों बंधुओं में एकता निर्माण कर सकते हैं।

श्रीकृष्ण महाराज का स्मरण होते ही उसका मन प्रफुल्लित हो गया। वे ही समर्थ हैं। वे ही सामर्थ्य रखते हैं। परंतु समधर्मी, समविवेचक, समधर्मवाले श्रीकृष्ण महाराज हैं; या सत्यनिष्ठ, सत्यधर्म प्रतिष्ठापक श्रीकृष्ण हैं या स्त्री को सम्मानित, प्रतिष्ठित करनेवाले युगपुरुष श्रीकृष्ण महाराज हैं; या अन्याय, अधर्म, अनाचार, अहंकार का दर्प हरण करनेवाले श्रीकृष्ण महाराज हैं, यह काल ही स्वयंसिद्ध करेगा!

वह आश्वस्त होकर भोजन-कक्ष की ओर चल पड़ी।

□

वर्षाकाल का आरंभ हुआ था। हरित महावस्त्र पहने हुए सद्यःस्नाता वसुंधरा अपने ही नव अंकुरित अपत्यों की ओर स्नेह दृष्टि से देख रही थी। वर्षाकाल में कोटरों में पक्षी उतावले होकर बाहर निकल रहे थे। कृषक प्रसन्न थे। बलराम ने स्वयं हल चलाकर बीज बोए थे। अब वे प्रसन्नता से बढ़ रहे थे।

"राज्य धन-धान्य से परिपूर्ण हो तो चिंता नहीं होती।"

"बंधु बलराम, भूमि धन-धान्य से परिपूर्ण है। परंतु मानव संकुचित हो गया है। बंधु-बांधवों में, कुलवंश में संघर्ष के बीज बोए जा रहे हैं। आर्यावर्त की इतनी भूमि होने पर भी सत्ता-संघर्ष क्यों है? हम द्वैतवन से लौट रहे थे तो यही विचार मन में था। वन में हमें मंगलता का, उदात्तभाव का साक्षात्कार हुआ था। कितने रंग, कितने आकार, कितने वृक्ष आकाश को छूनेवाले और नीचे हरियाली, ऐसा लगता था, बस यहीं जीवन का अंत हो!"

"ऐसे मत कहना, कान्हा, कभी-कभी अपनी ही वाणी अपने को लग जाती है।"

श्रीकृष्ण हँसने लगे··· सत्यभामा देख रही थी। श्रीकृष्ण कभी खिलखिलाकर हँसते थे तो कभी गंभीर और चिंतन में मग्न होते, जैसे कोई आसपास ही नहीं!

उसने पूछा, "क्या हरित सृष्टि देखकर आपका रसिक मन जाग्रत् हो गया? सांप्रत आपका रसिक मन कहाँ खो गया है?"

"सत्यभामा, हम जैसे-जैसे प्रौढ़ हो जाते हैं, वैसे-वैसे उत्तरार्ध की ओर चलने लगते हैं। हमारा रसिक मन अनेक विषयों में रुचि रखने लगता है। सर्वप्रथम स्त्री-सहवास, पुत्र-परिवार, उसके पश्चात् मित्र, आप्तस्वकीय और प्रौढ़त्व के अंत में

ब्रह्मज्ञान, अध्यात्म, सृष्टि निर्मिति के संबंध में विचार, मृत्यु का चिंतन, निर्गुण-सगुण, ध्यान धारणा, योग आदि इस तरफ रसिक मन से ही देखते हैं। रस-ग्रहण के विषय काल के अनुसार बदलते रहते हैं।"

"आप योगीराज हैं या राजयोगी?"

"सत्यभामा, दोनों शब्दों के अर्थ अलग-अलग हैं। षड्‌रिपु को जीतनेवाला, ब्रह्मज्ञान का चिंतक एवं जन-सामान्य के प्रति आदर्श हो, वह योगी; और विश्वकल्याण का मार्ग जब विस्तारित हो जाता है, तब मोक्ष का द्वार खुल जाता है। और राजयोगी वह होता है, जो सकल संपत्ति, समृद्धि, शौर्य-साम्राज्य, कर्म आदि इसे ईश्वर प्रणीत मानकर कोई स्वार्थ न रखते हुए मानव-कल्याण हेतु राजसिंहासन पर विराजमान होता है, जैसे कि जनक महाराज। उनका एक चरण सिंहासन के नीचे तो दूसरा अग्नि में था।"

"तो श्रीकृष्ण, तुम सबकुछ हमें दान करनेवाले राजयोगी हो!" बलराम ने वहाँ से उठते-उठते कहा।

सत्यभामा ने अपना अवगुंठन मस्तक पर रखते हुए कहा, "हम दर्पण में अपना बाह्यरूप देखते हैं। अंतरंग देखने के लिए हमें मन के अंदर झाँकना पड़ता है और मन सागर की भाँति गहन है। रुक्मिणी हमारी अवस्था जान जाती है तो हमें आश्चर्य होता है।"

"हम भी अब ब्रह्मज्ञान का पाठ लेना शुरू करते हैं।" श्रीकृष्ण ने हँसकर कहा, "पहला पाठ है—किसी पर क्रोध न करें, द्वेष न करें।"

सत्यभामा को हँसी आई। वह उनके गले में मदनबाण की पुष्पमाला पहनाते हुए बोली, "हमें तो मोह-सगुण श्रीकृष्ण महाराज का चाहिए। हमें नहीं चाहिए ब्रह्मज्ञान का विस्तारित मार्ग। हमें पता है, स्वामी, प्रीति सप्त-पाताल में भी ढूँढ़ी जाती है, जो हमें सहज ही प्राप्त हो गई है। स्वामी, विश्व भासमान होने पर भी सत्य है, आप योगी हो या राजयोगी, पर आप हमारे स्वामी हो। स्वामी, आप हमें ब्रह्मज्ञान के पाठ दे ही दो।"

"क्यों? अद्यापि ब्रह्मज्ञान का विचार गया ही नहीं?"

सत्यभामा गंभीर हो गई। उसके अधरों पर हास्य था, वह चला गया। उसने कहा, "आप हमें ब्रह्मज्ञान का पाठ दीजिए!"

श्रीकृष्ण हँसकर बोले, "ब्रह्मज्ञान का पाठ कोई पढ़ाता ही नहीं। शास्त्रों में मार्ग लिखे हैं। अनुभूति तो हम स्वयं ही ले सकते हैं।"

"ब्रह्मज्ञान किसे कहते हैं?"

"मन किसे कहते हैं, सत्यभामा? सुगंध किसे कहते हैं? वायु किसे कहते हैं? संवेदना किसे कहते हैं? क्या इनकी परिभाषा और सगुण रूप मिलते हैं? हम केवल अनुभूति लेते हैं! आकाशमंडल की व्याप्ति कहाँ तक है? प्रीति का आयाम, आलेख कैसे लिखेंगे? सप्त-पाताल की भूमि कितनी? विविधता कितनी? सृष्टि में वृक्ष कितने हैं? आकाशगंगा में या आकाश में तारका या नक्षत्र कितने हैं? कहाँ है सीमा? सागर में कितना पानी? जल की बूँदें कितनी? इंद्रधनुष के रंग कहाँ से आते हैं? कौन है इसका निर्माता? सत्यभामा, पत्नी की प्रीति कितनी और माता की ममता कितनी, कोई मापदंड है?"

सत्यभामा श्रीकृष्ण का यह विचारशील रूप देखकर चकित हो गई।

"सत्यभामा, निर्गुण, निराकार का तेजोमय, अगम्य मार्ग अब किंचित् ध्यान में आ रहा है। जो-जो सूक्ष्म जड़, जो संकुचित अणु जैसा, ज्यों व्यापक आकाश जैसा, विशाल सागर जैसा, सूक्ष्म जलबिंदु जैसा, असीम, अनंत, अनुपम, उत्कट, नादमय, अक्षर, अविनाशी, अमर निर्गुण ब्रह्म…" वे बोल ही रहे थे कि उनके सखा उद्धव वहाँ आए।

"श्रीकृष्ण महाराज, आज हस्तिनापुर में भव्य समारोह का आयोजन किया जा रहा है। राजदूत ने सूचना दी है कि कर्ण तथा शोण दिग्विजय के लिए आर्यावर्त में प्रस्थान करनेवाले हैं। वे चारों दिशाओं में विजय प्राप्त करके ही लौटेंगे। दिग्विजय के लिए दो भाइयों का प्रस्थान चिंतित करनेवाला है।"

श्रीकृष्ण ने उठकर गवाक्ष से अपनी स्वर्ण नगरी की ओर देखते हुए कहा, "कर्ण यहाँ भी आ सकता है। सैन्य को सावधान करना होगा।"

"अभी-अभी आप ब्रह्मज्ञान की परिभाषा समझा रहे थे और युद्ध का नाम लेते ही खड़े हो गए!"

"इसको संयोग या योगायोग कहते हैं। दोनों ही बातें एक ही मन में होती हैं।"

उन्हें स्मरण आया कि जब वे कुंती के साथ द्वैतवन में गए थे तो एक क्षण ऐसा आया कि भावना अनावर होकर राजमाता कुंती ने कहा, "श्रीकृष्णा, एक घटना हमने अभी तक किसी को भी बताई नहीं है, परंतु आज हमारा मन बताने को विवश है।"

"यदि आपको कष्ट न हो और आपका विश्वास हम पर हो तो आप हमें बता सकती हैं। आप हमारे पिताश्री की बहन हैं तो…"

"हमारी यह घटना लज्जास्पद है; पुत्र, पुत्रवधुओं को बताने में हास्यास्पद भी है, इसलिए आज जीवन के उत्तरार्ध में कहने जा रही हूँ। मैं कुंतिभोज की; राजकन्या थी, बालिका थी और ऋतुस्नान भी नहीं हुआ था तब की घटना है। दुर्वासा मुनि आए थे तो पिताश्री ने हमें उनकी सेवा करने को कहा और हम उनकी सेवा करने लगे। वे किसी संदर्भ में संशोधन कर रहे थे। वह संशोधन था—मंत्रसिद्धि से पुत्रजन्म संभव होने का।

उनका कार्य पूर्ण हो गया। वे दो वर्ष तक कुंतिभोज राज्य में थे। जाते समय हमारी सेवा से प्रसन्न होकर वे वह सिद्धिमंत्र हमें दे गए। कभी आवश्यकता पड़ने पर हम उसका प्रयोग करें, ऐसा उन्होंने बताया था।

हम ऋतुमती हो गई। उस मंत्र का स्मरण हुआ। भविष्य कुछ भी नहीं सोचा और एक दिन सूर्योदय के समय गवाक्ष में खड़ी थी तो लगा कि आकाश के सूर्यदेव मंत्र से कैसे आ सकते हैं? कौतूहलवश हमने वह मंत्र पढ़ा तो प्रत्यक्ष पुरुष रूप में सूर्यदेव उपस्थित हुए। हमने कितना भी नकार दिया परंतु वे बोले कि मंत्र कभी असत्य नहीं हो सकता। मैं गर्भवती हो गई और जन्मत: शिशु को गंगा नदी में बहा दिया।"

"तो क्या वही अर्जुन के समान दिखनेवाला अधिरथ-सुत, अंगराज कर्ण आपका पुत्र है?"

"और क्या कहूँ, वही हमारा पुत्र है। वही राजतेज, वही शास्त्र एवं अस्त्र संपन्नता तथा वही शिष्टाचार।"

कुंती अपने मन की बात श्रीकृष्ण को बता चुकी थी। अब श्रीकृष्ण को सारे संदर्भ स्मरण हो गए। उद्धव ने भी कहा था, और भी लोग कहते थे कि अर्जुन-कर्ण समान हैं। एक दिन श्रीकृष्ण ने स्वयं पूछा था, "कंठ में इतने अलंकार होते हुए भी आप मौक्तिक माला अवश्य पहनते हैं, वह क्यों?"

"किसी माता ने हमें जन्मत: छोड़ दिया था, यह उसका स्मरण है।" अब वही कर्ण आर्यावर्त की चार दिशाओं में दिग्विजय के लिए निकला है। श्रीकृष्ण मन-ही-मन सोच रहा था।

उद्धव बता रहा था कि कर्ण भारी सेना के साथ पश्चिम की ओर निकल पड़ा है तो श्रीकृष्ण ने अपनी सेना को सावधान किया था। और उद्धव से कहा, "रानी सत्यभामा कह रही थी कि आप युद्ध के लिए इतने उत्सुक क्यों हो जाते हो?"

सत्यभामा बोली, "हम प्रत्यक्ष ही हैं। हमें पारिवारिक जीवन व्यतीत करनेवाले श्रीकृष्ण अपेक्षित हैं।"

"युद्ध, यह घटना क्षत्रिय के लिए आह्वान होता है। कभी-कभी लगता भी है कि निरपराध सहस्रों-सहस्र सैनिकों को मृत्यु देने का हमें क्या अधिकार है? तो दूसरे ही क्षण मन में विचार आता है कि हम तो कारण हैं। कर्ता तो हम नहीं हैं। और मृत्यु के बाद देह मृत होती है। और आत्मा तो ब्रह्मरूप है। अखंड, अक्षर, अविनाशी पुनः-पुनः जन्म लेनेवाली आत्मा को हम कैसे मार सकते हैं? हम जन्म भी नहीं देते, न ही हम मृत्यु देते हैं; होते हैं कारण... निमित्त मात्र!

"श्रीकृष्ण महाराज, आप युद्धसिद्ध हो गए हो। परंतु..." सत्यभामा ने वाक्य अधूरा छोड़ दिया।

"हम युद्धसिद्ध हैं। हमें विश्वशांति अपेक्षित है। युद्ध से ही शांति का निर्माण होता है। नई सृष्टि का उदय होता है, नया आरंभ, नए विचार, नया समाज बनता है। फिर भी हमारा मन रणक्षेत्र में क्षण भर विचलित होता है, वह इसलिए कि मृत्यु का कारण हम होनेवाले हैं। सत्य तो यह है, उद्धव कि अब मन में निवृत्ति है।"

"सच में आप युद्ध से निवृत्त हैं?" सत्यभामा ने पूछा।

उद्धव ने कहा, "नहीं देवी, यह सद्यस्थिति है। हम युद्ध करना नहीं चाहते, परंतु कर्तव्य कर्म करना पड़ता है। अतुल पराक्रम से जरासंध, शाल्व, रुक्मी तथा अन्य राजाओं के साथ युद्ध करके साम्राज्य विस्तारक श्रीकृष्ण आर्यावर्त में लोकप्रिय हैं। और आज आत्मपरिचय, आत्मपरीक्षण और योग, मोक्ष तथा मृत्यु, इसका विवेचन करनेवाले श्रीकृष्ण तत्त्वचिंतक भी हैं। जीवन की अनेक स्थिति के जानकार हैं। लोकोद्धार करनेवाले श्रीकृष्ण वर्तमानकाल और भविष्यकाल के ज्ञाता भी हैं।

"हमारी स्तुति व्यर्थ है, उद्धव! आज तक हमने स्वयं को पहचाना ही नहीं।"

वे उठकर जाने लगे तो उद्धव ने सत्यभामा से कहा, "श्रीकृष्ण प्रत्येक क्षण कर्म से कस्तूरीगंध लेकर आया था। उसका आचार-विचार, कृति सुस्पष्ट है। वह महामानव है। स्वयं के लिए आत्मज्ञान है, जन-कल्याणकारी है। फिर भी मनोरंजन करके सर्वसामान्य बन जाता है यह अलौकिक पुरुष, यह अविश्रांत कर्मयोगी, ज्ञानयोगी!"

उद्धव भी उठकर चला गया तो सत्यभामा ने मन-ही-मन कहा, 'आज हमें श्रीकृष्ण के सत्य रूप का दर्शन हुआ है, कदाचित् यह रूप रुक्मिणी पहले ही समझ गई होगी।' सत्यभामा के कान में अभी तक उद्धव के शब्द थे—'श्रीकृष्ण यानी उत्फुल्ल, सुगंधित सहस्र दल! जल से उसका बंधन अवश्य है। ऊपर से लगता है, उसमें कोई जड़ नहीं, वह जल पर ही उदित है। लक्ष्मी-निवास और दारिद्रय का

कीचड़ देखनेवाला एकमात्र श्रीकृष्ण है।'

सेना का संघटन चल रहा था। आसपास के प्रदेश से सेना आमंत्रित की जा रही थी। कर्ण की रोज की सूचना राजसभा में आने लगी थी।

"श्रीकृष्णा, एक बात ध्यान में आ रही है कि कर्ण के दिग्विजय प्रस्थान करने से तुम बड़े अस्वस्थ हो रहे हो, यह मानसिक दुर्बलता क्यों?" बलराम ने पूछा तो श्रीकृष्ण ने हँसते हुए कहा, "हम मानसिक या शारीरिक दुर्बल कभी न थे, न ही हो सकते हैं। आयु के साथ आनेवाली शिथिलता ने हमें स्पर्श तक नहीं किया है। हममें युद्ध सामर्थ्य अभी भी है। इच्छा है कि हमारे जैसा तुल्यबल कर्ण हमारे सामने शीघ्र प्रस्तुत हो।"

राजदूत सूचना लेकर आया, "अंगराज कर्ण का पूर्व दिशा में (भद्रावती में) भव्य स्वागत किया गया। श्वेतपर्ण राजा से उसे प्रचंड करभार प्राप्त हुआ। पांचाल देश में प्रवेश करने के लिए कर्ण उस दिशा में अग्रसर हुआ। पांचाली द्वारा किया हुआ अपमान स्मरण था। पांचाली का युवराज दृष्टद्युम्न स्वयं करभार लेकर आया और उसने कहा, 'हम सामर्थ्य रखते हैं, परंतु सेना का इस तरह बलिदान हम नहीं चाहते।'

"अंगराज कर्ण ने न ही द्रुपद राजा का करभार स्वीकार किया, न ही उन पर युद्ध की उद्घोषणा की। इसका कारण वह स्वयं दे नहीं सकता था। कदाचित् द्रौपदी उसके मन में होगी। वह उसे प्रिय थी।"

श्रीकृष्ण ने मंदार राजदूत को कहा, "कर्ण अब उन्मत्त, अहंकारी हो गया है न? क्योंकि उसने पूर्व-उत्तर दिशा में जाकर विजय प्राप्त की है।"

"महाराज, एक दिन हमने अंगराज कर्ण और उनके बंधु शोण महाराज की बातें सुनी, अंगराज कर्ण ने कहा कि क्यों हम युद्ध करते हैं, शोण? हमें क्या मिलता है—स्वर्णमुद्रा, मौक्तिक, रत्न, वैदुर्य मणि, रक्तपात करके हम धन और राज्य की सीमा बढ़ाते हैं। निरपराध की बलि जाती है। हमें भी प्रियजनों के विरह सहने पड़ते हैं। वृषाली, सुप्रिया, मेघमाला हमारी पत्नियाँ, और तुम्हारी पत्नी, कन्या, हमारे कुमार आयु से बढ़ते पुत्र वृषसेन, प्रसेन, भानुसेन, चित्रसेन, सुषेण, वृषकेल हमारे सामने आते हैं। माता राधा, पिता अधिरथ, गुरुमित्र अश्वत्थामा हमें उनका स्मरण होता है, 'कर्ण सत्य कह रहा है। हमारी स्थिति उसके समान ही है।'

"कौशल देश की नगरी श्रीराम की सरयू तीर पर बसी हुई, उसे कर्ण ने जीत लिया।" बलराम ने पूछा, "जिस नगरी का ध्वज इक्ष्वाकु, दिलीप, रघु, अज,

दशरथ, श्रीराम, कुश, अतिथि, निषध, नल, पुंडरीक, क्षेमधन्वा, देवानीक, परियात्र, सहस्त्राक्ष, बल, स्थल, वज्रनाभ, खगण, विधृति, हिरण्याभ पुष्प, ध्रुवसंधि, सुदर्शन और अग्निवर्ण जैसे महावीरों ने अजिंक्य रखी थी। वहाँ महारथी कर्ण ने कुरुवंश की ध्वजा लगाई!"

"महाराज, कुशीनगर, श्रावस्ती, कपिलवस्तु, यह कौशल के महानगर भी कर्ण ने जीते थे।"

ऋतुचक्र बदल रहा था। हिमकाल अब समाप्त होने जा रहा था। राजदूत सूचना लेकर आया था कि कर्णराज ने मिथिला नगरी में प्रवेश कर लिया था। विदेह की राजनगरी निमी राज ने स्थापन की थी। वहाँ का बहुलाश्च राजा और उसका पुत्र कृति इनके साथ युद्ध में विजय प्राप्त कर ब्रह्मपुत्र नदी के पास प्रागज्योतिषपुर पर विजय प्राप्त करके वह बंग देश की ओर चले गए थे। अब वे मगध देश की ओर सांप्रत निकल पड़े हैं।

अंगराज कर्ण की सुदृढ़, सुंदर, कवच-कुंडलधारी प्रतिमा श्रीकृष्ण के सामने आई। उसके सुदृढ़ चरण आर्यावर्त के अनेक देशों में अपनी पदमुद्रा अंकित कर रहे थे। हस्तिनापुर में अंगराज कर्ण से प्रथम भेंट हुई थी। उसके पश्चात् द्रौपदी के वस्त्रहरण के समय अगतिक कर्ण उन्हें दिखाई दिया था। और एक दिन हस्तिनापुर से लौटते हुए गंगा में सूर्य को अर्घ्य देनेवाला कर्ण प्रसन्न दिखाई दिया था। और श्रीकृष्ण का रथ रुका था।

"महाराज, आप याचक तो नहीं हो सकते!"

"अभी तो कुछ माँगने नहीं आए हैं।"

"और हम ही कुछ माँग लें? प्रथम माँगता हूँ आपकी चरणधूलि और दूसरी बात कहता हूँ कि हमारी मृत्यु के समय आप चाहे कहीं पर भी हों, आइएगा जरूर।"

श्रीकृष्ण को उस बात का स्मरण हुआ। कर्ण अब द्वारका को छोड़ गंधार तक गया और गांधारी के माता-पिता का आशीर्वाद लेकर आया। महेंद्र पर्वत की ओर से विदर्भ तक आया तो रुक्मी अंगराज कर्ण की शरण में गया।

बलराम महाराज की सभा में नित्य सूचना आ रही थी। द्वारका निवासी दूत की बात सुनने के लिए द्वारका के त्रिपथ, पंचपथ तथा अष्टपथ पर खड़े रहते थे। वह अपना शत्रु है, यह भूलकर उसके दिग्विजय की, उसके महादान की चर्चा करते थे। बलराम ने कहा भी, "श्रीकृष्ण, लोकप्रिय होने में तुम्हारा पहला स्थान है तो दूसरा अंगराज कर्ण का है।"

कर्ण अब कुंतिभोज राज्य में आया था। यही उसका जन्मस्थान था। राजा कुंतिभोज ने उसका पुत्रवत् सम्मान किया। स्वयं कर्णराज भी स्नेह तथा आदर के साथ, जैसा कि उनके लिए परिचित था।"

कर्ण हस्तिनापुर में प्रचंड धन, अश्व, हाथी, रत्न और सेना लेकर आया तो दुर्योधन ने उसे हृदय से लगाकर कहा, "प्रिय मित्र, इतना कुछ तुमने हमारे लिए किया; तुम्हें क्या दूँ?"

"सोचकर बताता हूँ; पर अभी तो हमें अंगदेश जाने की इच्छा है, सब प्रतीक्षा में हैं।" दिग्विजय करते-करते उसे पता चला कि श्रीपरशुराम महेंद्र पर्वत पर तपस्या कर रहे हैं और केवल उनके पास ही 'ब्रह्मास्त्र' का ज्ञान है।

अंगराज कर्ण 'ब्रह्मास्त्र ज्ञान' प्राप्त करने हेतु परशुराम के यहाँ गया। पूर्ण ज्ञान प्राप्त होने पर एक घटना से उनको पता चला कि, कर्ण क्षत्रिय नहीं, अधिरथ-पुत्र, सारथी का पुत्र है तो उन्होंने शाप दिया कि तुम्हें इस ब्रह्मास्त्र का विस्मरण होगा!"

निराश एवं उद्विग्न कर्ण शापवाणी से व्यथित हुआ था। श्रीकृष्ण ने यह सुनकर मन-ही-मन कहा, 'वह भी क्षत्रिय ही था, दुर्भाग्यवश वह सूतपुत्र है। परशुराम की शापवाणी सिद्ध होगी, तब कर्ण हतबल हो जाएगा।' श्रीकृष्ण का पुनः मन भर आया। वे मन-ही-मन बोले, 'द्वारका नगरी के निकट आनर्त देश में तुम आए और…' श्रीकृष्ण को वह प्रसंग स्मरण आया—

एक दिन ग्रीष्म ऋतु के आरंभ में एक संन्यासी राजसभा में आया। "आप आए हो, स्वागत है! हमारा आतिथ्य स्वीकार करें!" श्रीकृष्ण ने कहा तो मन में लग रहा था कि इस संन्यासी को देखा है, परंतु स्मरण नहीं आ रहा था।

"केवल आपके दर्शन के अभिलाषी थे और अब हम प्रस्थान करते हैं।" जब संन्यासी ने 'हम' शब्द का प्रयोग स्वयं के लिए किया तो श्रीकृष्ण महाराज को दृढ़ विश्वास हो गया। उन्होंने हँसते हुए केसरयुक्त दूध की प्याली उनके हाथ में दी तो लौटाते हुए उन्होंने कहा, "महाराज, हमारी ब्राह्मणसेवा अभी बाकी है, और तब तक हम कुछ लेते नहीं!"

"आप रुकिए, हम स्वयं रथ लेकर आते हैं और सीमा तक पहुँचाते हैं।" रथ में बैठते-बैठते मस्तक पर लपेटा हुआ वस्त्र गिर पड़ा और कवच-कुंडल के दर्शन हो गए।

"श्रीकृष्ण महाराज, क्षमस्व! हमारा दिग्विजय तब तक पूरा नहीं होता, जब तक हम आपसे आशीर्वाद न ले लेते। केवल किसी को…"

"नहीं, अंगराज कर्ण, जिस विश्वास से आए हो, आशीर्वाद के साथ लौट जाओ, हम कभी किसी से कुछ नहीं कहेंगे।"

"सुयश हमारे भाग्य में लिखा ही नहीं। नियति हर क्षण वह निकाल लेती है। महेंद्र पर्वत से श्री परशुराम की सेवा करके आया हूँ।"

श्रीकृष्ण ने अपना स्वर्णरथ सीमा पर रोका। दोनों नीचे उतर गए। "आओ कर्ण, निकट आ जाओ!" श्रीकृष्ण ने उसे हृदय से लगा लिया। दोनों के हृदय में परस्पर प्रगाढ़ स्नेह उमड़ पड़ा था।

कुछ दिन पश्चात् अंगदेश से श्रीकृष्ण के लिए एक मंजूषा भेंटस्वरूप आई थी। उसमें रत्न, मौक्तिक, स्वर्णमुद्रा के साथ 'दो चरण और उस पर चरणवंदना करने वाले भक्त' का चित्र था। श्रीकृष्ण महाराज प्रसन्न थे। उन्होंने उस चंदनी मंजूषा में एक अभिनंदन संदेश तथा स्वयं की एक प्रतिमा भेंट में भेज दी।

ऋतुचक्र चल रहा था।

□

इस बार हस्तिनापुर वसंत ऋतु आई ही नहीं। कृष्णमेघ अनावर होकर बरस रहे थे। नगरी उदास थी। ऐसे में श्रीकृष्ण के आने की सूचना हस्तिनापुर नगरी में पहुँच गई, और नागरिकों के श्वास सजीव हो गए। अशांत नगरी में नया चैतन्य आ गया।

श्रीकृष्ण महाराज का रथ हस्तिनापुर नगरी के प्रवेश-द्वार पर रुका तो मुक्त कंठ से लोगों ने जय-जयकार की। बहुत सी पुष्पमालाएँ तथा पुष्प-वर्षा लोगों ने की। उनकी सुदृढ़ अंगकांति, तेजोमयी श्यामल वर्ण, पीतांब, नीलवर्णी उत्तरीय, कंठ में अलंकारों के साथ वैजयंतीमाला और उनके अनुपम रूप को लोग अपने हृदय में समा रहे थे।

"क्या हम ईश्वर हैं?" श्रीकृष्ण ने सारथी शूरसेन से पूछा।

"लोग तथा मैं भी ऐसा ही मानता हूँ। मानवों के सभी गुण, शौर्य, धैर्य और साहस एकत्र किया जाए तो जो प्रतिमा होगी, वह आप हैं।"

"हमने तो कुछ भी नहीं किया, शूरसेन! अकेला कृष्ण कर भी क्या सकता है?"

"कस्तूरीगंध ढूँढ़ने हिरनी वन में घूमे, वैसे हैं आप। आप क्या जानें अपने बारे में!"

राजसभा में आज तिलमात्र भी जगह नहीं थी। उनको देखकर लोगों ने उन्हें मार्ग दिया। श्रीकृष्ण महाराज भीष्माचार्य के निकट जाकर आसन पर विराजमान हो

गए। उन्होंने स्त्रियों के दालान की ओर देखा। राजमाता कुंती के साथ गांधारी भी बैठी हुई थी। अनेक प्रदेशों के महाराज उत्सुकतावश उपस्थित थे। भीष्माचार्य और अंगराज कर्ण, इनके मुख पर गंभीर भाव थे।

पांडव द्यूत में पराजित होने के पश्चात् बारह वर्ष वनवास और एक वर्ष अज्ञातवास पूरा करने में सफल हुए थे। इन बारह वर्षों में दुर्योधन ने उनका तेजोभंग करने का प्रयास किया था। सोलह सहस्त्र शिष्यों के साथ दुर्वासा मुनि को भेजा था। पांडव संयमित थे। उन्होंने दुर्वासा मुनि का आदर करते हुए कहा, "आप ब्रह्मदेव के प्रति हो, हम सबके लिए भोजन का प्रबंध करेंगे, परंतु थोड़ा समय लगेगा, इसलिए आप हमें शापवाणी न दें। हमारे साथ विजनवासी हैं, कृषक हैं, अत: जितना हो सकेगा, हम व्यवस्था करेंगे। उसमें आप प्रसन्न रहोगे, यह हमें विश्वास है।"

उनके स्वागत, उनके आतिथ्य, विनम्रवाणी से प्रसन्न होकर दुर्वासा मुनि प्रसन्न होकर चले गए।

केवल एक वर्ष का अज्ञातवास बाकी था। तब दुर्योधन ने गांधारी से पूछा, "माता, हमें आशीर्वाद देने में, खुलकर बोलने में आप कृपण क्यों हैं? हमें पता है, हम जो कर रहे हैं, वह आपकी सहमति से नहीं है। परंतु वर्षा की हर बूँद में हमें द्रौपदी दिखाई देती है। वह नागिन है, अब हम उसे नहीं छोड़ सकते; कभी नहीं! आपने कहा है कि द्वेष, क्रोध ठीक नहीं, हमने बहुत प्रयास किया। हमारा मार्ग सही नहीं है, परंतु अब हम लौटना नहीं चाहते। लौटेंगे तो भी कुरुवंश के कौरवों की पराजय ही है। हम क्षत्रिय हैं, और प्रतिशोध के लिए युद्ध, यानी समूल विनाश; हम जानते हैं। सत्य तो यह है, माता कि आपने नेत्रपटल बाँधकर हमसे अन्याय किया है। यदि द्रौपदी की व्यंगात्मक हँसी देख पाती तो समझ जातीं कि एक सम्माननीय पुरुष के लिए यह कितना असहनीय होता है। माता, यदि यह संघर्षमय प्रवास दुर्योधन का अंत भी करेगा तो भी हमें अंतिम छोर तक चलना ही है।"

दुर्योधन चला गया था। अपने ही पुत्र का तीव्र धिक्कार वह किन शब्दों में करती? फिर भी माता की ममता थी ही। अब उसे भी पांडवों पर क्रोध आने लगा था कि वे नहीं आते तो यह सब होता ही नहीं। अहंमन्य द्रौपदी हँसती ही नहीं या हमारे नेत्रपटल बँधे न होते तो··तो कदाचित् यह समय नहीं आता!

भविष्य के घन-घन कृष्णमेघ उसके मन में थे। आज राजसभा में क्या होनेवाला है, इस कारण वह संचित थी। मन-ही-मन कह रही थी, 'जिनका आदर्श हम दुर्योधन को दे रहे हैं, वे पांडव, पांडु राजा के पुत्र ही नहीं हैं, फिर राज्य पर

उनका क्या अधिकार है? कुंती के दो और माद्री के तीन पुत्र स्वयं के नियोग-पद्धति से हुए हैं, वे पांडु के पुत्र नहीं हैं, तो जो उनके पिता हैं, उनको जाकर माँगें वे सबकुछ! दुर्योधन कहता है, वह ठीक है! वे हमारे कोई नहीं हैं कि धृतराष्ट्र महाराज का मन बड़ा विशाल है, इसलिए उन्होंने उनको स्वीकार किया। उन्हें शिक्षा दी, वैभव दिया, धरती दी। वे कौन होते हैं हस्तिनापुर के? अब उसका मन कह उठा, 'हाँ, दुर्योधन ठीक कह रहा है। और फिर पांडु राजा का राज्यदान किया हुआ राज्य पांडव कैसे माँग सकते हैं?

'कहाँ है, कुंतीदेवी का चरित्र? कौमार्य अवस्था में सूर्यदेव का आह्वान किया और पुत्र नहीं है तो न सही; परंतु नहीं, कुंती ने नियोग-पद्धति से पुत्र प्राप्त किए और माद्री से भी करवाए, क्या यह राजमार्ग है? धृतराष्ट्र महाराज ही उदार मनोवृत्ति के हैं, इसलिए सबकुछ सहा जा रहा है। कर्ण का अपमान, विराट राजा के युद्ध में कर्णराज का बंधु शोण नहीं रहा, इतना सबकुछ हो रहा है, फिर भी हम पांडवों का पक्ष क्यों ले रहे हैं?' गांधारी के मन में प्रश्न-ही-प्रश्न थे।

एक ही सत्य था—स्त्री का इस तरह अपमान, निर्वस्त्र करना, यह अत्यंत घृणास्पद, लज्जास्पद और संस्कृति-संस्कार को अग्नि देनेवाली घटना है। दूसरी बात, युद्ध, यानी विनाश है। व्यक्तिगत कलह के लिए बाहर के राजाओं को आमंत्रित करना अशोभनीय है। दोनों बंधुओं की आपसी कलह को आचार्य क्यों नहीं मिटा सकते? निषेध क्यों नहीं कर सकते? राज्ययंत्रणा का प्रयोग परिवार के लिए नहीं होना चाहिए।

गांधारी के मन में आवर्त थे, परंतु दूसरा मन, अब दुर्योधन को सही ठहरा रहा था।

लोगों का प्रेम उमड़ रहा था। दुर्योधन की जयध्वनि सुनाई दे रही थी। दो ऋषि आकर इंद्रप्रस्थ लौटाने की बात कहकर गए थे। श्रीकृष्ण महाराज स्वयं उनकी तरफ से आए थे और पांडव भी आनेवाले थे।

राजसभा और उसके बाहर का प्रांगण पौरजनों से भरा हुआ था। पांडव आने वाले ही थे कि तो राजसभा का कार्य शुरू हुआ। श्रीकृष्ण महाराज तो थे ही।

दुर्योधन ने कहा, "श्रीकृष्ण महाराज, आप द्वारकाधीश हैं। हम आपका आदर करते हैं, फिर भी हम आपसे पूछना चाहते हैं कि पांडवों की ओर से इंद्रप्रस्थ लौटाने की माँग लेकर दो ऋषि आए थे, क्या यह उचित है?"

"युवराज दुर्योधन, आज हम द्वारकाधीश श्रीकृष्ण के रूप में नहीं आए हैं,

बल्कि पांडवों की आप्त-स्वकीय प्रीति, सत्यनिष्ठा, शब्द प्रतिष्ठा, सत्यधर्म—इन गुण विशेषणों का समाज में स्थान, इस विषय के संदर्भ में पांडवों के इच्छा के अनुसार आए हैं।

"पांडव कौन थे, उनका कार्य क्या था? वे कैसे हैं, यह हम नहीं बताना चाहते, सभी पौरजन जानते-समझते हैं। हम आदर करते हैं धृतराष्ट्र महाराज का, उन्होंने अपने बंधुपांडु का आदर किया है। उनके पुत्रों का स्नेह से प्रतिपालन किया है। उन्हें शिक्षा दी है। उन्हें इंद्रप्रस्थ नगरी की भूमि दी थी, क्योंकि उन्होंने अपने बंधु पांडु महाराज के पुत्रों को अपना ही माना था।

"द्यूत में पराजित होना कोई अपराध नहीं है। कोई भी पराजित हो सकता है। पराजित होने पर बारह वर्ष वनवास और एक वर्ष का अज्ञातवास, यह उन्होंने निभाया है। उनकी ओर से कहने आया हूँ कि आप केवल उनकी नगरी उन्हें लौटा दीजिए, बाकी वे कुछ नहीं माँगना चाहते।"

संपूर्ण सभा निःशब्द और मन से आतुर थी। प्रवेश-द्वार पर प्रहरी नहीं थे। आज राजशिष्टाचार छोड़कर पौरजन इकट्ठा हुए थे। लोगों को सुनने में कोई कष्ट न हो, इसलिए श्रीकृष्ण मध्य में आकर बोल रहे थे। श्रीकृष्ण महाराज का वक्तव्य अभी पूरा ही न हुआ था कि दुर्योधन तीव्र क्रोध से खड़ा हो गया और संपूर्ण सभा को संबोधित करते हुए उसने कहा, "हम कदापि इंद्रप्रस्थ नहीं देंगे।"

"युवराज दुर्योधन, उन्होंने शब्द प्रतिष्ठा मानी है, आप भी मान लीजिए; और वैसे भी इंद्रप्रस्थ नगरी का निर्माण उन्होंने ही किया है। उस भूमि पर उनका अधिकार है।"

"देखिए महाराज, ये पुत्र हमारे पांडु महाराज के नहीं हैं, फिर हम उनको क्यों दें? फिर भी हमने तो दिया भी था, पर उन्होंने गँवाया अब तो यह माँगना योग्य नहीं है। हम क्यों दें?"

"आपका कहना ठीक नहीं है, दुर्योधन! पांडु महाराज की अगतिक अवस्था होने पर उनकी ही सहमति से नियोग-पद्धति का अवलंब किया, यह एक बात और दूसरी, आर्यावर्त में पुरुषप्रधान संस्कृति होने के कारण चाहे किसी भी कुल की पत्नी क्यों न हो, उसे ससम्मान स्वीकारा जाता है, उसे अपना नाम दिया जाता है। वैसे ही उनके पुत्र भी तो तुम्हारे बंधु ही हो गए हैं। अकारण वैमनस्य करके क्या लाभ है? पांडवों ने पाँच ऋषियों द्वारा आपसे विनती की है।

"यदि उन्हें अपना राज्य नहीं लौटाया तो शब्द-प्रतिज्ञा, शब्द-प्रतिष्ठा या

अपनी वाणी का कोई अर्थ नहीं रहेगा; असत्य और अधर्म होगा। युद्ध प्रसंग निर्माण होकर अनेक कुलों का उस युद्ध में विनाश होगा। दुर्योधन तुम शांत हो जाओ, सुविचारी बनो। गांधारी देवी जैसी प्रज्ञावती, सुसंस्कारी स्त्री का पुत्र होकर क्षणिक क्रोध के कारण अविचार न करें।

"इस सभा में किसे युद्ध चाहिए? युद्ध, यानी विनाश है। उनका राज्य उनको लौटाकर अपना जीवन सुखमय बिताओ दुर्योधन! इसमें सबका हित है। जो हो गया, उस विस्मरण या इतिहास को मत दोहराओ, दुर्योधन।"

"श्रीकृष्ण महाराज, आपने शिशुपाल और जरासंध का वध क्यों किया? आपने अपने मामा का भी वध क्यों किया? क्योंकि आप अपने अपमान का प्रतिशोध लेना चाहते थे, तो फिर आप अपनी नीति भूलकर यहाँ कृष्णनीति या कृष्णशिष्टता क्यों बता रहे हैं?"

भीष्माचार्य को संतप्त होकर आसन से उठते देखकर श्रीकृष्ण ने उन्हें संकेत किया। श्रीकृष्ण महाराज पर बोलने का साहस उन्हें दु:सह लगा।

"श्रीकृष्ण महाराज को इसी क्षण शृंखलाबद्ध करो, प्रहरी! पांडवों को राज्य तो क्या, सूई के अग्र भाग के बराबर मिट्टी का कण तक नहीं मिलेगा।"

"दुर्योधन, अपनी वाणी सँभाल···" भीष्माचार्य ने क्रोध में कहा।

"आचार्य, हम पांडवों को सूई के अग्र भाग के बराबर भी भूमि कभी नहीं देंगे!"

"इसके परिणाम विनाशकारी हैं, दुर्योधन!" श्रीकृष्ण ने कहा।

"हमें परिणामों की चिंता नहीं है।"

"तो फिर, दुर्योधन, न्याय, अधिकार और स्वभूमि के लिए संघर्ष अटल है।"

"ठीक है, महाराज, तो वे अपना राज्य बाहुबल पर ही हमसे जीत सकते हैं।"

"इस तरह की दुराग्रही भूमिका ठीक नहीं है, दुर्योधन! विनाश की ध्वजा मत फैलाओ। विचार करो, ज्येष्ठ राजपुरुषों की राय ले लो। अग्नि का निर्माण न करो दुर्योधन···फिर से कहते हैं, यह उचित नहीं है।"

"आप कहते हैं कि वैसा युद्ध, यह अग्नि-मार्ग है तो हम स्वीकार करते हैं, श्रीकृष्ण महाराज!"

"पुनरपि कहता हूँ, यह उचित नहीं है। वे वनवास में थे, तब भी अज्ञातवास देने का तुम्हारा विचार था, इसलिए तुमने कंबोज, कश्मीर, पंचनद, गांधार, सिंध, कुलिंद, अवंति, द्वारका, सुराष्ट्र, आनर्त, किरात, कामरूप, बंग, मगध, चेदी, दशार्ण,

विदेह, पांचाल, तंगण, कलिंग, विदर्भ, मथुरा, विराट जैसे राज्यों में गुप्तचर भेजे थे। इस प्रवृत्ति को देखकर लगता है कि दुष्ट भावना रखना और उस कर्म को करना सहज है, परंतु इष्ट-कर्म करना, सुविचार रखना कठिन है। इन सबको छोड़ दो। हम स्वयं कुरुवंश के हितचिंतक हैं। सौख्य की मंगलकामना करता हूँ!"

कर्ण सुन रहा था, श्रीकृष्ण की भूमिका उसे मान्य थी। दुर्योधन की दुराग्रही भूमिका देख उसे लग रहा था कि मध्य में जाकर कहे, परंतु विवश था। "हम कुछ भी सुनना नहीं चाहते, हमारा निर्णय अटल है। वे आकर, हमें जीतकर इंद्रप्रस्थ नगरी वापस ले लें।"

"गांधारी देवी, दुर्योधन से हम आह्वान करते हैं कि वे हमें शृंखलाबद्ध करें, उसकी इच्छा पूर्ण हो! देखो दुर्योधन, बाँध लो हमें! वायु को बाँध सकते हो, आकाश को छू सकते हो, दिशाओं को समेट सकते हो तो आप हमें शृंखलाबद्ध कर दो। क्योंकि यहाँ उपस्थित पौरजनों को बाँधना पड़ेगा, क्योंकि वे हमारी जय-जयकार कर रहे थे। संघटित शक्ति का अनुमान लगा लो, दुर्योधन। और कुछ कहना है?"

"हाँ, इतना ही, पांडवों को कह दो कि सूई के अग्र भाग के बराबर तक की भूमि भी उन्हें नहीं मिलेगी।"

"यही अंतिम निर्णय है?"

"हाँ, यही अंतिम निर्णय है।"

"फिर उनका भी निर्णय सुन लो, दुर्योधन, न्याय और सत्य के लिए वे अवश्य लड़ेंगे। अंतिम श्वास तक युद्ध ही करेंगे। हम आप सभी को स्वकीय मानकर यहाँ समझाने के लिए आए थे। तो पुनरपि भेंट तो युद्धभूमि पर ही होगी!"

श्रीकृष्ण ने मणिबंध पर उत्तरीय कसकर लपेटा और राजसभा की भीड़ में से निकल पड़े तो सारी सभा नि:शब्द थी। कर्ण दौड़कर उनके रथ तक गया।

"श्रीकृष्ण महाराज···" उसके नेत्र में अश्रु थे।

"अंगराज कर्ण, कहो भी···"

"आपके पास जब कभी आते हैं तो मन गद्गद हो जाता है। आज हम हमारे मन को विदीर्ण करनेवाला एक ही प्रश्न पूछते हैं, आप सर्वज्ञानी हैं···"

"पूछो कर्ण, नि:संकोच पूछो!"

"कुंती देवी का छठा पुत्र कौन है? और वह अज्ञात क्यों है?" ऐसा प्रश्न कर्ण की ओर से आएगा और इस समय, श्रीकृष्ण ने कभी सोचा भी नहीं था। उसके स्कंधों पर हाथ रखकर स्नेहार्द्र भाव से कहा, "कुंती देवी का भी हमपर विश्वास

है। और तुम्हारा हमपर! आप स्वयं अवश्य समझ पाओगे। कर्णराज, तुम अपने मन की कल्पना पर विश्वास करो। और सुनो कर्णराज, जन्म किस परिवार से है, इससे अधिक तुमने पाया है—साहस, अतुलनीय कार्य, कर्तृत्व, महादानी की जनमानस द्वारा दी हुई उपाधि, परमवीर का सम्मान; सद्गुणी और सुशील हो तुम।"

"श्रीकृष्ण महाराज…"

"हम समझ रहे हैं तुम्हारी व्यथा, तुम्हारी वेदना, तुम्हारी अधीरता तथा उत्सुकता भी। दिग्विजय से अधिक तुम्हारी व्यथित करनेवाली वेदना है। परंतु कर्णराज, जितना अपयश मिलता है, उतना ही वह यश के निकट पहुँचता है। इसलिए हम अर्जुन से भी अधिक तुमसे स्नेह करते हैं। स्वयंप्रभा होने पर मुख पर संध्या-छाया शोभा नहीं देती। अर्जुन को योग्य दिशा मिल गई। तुमने अपने मार्ग का स्वयं निर्माण किया है। तुम्हारे अपयश में कस्तूरी गंध है। जयतु कर्ण, विजयी भव!"

श्रीकृष्ण के हाथ उसके स्कंध से उठाते ही कर्ण रो पड़ा और श्रीकृष्ण के नेत्र भी भर आए।

"श्रीकृष्ण महाराज, राजमाता कुंती के अभागे पुत्र हम, आपको…"

"कर्ण…" श्रीकृष्ण ने अपने अश्रु उत्तरीय से पोंछ लिये, परंतु कर्ण के अनावर अश्रु पोंछना कठिन था। वह चरणवंदना के लिए झुका तो श्रीकृष्ण ने उसे उठाकर दृढ़ आलिंगन दिया।

"युद्ध की काली घटा स्पष्ट दिखाई दे रही है। आप हमारा स्मरण…"

"कदापि नहीं…कर्णराज, तुम हमें बहुत ही प्रिय हो। हनुमान ने अपने हृदय में बसी श्रीराम की प्रतिमा दिखाई थी। हम नहीं कर सकते। परंतु जय-पराजय का इतिहास जब कभी लिखा जाएगा, तुम्हारा नाम अग्रस्थान पर होगा। विजयी हो!"

श्रीकृष्ण ने अश्वरज्जू हाथ में लिये। अंगराज कर्ण हाथ जोड़कर ही खड़ा था। श्रीकृष्ण का रथ विदुर महाराज के कुटी की ओर बढ़ रहा था।

□

वर्षाकाल समाप्त होने जा रहा था। नवसृष्टि का निर्माण करनेवाला यह वर्षाकाल गांधारी को प्रिय था। नि:स्तब्ध रात्रि में बूँद-बूँद होनेवाली वर्षा का नाद उसे प्रिय लगता था। कृष्णमेघों को छेदकर आनेवाली तेजस्वी सौदामिनी उसे प्रिय थी। नव-नव उन्मेषशालिनी वसुंधरा उसे प्रिय थी। सृष्टि का गर्भतेज, कोंपलों का शिशुरूप और उनका खिलना, उसे प्रिय था। अपने अंक पर सभी नव-अंकुरित कोंपलों को लेकर उसका प्रसन्न होना, गांधारी नेत्रपटल बाँधकर भी अनुभव कर लेती थी।

हस्तिनापुर की रूपमती वसुंधरा उसने कभी देखी नहीं थी, परंतु विवाह-पूर्व गंधार की सृष्टि उसके मन में हर क्षण जाग्रत् रहती थी।

परंतु इस बार आए तो कृष्णमेघों के साथ युद्धमेघ भी। युद्ध की योजनाएँ कार्यान्वित होने लगी थी। सेना को शस्त्रों का प्रशिक्षण देना शुरू था। अनेक राजाओं को आमंत्रण था। राजा, महाराजा आ रहे थे। अपनी सेना द्रव्य के साथ सहमति दे रहे थे। बहिरंग सभाएँ, अंतरंग सभाएँ चल रही थीं।

दुर्योधन के भूमि देने से नकार देने के पश्चात् सत्य और न्याय के लिए युद्ध अनिवार्य था। संपूर्ण आर्यावर्त के अरण्यों में या तो श्रीकृष्ण से राज्य करने के लिए भूमि प्राप्त होना, कठिन नहीं था। परंतु अपने अधिकार के लिए लड़ना, यह धर्म था। अपना ही अपने को मिलना, यह न्याय था। अपने ही शब्द का पालन कौरवों का कर्तव्य था। और माँग ही क्या रहे थे, केवल अपनी ही बसाई हुई इंद्रप्रस्थ नगरी।

श्रीकृष्ण की कृष्णशिष्टता और कृष्णनीति विफल हो गई थी। उन्होंने पांडवों से सविस्तार निवेदन किया तो स्वभाव के अनुसार युधिष्ठिर ने कहा, "श्रीकृष्ण, रहने दो, हम वनवासी पुत्र हैं, हम वनवास में ही रहेंगे। विराटराज के यहाँ उनका एक वर्ष का अज्ञातवास पूर्ण हुआ था। श्रीकृष्ण उनसे मिलने वहीं गए थे।"

परंतु भीम ने कहा, "नहीं श्रीकृष्ण, युद्ध अनिवार्य है। हमें द्रौपदी के अपमान का प्रतिशोध लेना ही है।" अर्जुन ने भी वही कहा, "न्याय, सत्य, अधिकार, शब्दप्रतिष्ठा, द्रौपदी का अपमान और निर्लज्ज वर्तन के लिए दुर्योधन और दुःशासन को कभी क्षमा नहीं किया जा सकता। दूसरी बात, द्रौपदी ही नहीं, कोई भी स्त्री आर्यावर्त में पूजनीय देवता के समान है, उसका अपमान संपूर्ण स्त्री-जाति का अपमान है। तीसरी बात, भीष्माचार्य जैसे ज्येष्ठ उपस्थित थे, फिर भी वे मौन रहे। इसका यह लज्जित प्रसंग वे अपने वचन-प्रतिज्ञा के लिए सह सकते हैं, परंतु प्रसंग आने पर वे वचन तोड़ने के लिए बाध्य नहीं हुए, क्या सत्यवती को दिया अपना वचन इतना महत्त्वपूर्ण था? क्या धृतराष्ट्र भी शासक होकर दुर्बल हो गए? नहीं··· नहीं श्रीकृष्ण, हमें अब सबका प्रतिशोध इसलिए लेना है कि पुनरपि कभी ऐसा न हो।"

"सत्य है, अर्जुन, पुनरपि कभी ऐसा न हो। उन्होंने तो आर्यावर्त के सभी राजाओं को युद्ध के लिए आमंत्रित किया है। उनके दूत आर्यावर्त के राजाओं के पास जा रहे हैं, तो तुम अकेले कैसे लड़ोगे? या फिर शरण में जाना है?"

"नहीं···नहीं···हम शरण में नहीं जाएँगे, कदापि नहीं जाएँगे।"

"युद्ध न करो, आपस में समस्या सुलझाओ, इंद्रप्रस्थ नगरी लौटा दो! श्रीकृष्ण ने यही कहा था। परंतु वे माने ही नहीं और आवेश में कह दिया कि हम सूई के नोक के बराबर भूमि भी नहीं देंगे। युद्ध करके वे जीत सकते हैं। अब यदि क्षत्रिय के आह्वान या आमंत्रण को स्वीकार नहीं किया तो भी हम लज्जित, और शरण गए तो द्रौपदी का अपमान होकर भी हम भिक्षा माँगेंगे उनके द्वार पर, फिर भी हम लज्जित!

"इस प्रसंग में युद्ध अब अटल हो गया है, युधिष्ठिर! तुम धर्म के अनुयायी और सत्यवचनी हो, केवल शब्दों से कर्म नहीं होते, कर्म से ही शब्द-प्रतिष्ठा होती है। कर्म ही सिद्धि मंत्र है। और अब युद्ध से ही वह सिद्ध होगा।"

"हम सभी युद्ध के लिए सज्ज हैं।" एक साथ पांडव बोले।

"तो हम पूर्ण सहायता करेंगे, क्योंकि हमारा भी कर्तव्य है ही। अनेक राजाओं से दुर्योधन सहायता माँग रहा है। वह हमारे पास आएगा ही। जो हमें प्रथम दर्शन देगा, हम उसकी सहायता करेंगे ही।

"पांडव एक बात और, किसी पाँच लोगों से युद्ध नहीं होता। सहायता माँगनी पड़ती है। रणनीति भी अपनाई जाती है। व्यूह-रचना भी की जाती है। यह सब तुम्हें द्रौपदी के पिताश्री बताएँगे। आप लोगों ने शास्त्र पढ़े हैं, अस्त्र-शस्त्र विद्या सीखी है। परंतु युद्धनीति का अनुमान तथा अनुभव नहीं है। अत: योजनापूर्वक, विस्तार से, संघटन से और संपूर्ण आत्मविश्वास के साथ युद्ध का आयोजन किया जाता है।

"और एक महत्त्वपूर्ण बात है कि आर्यावर्त में युद्ध करने के लिए युद्धभूमि की आवश्यकता पड़ेगी।"

"युद्धभूमि क्यों? और आर्यावर्त में जगह की कमी नहीं है, श्रीकृष्ण।"

"हाँ अर्जुन, परंतु गंभीरता से विचार करने से युद्ध इतना सहज तथा आसान नहीं है। जब सैन्य संख्या की कल्पना आएगी तो सहज ही पता चलेगा। दोनों पक्षों की कितनी सेना होगी, इसपर भूमि कितनी लगेगी, इसका विचार होगा।

"हमारे विचार से, हस्तिनापुर की स्वयं की सेना प्रचंड है, और अब कर्ण के दिग्विजय होने से साम्राज्य-विस्तार भी सर्वाधिक हो गया है। हमारी सेना तो उसे मिलेगी, जो प्रथम भेंट करेगा, वह भी अधिक है।

"तब इन सैनिकों के लिए भोजन देने की व्यवस्था, जल की व्यवस्था तथा अग्नि देने के लिए अरण्य प्रदेश की समीपता आवश्यक है। जब आप सहायता माँगने जाओगे तो अपना नगर या नगर के बाहर की भूमि युद्ध के लिए नहीं देगा, तो ऐसी भूमि हमें खोजनी पड़ेगी।"

श्रीकृष्ण का वक्तव्य सुनकर पांडव गंभीर हो गए। फिर श्रीकृष्ण ने कहा, "यह आह्वान अब क्षत्रियों के लिए है तो अब कर्तव्य करो। अब हम चलते हैं। पुनरपि हम आएँगे या आप आ जाना। और सभी ओर से पूरी सूचना लेकर—भूमि और सेना के संदर्भ में।"

गांधारी यह सब राजदूत से सुन रही थी। अपने परिवार में देख रही थी। युद्ध के कृष्णमेघ अब अटल हैं, यह दिखाई दे रहा था। युद्ध का आयोजन आरंभ हो गया था। आर्यावर्त में संदेश-पत्र लेकर दूत जा रहे थे। दुर्योधन, शकुनि, दुःशासन, धृतराष्ट्र के विचारों में रात्रि के प्रहर निकल जाते थे। एक-एक घटना निराशा प्रदान करनेवाली थी।

अस्वस्थ मन से गांधारी अपने कक्ष में बैठी थी, तभी दुर्योधन और कर्ण वहाँ आए तो भी उसका ध्यान नहीं था।

"गांधारी देवी!" कर्ण ने पुकारा तो गांधारी सावधान होकर बोली, "कैसे हो, वत्स? कैसा चल रहा है? और हमारा पुत्र भी आया है न? तो राजसभा में क्या देर तक चल रहा है?"

"देवी, युद्ध तो अनिवार्य, अटल और प्रतिशोध की भावना से हो रहा है।"

"माता, इस संदर्भ में अब विचार करना बंद कर दो, क्योंकि यह अब अटल है। श्रीकृष्ण महाराज ने पांडवों की ओर से भी कहा था कि यदि भूमि दें तो भी और न दें तो भी, द्रौपदी के लिए युद्ध अटल है।" तो क्षत्रियों का आह्वान कैसे टाल सकते हैं? और हमने अपने साम्राज्य में दूत भेजे थे। अब तक हमारी दस अक्षौहिणी सेना हो रही है। अब केवल श्रीकृष्ण महाराज के पास जाना है। उनकी सेना एक अक्षौहिणी है। उन्होंने कहा है कि अर्जुन या दुर्योधन, जो प्रथम आएगा और जो माँगेगा, वह हम अवश्य देंगे।"

"तो फिर?"

"हम आज ही जानेवाले हैं। अर्जुन प्रथम न पहुँच जाए! अब माता, पांडवों को छोड़कर हमारा, आपके सभी पुत्रों का विचार करो, हमें मन से आशीर्वाद दो।"

"अवश्य, पुत्र दुर्योधन, युद्ध में तुम्हारी, हमारी विजय हो! कुरुवंश का साम्राज्य द्विगुणित हो। वत्स कर्ण, तुम्हें यही आशीर्वाद देती हूँ।"

दोनों जैसे आए, वैसे ही चले गए। गांधारी विचार करती रही, 'सत्य ही दुर्योधन प्रथम गया तो उसे एक अक्षौहिणी सेना अवश्य मिलेगी। परंतु दुर्योधन को यह समझाना कठिन है कि जहाँ श्रीकृष्ण, वहाँ विजय निश्चित है। वे कुछ भी कर सकते

हैं। जरासंध को मारने की युक्ति केवल वे ही जानते थे।' परंतु वह बोल न सकी।

वह रात भर सोचती रही। उसके मन में आया, 'सेना के बल पर ही युद्ध जीते जा सकते हैं। पांडवों ने भी सात अक्षौहिणी सेना का प्रबंध किया है। इस युद्ध के लिए आर्यावर्त में कितने वीरों की मृत्यु होगी, कितने युवक तथा पत्नियाँ अनाथ होंगे, कितनी भीषण अर्थ-समस्या निर्माण होगी, कितनी शोक-छाया होगी, रक्त की कितनी नदियाँ बहेंगी!'

यह सोचकर वह काँप उठी। पहले जैसा आज्ञाकारी, स्नेह करनेवाला दुर्योधन अब वैसा नहीं रहा। संपूर्ण रात्रि वह उदास, उद्विग्न थी।

प्रात:काल में ही दुर्योधन अपने रथ पर सवार होकर निकल पड़ा था। आज उसे गांधारी के आशीर्वाद की भी आवश्यकता नहीं थी। कदाचित् कल मध्याह्न में यह बताने के लिए वह मिलने आया, वह क्या कम था?

प्रात:कालीन आरती के पश्चात् वह अपने कक्ष में लौट ही रही थी कि मदालसा ने कहा, "देवी, अंगराज कर्ण आ रहे हैं; कदाचित् आपसे ही मिलने। उनका एक-एक पग पराजित योद्धा जैसा है। मुख पर नित्य की तरह प्रसन्नता नहीं है।"

"सहज है, मदालसा! आज सात मास हो गए हैं, वह अपना परिवार छोड़कर अंगदेश से आया है।"

"देवी, वह इस समय अपने परिवार के साथ ही आया है। और वे रजत प्रासाद में रहते हैं। उनके बंधु शोण, उसकी पत्नी और कर्ण महाराज के पुत्र भी हैं। मैंने आपको विदित किया था, देवी!"

"कदाचित् विस्मरण हो गया होगा।" गांधारी कर्णराज की पदध्वनि सुन रही है।

"चरणवंदना करना चाहता हूँ।" कर्ण का स्वर भीगा हुआ था।

"क्या हुआ, अंगराज?"

"अभागा हूँ! अभाग्य लेकर ही हमारा जन्म हुआ है! इसे थोड़ा बदला है तो दुर्योधन महाराज ने! उन्होंने मित्रत्व का नाता जोड़ा है, अन्यथा हम सारथी बनकर रह जाते। बोलते-बोलते उसने अपनी सारी जन्मकथा सुनाई, परंतु कुंती का नाम नहीं बताया। इतना सब होने पर, हमारी और दुर्योधन की विचार भिन्नता होने पर भी हमने अपनी शब्द-प्रतिष्ठा मानते हुए उनको सहयोग दिया और जीवन भर सहयोग देंगे। द्रौपदी ने हमसे व्यंग्यपूर्ण उपहास किया, परंतु उन्हें इस तरह निर्वस्त्र करना हमें मान्य नहीं था।

"ऐसी अनेक घटनाएँ मान्य न होने पर भी उनका कहीं भी साथ नहीं छोड़ा, परंतु दुर्भाग्य यह है कि आज हमने अपना सर्वोच्च संरक्षक कवच और कुंडल दान कर दिया।"

"ऐसा क्या हुआ, जो तुम्हें शरीर से कवच-कुंडल काटकर दान करने पड़े?"

"देवी, मध्यरात्रि के बाद हम अस्वस्थ थे और प्रातःकाल होते उठकर शुचिर्भूत होने का विचार था तो क्षण भर के लिए हम निद्रावश हो गए। उसमें एक ब्राह्मणवेशधारी वृद्ध आए थे। उन्होंने कहा, "अंगराज कर्ण, तुम महादानी हो! आर्यावर्त में या भू-लोक में तुम्हारे जैसा कोई दानी नहीं है। तुम कालातीत महादानी के रूप में अजर-अमर होगे।' 'आपको क्या चाहिए?' हमने पूछा तो उन्होंने कहा, 'हम विवश और लज्जित हैं। कदाचित् आप वह दान मुझे नहीं दे पाओगे तो आज तक की दान-तपस्या विफल हो जाएगी, इसलिए कुछ माँगने में संकोच हो रहा है।'

"हमें समझ में नहीं आ रहा था कि यह ब्राह्मण हमसे क्या माँग सकता है? धन-धान्य, द्रव्य, भूमि, यहाँ तक कि राज्य भी। तो हमने मन-ही-मन कहा कि राज्य भी माँगा तो भी हम प्रसन्नता के साथ प्रदान करेंगे। और क्या माँगेंगे ये विप्रवर? तो हमने कहा, 'विप्रवर, हाथ में गंगाजल लेकर कहता हूँ, जो आप माँग सकते हो, वह हमने तुम्हें दिया, और हमने अर्घ्य छोड़ दिया।'"

"अंत में क्या हुआ कर्णराज··· वह तो स्वप्न में दिया हुआ दान है!"

"हाँ देवी, स्वप्न में दिया हुआ दान और छोड़ा हुआ गंगाजल का अर्घ्य, दिए हुए शब्द असत्य कैसे होंगे? और सत्य भी हुए। हम नित्य की तरह गंगास्नान के पश्चात् दान अर्पण कर रहे थे। दान का समय समाप्त हुआ। हम लौटनेवाले ही थे कि पीछे से स्वर सुनाई दिया, 'अंगराज कर्ण, मैं दान माँगने आया हूँ।' पलटकर देखा तो वही ब्राह्मण, जो स्वप्न में देखा था। हमने कहा, 'आप क्षण भर वृक्ष की छाया में विश्राम करें, फिर हमने शरीर से काटकर अपना कवच-कुंडल देंगे।' और हम शरीर के साथ जुड़ा हुआ कवच-कुंडल काटकर उन्हें दिया। रक्त की धाराएँ बह रही थीं। ब्राह्मण आया उसने हमारे हृदय से लेकर मस्तक तक हाथ रखा तो सभी धाराएँ क्षण भर में समाप्त हो गईं। हमने आश्चर्य से पूछा, 'आप कौन हैं विप्रवर?'

'हम? हम हैं इंद्रदेव···अपने पुत्र की रक्षा करने हेतु हमने यह कवच-कुंडल माँग लिये। इस कवच-कुंडल से आपकी कभी पराजय न होती।'

'कौन है आपका पुत्र? पांडवों में से एक···' और क्षणार्ध में वे लुप्त हो गए।"

वह मौन हो गया था···।

"देवी, हम युद्ध होने के पूर्व ही पराजित हो गए हैं।"

"नहीं, नहीं, कर्ण···ऐसा मत कहो और निराश भी मत हो! क्या पांडवों के पास या हमारे शत पुत्रों के पास या भीष्माचार्य, द्रोणाचार्य के पास कवच-कुंडल हैं? वीरता, साहस और शौर्य आपके कवच-कुंडल हैं, और आत्मविश्वास तुम्हारा सबसे बड़ा कवच है।

"दूसरी बात, इंद्रदेव स्वयं लज्जित हैं। वे माँगकर भी पराजित हैं। पुत्रमोह से अप्रतिष्ठित हैं। और तुम दान देकर प्रतिष्ठित, सम्मानित और महादानी हो। तुम्हारे जैसा दानी त्रिलोक में नहीं है। तो तुम दु:खी क्यों हो! जो अपना समझकर स्वयं को सुरक्षित समझ रहे थे, वह भाव मन से निकालकर वीरता का प्रदर्शन करो।"

"देवी, धन्य हो आप! सकारात्मक चैतन्य एवं ऊर्जा, नया विश्वास और नए विचार आपने दिए, हम धन्य हो गए। पुनरपि आपकी चरणवंदना करता हूँ। अब हम हमारी वीरता ही प्रदर्शित कर सकते हैं। वैसे तो यह अच्छा ही हुआ, अन्यथा लोग कहते कि इनके पास कवच-कुंडल था, इसलिए कर्ण जीत गए थे। अब ऐसा कोई नहीं कहेगा। धन्य हो, देवी आप!"

'पराजित योद्धा जैसे आया था कर्ण, अब आत्मविश्वास के साथ लौट रहा है। इंद्रदेव का यह पुत्रमोह ही उसे लज्जित करेगा।' उसके मन में आया।

दो ही दिन बीते थे कि दुर्योधन अत्यंत प्रसन्न होकर द्वारका से लौट आया था और गांधारी के कक्ष में आकर आनंदवार्त्ता सुनाई। दुर्योधन ने कहा, "माता, हम गए तो श्रीकृष्ण महाराज सो रहे थे। हम जाकर उनके मस्तक के पास बैठे और अर्जुन आया तो वह उनके चरणों के पास बैठ गया। जब श्रीकृष्ण जागे तो प्रथम उन्होंने अर्जुन को देखा। उन्होंने अर्जुन से पूछा कि तुम्हें क्या चाहिए? हमने कहा था न कि जिसका हमें सर्वप्रथम दर्शन होगा, उससे हम पूछेंगे, तो अब तुमसे पूछ रहा हूँ, अर्जुन! एक ओर हम, केवल हम हैं और दूसरी और हमारी अक्षौहिणी सेना।

"तो अर्जुन ने क्या कहा?"

"उसने कहा कि श्रीकृष्ण महाराज, हमें केवल आप चाहिए, हमें न सेना चाहिए, न कोई अन्य। माता, हमें सेना अनायास प्राप्त हुई है।"

दुर्योधन इतना अधिक प्रफुल्लित था कि गांधारी कुछ कह न सकी। प्रसन्नता से कह तो दिया, "वत्स दुर्योधन, तुम्हें सेना ही चाहिए थी न, वह मिल गई। अब तुम्हें ग्यारह अक्षौहिणी सेना मिल गई है।"

देर तक दुर्योधन युद्ध की योजना, व्यूह-रचना और सेनापति, महासेनापति, सारथी विस्तार से कह रहा था। दुर्योधन के जाने के पश्चात् उसके मन में आया, 'हमारा पुत्र सच में कृष्णनीति तो समझता नहीं और न ही श्रीकृष्ण के रूप-स्वरूप को, उनके विराट् कार्य को। अब क्या कहें? और कहें भी तो किससे?'

'आज के दिन की दोनों घटनाएँ वैसे समाधानकारक नहीं हैं। भविष्य की कल्पना करते हुए गांधारी मन-ही-मन आशंकित हो रही थी। कर्ण उत्साह में गया था और दुर्योधन प्रसन्न था। गांधारी ने सोचा, 'यही सही! नियति ही खेल कर रही है!'

□

"अर्जुन, युद्ध के संकेत होते हैं, नीति-नियम होते हैं और धर्म से इसका पालन करना पड़ता है। यह युद्ध सत्य, धर्म और न्याय के लिए है।" राजा कुरु की प्रचंड भूमि पर श्रीकृष्ण-अर्जुन रथ में युद्धभूमि देखने आए थे। अठारह अक्षौहिणी सेना यहाँ पर युद्ध करनेवाली थी। निवास की व्यवस्था की गई थी। सेना का तल हो गया था।

मार्गशीर्ष चतुर्दशी को युद्ध का आरंभ होनेवाला था।

अर्जुन के दूत तथा स्वयं अर्जुन युद्ध के लिए भूमि माँगने हर प्रदेश में गए थे, पर कहीं कोई भूमि नहीं मिली। जब वह उत्तर की ओर गया तो प्रचंड कुरुवंश के प्रथम व्यक्ति कुरु की भूमि दिखाई दी। वहाँ आसपास ग्राम थे। पाँच तालाब जुड़े हुए थे। परंतु आसपास अरण्य भी था। वहाँ राजा कुरु ने तपस्या की थी। इसलिए यह भूमि कुरुक्षेत्र बन गई थी। क्षेत्र, यानी तीर्थस्थान। कुरु तथा कौरवों का वह तीर्थस्थान था। वहाँ वीरगति को प्राप्त होनेवाले सैनिक को स्वर्ग की प्राप्ति होती है, ऐसा कहा जाता था।

"अर्जुन, इस भूमि पर युद्ध करना या कहीं और युद्ध करना, इससे मानव हानि ही होती है। अठारह अक्षौहिणी सेना में कितने ही निरपराध वीरों की मृत्यु होगी। मृत्यु का इतना विराट् आयोजन 'न भूतो, न भविष्यति' ऐसा होने जा रहा है। दोनों पक्षों में से केवल एक पक्ष की विजय तथा दूसरे का विनाश। और अब प्रतिशोध की भावना इतनी प्रबल हो गई है कि कोई सुनेगा भी नहीं। यही सही। 'विनाशकाले विपरीत बुद्धि' यही है…।" श्रीकृष्ण बोल ही रहे थे कि अर्जुन ने कहा, "श्रीकृष्ण, अब कुछ भी न कहो, हमारा मन संभ्रमित है। एक दिन पश्चात् युद्ध आरंभ होनेवाला है। तुम

महारथी हो, हाथ में शस्त्र न लेने की प्रतिज्ञा भी की है। क्षत्रिय को रणभूमि आह्वान करती है। तुम्हारे मन में क्या है?'

"जीवन भर हमने युद्ध ही देखा और किया है। कदाचित् ब्रह्मज्ञान होने से हमारी आयु का प्रभाव होगा, या तो प्रवृत्ति पर निवृत्ति की विजय होगी। हमारे मन में अब युद्ध का आवेश या आवेग नहीं रहा। अब लगता है कि विश्व के सभी प्रश्न तथा समस्याएँ शांति या अहिंसा से दूर होनी चाहिए! परंतु अर्जुन, अधर्म, असत्य की प्रासंगिकता को देखते हुए हम अपनी प्रतिज्ञा तोड़ भी सकते हैं।"

युधिष्ठिर ध्यानमग्न होकर ईश्वर-चिंतन कर रहा था। नकुल-सहदेव सेना को उत्साहित कर रहे थे। भीम गदा तथा शस्त्रों का अवलोकन कर रहा था। श्रीकृष्ण ने सूचना लाने के लिए विशेष रूप से अपना गुप्तदूत नियुक्त किया था। वह श्रीकृष्ण का अंगरक्षक विश्वजीत था।

"महाराज, भीष्माचार्य को कुशल सेनानी होने के कारण उनका प्रथम महासेनापति के रूप में अभिषेक किया गया है। प्रतिकामन सारथी के दल प्रमुख हैं। मद्रराज शल्य सारथी-दल का नेतृत्व करेंगे। सारथी यदि मारा जाता है तो दूसरा सारथी देने का कार्य शल्य और प्रतिकामन करेंगे।

"दु:शासन गजदल का नेतृत्व करेंगे। उनको अलंबस, अलायुद्ध, अंगारक सहयोग देंगे। अश्वदल का नियोजन शकुनि मामा करेंगे। उनके नेतृत्व में संजय, क्षेमधुर्ति, चिरवासस, अश्वत्थामा कार्य करेंगे।

"धृतराष्ट्र महाराज तथा गांधारी देवी असहाय, अगतिक होकर मौन हैं।"

"युद्धविषयक कहो, विश्वजीत!" अधीर अर्जुन ने कहा।

"अरिष्टसेन, अचल, विंद, अनुविंद, अनश्वस, अनुशाल्व, अच्युतायु, अशोक, अश्वकेतु, आषाढ़, आर्जव, इंद्रवर्मन, ईश्वर, उग्रतीर्थ, उग्रमन्यू, उलूक ये अश्वतज्ज्ञ वहाँ उपस्थित हैं।"

"और कहो विश्वजीत···"

"क्षेमधुर्ति, क्षेमशर्मन, भगदत्त, कृतवर्मा, बृहदबल, बाल्हिक, नीलध्वज, चिरवासस, दीर्घप्रज्ञ, निषुताय, पौंड्रक, दीर्घायु—ये सभी रथ सम्राट् हैं। चौबीस लक्ष सेना कुरुक्षेत्र की चढ़ाव-उतारवाली भूमि को समतल कर रही है।" अर्जुन पुनः-पुनः पूछ रहा था, परंतु श्रीकृष्ण को नरसंहार करनेवाला विराट् आयोजन प्रत्यक्ष दिखाई दे रहा था।

सबकी पत्नियाँ, पुत्र, माता-पिता इस समय क्या सोचते होंगे, यही वह विचार

था। जनसंख्या बढ़ गई है, कि निसर्ग समतल करता है। सृष्टि का यही नियम है। यही नियति का संकेत था।

"श्रीकृष्ण, अपनी युद्ध-रचना कैसी है?"

"चिंता न करो, अर्जुन, हमने अभी केवल शस्त्र न उठाने का प्रण किया है, बाकी कार्यनिवृत्त नहीं हुए हम! द्रौपदी का बंधु धृष्टद्युम्न पूरी व्यवस्था में है।" उत्तर तो दिया था श्रीकृष्ण ने, परंतु मन में अनेक विचार आवर्त थे। मार्गशीर्ष मास चल रहा था। शरीर कंपित हो रहा था। 'कर्म करना और यश-अपयश की चिंता करना,' यही मतितार्थ था।

"श्रीकृष्ण, तुमने सुना! द्रोणाचार्य, कृपाचार्य, भीष्माचार्य, अश्वत्थामा, जयद्रथ, दुर्योधन, दुःशासन, भगदत्त, विकर्ण, कृतवर्मा, सोमदत्त, सहदेव, केतुमत्त, विंद अनुविंद चतुरंग सेना की व्यवस्था देख रहे हैं।"

"क्यों हँसी आई, श्रीकृष्ण तुम्हें?"

"इसलिए कि इतनी व्यवस्था देखने के बाद तथा शुभमुहूर्त देखने के बाद भी कोई-न-कोई पक्ष युद्ध में पराजित हो जाता है। अनेक की मृत्यु होती है।"

अर्जुन इतना अधिक उत्तेजित हुआ था, वह भी वहाँ से चला गया। श्रीकृष्ण के नेत्रों के सामने मृत्युदेव खड़े थे। और एक-एक सेनापति, अधिरथी, महारथी, अश्वसाद, गजदल के नेता एक-एक करके स्वाहा कर रहे थे। वहाँ बड़ा सा अग्निकुंड था।

"कब से देख रही हूँ, श्रीकृष्ण महाराज कि आप विचारमग्न हैं।" द्रौपदी युद्धभूमि पर आई थी। श्रीकृष्ण सावध होकर बोले, "आज के वर्तमान युद्ध का कल इतिहास होगा। भविष्य में अगली प्रजा इस संदर्भ में क्या कहेगी? यही विचार कर रहे थे हम। तभी स्मरण आया कि माता यशोदा कहती थीं कि बलराम और तुम अपना संघर्ष आपस में निपटा लो, हम नहीं आएँगे। पर आज संपूर्ण भारतवर्ष युद्धभूमि पर दिखाई दे रहा है।"

"तुम्हें आश्चर्य होगा कि हम यहाँ कैसे? तो बात यह है कि हमारे पुत्र-पति सभी यहाँ हैं। वनवास में हमने उनका सहवास नहीं छोड़ा और विदुर महाराज कल ही वानप्रस्थाश्रम के लिए प्रस्थान करेंगे। तो हम कहाँ जाते?

"एक बात और, श्रीकृष्ण महाराज, यह युद्ध केवल हमारे लिए नहीं है, यह युद्ध है—अन्याय, अधर्म, असत्य के लिए, समस्त स्त्री-जाति के लिए। और वैसे

भी पति की वीर मृत्यु रणांगण में होती है तो स्त्री का अभिमान बढ़ जाता है। क्षत्रिय स्त्री के लिए जीवन क्षणकाल एवं मृत्यु अनंत-चिरंतन!"

श्रीकृष्ण उसकी ओर चकित होकर देख रहे थे।

"श्रीकृष्ण महाराज, एक स्त्री का अपमान, यानी संपूर्ण संस्कृति का विनाश है। जबकि शिवशंकर ने देखा कि सती का अपमान होने के कारण उसने अपना जीवन ज्वाला के अधीन किया है तो शिवशंकर ने दक्ष के साथ युद्ध करके उसे परास्त कर दिया और तांडव करके संपूर्ण विश्व को आंदोलित किया था। श्रीराम की जानकी का हरण हुआ तो लंकादहन और रावण के साथ लंका का विनाश हुआ! श्रीकृष्ण महाराज, तुम्हारे जैसे ज्ञानयोगी, कर्मयोगी और राजयोगी पुरुष यदि स्वयं के संदर्भ में संभ्रमित हों तो हम क्या कहें? दुर्योधन और दु:शासन को ही दंड, क्यों? भीष्माचार्य, कृपाचार्य, द्रोणाचार्य, धृतराष्ट्र महाराज, गांधारी देवी के शत पुत्र, इन्होंने प्रतिकार नहीं किया, यानी सहमति दर्शायी तो उन्हें शासन अनिवार्य नहीं है? क्या उन्हें प्रत्युत्तर देना ठीक नहीं है?"

श्रीकृष्ण के मन से संभ्रम, आशंका, विचार और प्रश्न का समाधान उन्हें मिल गया था।

"सखे श्यामले, द्रौपदी, तुम्हारा कथन सत्य है। अन्याय देखनेवाला भी अपराधी होता है। द्रौपदी, गांधारी देवी को भी हमें शुभेच्छा भेजनी है। तुम्हें यह सुनकर आश्चर्य होगा।"

श्रीकृष्ण भूमि पर गिरा हुआ उत्तरीय और मस्तक के केश सँवारते शिला से उठ गए। उन्होंने कहा, "आपने हमें कभी बोलते-बोलते 'रसिकराज' कहा था। हमें जितने विशेष नाम प्राप्त हुए, उतने ही दूषण भी प्राप्त हुए। हमारा जितना सम्मान हुआ, उससे अधिक अपमान हुआ, फिर भी हम प्रसन्न थे। हमने कभी विकृत दृष्टि से किसी भी स्त्री की ओर नहीं देखा। राधिका हमारी बचपन की सखी, उसकी प्रीति-भावना जानकर भी हमने उसे कभी कामभावना से स्पर्श तक नहीं किया! रुक्मिणी हमारी सबसे प्रिय पत्नी, सत्यभामा हमारी रसिकप्रिया, बाकी हमारी पत्नियाँ हमें राजकीय दृष्टि से मिलीं। उनका सम्मान किया। सोलह सहस्र नारियों का पति होकर सौभाग्य प्रदान करनेवाले हम, उनसे दूर ही रहे। हमें मोह रहा है—प्रज्ञावती का, राजनीति-निपुण स्त्री का, उनकी स्वयंप्रभा का। अस्पर्श भावना होने पर भी हम उनसे मोहित रहे, सर्वाधिक गांधारी देवी से। वैयक्तिक कोई अभिलाषा न रखते हुए भी वह हमें प्रिय है। स्त्री कितनी आग्रही हो सकती है, वह इसका दृष्टांत है। संपूर्ण

जीवन अंधकार को स्वीकारनेवाली स्त्री इतिहास में ब्रह्मदेव की एक व्यक्ति-रेखा अनुपम रहेगी।

"उसके पश्चात् तुम भी हमें प्रिय हो। गांधारी, हमारी ही आयु के आसपास होगी परंतु तुम तो हमारी कन्या जैसी हो, फिर भी हम तुमसे एक सखी के रूप में प्रीति करते हैं!

"तीसरा प्रिय व्यक्ति है कर्ण, उसका आकर्षण हमें आज भी है। उसके जैसा धनुर्धर आर्यावर्त में अन्य कोई नहीं, अर्जुन भी नहीं! परंतु उसके जीवन की शोकांतिका है।"

"कर्ण की शोकांतिका?" द्रौपदी ने पूछा।

"जन्म होते ही उसे नदी में बहा दिया गया, वह शिशु वही कर्ण है, अधिरथ-पुत्र, सूतपुत्र कहकर तुमने उसपर व्यंग्य किया था, वह राजमाता कुंती का प्रथम पुत्र है। राजमाता ने अतिशोक से हमें बताया। वह कौरवों से जाकर मिला, अन्यथा वह पांडवों की ओर से ही होता और युद्ध आरंभ होने के पूर्व ही उसका सूर्यदेव का दिया हुआ कवच-कुंडल भी इंद्रदेव ने दान में माँग लिया। इतना ही नहीं, परशुराम की सेवा करने पर भी असत्य का सहारा लेने वाले कर्ण को ब्रह्मास्त्र के विस्मरण का शाप मिला। आज हमने इसलिए बताया कि कर्ण का अंत तुम्हारी मनोकामना न हो।"

द्रौपदी विस्मित हुई। नियति का शाप जन्मत: लेकर आनेवाला कर्ण अब उसे श्रेष्ठतम लगा। उसकी वृषाली से मिलने की उत्कंठा जाग उठी। लोकोत्तर पुरुष दैव का शाप लेकर अतुलनीय पराक्रमी है। उसके सामने सभी घटनाएँ एक के बाद एक आईं और उसका मन विदीर्ण हुआ। बलशाली, सौंदर्यशाली, महाबाहु, महारथी कर्ण इतना सहने के बाद भी अर्जुन से अधिक तेजस्वी था। यदि नियति ने उसे अधिक निखार दिया है तो वैसा वह प्रति श्रीकृष्ण है। लोकोत्तर!

उसने अपने मन से सभी विचार दूर किए और श्रीकृष्ण से कहा, "श्रीकृष्ण महाराज, अब हम उसे कदाचित् नहीं मिल पाएँगे, परंतु अवसर आते ही उसे कह दीजिए कि द्रौपदी ने तुमसे क्षमा माँगी है। तुम्हारे संदर्भ में उसका मन गंगाजल के समान पवित्र है। कौरवों की ओर से लड़ने पर भी हमारी शुभेच्छा उन्हें दे दीजिए।"

"असंभव है उसकी भेंट!" श्रीकृष्ण ने जाते-जाते कहा तो द्रौपदी हत्प्रभ-सी खड़ी थी।

□

हस्तिनापुर के राजभवन का भव्य दालान आज मौन था। शत पुत्र, आचार्य,

शकुनि, कर्ण इनकी अनुपस्थिति से अंदर से रो पड़ा था। राजस्त्रियाँ, गांधारी देवी, कुंती देवी और धृतराष्ट्र महाराज उपस्थित थे। संजय हस्तिनापुर गया था। वह लौटनेवाला था और आज ही युद्ध का आरंभ होनेवाला था।

संजय को व्यास मुनि द्वारा एक सिद्धि प्राप्त थी। वह राजभवन में बैठकर कुरुक्षेत्र में क्या चल रहा है, यह बता सकता था। संजय के आते ही धृतराष्ट्र महाराज ने अधीरता से पूछा—

"संजय, आओ, कैसी युद्ध रचना की है? अब आज युद्धभूमि पर क्या हो रहा है, इसका वर्णन करो, हमें अपने पुत्रों के संदर्भ में जानना भी है।" यहाँ से जाते समय भीष्माचार्य ने कहा था कि जब तक हम युद्धभूमि पर रहेंगे, तब तक अंगराज कर्ण को न भेजें। इसका कारण किसी ने पूछा तक नहीं। प्रश्न गांधारी के मन में आया था। युद्धभूमि पर जाने के पूर्व वे श्रीकृष्ण महाराज से प्रात:काल में भेंट करने गए थे। कौरवों की ओर से युद्ध करने पर भी श्रीकृष्ण महाराज को उन्होंने शुभेच्छा क्यों दी? यह भी प्रश्न था। यह प्रश्न संजय के मन में आया था। संजय तटस्थ होकर वृत्तांत कथन करनेवाला था।

संजय के धृतराष्ट्र महाराज के निकट बैठते ही धृतराष्ट्र महाराज ने कहा—

धर्मक्षेत्रे कुरुक्षेत्रे समवेत: युयुत्सव:।
मामका पांडवश्चैव किम कुर्वत संजय:।।

संजय ने कहा, "हम आपको सविस्तार कथन करेंगे। इससे पूर्व आपको बताना चाहता हूँ कि आज ब्रह्ममुहूर्त के समय से ही षद्वती नदी में स्नान करने के पश्चात् दोनों सेना आमने-सामने उपस्थित हुई तो लग रहा था कि जैसे विशाल जनसागर उमड़ पड़ा है। अश्व, हाथी-दल तथा पादचारी-दल आमने-सामने थे।

श्रीकृष्ण महाराज ने युद्ध-संकेत किया। शंख, भेरी, मृदंग, ढोल बजने लगे। इसी समय सभी ने शंखनाद किया। इसी मध्य में अर्जुन ने श्रीकृष्ण से कहा, 'हमें एक बार किससे युद्ध करना है, यह देखना है।' कपि ध्वजवाले सफेद अश्व में श्रीकृष्ण सारथी होकर अर्जुन के साथ सेना के मध्य जाने लगे।

'पाञ्चजन्य' श्रीकृष्ण का, 'देवदत्त' अर्जुन का, 'पौंड्र' भीम का, नकुल-सहदेव के 'सुघोष' और 'मणिपुष्पक' शंख थे। धर्मराज युधिष्ठिर का था 'अनंतविजय', इसके साथ ही काशिराज, शिखंडी, धृष्टद्युम्न, विराट, सात्यकि, द्रुपद, द्रौपदी के पाँच पुत्र, अभिमन्यु, इन्होंने गगनभेदी शंखनाद किया। कौरव-सेना भयचकित हो गई। संजय ने आगे कहा—

एवमुक्तो हृषिकेशो गुडाकेशेन भारत।
सेनयोरुभयोर्मध्ये स्थापयित्वा रथोत्ततम्।।

श्रीकृष्ण महाराज ने अर्जुन के कथनानुसार किया। कौरवों की सेना की ओर देखते हुए अर्जुन ने कहा, 'हे श्रीकृष्ण, यहाँ तो सभी आप्तस्वकीय, गुरु, मातुल, भ्रातृगण हैं, इनसे हम कदापि युद्ध नहीं कर सकते।'

हमें—

न कांक्षे विजयं कृष्ण न च राज्य सुखानि च।
किं नो राज्येन गोविंद किं भोगैर्जीवितेन च।।

हमें राज्य नहीं चाहिए। और भी बहुत कुछ कहा। और विषाद से उसका मन भर आया और वह रथ में बैठ गया। इस तरह उसे गलितगात्र तथा निरुत्साहित देखकर श्रीकृष्ण ने कहा—

मात्रास्पर्शास्तु कौंतेय शीतोष्ण सुखदुःखदाः।
आगमापायिनो त्यिास्तांस्तितिक्षस्व भारत।।

शीत-ऊष्ण, सुख-दुःख जैसे नित्य नेम से आते हैं, वैसे ही जीवन-मृत्यु आती है। तू मारनेवाला नहीं, न ही वे मरनेवाले हैं। क्योंकि नियति ही यह सब करवाती है। इसलिए इनकी मृत्यु का कारण तू नहीं है। तुम केवल माध्यम हो।

वासांसि जीर्णानि यथा विहाय।
नवानि गृह्वाति नोऽपराणि।।

जीर्ण वस्त्र हम फेंक देते हैं और नवीन वस्त्र धारण करते हैं, उसी प्रकार यह जीर्ण शरीर देह त्यागकर पुनर्जन्म लेनेवाला है। आत्मा चिरंतन, नित्य, अमर, अजर है। उसे कोई भी मृत्यु नहीं दे सकता। इस विश्वनियंता, यानी ब्रह्मज्ञान से अर्जुन को समझाया।"

"फिर क्या हुआ ?" धृतराष्ट्र महाराज ने पूछा।

संजय ने कहा कि श्रीकृष्ण महाराज ने कहा, 'अर्जुन, तू केवल कर्म करनेवाला है। कर्ता नहीं है। कर्ता तो तू हमें समझ ले।

श्रेयान्स्वधर्मो विगुणः परधर्मातत्सवनुष्ठितात्।
स्वधर्मे निधनं श्रेयः परधर्मो भयावहः।।

स्वधर्म, यानी स्वयं का विश्वास, स्वयं की प्रवृत्ति। स्वधर्म यानी क्षत्रिय धर्म, तुम्हारा धर्म युद्ध करना है! वैसे युद्ध प्रवृत्त होना, तुम्हारा धर्म होना चाहिए। यदि

तुम्हें कोई अनंत सौख्य दे तो वह योग्य नहीं है। उससे अच्छा तो कर्म करके मृत्यु स्वीकारना कल्याणकारक है।'

तब भी अर्जुन युद्धप्रवृत्त नहीं हुआ तो श्रीकृष्ण ने कहा, 'हमने सूर्यदेव को बताया—ज्ञान-कर्म, संन्यास-योग। सूर्यदेव ने मनु को बताया और मनु ने राजा इक्ष्वाकु को बताया, आज हम उसे पुनरपि कथन करते हैं—

"कर्म, विकर्म, अकर्म यह तुम्हें समझाता हूँ। कर्म करने से भी फलप्राप्ति की अपेक्षा न करनेवाला सर्वश्रेष्ठ पुरुष है। तुम युद्ध करो, जय-पराजय, सुख-दुःख की चिंता न करो। ज्ञान प्राप्त होने से तुम्हें कोई भी मोह नहीं होगा। अर्जुन, तुम्हें अभी भी दुःख है तो बताता हूँ, कर्म-संन्यास और कर्मयोग, ये दोनों भी श्रेष्ठ हैं, परंतु कर्मयोग सर्वश्रेष्ठ है। कर्म-तत्पर हो जाओ। संन्यास-योग बताने पर भी तुम हतबल हो तो हम तुम्हें ध्यानयोग बताते हैं। वस्तुतः यह योग इतना सहज नहीं है। इससे आत्मज्ञान होता है, और हमें क्या करना है, इसका दर्शन भी मन में होता है।'

अर्जुन जैसा-का-तैसा रथ में शस्त्र डालकर बैठा हुआ था। तो श्रीकृष्ण महाराज ने कहा, 'अब हम तुम्हें 'ज्ञान-विज्ञान-योग' समझाते हैं। हम ही हैं ईश्वर—

बीजं सर्वभूतानां विद्धि पार्थ सनातनम्।
बुद्धिर्बुद्धि मतामस्मि तेजस्तेजवस्विनामहम्।।

सर्व वस्तु, पदार्थों के अनादि बीज हम ही हैं। बुद्धिमान में बुद्धि हम ही हैं। तेजस्वी व्यक्ति का तेज हम हैं। जहाँ-जहाँ तुम देखोगे, वहाँ हमें ही पाओगे।

'अक्षरब्रह्म' के स्वरूप का ज्ञान हम तुम्हें देते हैं। 'अ' यानी नहीं, क्षर यानी नाशवंत। जिसका विनाश ही न हो, वह अक्षर है। सर्वज्ञ, पुरातन, नियामक, सूक्ष्म से सूक्ष्मतर, सर्व प्राणिमात्र का आधार, अतर्क्य स्वरूप, सूर्य जैसे तेजस्वी, ऐसे परमश्रेष्ठ पुरुष हम ही हैं। हमें पहचानो, अर्जुन! और कहता हूँ कि कार्य-तत्पर हो जाओ।

'राजविद्याराजगुह्य' हम तुम्हें बताते हैं—

समोहऽहं सर्वभूतेषु न मे द्वेषोऽस्ति न प्रियः।

हमें सभी समान हैं, सभी प्रिय हैं। परंतु हमारी भक्तिपूर्ण याचना करने पर हम वहाँ उपस्थित होते हैं। हम सर्वत्र हैं, अर्जुन! अब उठो भी। विश्वास करो हमपर!

हमें 'विभूति' के रूप में भी ज्ञानी, कर्मयोगी, सांख्ययोगी देखते हैं। अतः अर्जुन, यह सबकुछ समझाने का समय नहीं है। यदि संक्षेप में कहूँ तो हम विश्वव्यापक विभूति हैं। हम तुम्हें समझाते हैं।'"

"तो फिर क्या अर्जुन ने शस्त्र उठाए?" धृतराष्ट्र महाराज ने पूछा।

"नहीं, इसलिए श्रीकृष्ण महाराज ने उसके सामने विश्वरूप दर्शन करवाया 'हे अर्जुन, हमारे बारह आदित्य, आठ वसु, ग्यारह रुद्र, दो अश्विनीकुमार और उनचास मरुतगण हैं। और बताता हूँ,' विश्वरूप का भीषण रूप देखने पर अर्जुन ने कहा, 'तुम कौन हो, श्रीकृष्ण?'

'हम लोगों का संहार करने वाले कालपुरुष हैं। जहाँ-जहाँ अनाचार, अत्याचार, बलात्कार, भ्रष्टाचार की प्रवृत्ति बढ़ जाती है, वहाँ हम प्रत्यक्ष आते हैं। इन प्रत्यक्ष युद्धार्थ इकट्ठी होनेवाली सेना का काल हम हैं। यदि तुमने कुछ भी नहीं किया तो भी वे मृत्यु तक ही जाएँगे।"

श्रीकृष्ण की यह बातें सुनकर अर्जुन भयचकित, आशंकित और संभ्रमित हुआ तथा उसने हाथ जोड़कर श्रीकृष्ण से कहा, ऐसा संजय ने कहा

'हम तुम्हें वंदन करते हैं। आप देवाधिदेव और ब्रह्मतत्त्व के अनेक रूप हो। तुम आद्यदेवता, कालपुरुष, रचयिता और नष्ट करनेवाले पुरातन सत्य हो। तुम्हारा विश्वरूप देखकर हम भयभीत हैं, तुम्हारा नित्य दर्शन हमें हो।'

श्रीकृष्ण ने कहा, 'आजतक तुम्हारे सिवा विश्वरूप दर्शन हमने किसी को नहीं करवाया।' श्रीकृष्ण ने अपना नित्यरूप धारण किया और कहा, 'अब हम तुम्हें सगुणभक्ति का मार्ग बताते हैं।'

यय्यावेश मनो ये मां नित्ययुक्ता उपासते।
श्रद्धया परयोपेस्ताते मे युक्ततमा मताः।।

सगुणभक्ति में हम प्रत्यक्ष हैं। इसका सविस्तार वर्णन करते हुए श्रीकृष्ण ने 'पुरुषोत्तम' रूप भी बताया। सत्त्व, रज, तम और विचार-विषयों की शाखाएँ ऊपर से पल्लवित हैं, परंतु उसकी जड़ें मनुष्य के अंदर ही मन के तल तक फैली हैं। इन जड़ों को काटना हम ही जानते हैं।

और हम कहाँ नहीं हैं? हम सर्वत्र हैं—वृक्ष, लता, नदी, पर्वत, अणु से लेकर ब्रह्मांड तक जो-जो उत्तम, सुंदर और पवित्रतम हैं, उसमें हम हैं। हमें पहचानना हो तो सृष्टि में सर्वत्र देखो, हमारा रूप ही दिखाई देगा। 'दैवासुरसंपद्विभाग' भी हम तुम्हें बताते हैं—

निर्भयता, सात्त्विकता, ज्ञानी, कर्मयोगी, इंद्रियनिग्रही, स्वधर्म, संस्कृति का आदरकर्ता, अहिंसा, सत्य, अक्रोधी, त्याग, शांति आदि ऐसे गुण-समुच्चय जिसके पास हैं, वह दैवी-पुरुष होता है। बाकी मानव के संदर्भ में कहें तो वे स्वयं को

ईश्वर से, नियति से सर्वश्रेष्ठ कहते हैं, यह उनकी भूल है। अब हम तुम्हें अंत में 'मोक्षसंन्यास' का विश्लेषण करके बताते हैं। जीवन में कर्म करना है। प्रकृति, यानी वृत्ति के अनुसार करना है और मोहरहित करना है, उसी तरह समाज में आनंद निर्माण करना, उसके लिए हो सके तो कार्य करना, यह क्षत्रिय होने से तुम्हारा कर्तव्य है। और समझना है—

यत्र योगेश्वरः कृष्णो यत्र पार्थ धनुर्धरः।
तत्र श्रीर्विजयो भूतिर्ध्रुवा नितिर्ममतिर्मम।।

जहाँ हमारा, यानी ईश्वर का स्थान है, जहाँ तुम्हारे जैसा रणधुरंधर हो, वहाँ राजलक्ष्मी, विजय, शाश्वत कल्याण और पुरुषार्थ सहज ही प्राप्त होंगे। वही तुम्हारा मोक्ष भी है।'

सब सुनने के पश्चात् अर्जुन ने कहा, 'हमारे सभी संभ्रम पटल दूर हो गए हैं और निःशंक मन से हम तुम्हारे कहने के अनुसार युद्धकर्म अवश्य करेंगे।'

संजय ने धतृराष्ट्र महाराज से कहा, "अब संदेह, संभ्रम दूर होने पर अर्जुन ने हाथ में धनुष-बाण लिया और युद्धप्रवृत्त हुआ।"

वहाँ की सभी राजस्त्रियों ने श्रीकृष्ण-अर्जुन संवाद सुना। गांधारी के मन में आया, 'श्रीकृष्ण महाराज को हम महामानव, युगनेता, लोकप्रतिष्ठित के रूप में देख रहे थे, वे साक्षात् इस युग के ईश्वर हैं। परंतु ईश्वर, यानी संपूर्ण दैवी गुणों का समुच्चय हैं। क्या ईश्वर कभी अपराध करता ही नहीं? यदि यह विश्वरूप युद्ध से पहले बताते तो युद्ध की संभावना कदाचित् नहीं होती। अंत में वही होता है, जो ईश्वर चाहता है; यही त्रिकालदर्शी सत्य है।'

दिन बीतते जा रहे थे। अधिरथी, महारथी, सेनापति, अश्वपति, निरपराध सेना मारी जा रही थी। गांधारी को शत पुत्रों की चिंता थी तो राजमाता कुंती को पाँच पांडवों की। भीष्माचार्य शरशय्या पर पड़े थे और कल से महारथी कर्ण सेनापति होकर युद्ध प्रारंभ करेगा, तो...देर रात तक उसे निद्रा नहीं आई। मध्यरात्रि में उसने सारथी को कुरुक्षेत्र ले जाने को कहा!

प्रातःकाल हो गया। प्रभात हुआ। तब अंगराज कर्ण युद्धक्षेत्र में भी दान कर रहा था। तब अवगुंठन लेकर कुंती उसके सामने प्रस्तुत हुई तो उसने पहचान लिया, फिर चरणवंदना करके कर्णराज ने पूछा—

"कौन सा दान लेने आई हो, राजमाता!"

"वत्स कर्ण, हम अभागी माता हैं, तुम्हें कुछ दे न सके, दान माँगने आए हैं। हम माँगते हैं—पाँच पुत्रों का जीवनदान!"

"यानी हमारी मृत्यु! जिस माता ने हमें जन्म दिया, वही आज हमारी मृत्यु माँगने आई हैं। माता, आज तक हमने आपके लिए कुछ भी नहीं किया, पर आज अवसर मिला है। हम वचनबद्ध थे पांडवों का विनाश करने के लिए। हमारा लक्ष्य था अर्जुन! अब इतना ही कहता हूँ। हम आज अर्जुन से नहीं लड़ेंगे। उनके बाण सहते रहेंगे। यदि वह मारा गया तो हम पाँच पांडव रहेंगे ही। अर्जुन की या हमारी मृत्यु निश्चित है, इतना हम करते हैं। हमारी मृत्यु, यही दान आप चाहती हो तो करो अपना हाथ सामने, हम उदक छोड़ते हैं। मृत्यु हमारी होगी।"

कुंती मन-ही-मन रो रही थी और कर्ण भी। कवच-कुंडल गया, अर्जुन लक्ष्य बनेगा नहीं, अब ब्रह्मास्त्र का भी विस्मरण! कौन सा शाप देकर उसे नियति ने भेजा था? कुंती कर्ण के लिए रो रही थी।

एक-एक करके सभी मारे गए थे। युद्ध का सत्रहवाँ दिन था। तो शोकमग्न धृतराष्ट्र महाराज ने पूछा, "संजय, अब सेना कितनी बाकी है?"

"अभी तक बीस योद्धा और कुछ सेना बाकी है। हम आपको सविस्तार बताते हैं। मार्गशीर्ष चतुर्दशी को यह युद्ध आरंभ हुआ था। पहले दिन से सत्रह दिन का घटनाक्रम कहता हूँ।

"युद्ध के पहले दिन पांडव पक्ष की हानि हुई। विराट् नरेश पुत्र श्वेत एवं उत्तर को शल्य तथा भीष्माचार्य ने मार दिया। भीष्माचार्य ने कई पांडवों के सैनिकों को मार गिराया। दूसरे दिन पांडव भारी पड़े। भीम ने सहस्र कलिंग सेना और निषाद को मार गिराया। तीसरे दिन श्रीकृष्ण ने अर्जुन को भीष्मवध करने को कहा। परंतु स्वयं श्रीकृष्ण ही युद्ध तत्पर हुए थे।"

"नहीं··· नहीं, संजय, हम अभी सुनकर क्या करेंगे?" "महाराज, आपके शत पुत्रों में से केवल एक ही बचा है। संपूर्ण सेना भी नहीं रही होगी। केवल बचा है दुर्योधन!" गांधारी सिसक-सिसककर रो रही थी। धृतराष्ट्र महाराज ही नहीं, सभी स्त्रियाँ रो पड़ीं। राजभवन में केवल सिसकियों के स्वर गूँज रहे थे। नि:स्तब्ध वातावरण में वे सिसकियाँ भीषण लगने लगी थीं। विराट् मृत्यु का तांडव अंतिम छोर तक आया था।

सत्रहवाँ दिवस था। कर्ण की प्रतिज्ञा के अनुसार वह आज युद्धविराम करने वाला था। अर्जुन को मृत्यु देने से युद्धविराम। उसका पराक्रम स्वर्णाक्षरों में लिखने

जैसा था। चेदीराज, काशीराज, सात्यकि, युयुधान, शिखंडी, चार पांडव और श्रीकृष्ण-अर्जुन के रक्षक थे। अनेक बाणों को श्रीकृष्ण ने अपने चक्र से परास्त कर दिया था। सूर्यबिंब जैसा तेजस्वी कर्ण एक ही दान माँग रहा था—अर्जुन की मृत्यु। रणभूमि पर इतने अधिक शव थे कि दाह-संस्कार न होने से दुर्गंध बढ़ गई थी। सब सुनकर वृषाली ने सती हो जाने का निश्चित किया तो संजय ने कहा, "देवी, दुर्योधन अभी है और वृषकेतु व चित्रसेन आपके पुत्र, उन्हें अनाथ न कीजिए। दुर्योधन की मृत्यु अब निश्चित ही थी। संध्याकाल होते-होते कर्ण का रथचक्र रक्त की कीचड़ में फँसा तो वह उठा नहीं पाया और अर्जुन ने शरसंधान किया।"

संतप्त गांधारी अब कुरुक्षेत्र की ओर रथ से निकली थी। वेगवान अश्व थे। सारथी विजय भी वेगवान था। मध्यरात्रि के उपरांत रथ पांडवों के शिविर के सामने खड़ा हुआ तो पाँच पांडव, द्रौपदी, उसके पुत्र उनकी चरणवंदना करने आए। कल ही संध्याकाल में भीम ने दुःशासन के अंक पर गदा-प्रहार करके मारा था और उसके रक्त से द्रौपदी ने अपनी वेणी बाँधी थी। उसने आते ही धर्मराज युधिष्ठिर से पूछा, "क्या यह धर्मयुद्ध है, धर्मराज? तुम भी सत्यवचनी, 'नरो वा कुंजरो वा' कहते रहे। कर्ण की मृत्यु धर्मतः थी, न्यायसंगत थी? उसका रथचक्र कीचड़ में फँसा तो आपने शरसंधान कर दिया? नीतिशास्त्र कहाँ था आपका?

"हमारे पुत्र कदाचित् संस्कार, संस्कृतिहीन, अधर्मी, अहंमन्य, उन्मत्त थे। स्त्री का मांगल्य हरण करनेवाले थे तो दुःशासन, दुर्योधन को शासन देना अपराध नहीं होता। परंतु अठारह अक्षौहिणी सेना का संहार! सुसंस्कृत पांडव और उनमें से महाकाय भीम, उसका हम अभिनंदन करते हैं। शब्द-प्रतिष्ठा के लिए सत्रह दिन युद्ध और दुःशासन का अंत। इसलिए अभिनंदन!"

द्रौपदी ने उसे आसन दिया, परंतु क्रोधाग्नि में जल रही गांधारी ने कहा, "हम तुम्हारा सहस्र बार निषेध करते हैं। गांधारी क्रोधित है, परंतु असंयमित नहीं, नहीं तो हम भी इसी समय तुम्हें मार सकते हैं। नीच कृत्य किया है, भीम तुमने! उसका रक्त तक तुमने प्राशन किया। लज्जा आई यह सुनकर और घृणा भी।

"भीष्माचार्य के सामने तृतीय पंथी शिखंडी को खड़ा करके पीछे से बाण चलाए। कर्ण महापराक्रमी, अनन्य योद्धा था तो उसकी मृत्यु का कारण खोजते रहे और शस्त्र के बिना, उसे रथचक्र कीचड़ से उठाते समय मार दिया, क्या यह रणनीति है?

"क्या यही धर्मयुद्ध है?" गांधारी का एक-एक शब्द अग्निबाण था। सब मौन

थे। गांधारी ही बोल रही थी, "युद्धनीति को तोड़ते हुए रात तक आपने युद्ध किया। जीवित रहे आप, क्या आप पुण्यवान आत्माएँ हैं?

"रूपमती द्रौपदी ने कुरुवंश में प्रवेश किया और कुरुवंश ही नष्ट हो गया! आपने आने का प्रयोजन पूछा था, धर्मराज, हम आपके आभारी हैं! पृथ्वी से मनुष्य-भार हलका कर दिया। वसुंधरा रक्त से भीगी है। शवों का ढेर उसके हृदय पर है। आकाश में सूर्यदेव भी कर्ण की मृत्यु देखकर सन्न रह गए। मौन वृक्ष अश्रु बहाते रहे और आप लड़ते रहे! पुनश्च अभिनंदन!"

उत्तर की अपेक्षा थी ही नहीं, अतः गांधारी वहाँ से लौटी और दुर्योधन के शिविर में गई। शुचिर्भूत दुर्योधन युद्धवेश में तैयार था।

"माता आप?" दुर्योधन ने उसकी चरणवंदना की तो उसने उठाकर कहा, "हाँ, पुत्र!"

"माता, केवल हम ही बचे हैं। और आज...परंतु हम अपराधी नहीं हैं।"

"नहीं पुत्र, आज हम तुमसे कुछ नहीं कहेंगे। श्रीकृष्णनीति तुम समझ नहीं पाओगे! वत्स, तुम्हें देखने आई थी। हमें पता है कि... वह बोल न सकी! सँभलते हुए उसने कहा, "दुर्योधन, तुम सुपुत्र थे, मातृ-पितृभक्त, बंधुओं से स्नेह करने वाले। तुम रावण जैसे कोई परस्त्री अपहरण करके नहीं लाए। तुम सुयोग्य शासक, वीरयोद्धा, मित्रप्रेम का आदर्श तथा लोकप्रिय सेनानी हो। कल श्रीकृष्ण ने अंगराज कर्ण का दाह-संस्कार किया। तो मन में आया कि श्रीकृष्ण ने इतनी अधिक रणनीति का अवलंब किया कि कर्ण भी नतमस्तक हो गया।

"आज तो वीर योद्धा होकर लड़ना है। क्षत्रिय धर्म के लिए वीरगति मोक्ष प्रदान करती है। तुम्हारा शुभ-मंगल हो!"

"माता, कदाचित् कल हम नहीं रहे तो हमारा प्यार सभी परिवार को देना! कदाचित् पुनर्जन्म होगा तो...नेत्रपटल नहीं बाँधना, माता! पुत्रों पर अंकुश अनिवार्य होता है। अब हम चलें?"

"जाओ, वत्स..."

"माता, 'विजयी भव' नहीं कहोगी?"

गांधारी रोती रही अनिवार। दुर्योधन चला गया था। शत पुत्रों की माता व्यथित थी। जब वह लौटी तो राजप्रासाद के सभी मार्ग मौन थे। राजस्त्रियाँ एवं बालक होने पर भी राजप्रासाद मौन था।

सेना मारी जा रही थी। सेनापति मारे जा रहे थे। परंतु युद्ध शुरू ही था। यह

कैसी विडंबना, कैसी आकांक्षा और कैसी अभिलाषा? शवों के ढेर पर से रथ जा रहे थे। रक्त की नदियों में फँस रहे थे, परंतु दुर्योधन युद्ध कर रहा था। अंत में सभी सेना समाप्त हो गई तो वह सरोवर में जाकर छिप गया। तब अर्जुन ने उसे पानी से बाहर निकालकर उसकी हत्या कर दी। सूर्यदेव ने आँखें मूँद लीं। बची हुई पांडव-सेना लौट रही थी।

संजय ने कहा, "महाराज, अब सबकुछ समाप्त हो गया। हम सभी भयंकर विनाश के साक्षी हैं। कौरवों के इस प्रासाद में आपके सिवा कोई पुरुष नहीं रहा!" धृतराष्ट्र महाराज रो पड़े। घातचक्र रुक गया था, परंतु कालचक्र चल रहा था।

गांधारी मौन थी। वह एकाकी अपने कक्ष में बैठी रहती थी। इस महायुद्ध के आरंभ तथा अंत के संदर्भ में विचार कर रही थी। चौदह दिन के बाद उसने मदालसा से कहा, "आज चौदहवाँ दिन है। अब आप सब शुचिर्भूत हो जाओ! और मदालसा, अब हमारा श्रृंगार कभी न करना, संपूर्ण नगरी शोकमग्न है। युद्ध में वीर लड़ते हैं, परंतु उनकी मृत्यु के पश्चात् उस परिवार की क्या अवस्था होती है, यह कभी लौटकर देखते तो उन्हें पता चलता। क्यों करते हैं ये युद्ध! महाराज भी मौन हैं। उनकी अवस्था देखी नहीं जाती।" कहते-कहते वह रो पड़ी। वह आवेग देखकर मदालसा मौन रही। शब्द तो निकलते ही नहीं थे।

कक्ष में भानुप्रिया आई, उसका अतीव दुःख देखकर, सहमकर वहीं मौन खड़ी रही।

अब गांधारी ने एकांत में रहना ही पसंद किया था। एक दिन ऐसे ही वह अट्टालिका में अकेली बैठी थी। तो 'गांधारी देवी' यह चिरपरिचित मधुर स्वर सुनाई दिया।

"देवी, हम आपकी अनुज्ञा लेने आए हैं?"

"अनुज्ञा, कैसी अनुज्ञा?"

"हम द्वारका लौट रहे हैं, तो सोचा, आपसे भेंट करके जाऊँ!"

"श्रीकृष्ण महाराज, युद्ध आरंभ करते समय आपने हमारी अनुज्ञा नहीं माँगी थी, तो अब अनुज्ञा क्यों? और भेंट भी क्यों? क्या यह बताने के लिए कि अठारह अक्षौहिणी सेना मारी गई है। इतनी विधवाएँ आज विद्यमान हैं। या फिर आप देखना चाहते थे कि शत पुत्रों की मृत्यु की सूचना सुनने पर हम जीवित हैं कि नहीं?"

श्रीकृष्ण महाराज मौन थे। गांधारी ने पूछा—

"पूर्णविराम हो गया न? युद्धविराम हो गया है न? फिर…"

श्रीकृष्ण के अधरों पर चिर-परिचित मधुर हास्य था, फिर भी वे अंतर्यामी शांत थे। द्वारका में क्षुद्र कलह की वजह संघर्ष का स्फुलिंग जाग गया था और देखते-देखते उस स्फुलिंग से द्वेष-मत्सर, क्रोध की अग्नि प्रज्वलित हो गई थी तथा उसका मन चिंताग्रस्त हो गया था। गोकुल, वृंदावन से सुदूर गोप-गोपियों को ले जाकर उन्होंने द्वारका की निर्मित्ति करके यादव-वंश का नाम प्रतिष्ठित किया था। वही प्रतिष्ठा अब दाँव पर लगी थी।

"कदाचित् जीवनपर्यंत हमें युद्ध ही करना है! सोलह साल के थे, तब से इस कुरुक्षेत्र के विराट् युद्ध तक युद्ध ही किया है। कभी साम्राज्य के लिए तो कभी प्रतिकारार्थ; परंतु युद्ध ही हमारे जीवन का स्थायी भाव बन गया है। अब तक वहाँ द्वारका में युद्ध की अग्निज्वाला घमासान हो गई होगी! नियति ने हमारे भाग्य में युद्ध ही क्यों लिखा? यह पूर्वसंचित कर्मफल तो नहीं? किसी को युद्ध-तत्पर करना सहज है, परंतु नित्य युद्ध करना और निरपराध सेना को मारना कठिन है। इसमें नियति का क्या प्रयोजन हो सकता है?" वे सोच रहे थे कि गांधारी ने वही शब्द दोहराए।

"हो गया न पूर्णविराम? अब आने का प्रयोजन?"

"हम आपका क्रोध, दु:ख, वेदना समझ सकते हैं।"

"क्या हमें सांत्वना देने आए हो?" वह उठकर जानेवाली ही थी कि उन्होंने कहा, "आप बैठिए, देवी, अब हम कभी नहीं आएँगे। द्वारका में आंतरिक कलह शुरू हो गई है। वसुदेव महाराज, बलराम महाराज तथा उद्धव और हमारे दस पुत्रों के वहाँ होने पर भी कलह समाप्त होने का कोई संकेत नहीं है। हाथ में शस्त्र न लेने की प्रतिज्ञा करने पर भी हम बार-बार शस्त्र लेकर लड़ रहे हैं। हम युद्ध करते-करते थक चुके हैं। निवृत्ति काल में प्रवृत्त होकर दौड़ रहे हैं, क्यों? इसका उत्तर हम नहीं दे सकते।"

"श्रीकृष्ण महाराज, आपको तो युद्ध अति प्रिय है। कुरुक्षेत्र में आपने इतना रक्तपात और शवों का ढेर देखा है, पुनरपि युद्ध आपको पुकार रहा है। प्रसन्नता से जाएँ। परिपूर्ण आनंद लेते हुए युद्ध कीजिए। शत-शत वीरों का रक्त देखकर नई ऊर्जा प्राप्त करें। सबकुछ छिन्न-भिन्न हो जाने दें!"

"देवी, आपका क्रोध हम समझ सकते हैं। हमें अपराधी मानती हैं न, तो हम अपराधी हैं, अत: सहस्त्र बार क्षमाप्रार्थी हैं।"

"अपराध करना और क्षमा माँगना, क्या यही आपका धर्म है, सत्य स्वरूप है?"

"उपहास और व्यंग्य से कहा हुआ आपका प्रत्येक शब्द हमारे मन को विदीर्ण करता है। आप हमें समझ न सकीं, इसकी वेदना हृदय में है। प्रज्ञावती होकर आपने नेत्र पर ही नहीं, मन पर भी पटल बाँधा है। यह माता की ममता है, हम मानते हैं! पुनरपि अब हम कभी भी नहीं आएँगे। हमारी आयु के पन्ने पलट रहे हैं। वृद्धत्व की निवृत्ति आई है। यह अंतिम भेंट है।"

"द्वारका से आकर हस्तिनापुर होते हुए आप कुरुक्षेत्र में युद्ध करने गए थे, इसका प्रयोजन क्या था, श्रीकृष्ण?"

गांधारी के मुख से अचानक निकला हुआ 'श्रीकृष्ण' शब्द श्रीकृष्ण के भावनाप्रधान मन को छू गया। उसका मन गद्गद हो उठा। 'श्रीकृष्ण', यह मधुर स्वर कभी रुक्मिणी का था। अभी रुक्मिणी यहाँ से योजन दूर है। पर गांधारी के स्वर में उसका आभास हुआ। उन्हें स्मरण हुआ कि द्वारका नगरी का सागर के जल में निर्मित, यह नगरी उसका निर्माण करते समय के परिश्रम, पिता वसुदेव महाराज के आनंदाश्रु, रुक्मिणी का पत्र, विदर्भ से द्वारका नगरी में उनका आना—सबकुछ स्मरण आ रहा था।

अब श्रीकृष्ण के नेत्रों के सामने द्वारका के नगरवासियों का परस्पर संघर्ष, शस्त्रों का प्रयोग नजर आ रहा था। 'बलराम, वसुदेव महाराज असहाय-से थे! कोई किसी की सुनता नहीं था। कहाँ होगी, कैसी होगी आठ पत्नियाँ? हमारी प्रतीक्षा में होंगी! देखते-देखते युद्ध होने लगा था। रेवती, बलराम, वसुदेव महाराज नहीं रहे··· यह मन-ही-मन कल्पना करके श्रीकृष्ण भयभीत हो गए! यह क्या महातांडव है? आभास इतना सत्य?' उन्होंने अपनी आँखें मूँद लीं।

"श्रीकृष्ण महारज, आपने अर्जुन को युद्ध के लिए क्यों प्रोत्साहित किया?"

"गांधारी देवी, आप प्रज्ञावती हो, आप जानती हो, समाज में जब कभी शाश्वत मूल्यों का विनाश होता है, तब युद्ध के लिए उकसाने की आवश्यकता नहीं होती। आप दुर्योधन, दु:शासन, शकुनि को क्यों नहीं रोक पाईं? यही प्रश्न आता है। क्षत्रिय आज उन्मत्त, अहंमन्य होकर ब्राह्मणों को क्षुद्र समझने लगे हैं। इसलिए परशुराम ने इक्कीस बार पृथ्वी को नि:क्षत्रिय किया था। निसर्ग समतोल रखता है। भूमि से दुष्ट हेतु बीज नष्ट कर देता है। ब्राह्मण भी कभी अहंकार में होते हैं तो यही होता है।

"सत्प्रवृत्ति के बीज बोने के लिए निसर्ग ही वसुंधरा को सहयोग देता है। पांडव कारण हो गए, परंतु वे अपने कर्मों के कारण कभी सुख से नहीं रहते, आज नहीं तो कल उनकी मृत्यु निश्चित है। क्योंकि जनता-जनार्दन ही अंत में न्याय करती है।

कोई भी अन्याय, अत्याचार, भ्रष्टाचार, बलात्कार आदि अधिक समय तक नहीं छिप सकता। द्रौपदी का शब्द एक कारण था, पंरतु यह युद्ध था सदाचार, सत्प्रवृत्ति और अनाचार, दुष्प्रवृत्ति के बीच, अत्याचार, अन्याय, अधर्म के बीच। हम नहीं होते तो कोई और होता।"

"श्रीकृष्ण महाराज, दुर्योधन, दुःशासन मृत्यु तक के अपराधी नहीं थे।"

"देवी, स्त्री को भरी सभा में निर्वस्त्र करने का प्रयास, क्या यह सत्प्रवृत्ति है? माता होने से और नेत्रपटल बाँधने से आपको वे अन्यायी नहीं लगे, परंतु सामाजिक व्यवस्था पर इसका क्या होगा? अराजक होगा, देवी!"

"परंतु दोनों के लिए अठारह अक्षौहिणी सेना की मृत्यु और मृत्यु का विराट् दर्शन?"

"देवी, हमने बताया, आप विचार करें! युद्ध समाप्त होने के उपरांत अश्वत्थामा ने द्रौपदी के पाँच निद्रीस्त पुत्रों का वध कर दिया। क्या यह सही था? हम जितना विचार करेंगे, उतना ज्ञात होगा कि यह युद्ध साम्राज्य की लालसा के लिए नहीं था, बल्कि दुष्ट हेतु के विलय के लिए था।

"पांडव गुणवान हैं, इसका अर्थ यह नहीं है कि वे ईश्वर हैं। वे सर्वगुण-संपन्न हैं। जिसमें गुणों का आधिक्य हो, गुणवान कहलाता है और जिसमें अवगुणों का आधिक्य हो, अवगुणी कहलाता है।

"आपको क्रोध आना, शोक होना, सहज है। आप शत पुत्रों की माता हैं। आप राजमाता हो हस्तिनापुरवासियों की। यदि आप देख पातीं और अधिकार से राजव्यवहार में ध्यान देतीं तो आपके शत पुत्र सद्गुणी होते। हम दोष नहीं दे रहे हैं, सत्य ही कह रहे हैं। शकुनि यहाँ नहीं होते तो भी इतना सब नहीं होता! स्फुलिंग को ज्वाला होने के लिए घृत डालने का काम शकुनि ने किया है।

"देवी, हम भी एक मानव हैं। यदि हम अदृश्य की रेखाएँ पहले ही जान जाते तो चित्र अलग होता।

"और अंत में कहता हूँ, देवी कि युद्धविराम यानी पूर्णविराम नहीं है। पूर्णविराम के बाद नया अध्याय शुरू होता है। एक वाक्य का पूर्णविराम, दूसरे प्रगल्भ वाक्य का आरंभ होता है। आज की वसुंधरा कल फिर नया रूप लेकर आएगी। आज का सूर्यास्त कल नया सूर्योदय लाएगा। क्षणिक विराम, यह परिवर्तन का क्षण होता है, पूर्णविराम कभी नहीं होता। देवी, कदाचित् द्वारका के संघर्ष में हमें भी पूर्णविराम मिल सकता है।"

मंदिर के गर्भगृह से प्रतिध्वनित नाद-स्वर सुनाई पड़ता है, वैसे कि उनके वाक्य अंतर्मन से आ रहे थे, ऐसा गांधारी को लगा। अपने मन से कृष्णमेघों की घन-घन छाया दूर होती जा रही है, आकाश निरभ्र हो रहा है। गांधारी, समीर वसंतोत्सव का आमंत्रण दे रहा है। हस्तिनापुर नगरी में चैतन्य का समीर लहर-लहर आ गया है। अब गर्भतेज उदर में लेकर राजस्त्रियाँ, नगरी तथा ग्रामवासी स्त्रियाँ प्रसन्नता से नवसृष्टि का गीत गा रही हैं। अब हम भी रंगोत्सव मनाने जा रहे हैं, ऐसा चित्र गांधारी के मन में आया। वह प्रसन्न थी।

श्रीकृष्ण महाराज ने जीवन को संदर्भ सहित नया अर्थ दिया है, ऐसा उसे लगा। जीवनपर्यंत दुःख का बोझ सहनेवाले श्रीकृष्ण महाराज के आनंदयात्री के स्वरूप का दर्शन किया।

"श्रीकृष्ण महाराज!" वह बोल रही थी, तभी श्रीकृष्ण ने कहा, "देवी, जाने-अनजाने हमसे हुए अपराधों के लिए हम आपसे दंड माँगने आए थे, और पुनरपि भेंट असंभव है, इसलिए अंतिम भेंट करने आए थे।"

"दंड देनेवाले हम कौन होते हैं? परंतु आपके आने से पूर्व लगता था कि तुम्हारी द्वारका नगरी नष्ट हो। तुम हताश, असहाय, अगतिक और दुःखी हो। वेदनाओं का बोझ इतना भारी हो कि मस्तक तक न उठा सको, यह शाप हम तुम्हें···" उसका वाक्य पूर्ण न हो सका। इससे पूर्व ही श्रीकृष्ण ने कहा, "गांधारी देवी, तथास्तु! हमें स्वीकार है।"

श्रीकृष्ण ने उसके मस्तक पर स्नेह से हाथ रखा तो उसका संपूर्ण शरीर प्रसन्नता और चैतन्य से भर गया तथा उसके नेत्रों से कपोलों पर अनावर अश्रु गिरने लगे।

"श्रीकृष्ण महाराज, हमारी वाणी असत्य हो! हम आपके आने से पूर्व शापवाणी उच्चारनेवाले थे, अभी नहीं। परंतु यह क्या हुआ, हमारी प्रसन्नता के लिए आपने पुनरपि दुःख का प्रचंड बोझ अपने मस्तक पर धारण किया!"

श्रीकृष्ण के मुख पर मधुर हास्य था। गांधारी ने नेत्रपटल दूर किए। घनश्यामल श्रीकृष्ण का अत्यंत तेजस्वी रूप देखकर वह चकित हो गई। शंख-चक्र-गदा-पद्मधारी श्रीकृष्ण उसे विष्णुदेव जैसे दिखाई दिए। उनके अथांग नेत्रों में अपार स्नेह उमड़ रहा था। वही मनमोहन हास्य उनके अधरों पर था। मन-ही-मन उसने यही कल्पना की थी। राजचिह्नों से सुशोभित, सालंकृत श्रीकृष्ण रूप देखकर उसने मन-ही-मन कहा, 'तुम्हारे जैसे पूर्णपुरुष के लिए 'पूर्णविराम' असंभव है। आपने ही कहा है, यदा-यदा ही धर्मस्य ग्लानिर्भवति भारत···और आपने ही कहा है,

'संभवामि युगे-युगे।' आपका 'पूर्णविराम' नहीं है, श्रीकृष्ण महाराज! आप पुनः-पुनः आओगे। पुनः-पुनः आओगे। आपकी कभी मृत्यु नहीं है, क्योंकि आपने ही कहा—वासांसि जीर्णानि यथाविहाय।'

"देवी, अब हम द्वारका की ओर प्रस्थान करते हैं⋯"

'श्रीकृष्णा, पुनरपि आओगे न, हम तुम्हारी प्रतीक्षा करेंगे?' उसने मन-ही-मन कहा।

राजप्रासाद की सीढ़ियाँ उतरते-उतरते श्रीकृष्ण मन-ही-मन कह रहे थे, 'अब हमारी भेंट कभी नहीं होगी। तुम्हारे जैसी प्रज्ञावती का अस्पर्श मोह हमें भी था। हम आपको स्मरण करते रहेंगे।'

श्रीकृष्ण का मनोगत गांधारी समझ गई थी।

दूर क्षितिज पर स्निग्ध सूर्यदेव और संध्यारानी रंगोत्सव मना रहे थे। कल सूर्यदेव नवीन रूप लेकर पूर्व क्षितिज पर आएँगे। दिन का नवीन आरंभ करते-करते नवीन जीवन के संदर्भ के साथ अर्थ प्रदान करेंगे। 'पूर्णविराम' कभी नहीं होता, और वह होता भी है तो क्षण भर के लिए, नवीन परिच्छेद का आरंभ करने के लिए।

वह श्रीकृष्ण महाराज के वाक्य दोहरा रही थी।

श्रीकृष्ण का स्वर्णरथ अब प्रवेश द्वार से बाहर द्वारका की ओर निकल पड़ा था और गांधारी का मन भी द्वारका की ओर दौड़ रहा था! रजनी का प्रवेश हो रहा था।

□□□